El beso de medianoche

El beso de medianoche

Lara Adrian

Traducción de Lola Romaní

TERCIOPELO

Título original: *Kiss of Midnight*
Copyright © 2007 by Lara Adrian

Primera edición: febrero de 2009

© de la traducción: Lola Romaní
© de esta edición: Libros del Atril, S.L.
Marquès de l'Argentera, 17. Pral. 1.ª
08003 Barcelona
correo@terciopelo.net
www.terciopelo.net

Impreso por Litografía Rosés, S. A.
Energía, 11-27
08850 Gavà (Barcelona)

ISBN: 978-84-92617-07-4
Depósito legal: B. 929-2009

Para John, cuya fe en mí nunca
ha vacilado, y cuyo amor, espero,
nunca se desvanecerá.

Prólogo

Veintisiete años atrás

Su niña no dejaba de llorar. Había empezado a mostrarse inquieta en la última estación, cuando el autobús de Grayhound a Bangor se detuvo en Portland para recoger a más pasajeros. Ahora, un poco después de la una de la madrugada, casi habían llegado a la estación de Boston y esas dos horas que llevaba intentando tranquilizar a su niñita la estaban, tal y como dirían sus amigos de la escuela, sacando de sus casillas.

El hombre que se encontraba en el asiento de al lado probablemente tampoco estaba muy contento.

—Siento mucho esto —le dijo ella, dirigiéndose para hablarle por primera vez desde que habían subido al autobús—. Normalmente no tiene tan malhumor. Es el primer viaje que hacemos juntas. Supongo que tiene ganas de llegar a su destino.

El hombre cerró los ojos y los abrió lentamente, en un gesto de asentimiento, y sonrió sin enseñar los dientes.

—¿Adónde se dirigen?

—A Nueva York.

—Ah. La Gran Manzana —murmuró él. Su voz sonaba seca, casi ahogada—. ¿Tiene usted familia allí o algo?

Ella negó con la cabeza. La única familia que tenía se encontraba en un pueblo provinciano cerca de Rangeley, y le habían dejado claro que tenía que apañárselas por sí misma.

—Voy por trabajo. Quiero decir, que espero encontrar un trabajo. Deseo ser bailarina. Quizá en Broadway, o ser una de las Rockette.

—Bueno, desde luego es usted muy guapa.

El hombre la miraba fijamente ahora. El autobús estaba oscuro, pero a ella le pareció que había algo raro en sus ojos. Otra vez la misma sonrisa tensa.

—Con un cuerpo como el que tiene, tendría que ser usted una gran estrella.

Ella se sonrojó y bajó la mirada hasta el bebé que lloraba en sus brazos. Su novio de Maine también tenía por costumbre decirle cosas como ésa. Le solía decir muchas cosas para llevársela al asiento trasero del coche. Y ya no era su novio, tampoco. No desde el último año del instituto, cuando ella empezó engordar a causa del embarazo.

Si no lo hubiera dejado para tener a la niña, se habría graduado en verano.

—¿Ha comido algo hoy? —le preguntó el hombre mientras el autobús reducía la velocidad y entraba en la estación de Boston.

—La verdad es que no.

A pesar de que no servía de nada, ella mecía a la niña entre los brazos. El bebé tenía el rostro enrojecido, los pequeños puños apretados y lloraba como si se acabara el mundo.

—Qué coincidencia —dijo el desconocido—. Yo tampoco he comido nada. Me iría bien tomar algo. ¿Se anima a acompañarme?

—No. Estoy bien. Tengo unas galletas saladas en la bolsa. Y de todas maneras, creo que éste es el último autobús a Nueva York esta noche, así que no voy a tener tiempo de hacer gran cosa más que cambiar a la niña y descansar. Gracias, de todas formas.

Él no dijo nada más. Simplemente la observó mientras ella recogía sus cosas ahora que el autobús ya había parado en su andén. Luego se apartó para dejarla pasar y dirigirse hacia la estación.

Cuando salió de los lavabos, el hombre la estaba esperando.

Ella sintió cierta intranquilidad al verle allí de pie. No le había parecido tan alto mientras estaba sentado a su lado. Ahora que le veía otra vez, se dio cuenta de que definitivamente había algo muy extraño en sus ojos. ¿Estaría un poco colocado?

—¿Qué sucede?

Él soltó una risa ahogada.

—Ya se lo he dicho. Necesito alimentarme.

Ésa era una forma muy extraña de decirlo.

Ella se dio cuenta de que había muy pocas personas en la estación a esa hora tardía. Había empezado a llover ligeramente, el suelo estaba mojado y los últimos rezagados se habían puesto a cubierto. El autobús estaba esperando en el andén mientras cargaba a los nuevos pasajeros con sus equipajes. Pero para llegar hasta él, tenía que pasar primero por su lado.

Se encogió de hombros, demasiado cansada y ansiosa para tener que encontrarse con esa tontería.

—Bueno, pues si tiene hambre, vaya a decirlo en el MacDonald's. Llego tarde al autobús.

—Mira, zorra…

Se movió con tanta rapidez que ella no supo con qué la había golpeado. Estaba de pie a un metro de ella y al cabo de un segundo le había puesto la mano en el cuello y le cortaba la respiración. La empujó hasta las sombras del edificio de la estación, hacia un punto donde nadie se daría cuenta de si iba a atracarla. O a hacerle algo peor. Le acercó tanto la boca que ella notaba el hedor de su aliento. Él hizo una mueca, la amenazó en un susurro terrorífico y ella vio unos dientes afilados.

—Si dices una palabra más o mueves un solo músculo, me comeré tu jugoso corazoncito de niña mimada.

Su niñita estaba gimiendo entre sus brazos, pero ella no dijo ni una palabra.

Ni siquiera se atrevía a pensar en moverse.

Lo único que importaba era su niña. Protegerla. Por eso no se atrevió a hacer nada ni siquiera cuando esos dientes se acercaron a ella y se le clavaron en el cuello.

Se quedó de pie helada por el terror, apretando con fuerza al bebé mientras su atacante penetraba con fuerza en la herida sangrante que le había hecho en el cuello. Le sujetaba la cabeza y el hombro con dedos fuertes, sus uñas se le clavaban como las garras de un demonio. Él gruñía sin dejar de hincarle cada vez con más fuerza los afilados dientes. A pesar de que tenía los ojos abiertos por el terror, su visión empezaba a oscurecerse y las ideas empezaban a resultarle confusas, como si se rompieran en pedazos. Todo a su alrededor empezaba a nublarse.

La estaba matando. El monstruo la estaba matando. Y luego iba a matar a su niña, también.

—No. —Intentó inhalar, pero solamente tragó sangre—. Maldito seas… ¡No!

Con un desesperado esfuerzo de voluntad, dio un cabezazo contra el rostro de su atacante. Él soltó un gruñido, se apartó, sorprendido, y ella consiguió soltarse. Se apartó de él, tambaleándose, estuvo a punto de caer sobre sus rodillas pero consiguió enderezarse. Con un brazo sujetaba a su niña y con el otro se cubrió la herida húmeda y caliente de la garganta mientras se alejaba despacio de esa criatura, que levantaba la cabeza y la miraba, burlón, con los ojos amarillentos y brillantes y los labios manchados de sangre.

—Oh, Dios —gimió, mareada ante esa visión.

Dio otro paso hacia atrás. Se dio la vuelta y se dispuso a correr, aunque fuera inútil.

Y entonces fue cuando vio al otro.

Uno fieros ojos de color ámbar la atravesaron, y por entre unos grandes y brillantes colmillos sonó un silbido que anunciaba la muerte. Ella pensó que iba a cargar contra ella y a terminar lo que el otro había empezado, pero no lo hizo. Escupieron unos sonidos guturales entre ellos, y luego el recién llegado pasó por su lado con un largo cuchillo en la mano.

«Coge a la niña y vete.»

La orden pareció surgir de la nada y atravesar la neblina de su mente. Volvió a oírla, esta vez más acuciante, empujándola a la acción. Corrió.

Ciega de pánico, atontada por el miedo y la confusión, se alejó corriendo de la estación atravesando una de las calles más cercanas. Penetró en la ciudad desconocida, en la noche. La histeria la poseía y cada ruido, incluso el de sus pies contra el suelo, le parecía monstruoso y mortífero.

Y su niña no dejaba de llorar.

Las iban a descubrir si no conseguía que su niña se tranquilizara. Tenía que meterla en la cama, tenía que ponerla en la cuna cálida y acogedora. Entonces su niña estaría contenta. Entonces estarían a salvo. Sí, eso era lo que tenía que hacer. Poner a la niña en la cama, donde los monstruos no podrían encontrarla.

Estaba cansada, pero no podía descansar. Demasiado peligroso. Tenía que llegar a casa antes de que su madre se diera cuenta de que otra vez había salido tan tarde. Estaba confusa, desorientada, pero tenía que correr. Y eso hizo. Corrió hasta que cayó, exhausta e incapaz de dar un paso más.

Al despertar, al cabo de un rato, sintió que su mente se partía como una cáscara de huevo. La cordura la estaba abandonando, la realidad se deformaba y se convertía en algo cada vez más oscuro y escurridizo, se alejaba cada vez más de su alcance.

Oyó un lloro ahogado que procedía de algún lugar, en la distancia. Un sonido tan insignificante. Se llevó las manos a los oídos y se los cubrió, pero continuaba oyendo ese pequeño aullido de desvalimiento.

«Shhh —murmuró, a nadie en especial, meciéndose hacia delante y hacia atrás—. Cállate ahora, la niña está durmiendo. Cállate, cállate, cállate...»

Pero el lloro continuaba. No cesaba, no cesaba. Le rompía el corazón, allí, sentada en la mugrienta calle mientras miraba, sin ver nada, la luz del amanecer.

Capítulo uno

En la actualidad

—*I*mpresionante. Fíjate en el uso de la luz y de las sombras…

—¿Ves cómo esta imagen sugiere la tristeza del lugar y cómo, a pesar de ello, consigue ofrecer una promesa de esperanza?

—… una de las fotógrafas más jóvenes que se van a incluir en la nueva colección de arte moderno del museo.

Gabrielle Maxwell estaba apartada del grupo de asistentes a la exposición y sorbía una copa de champán caliente mientras otro grupo de personajes importantes de rostros anónimos se mostraba entusiasmado por las dos docenas de fotografías en blanco y negro que colgaban de las paredes de la galería. Echó un vistazo a las fotografías desde el otro extremo de la habitación, divertida en cierta manera. Eran buenas fotografías, un poco inquietantes dado que el tema eran molinos abandonados y desolados astilleros de las afueras de Boston, pero no conseguía ver lo que todo el mundo veía en ellas.

Pero nunca lo veía. Gabrielle, simplemente, hacía las fotografías, y dejaba su interpretación y, al fin, su valoración, a los otros. Introvertida por naturaleza, el hecho de recibir tantos elogios y tanta atención la incomodaba… pero le permitía pagar las facturas. Y muy bien, de hecho. Esa noche también pagaba las facturas de su amigo Jamie, el propietario de la moderna y pequeña galería de arte de Newbury Street que, ahora que faltaban diez minutos para la hora de cierre, todavía estaba repleta de posibles compradores.

Atontada después de todo el proceso de dar la bienvenida y de saludar y de sonreír educadamente a toda esa gente que, desde las acaudaladas esposas de Back Bay hasta los góticos tatuados y cargados de *piercings*, trataba de impresionarse mutuamente —y a ella— con los análisis de su trabajo, Gabrielle no podía esperar a que la inauguración terminara. Había estado escondida entre las sombras durante la última hora, pensando en escurrirse hasta la comodidad de la ducha caliente y de la mullida almohada de su apartamento al este de la ciudad.

Pero les había prometido a unos cuantos amigos —Jamie, Kendra y Megan— que iría con ellos a cenar y a tomar una copa después de la inauguración. Cuando la última pareja de visitantes hubo hecho su compra y se hubo marchado, Gabrielle se encontró con que la arrastraban fuera y la metían en un taxi antes de haber tenido la oportunidad de pensar en una excusa.

—¡Qué noche tan increíble! —El pelo rubio del andrógino de Jamie le cayó sobre la cara cuando se inclinó por delante de las dos mujeres para tomar la mano de Gabrielle—. Nunca ha habido tanto tráfico en la galería en un fin de semana… ¡y las ventas de esta noche han sido impresionantes! Te agradezco mucho que me hayas permitido exhibirte.

Gabrielle sonrió ante la excitación de su amigo.

—Por supuesto. No hace falta que me des las gracias.

—No lo has pasado demasiado mal, ¿verdad?

—¿Cómo podría haberlo pasado mal, si la mitad de Boston está a sus pies? —dijo Kendra antes de que Gabrielle pudiera contestar—. ¿Era el gobernador con quién te he visto hablar mientras tomabas unos canapés?

Gabrielle asintió con la cabeza.

—Se ha ofrecido a encargar algunos originales para su casa de campo de Vineyard.

—¡Qué amable!

—Sí —repuso Gabrielle sin mucho entusiasmo. Tenía un montón de tarjetas de visita en el bolsillo, lo cual representaba por lo menos un año de trabajo constante, si lo quería. Entonces, ¿por qué sentía la tentación de abrir la ventana del taxi y de lanzarlas al viento?

Dejó vagar la mirada hacia la noche, fuera del coche, y observó con extraña indiferencia las luces y las vidas que éste dejaba atrás. Las calles estaban repletas de gente: parejas que caminaban de la mano, grupos de amigos que reían y charlaban; todos ellos pasaban un buen rato. Cenaban en las mesas de fuera de los restaurantes de moda y se detenían a contemplar los escaparates de las tiendas. Allá donde mirara, la ciudad latía con todo su color y su vida. Gabrielle lo absorbía todo con ojos de artista y, a pesar de ello, no sentía nada. Esa explosión de vida, también de la suya, parecía continuar rápidamente hacia delante sin ella. Últimamente, y cada vez más, tenía la sensación de estar atrapada en una rueda que no dejaba de hacerla girar en un ciclo interminable de tiempo que pasaba sin un propósito claro.

—¿Pasa algo, Gab? —le preguntó Megan, a su lado, en el asiento trasero del taxi—. Estás muy callada.

Gabrielle se encogió de hombros.

—Lo siento. Sólo... no lo sé. Estoy cansada, supongo.

—Que alguien invite a esta mujer a una copa... ¡inmediatamente! —bromeó Kendra, la enfermera de cabello oscuro.

—No —replicó Jamie, taimado y felino—. Lo que nuestra Gab necesita de verdad es un hombre. Eres demasiado seria, cariño. No es sano que dejes que el trabajo te consuma de esta manera. ¡Diviértete un poco! ¿Cuándo te acostaste con alguien por última vez?

Hacía demasiado tiempo, pero Gabrielle no llevaba la cuenta. Nunca le habían faltado las citas cuando las había deseado, y el sexo —en esas raras ocasiones en que lo tenía— no era una cosa que la obsesionara como a algunos de sus amigos. Por falta de práctica que tuviera en esos momentos en esa área, no creía que un orgasmo fuera a curar aquello que, fuera lo que fuese, le provocaba ese estado de inquietud.

—Jamie tiene razón, ya lo sabes —estaba diciendo Kendra—. Tienes que soltarte, hacer alguna locura.

—No hay momento mejor que el presente —añadió Jamie.

—Oh, no lo creo —dijo Gabrielle, negando con la cabeza—. La verdad es que no tengo ganas de alargar mucho la noche, chicos. Las inauguraciones siempre me quitan mucha energía y...

—Jefe. —Sin hacerle caso, Jamie se colocó en el borde del asiento y dio unos golpecitos en el plexiglás que separaba al taxista de los pasajeros—. Cambio de planes. Hemos decidido que tenemos ganas de ir de celebración, así que cancelamos el restaurante. Queremos ir a donde va la gente interesante y moderna.

—Si les gustan las salas de baile, han abierto una nueva en el extremo norte de la ciudad —dijo el taxista, sin dejar de mascar el chicle mientras hablaba—. He estado llevando pasajes allí toda la semana. La verdad es que he llevado a dos esta misma noche… un moderno *after hours* llamado La Notte.

—Oh, oh, «la not te» —bromeó Jamie, mirando divertido por encima del hombro y arqueando las elegantes cejas—. Suena maravillosamente vicioso, chicas. ¡Vamos!

La discoteca, La Notte, se encontraba en un edificio victoriano que se conocía desde hacía mucho tiempo como la iglesia de Saint John's Trinity Parish y que debido a los recientes escándalos sexuales que salpicaban a algunos sacerdotes, la archidiócesis de Boston consiguió que fuera cerrado, al igual que otros muchos lugares similares en toda la ciudad. Ahora, mientras Gabrielle y sus amigos se abrían paso por la sala abarrotada, esas vigas albergaban la música *trance* y *tecno* que sonaba, estridente, por los altavoces enormes que rodeaban la cabina del dj, en el balcón que se encontraba sobre el altar. Unas luces estroboscópicas lanzaban destellos contra las tres vidrieras con forma arco. Los rayos de luz atravesaban la densa nube de humo que pendía en el aire, y parpadeaban al ritmo de un tema que parecía interminable. En la pista de baile, y casi en cada uno de los metros cuadrados del piso principal de La Notte y de la galería que lo rodeaba, la gente se apretujaba y se retorcía con una sensualidad inconsciente.

—¡La santa fiesta! —gritó Kendra para hacerse oír por encima de la música mientras levantaba los brazos y avanzaba bailando por entre la densa multitud.

No habían acabado de cruzar por donde se encontraba el primer grupo de gente cuando un chico delgado le entró a la valiente morena y se inclinó para decirle algo al oído. Kendra soltó una profunda carcajada y asintió con la cabeza con gesto entusiasmado.

—El chico quiere bailar —se rio, dándole el bolso a Gabrielle—. ¡Quién soy yo para negarme!

—Por aquí —dijo Jamie, señalando una pequeña mesa cercana a la barra, mientras su amiga se alejaba con su acompañante.

Los tres se sentaron y Jamie pidió una ronda. Gabrielle escrutó la pista de baile en busca de Kendra, pero la nube de gente la había engullido. A pesar de que la sala estaba abarrotada de gente, Gabrielle no podía quitarse de encima una repentina sensación de que estaban sentados en el centro de atención. Como si estuvieran de alguna manera bajo estrecha vigilancia por el simple hecho de encontrarse en la sala. Era absurdo pensar eso. Quizá había estado trabajando demasiado, o había pasado demasiado tiempo sola en casa, ya que encontrarse en un lugar público la hacía sentir tan consciente de sí misma. Tan paranoica.

—¡Por Gab! —exclamó Jamie, haciéndose oír a pesar del estruendo de la música mientras levantaba el vaso de martini en un gesto de brindis.

Megan también levantó el suyo y brindó con Gabrielle.

—Felicidades por la gran inauguración de esta noche.

—Gracias, chicos.

Mientras sorbía la mezcla de un color amarillo neón, la sensación de ser observada volvió. O, mejor dicho, aumentó. Sintió que la miraban desde el otro extremo de la oscuridad. Levantó la vista por encima del borde del vaso de martini y percibió el brillo de las luces estroboscópicas en unas oscuras gafas de sol.

Unas gafas que escondían una mirada que, sin duda, se encontraba fija en ella desde el otro extremo de la multitud.

Los rápidos pulsos de las luces mostraron unos rasgos afilados entre las oscuras sombras, pero el ojo de Gabrielle lo captó al segundo. El cabello le caía, suelto, en mechones puntiagudos por encima de una frente amplia e inteligente y sobre unos pómulos angulosos. Una mandíbula fuerte y de trazo severo. Y su boca… su boca era generosa y sensual, incluso a pesar de que dibujaba una sonrisa cínica, casi cruel.

Gabrielle apartó la vista, nerviosa, y sintió una ola de calor en las piernas. Su rostro se le quedó como grabado a fuego en la mente durante un instante, como una imagen se graba en una película. Dejó la copa encima de la mesa y se atrevió a mirar otra vez hacia donde se encontraba él. Pero ya no estaba.

Al otro extremo de la barra se oyó un fuerte estruendo y Gabrielle giró la cabeza para mirar por encima del hombro. En una de las pobladas mesas, el alcohol se precipitaba al suelo desde un montón de cristales rotos que cubrían la superficie lacada de negro. Cinco tipos vestidos con cuero negro tenían una discusión con otro tipo que llevaba una camiseta sin mangas de los Dead Kennedys y un vaquero gastado y roto. Uno de los tíos que vestía de cuero negro tenía un brazo sobre los hombros de una rubia platino que estaba borracha y que parecía conocer al punki. Su novio, al parecer. Él quiso tomar a la chica por el brazo, pero ella le apartó con un golpe e inclinó la cabeza a un lado para permitir que uno de los tipos la besara en el cuello. Ella miraba desafiante a su novio, furioso, sin dejar de juguetear con el cabello castaño del tipo que parecía pegado a su garganta.

—Esto se ha liado —dijo Megan, volviéndose en el momento en que la situación parecía complicarse más.

—Parece que sí —añadió Jamie mientras se terminaba el martini y hacía una seña a un camarero para que les trajera otra ronda—. Es obvio que la mamá de esa pava olvidó decirle que no conviene marcharse sin el chico con quien se ha venido.

Gabrielle observó la situación un momento más, el tiempo suficiente para ver que otro tío de cuero se acercaba a la chica y la besaba en los labios, que ella le ofrecía. Ella aceptó a ambos al mismo tiempo, mientras acariciaba el pelo oscuro del tipo que la besaba en el cuello y el pelo claro del tipo que le chupaba los labios como si fuera a comérsela viva. El novio punki le gritó unos insultos a la chica, se dio media vuelta y se abrió paso a empujones por entre la multitud.

—Este sitio me está agobiando —confesó Gabrielle que, justo en ese momento, acababa de ver a algunos clientes de la sala preparándose sin disimulo unas rayas de coca en un extremo de la larga barra de mármol.

Sus amigos parecieron no oírla a causa del constante estruendo de la música. Tampoco parecían compartir la incomodidad de Gabrielle. Había alguna cosa que no iba bien allí dentro, y Gabrielle no podía quitarse de encima la sensación de que, al final, la noche iba a ponerse fea. Jamie y Megan empezaron a charlar de grupos de música locales y dejaron a Gabrielle sola, sorbiendo el vaso de martini y esperando, al otro extremo de la mesa, encontrar la oportunidad de dar una excusa y marcharse.

Sintiéndose básicamente sola, Gabrielle dejó vagar la mirada por la masa de cabezas oscilantes y cuerpos ondulantes, buscando disimuladamente esos ojos tras las gafas de sol que la habían observado antes. ¿Estaría él con esos tipos… sería uno de los moteros que estaban provocando todo ese follón? Él iba vestido como ellos, y tenía el mismo aspecto peligroso que tenían ellos.

Fuera quien fuese, Gabrielle no veía ni rastro de él en esos momentos.

Se recostó en el respaldo de la silla y, de repente, dio un respingo al sentir que unas manos se posaban sobre sus hombros desde detrás.

—¡Aquí estáis! ¡Chicos, os he estado buscando por todas partes! —exclamó Kendra, casi sin aliento pero animada al mismo tiempo, mientras se inclinaba sobre la mesa—. Vamos. He conseguido una mesa para todos al otro extremo de la sala. Brent y algunos de sus amigos quieren venir de fiesta con nosotros.

—¡Guay!

Jamie ya se había puesto en pie, listo para ir. Megan cogió el nuevo vaso de martini con una mano y con la otra, la mano de Kendra. Al ver que Gabrielle no se movía para seguirles, Megan se detuvo

—¿Vienes?

—No. —Gabrielle se puso en pie y se colgó el bolso del hombro—. Id vosotros y divertíos. Yo estoy agotada. Creo que voy a buscar un taxi y me voy directa a casa.

Kendra la miró haciendo un puchero infantil.

—¡Gab, no te puedes ir!

—¿Quieres que te acompañe a casa? —se ofreció Megan, a pesar de que Gabrielle se daba cuenta de que deseaba quedarse con los demás.

—Estoy bien. Disfrutad, pero id con cuidado, ¿de acuerdo?

—¿Seguro que no te quieres quedar? ¿Otra copa, solamente?

—No. De verdad que necesito salir y tomar un poco el aire.

—Tú misma, entonces —le dijo Kendra, fingiendo reñirla. Se acercó y le dio un rápido beso en la mejilla. Cuando se apartó, Gabrielle notó un ligero olor a vodka y, por debajo de éste, un olor de alguna cosa menos evidente. Alguna cosa almizclada, y extrañamente metálica—. Eres una aguafiestas, Gab, pero te quiero.

Kendra le guiñó un ojo y pasó los brazos por los hombros de Jamie y Megan. Con aire juguetón tiró de ambos en dirección a la masa de gente que bullía en la sala.

—Llámame mañana —le dijo Jamie por encima del hombro mientras el trío era engullido por la masa.

Gabrielle inició inmediatamente el camino hacia la puerta de salida, ansiosa por salir de allí. Cuanto más tiempo pasaba allí dentro, más parecía subir el volumen de la música. La sentía retumbar en la cabeza y le hacía difícil pensar con claridad. Le costaba fijarse en lo que había a su alrededor. La gente la empujaba desde todos los lados mientras ella intentaba abrirse paso, apretujándose contra la pared de cuerpos que se contoneaban y giraban sin dejar de bailar. La empujaron y la apretaron, la tocaron y la manosearon manos invisibles en la oscuridad, hasta que, finalmente, llegó al vestíbulo, delante de la entrada de la sala y consiguió salir atravesando la pesada doble puerta.

La noche era fría y oscura. Inhaló con fuerza, intentando despejarse la cabeza de todo el ruido y el humo y el inquietante ambiente de La Notte. La música todavía se oía ahí fuera, y las luces estroboscópicas todavía centelleaban desde el otro lado de las vidrieras de colores, pero Gabrielle se relajó un poco ahora, al sentirse libre.

Nadie le prestó atención mientras se apresuraba hacia la esquina y esperaba a encontrar un taxi. Sólo había unas cuantas personas fuera, algunas de ellas caminaban por la otra acera y otras subían en fila por los escalones de cemento que conducían a la sala de baile. Detectó un taxi amarillo que se dirigía hacia allí y levantó la mano para llamarlo.

—¡Taxi!

Mientras el taxi vacío atravesaba el tráfico nocturno y se acercaba hacia ella, las puertas de la discoteca se abrieron con la fuerza de un huracán.

—¡Eh, tío! ¡Qué mierda haces! —En las escaleras, detrás de Gabrielle, la voz de un hombre sonaba atemorizada—. Si vuelves a tocarme, te voy a…

—¿Me vas a qué? —increpó otra voz en tono provocador, grave y amenazador, acompañada de un coro de risas.

—Sí, venga, punki capullo de mierda. ¿Qué vas a hacer?

Gabrielle, que ya tenía la mano en el tirador de la puerta del taxi, giró la cabeza medio alarmada y medio atemorizada por lo que iba a ver. Se trataba de la pandilla del club, los motoristas o lo que fueran, vestidos con cuero negro y gafas de sol. Los seis rodeaban al novio punki como si fueran una manada de lobos y le daban empujones por turnos, jugando con él como si fuera su presa.

El chico intentó darle un puñetazo a uno de ellos y falló, y la situación empeoró en un abrir y cerrar de ojos.

De repente, la refriega se acercó a donde estaba Gabrielle. La pandilla de gilipollas empujó al punki contra el capó del taxi y empezaron descargarle puñetazos en el rostro. De la nariz y la boca del chico salieron disparadas gotas de sangre y algunas de ellas mancharon a Gabrielle. Ella dio un paso hacia atrás, anonadada y horrorizada. El chico se debatía para escapar, pero sus atacantes le sujetaban y le golpeaban con una furia que a Gabrielle le resultaba difícil de comprender.

—¡Fuera del jodido coche! —gritó el taxista por la ventanilla abierta—. ¡Dios santo! ¡Iros a otra parte! ¿Me oís?

Uno de los asaltantes giró la cabeza hacia el taxista, le dirigió una terrible sonrisa y propinó un fuerte puñetazo en el parabrisas, que se rompió en mil pedazos. Gabrielle vio que el taxista se santiguaba y que murmuraba unas palabras inaudibles, dentro del coche. Se oyó el cambio de marchas y luego el chirrido agudo de las ruedas en el mismo momento en que el taxi hizo marcha atrás para sacarse de encima la carga del capó.

—¡Espere! —gritó Gabrielle, pero era demasiado tarde.

El transporte a casa y la posibilidad de huir de esa escena brutal habían desaparecido. Con el miedo atenazándole la garganta, observó al taxi que se alejaba a toda velocidad por la calle y cuyas luces desaparecieron en la noche.

En la esquina, los seis motoristas no mostraban ninguna compasión por su víctima: estaban tan concentrados en dejar inconsciente al punki a base de golpes que no prestaron atención a Gabrielle.

Ella se dio la vuelta y subió corriendo las escaleras hasta la entrada de La Notte mientras rebuscaba el móvil en el bolsillo. Encontró el delgado aparato y lo abrió. Mientras abría las puertas de la sala y entraba corriendo en el vestíbulo, marcó el 911, atenazada por el pánico. Por encima del estruendo de la música, de las voces, además del zumbante sonido de su propio corazón, Gabrielle solamente oyó el sonido de espera del otro lado del hilo telefónico. Se apartó el teléfono del oído…

«No hay señal.»

—¡Mierda!

Volvió a marcar el 911, sin suerte.

Corrió hacia la zona principal de la sala, gritando, desesperada, en medio del ruido.

—¡Por favor, que alguien me ayude! ¡Necesito ayuda!

Nadie parecía oírla. Golpeó a la gente en los hombros, tiró de las mangas y estuvo a punto de sacudirle el brazo a un tipo tatuado con pinta de militar, pero nadie le prestó atención. Ni siquiera la miraron. Simplemente continuaron bailando y charlando como si ella ni siquiera se encontrara allí.

¿Era un sueño? ¿Se trataba de alguna perversa pesadilla en la cual ella era la única que había visto los actos de violencia que sucedían allí fuera?

Gabrielle desistió de intentar llamar la atención de los desconocidos y decidió buscar a sus amigos. Mientras se abría paso a través de la oscura sala, continuaba marcando la tecla de rellamada, rezando para conseguir cobertura. No consiguió llamar y pronto se dio cuenta de que tampoco iba a encontrar a Jamie y a los demás en medio de esa masa de gente.

Frustrada y confundida, corrió de vuelta a la entrada del club. Quizá pudiera detener a un motorista, encontrar a un policía, ¡cualquier cosa!

El aire helado de la noche la golpeó en cuanto abrió las pesadas puertas y salió fuera de nuevo. Bajó corriendo el primer tramo de escaleras, resollando, insegura de con qué se iba a encontrar: una mujer sola contra seis miembros de una pandilla que posiblemente estuvieran drogados. Pero no les vio.

Se habían ido.

Un grupo de clientes de la sala subían las escaleras animadamente. Uno de ellos hacía como que tocaba una guitarra y sus amigos hablaban de ir a alguna otra fiesta *rave* más tarde.

—Eh —llamó Gabrielle, casi esperando que pasarían de largo. Pero se detuvieron y le sonrieron a pesar de que, a sus veintiocho años, era casi una década más vieja que ellos.

El chico que marchaba al frente del grupo la saludó con un gesto de cabeza.

—¿Sí?

—¿Alguno de vosotros…? —dudó un momento, sin saber si debería sentirse aliviada al darse cuenta de que, después de todo, no se trataba de un sueño—. ¿Alguno de vosotros ha visto la pelea que había aquí hace unos minutos?

—¿Había una pelea? ¡Impresionante! —dijo el líder del grupo.

—No, tía —repuso otro—. Acabamos de llegar. No hemos visto nada.

Pasaron por su lado y subieron el resto de escaleras mientras Gabrielle se preguntaba si estaba empezando a perder la cabeza. Caminó hasta la esquina. Había sangre en el suelo, pero el punki y sus agresores habían desaparecido.

Gabrielle se quedó de pie debajo de una farola y se frotó los brazos para quitarse el frío del cuerpo. Se dio la vuelta y miró a ambos lados de la calle, buscando alguna señal de la violencia de la que había sido testigo unos minutos antes.

Nada.

Pero entonces… lo oyó.

El sonido provenía de un estrecho callejón a su derecha. Flanqueado por un muro de cemento que llegaba a la altura del hombro de una persona y que actuaba como pantalla acústica, unos gruñidos casi imperceptibles llegaban hasta la calle desde el callejón casi completamente oscuro. Gabrielle no pudo identificar esos sonidos desagradables que le helaron la sangre en las venas, despertaron su alarma más instintiva y profunda y le pusieron en tensión todos los nervios del cuerpo.

Sus piernas continuaron moviéndose. No lo hacían en dirección contraria a la fuente de esos inquietantes sonidos, sino en dirección a ellos. El teléfono en la mano le pesaba como si fuera un ladrillo. Caminaba aguantando la respiración. No se dio cuenta de que no estaba respirando hasta que había penetrado un par de pasos en el callejón y su mirada se hubo posado en un grupo de figuras que se encontraba más adelante.

Los matones vestidos de cuero negro y con gafas de sol.

Estaban agachados, sobre las rodillas y las manos, manoseando algo, tirando de algo. A la tenue luz que llegaba desde la calle, Gabrielle distinguió un jirón de tela en el suelo, al lado de la carnicería. Era la camiseta del punki, destrozada y manchada.

El dedo que Gabrielle todavía tenía sobre el teclado del móvil se movió sigilosamente hacia la tecla de rellamada. Se oyó un callado zumbido al otro extremo de la línea y luego la voz del telefonista de la policía retumbó en la noche como la salva de cañón.

—Novecientos once. ¿Cuál es su emergencia?

Uno de los motoristas giró la cabeza al notar la repentina interrupción. Unos ojos fieros y llenos de odio se clavaron en Gabrielle como puñales. Tenía el rostro completamente ensangrentado. ¡Y sus dientes! Eran afilados como los de un animal: no eran dientes, sino colmillos que apuntaron hacia ella en el momento en el que él abrió la boca y siseó una palabra de sonido terrible en un idioma extraño.

—Novecientos once —volvió a decir el telefonista—. Por favor, informe de su emergencia.

Gabrielle no era capaz de hablar. Estaba tan aturdida que casi no podía ni respirar. Se acercó el móvil a los labios, pero no consiguió pronunciar ni una palabra.

La llamada de socorro había sido inútil.

Dándose cuenta de ello, y aterrorizada hasta los huesos, Gabrielle hizo la única cosa lógica que se le ocurrió. Con la mano temblorosa, dirigió el aparato hacia la pandilla de motoristas sádicos y apretó el botón de «capturar imagen». Un pequeño destello de luz iluminó el callejón.

Oh, Dios. Quizá todavía tuviera la oportunidad de escapar de esa noche infernal. Gabrielle apretó el botón otra vez, y otra, y otra, mientras se retiraba hacia atrás por el callejón en dirección a la calle. Oyó el murmullo de unas voces, oyó unos insultos, el sonido de pies en el callejón, pero no se atrevió a mirar hacia atrás. Ni siquiera lo hizo al oír un agudo chirrido de acero a sus espaldas, seguido por unos chillidos de agonía y de rabia que no eran de este mundo.

Gabrielle corrió en la noche impulsada por la adrenalina y el miedo y no se detuvo hasta que encontró un taxi en Commercial Street. Subió a él y cerró la puerta con un fuerte golpe. Resollaba, descolocada de miedo.

—¡Lléveme a la comisaría más cercana!

El taxista apoyó un brazo en el respaldo del asiento del copiloto y se volvió hacia ella. La miró con el ceño fruncido.

—¿Está bien, señorita?

—Sí —repuso ella automáticamente. Después añadió—: No. Necesito informar de…

Jesús. ¿De qué tenía intención de informar? ¿Del frenesí caníbal de una pandilla de motoristas rabiosos? ¿O de la otra explicación posible, la cual ni siquiera era mucho más creíble?

Gabrielle miró al taxista expectante a los ojos.

—Por favor, deprisa. Acabo de presenciar un asesinato.

Capítulo dos

$\mathcal{V}$ampiros.

La noche estaba infestada de ellos. Había contado más de una docena en la discoteca, la mayoría de ellos rondaban a las mujeres medio desnudas que se contoneaban bailando en la pista de baile, y seleccionaban entre ellas, seduciéndolas, a las mujeres que apagarían su sed esa noche. Ésa era una relación simbiótica que había sido de utilidad a su raza desde hacía más de dos mil años, una convivencia pacífica que dependía de la habilidad del vampiro en borrar los recuerdos de los humanos de quienes se alimentaba. Antes de que saliera el sol se habría derramado una buena cantidad de sangre, pero todos los de su raza se esconderían en el interior de sus oscuros refugios de los alrededores de la ciudad, y los humanos de quienes habían disfrutado esa noche no recordarían nada.

Pero ése no era el caso de lo sucedido en el callejón de al lado de la sala de fiestas.

Para los seis depredadores que se habían atiborrado de sangre, esa muerte ilícita sería la última. No eran cuidadosos manejando su apetito, no se habían dado cuenta de que les habían visto. No se habían dado cuenta de que él les había estado observando en la discoteca, ni de que les vio salir fuera desde la ventana del segundo piso de la iglesia reconvertida en un club nocturno de moda.

Estaban cegados por el subidón de deseo de sangre, esa adicción que una vez había sido como una epidemia para esa raza y que había provocado que tantos de ellos se volvieran unos renegados. Igual que esos, que se alimentaban abierta e indiscriminadamente de los humanos que vivían entre ellos.

Lucan Thorne no sentía una simpatía especial por la raza humana, pero lo que sentía por esos vampiros renegados era peor todavía. Ver a uno o a dos vampiros asesinos en una sola noche rastreando una ciudad del tamaño de Boston no era algo poco frecuente. Encontrar a varios de ellos trabajando en equipo, alimentándose a cielo descubierto como habían hecho ésos, era más que un pequeño problema. El número de asesinos aumentaba otra vez y se hacían cada vez más fuertes.

Había que hacer algo al respecto.

Para Lucan, al igual que para muchos otros de su raza, cada noche representaba la obligación de realizar una expedición de caza con el objetivo de aniquilar a aquellos que ponían en peligro lo que a la raza de vampiros les había costado tanto conseguir. Esa noche, Lucan perseguía a sus presas solo, sin importarle que le superaran en número. Había esperado a que la oportunidad de atacar fuera óptima: cuando los renegados hubieran saciado esa adicción que dirigía sus mentes.

Borrachos después de haber tomado una cantidad de sangre muy superior a la que podían ingerir sin riesgos, habían continuado destrozando y golpeando el cuerpo de ese hombre joven de la discoteca, gruñendo y mordiendo como si fueran una manada de perros salvajes. Lucan se había preparado para ejecutar una justicia rápida, y lo habría hecho de no ser por la repentina aparición de esa mujer pelirroja en el oscuro callejón. En un instante, ella había arruinado todo sus propósitos de esa noche al seguir a los renegados hasta el callejón y haber desviado la atención de su presa.

Mientras el haz luminoso de su teléfono móvil centelleaba en la oscuridad, Lucan bajó desde el alféizar de la ventana oculto en sombras y aterrizó en el suelo sin hacer ni un sonido. Al igual que los renegados, los sensibles ojos de Lucan se encontraron parcialmente cegados por ese repentino brillo de luz en la oscuridad. La mujer había disparado una serie de veces mientras huía de la carnicería y esos destellos fruto del pánico fueron lo único que la salvaron de la ira de sus salvajes parientes.

Pero mientras que los sentidos de los otros vampiros se encontraban aturdidos y entumecidos a causa de la sed de sangre, los de Lucan estaban completamente despiertos. Sacó su arma de debajo del abrigo —una doble hoja de acero de filo de titanio que sobresalía de una única empuñadura— y la blandió, reclamando la cabeza del matón que se encontraba más cerca de él.

A ésta la siguieron dos más. Los cuerpos de los muertos se retorcieron al empezar la rápida descomposición celular que convertía la masa ácida que supuraba de sus cuerpos en cenizas. Unos chillidos salvajes llenaron el callejón; Lucan cortó la cabeza de otro de ellos y, dándose la vuelta, empaló a otro de los renegados por el torso. Éste soltó un silbido a través de los dientes y colmillos que goteaban sangre. Unos pálidos ojos de color áureo se clavaron en Lucan con expresión de desdén: los iris hinchados por el hambre se tragaban unas pupilas que se habían achicado hasta convertirse en dos estrechas ranuras. La criatura sufrió un espasmo, alargó los brazos hacia él con los labios apretados dibujando una horrenda sonrisa que no era de este mundo: el acero forjado de forma específica envenenó su sangre asesina y redujo al vampiro a una mancha en el suelo de la calle.

Sólo quedaba uno. Lucan se volvió para enfrentarse al alto macho con las dos hojas levantadas y preparadas para asestar el golpe.

Pero el vampiro se había ido: se había escapado en medio de la noche antes de que pudiera darle muerte.

«Mierda.»

Nunca antes había permitido que ninguno de esos bastardos se escapara a su justicia. No debería haberlo hecho ahora. Pensó en perseguir al matón, pero eso hubiera significado abandonar la escena del ataque expuesta, y ése era un riesgo mayor allí: permitir que los humanos conocieran la dimensión exacta del peligro en el cual vivían.

A causa de la ferocidad de los renegados, la raza de Lucan había sido perseguida por los seres humanos durante la Vieja Era; los de su raza no podrían sobrevivir a otra era de castigo ahora que los humanos tenían la tecnología de su parte.

Hasta que los renegados fueran sofocados —mejor todavía: eliminados por completo— la humanidad no debería saber que existían vampiros que vivían entre ellos.

Mientras se disponía a limpiar la zona de todo rastro de la matanza, los pensamientos de Lucan no dejaron de dirigirse hacia la mujer del pelo encendido y de esa dulce belleza de alabastro.

¿Cómo era posible que ella hubiera encontrado a los renegados en el callejón?

A pesar de que era una creencia general entre los humanos que los vampiros podían desaparecer a voluntad, la realidad era mucho menos impactante. Tenían el don de poseer una gran agilidad y una gran velocidad y simplemente se movían con una rapidez mayor que la que podía captar el ojo humano. Esa habilidad, además, se veía aumentada por el gran poder hipnótico que tenían sobre las mentes de los seres inferiores. Pero, de forma extraña, esa mujer parecía inmune a ambas cosas.

Lucan la había visto moverse por la discoteca, y se dio cuenta de ello en ese momento. Su mirada se había desviado de su presa atraída por un par de conmovedores ojos y por un espíritu que parecía tan perdido como el suyo. Ella también le había visto y le había mirado desde donde se encontraba sentada con sus amigos. A pesar de la multitud de gente y del olor a rancio que llenaba la sala, Lucan había detectado el aroma del perfume de su piel: algo exótico y raro.

En esos momentos también lo olía. Era una delicada nota aromática que pendía de la noche, que incitaba sus sentidos y que despertaba algo muy primitivo en él. Las encías le dolieron a causa del repentino alargamiento de los colmillos: una reacción física ante la necesidad de tipo carnal o de cualquier otro tipo que él no conseguía controlar. La olía y la deseaba, y no de una forma más elevada que la de sus hermanos los renegados.

Lucan echó la cabeza hacia atrás e inhaló con fuerza el aroma de la mujer para seguir su rastro oloroso por la ciudad. Al ser la única testigo del ataque de los renegados, no era inteligente permitir que ella conservara el recuerdo de lo que había visto. Lucan encontraría a esa mujer y tomaría las medidas que fueran necesarias para asegurar la protección de su raza.

Y, desde algún recóndito lugar de su mente, una antigua consciencia le susurraba que, fuera ella quien fuese, ya le pertenecía.

Y

—Se lo estoy diciendo. Lo vi todo. Había seis, y estaban destrozando a ese chico con las manos y los dientes… como animales. ¡Le han matado!

—Señorita Maxwell, hemos pasado por esto muchas veces ya esta noche. Ahora estamos todos cansados, y la noche se está haciendo muy larga.

Gabrielle llevaba en la comisaría más de tres horas intentando explicar el horror del que había sido testigo en la calle próxima a La Notte. Los dos agentes con quienes había hablado se habían mostrado escépticos al principio, pero ahora ya se estaban impacientando y casi tenían una actitud acusatoria hacia ella. Al cabo de muy poco tiempo de que ella hubiera llegado a la comisaría, habían enviado un coche patrulla a la zona de la discoteca para comprobar cuál era la situación y para recuperar el cuerpo que Gabrielle había dicho ver. Pero habían vuelto con las manos vacías. No había ninguna noticia de ningún altercado con ninguna banda y no encontraron pruebas de ninguna clase de que alguien hubiera sufrido algún acto delictivo. Era como si todo eso no hubiera sucedido nunca, o como si los rastros hubieran sido borrados de forma milagrosa.

—Si me escucharan… si quisieran mirar las fotos que he hecho…

—Las hemos visto, señorita Maxwell. Varias veces, ya. Francamente, todo de lo que nos ha contado esta noche se ha comprobado… su declaración, esas fotos borrosas y oscuras de su teléfono móvil.

—Siento mucho que les falte calidad —replicó Gabrielle en tono ácido—. La próxima vez que me encuentre con una pandilla de psicópatas que llevan a cabo una matanza sangrienta, intentaré recordar que debo ir a buscar mi Leica y un par de objetivos extra.

—Quizá quiera usted replantearse su declaración —sugirió el más viejo de los dos oficiales cuyo acento bostoniano estaba teñido con el deje irlandés que le había dado la juventud en Southie. Se llevó una mano regordeta a las cejas y se las frotó y, acto seguido, le pasó el móvil a Gabrielle por encima de la mesa—. Debe usted saber que firmar una declaración falsa es un delito, señorita Maxwell.

—Ésta no es una declaración falsa —insistió ella, frustrada y no poco enojada de que la trataran como a una criminal—. Mantengo todo lo que he dicho esta noche. ¿Por qué tendría que habérmelo inventado?

—Eso solamente lo puede saber usted, señorita Maxwell.

—Esto es increíble. Tienen mi llamada al 911.

—Sí —asintió el agente—. Usted realizó, efectivamente, una llamada a Emergencias. Desgraciadamente, lo único que tenemos grabado es el sonido de interferencias. Usted no dijo nada, y no respondió a la petición que el telefonista le hizo de que informara de lo sucedido.

—Sí, bueno, es difícil encontrar las palabras para describir cómo le están cortando el cuello a alguien.

Él la miró otra vez con expresión dubitativa.

—Esa discoteca… La Notte, es un lugar desenfrenado, por lo que sé. Muy popular entre los góticos, los *raveros*…

—¿Qué quiere decir?

El policía se encogió de hombros.

—Muchos chicos se meten en líos extraños hoy en día. Quizá lo único que usted vio fue cómo una fiesta se les iba un poco de las manos.

Gabrielle soltó una maldición y alargó la mano hasta el teléfono móvil.

—¿Le parece a usted que esto es una fiesta que se les va un poco de las manos?

Apretó la tecla de «mostrar imagen» y volvió a observar las imágenes que había capturado. A pesar de que las instantáneas eran borrosas y de que el destello de luz había difuminado la escena, todavía se veía claramente a un grupo de hombres que rodeaba a otro en el suelo. Apretó el botón para pasar a otra imagen y vio el brillo de varios ojos que miraban a la cámara, y unos rostros cuyos vagos rasgos faciales se deformaban y adoptaban una expresión de furia salvaje.

¿Por qué los agentes no veían lo que veía ella?

—Señorita Maxwell —interrumpió el agente de policía más joven. Caminó hasta el otro lado del escritorio y se sentó en la esquina del mismo, delante de ella. Había sido el que, de los dos, había permanecido más tiempo en silencio, el que había estado escuchando con atención mientras su compañero comunicaba dudas y sospechas—. Es evidente que usted cree haber presenciado algo terrible esta noche, en esa discoteca. El agente Carrigan y yo queremos ayudarla, pero para que podamos hacerlo, tenemos que asegurarnos de que estamos hablando de lo mismo.

Ella asintió con la cabeza.

—De acuerdo.

—Ahora tenemos su declaración y hemos visto sus fotos. Usted me da la sensación de ser una persona sensata. Antes de que profundicemos más en esto, necesito saber si estaría usted dispuesta a someterse a un análisis de control de drogas.

—Un análisis de drogas. —Gabrielle se levantó repentinamente de la silla. Ahora estaba más que enojada—. Esto es ridículo. Yo no soy una cabeza hueca colocada, y me disgusta que me traten como si lo fuera. ¡Estoy intentando informar de un asesinato!

—¿Gab? ¡Gabby!

Desde algún punto, a sus espaldas, en comisaría, Gabrielle oyó la voz de Jamie. Había llamado a su amigo al cabo de muy poco tiempo de haber llegado allí porque necesitaba el apoyo de tener un rostro familiar cercano después de todo lo que había presenciado.

—¡Gabrielle! —Jamie corrió hacia ella y le dio un cálido abrazo—. Siento no haber podido llegar antes, pero ya estaba en casa cuando recibí tu mensaje en el móvil. ¡Qué horror, cariño! ¿Estás bien?

Gabrielle asintió con la cabeza.

—Creo que sí. Gracias por venir.

—Señorita Maxwell, ¿por qué no deja que su amigo la lleve a casa? —le dijo el agente—. Podemos continuar con esto en algún otro momento. Quizá podrá pensar con mayor claridad después de haber dormido un poco.

Los dos policías se levantaron y le hicieron una seña a Gabrielle para que hiciera lo mismo. Ella no discutió. Estaba cansada, agotada por completo, y no creía que aunque se quedara en la comisaría toda la noche consiguiera convencer a los polis de lo que había presenciado fuera de La Notte. Un poco atontada, dejó que Jamie y que los dos agentes la acompañaran fuera de comisaría. Ya se encontraba a mitad de las escaleras en dirección al aparcamiento cuando el más joven de los dos la llamó por su nombre.

—Señorita Maxwell.

Ella se detuvo y miró hacia atrás por encima del hombro, en dirección a donde se encontraban los dos policías de pie, bajo la luz que salía de la comisaría.

—Si eso la ayuda a descansar con mayor tranquilidad, le enviaremos a alguien para que vigile su casa, y que quizá pueda hablar con usted un poco más cuando haya tenido usted tiempo de pensar un poco en su declaración.

A Gabrielle no le gustó el tono de mimo con que se lo dijo, pero tampoco encontró las fuerzas necesarias para rechazar esa oferta. Después de lo que había presenciado esa noche, Gabrielle aceptaría gustosa la seguridad que le ofrecía el tener a un policía cerca, incluso aunque fuera un policía prepotente. Asintió con la cabeza y siguió a Jamie hasta el coche.

En un escritorio de un tranquilo rincón de la comisaría, un archivista apretó el botón de impresión del ordenador. Una impresora láser zumbó y se puso en funcionamiento a sus espaldas, y sacó un informe de una sola página. El archivista se tragó el último sorbo de café frío que quedaba en su tazón desconchado Red Sox y se levantó de la desvencijada silla para recoger, con gesto indiferente, el documento que acababa de salir de la impresora.

La Central se encontraba en silencio, vacía, después del cambio de turno de medianoche. Pero incluso aunque hubiera estado bullendo de actividad, nadie hubiera prestado ninguna atención al reservado y extraño interno en prácticas que se mostraba tan cerrado en sí mismo.

Ésa era la belleza de su papel.

Por eso lo habían elegido.

Él no era el único miembro del cuerpo a quién podían reclutar. Sabía que había otros, aunque sus identidades se mantenían en secreto. De esa forma era más seguro, más limpio. Por su parte, no recordaba cuánto tiempo hacía que había conocido a su Maestro. Solamente sabía que ahora vivía para servir.

Con el informe firmemente sujeto en una mano, el archivista caminó despacio por el pasillo buscando un lugar tranquilo y privado. La habitación de descanso, que nunca se encontraba vacía fuera la hora del día que fuera, se encontraba ocupada en esos momentos por una pareja de secretarias y por Carrigan, un policía gordo y bocazas que se retiraba a final de semana. Estaba fanfarroneando acerca de un fantástico negocio que había hecho con algún apartamento de Florida mientras las mujeres, básicamente, le ignoraban y se dedicaban a disfrutar de un pastel amarillo hecho el día anterior y a bañarlo con una coca-cola baja en calorías.

El archivista se pasó los dedos por entre el cabello de un color castaño claro y atravesó las puertas abiertas en dirección a los servicios, que se encontraban al final del pasillo. Se detuvo fuera del servicio de caballeros con la mano encima del pomo de metal y echó un vistazo a sus espaldas. Al darse cuenta de que nadie le veía, se dirigió a la habitación de al lado, al cuarto de suministros de conserjería. Se suponía que debía mantenerse siempre cerrado, pero pocas veces lo estaba. De todas formas, no había gran cosa que valiera la pena robar allí dentro, a no ser que uno tuviera debilidad por el papel higiénico industrial, el amoníaco o las toallas de papel marrón.

Giró la manilla de la puerta y empujó el viejo panel de acero hacia dentro. Cuando se encontró en el interior del oscuro cuarto, presionó el cierre desde dentro y sacó el teléfono móvil del bolsillo del pantalón. Apretó el botón de marcación rápida y llamó al único número que tenía almacenado en esa unidad indetectable y desechable. El tono de llamada sonó dos veces y luego se impuso un silencio amenazante, la inconfundible presencia de su Maestro acechaba desde el otro extremo de la línea.

—Señor —dijo el archivista en un susurro reverente—. Tengo información para usted.

Habló deprisa y en voz baja, contándole todos los detalles acerca de la mujer llamada Maxwell que había acudido a la comisaría y de la declaración que había realizado acerca de un asesinato por parte de una banda en el centro de la ciudad. El archivista oyó un gruñido y el suave siseo de la respiración desde el otro extremo de la línea. Su maestro escuchaba la información en silencio. Notó la furia contenida en esas lentas y acompasadas respiraciones, y se le heló la sangre.

—He reunido toda la información personal para usted, señor, toda —le dijo, y, sirviéndose del suave resplandor de la pantalla del móvil, leyó la dirección de Gabrielle, su teléfono privado y demás detalles. El servil subordinado estaba ansioso por complacer a su temible y poderoso señor.

Capítulo tres

*H*abían pasado dos días enteros.

Gabrielle intentó quitarse de la cabeza todo el horror de lo que había visto en el callejón de La Notte. ¿Qué importancia tenía, de todas maneras? Nadie la había creído. No la había creído la policía, que todavía no había mandado a nadie a verla tal y como habían prometido, y tampoco la habían creído sus amigos.

Jamie y Megan, que habían visto a los matones de chaqueta de cuero increpando al punki dentro de la sala, dijeron que el grupo se había marchado sin haber provocado ningún otro incidente en ningún momento de la noche. Kendra había estado demasiado absorta con Ken —el chico a quién había conocido en la pista de baile de la sala— y no se había dado cuenta de que había habido un altercado en la sala. Según los policías que se encontraban en comisaría el sábado por la noche, todo el mundo a quien el coche patrulla había interrogado en La Notte había dado la misma historia: una breve escaramuza en el bar, pero no había ningún testigo que hubiera presenciado signos de violencia ni dentro ni fuera de la sala.

Nadie había visto el ataque del que ella había informado. No había habido ninguna admisión en ningún hospital ni en ningún depósito de cadáveres. Ni siquiera había una denuncia de daños del taxista que se había encontrado en la esquina.

Nada.

¿Cómo era posible? ¿Estaría realmente delirando?

Era como si los ojos de Gabrielle fueran los únicos que se hubieran encontrado abiertos esa noche. O bien ella era la única que había presenciado algo inexplicable o bien estaba perdiendo la cabeza.

Quizá un poco de ambas cosas.

Gabrielle no podía enfrentarse a lo que esa idea implicaba, así que buscó consuelo en lo único que le ofrecía un poco de alegría. Tras la puerta cerrada de su cuarto oscuro construido a medida, en el sótano de la casa, Gabrielle sumergió una hoja de papel fotográfico en una bandeja con líquido de revelado. De la pálida nada, una imagen empezó a cobrar forma debajo de la superficie del líquido. La observó cobrar vida: la irónica belleza de unos tentáculos de marfil que se expandían por encima de un antiguo y abandonado psiquiátrico de ladrillos viejos y cemento, de estilo gótico, que hacía poco que había descubierto en las afueras de la ciudad. Salió mejor de lo que esperaba, y tentó a su imaginación de artista con la posibilidad de realizar una serie entera dedicada a ese lugar desolado e inquietante. La dejó a un lado y reveló otra foto, ésta de un primer plano de un pino joven que crecía de una grieta abierta en el pavimento de un patio trasero durante mucho tiempo abandonado.

Esas imágenes la hicieron sonreír mientras las sacaba del líquido y las colgaba de la cuerda de secado. Tenía casi doce más como ésas arriba, sobre su mesa de trabajo, crudos testimonios de la tozudez de la naturaleza y de la locura de la codicia y la arrogancia del hombre.

Gabrielle siempre se había sentido un poco como una extranjera, como una silenciosa observadora, desde que era una niña. Ella lo atribuía al hecho de que no tenía padres; no tenía familia en absoluto, excepto la pareja que la había adoptado cuando ella era una problemática niña de doce años que se había pasado la vida de orfanato en orfanato. Los Maxwell, una pareja de clase media alta que no tenía hijos propios, se habían compadecido bondadosamente de ella, pero incluso su aceptación había sido distante. Gabrielle fue mandada inmediatamente a internados, a campamentos de verano y, finalmente, a una universidad fuera del estado. Sus padres, los que habían ejercido como tales, murieron juntos en un accidente de coche mientras ella estaba lejos en la universidad.

Gabrielle no asistió al funeral, pero la primera fotografía de verdad que hizo era de dos lápidas que se encontraban bajo la sombra de un arce en el cementerio de la ciudad, en Mount Auburn. Desde entonces, no había dejado de hacer fotos.

A Gabrielle no le gustaba lamentarse por su pasado, así que apagó la luz de la habitación oscura y se dirigió hacia arriba para pensar en qué hacer para la cena. No llevaba ni dos minutos en la cocina cuando sonó el timbre de la puerta.

Jamie se había quedado, generosamente, con ella las dos últimas noches para asegurarse de que Gabrielle estaba bien. Él estaba preocupado por ella y se mostraba protector como el hermano que no había tenido. Esa mañana, al marcharse, se había ofrecido para volver otra vez, pero Gabrielle le había insistido en que podía quedarse sola. La verdad era que necesitaba un poco de soledad y, ahora que el timbre de la puerta volvía a sonar, notó cierta irritación ante la posibilidad de que no pudiera quedarse sola tampoco esa noche.

—Voy enseguida —dijo en voz alta desde el vestíbulo del apartamento.

Miró, por pura costumbre, por la mirilla de la puerta pero en vez de encontrarse con la ondulada mata de pelo rubio de Jamie, Gabrielle vio una oscura cabeza con rasgos impactantes que pertenecían a un hombre desconocido que esperaba en la entrada. En el rellano de enfrente, justo delante de su escalera de entrada, había una luz que reproducía una antigua lámpara de gas y su suave destello anaranjado envolvía al hombre como con una capa dorada, como si envolviera a la misma noche. Ese hombre tenía algo que resultaba de mal agüero y al mismo tiempo cautivador en sus pálidos ojos grises, que ahora miraban directamente al estrecho círculo de cristal, como si pudiera verla a ella al otro lado de la mirilla.

Gabrielle abrió la puerta, pero pensó que era mejor no quitar la cadena de seguridad. El hombre se acercó a la abertura y observó la tirante cadena que se tensaba entre ambos. Cuando la miró a los ojos de nuevo, le sonrió un poco, como si le pareciera divertido que ella creyera poder impedirle el paso con tanta facilidad en el caso de que él quisiera entrar de verdad.

—¿La señorita Maxwell?

Su voz resultó una caricia para todos sus sentidos, como si fuera de un rico terciopelo negro.

—¿Sí?

—Me llamo Lucan Thorne. —Esas palabras salieron por entre sus labios con un timbre suave y mesurado que, por un momento, calmó parte de la ansiedad que ella sentía. Al darse cuenta de que ella no decía nada, él continuó—: He sabido que tuvo usted algunas dificultades hace un par de noches en la comisaría. Solamente quería pasar por aquí para asegurarme de que estaba usted bien.

Ella asintió con la cabeza.

Era evidente que la policía no la había descartado por completo, después de todo. Como ya hacía dos días que no tenía noticias de ellos, Gabrielle no esperaba ver a nadie del departamento, a pesar de la promesa de mandarle a alguien para que vigilara. Tampoco podía estar segura de que ese tipo, de un oscuro pelo liso y brillante y de facciones marcadas, fuera un policía.

Pero tenía un aspecto lo bastante adusto para ser un policía, pensó, y a parte de ese aspecto oscuro y peligroso, no parecía tener intención de hacerle ningún daño. Pero, después de todo por lo que había pasado, Gabrielle pensó que sería inteligente excederse en cautela.

—¿Tiene usted alguna identificación?

—Por supuesto.

Con un gesto deliberado y casi sensual, él desplegó una fina billetera de piel y la levantó ante la abertura de la puerta. Fuera estaba casi completamente oscuro y probablemente fue por ello que Gabrielle necesitó unos segundos para enfocar la vista en la brillante placa de policía y en la foto identificativa que se encontraba a su lado y que mostraba su nombre.

—De acuerdo. Entre, detective.

Despasó la cadena de la puerta y luego abrió la puerta y le dejó entrar. Los hombros de él casi abarcaban la totalidad de la entrada. De hecho, su presencia pareció llenar todo el recibidor. Era un hombre grande, alto y de cuerpo fuerte, envuelto en un largo abrigo negro; la ropa oscura y el pelo negro y sedoso absorbían la suave luz de la lámpara que colgaba del techo. Tenía un porte seguro, casi real, y una expresión grave, como si estuviera más dotado para dirigir a una legión de caballeros armados que para arrastrarse hasta Beacon Hill para dar consuelo a una mujer que sufría alucinaciones.

—No creí que viniera nadie. Después del recibimiento que me ofrecieron en comisaría este fin de semana, creí que la inteligencia de Boston me habría catalogado como a un caso perdido.

Él ni lo reconoció ni lo negó, simplemente entró con paso seguro y tranquilo en la sala de estar y, en silencio, paseó la mirada por todo el espacio. Se detuvo ante la mesa de trabajo, donde se encontraban las últimas imágenes que ella había colocado en hileras. Gabrielle atravesó la habitación detrás de él y observó la reacción de él ante su trabajo. Él había levantado una ceja oscura mientras estudiaba las fotografías.

—¿Son suyas? —le preguntó, dirigiendo sus pálidos y agudos ojos hacia ella.

—Sí —contestó Gabrielle—. Forman parte de una serie que voy a titular *Renovación urbana*.

—Interesante.

Él volvió a mirar las fotos y Gabrielle se sintió súbitamente incómoda ante esa respuesta indiferente y medida.

—Solamente estoy trabajando con esto ahora mismo… no es nada que pueda ser mostrado todavía.

Él soltó un gruñido de asentimiento sin dejar de observar las fotografías en silencio.

Gabrielle se acercó, en un intento de captar mejor la reacción de él o su ausencia de reacción.

—Hago mucho trabajo por encargo en la ciudad. De hecho, es probable que haga unas fotos de la casa del gobernador en Vineyard a finales de mes.

«Cállate», se dijo a sí misma. ¿Por qué estaba intentando impresionar a ese tipo?

El detective Thorne no parecía demasiado impresionado. Sin decir nada, alargó una mano y, con dedos demasiado elegantes para su profesión, con gesto elegante recolocó dos de las imágenes de encima de la mesa. Inexplicablemente, Gabrielle se imaginó esos largos y hábiles dedos sobre su piel desnuda, enredados entre su pelo, siguiendo la forma de su nuca… obligándola a echar la cabeza hacia atrás hasta que ésta descansara sobre el fuerte brazo de él y esos fríos ojos grises se la tragaran.

—Bueno —dijo ella, volviendo a la realidad—. Supongo que preferirá usted ver las fotos que hice fuera del club el sábado por la noche.

Sin esperar ninguna respuesta, fue hasta la cocina y tomó el móvil que se encontraba encima del mármol. Lo activó, abrió una de las fotos en pantalla y ofreció el aparato al detective Thorne.

—Ésta es la primera instantánea que hice. Me temblaban las manos, por eso está un poco movida. Y la luz del flash difuminó mucho los detalles. Pero si la observa con atención, verá que hay seis figuras oscuras agachadas en el suelo. Son ellos, los asesinos. Su víctima es ese bulto que están maltratando, delante de ellos. Le estaban… mordiendo. Como animales.

Los ojos de Thorne se mantuvieron fijos en la imagen; su expresión continuó mostrándose adusta, imperturbable. Gabrielle abrió la siguiente fotografía.

—El flash les sobresaltó. No lo sé, creo que debió de cegarles o algo. Cuando hice las siguientes instantáneas, algunos de ellos se detuvieron y me miraron. No puedo distinguir los rasgos del todo, pero ésta es la cara de uno de ellos. Esas extrañas rayas de luz son el reflejo de sus ojos. —Se estremeció al recordar el brillo amarillento de esos ojos malignos e inhumanos—. Me estaban mirando directamente.

Más silencio por parte del detective. Tomó el móvil de los dedos de Gabrielle y abrió las siguientes imágenes.

—¿Qué piensa usted? —preguntó ella, esperando obtener una confirmación—. Usted también puede verlo, ¿verdad?

—Veo… algo, sí.

—Gracias a Dios. Sus colegas de comisaría intentaron hacerme creer que estaba loca, o que yo era una especie de perdedora drogada que no sabía de qué estaba hablando. Ni siquiera mis amigos me creyeron cuando les conté lo que había visto esa noche.

—Sus amigos —dijo él, con una expresión deliberadamente meditativa—. ¿Quiere usted decir alguien además del hombre con quien estaba usted en comisaría… su amante?

—¿Mi amante? —Se rio al oírlo—. Jamie no es mi amante.

Thorne levantó la cabeza y apartó la mirada de la pantalla del teléfono móvil para mirarla a los ojos.

—Ha pasado las dos últimas noches con usted a solas, aquí, en este apartamento.

¿Cómo lo sabía? Gabrielle sintió una punzada de enojo ante la idea de que estaba siendo espiada por alguien, aunque fuera la policía, y que probablemente lo hubieran hecho más por sospechar de ella que con intención de protegerla. Pero allí, de pie al lado del detective Lucan Thorne, en la sala de estar, parte de ese enojo desapareció y se vio sustituido por un sentimiento de tranquila aceptación, de una sutil y lánguida cooperación. Extraño, pensó, pero se sentía bastante indiferente ante esa idea.

—Jamie se ha quedado conmigo un par de noches porque estaba preocupado por mí después de lo que sucedió este fin de semana. Es mi amigo, eso es todo.

«Bien.»

Los labios de Thorne no se movieron, pero Gabrielle estaba segura de haber oído su respuesta. Su voz inaudible, su complacencia al saber que no se trataba de su amante, parecía resonar en algún lugar dentro de ella. Quizá era su deseo, pensó. Hacía mucho tiempo que no tenía nada parecido a un novio, y solamente estar al lado de Lucan Thorne le provocaba cosas extrañas en la mente. O, mejor dicho, en su cuerpo.

Él la miraba, y Gabrielle sintió un agradable foco de calor en el vientre. Su mirada la penetró como penetra el calor, de forma tangible e íntima. De repente, una imagen se formó en su mente: ella y él, desnudos y enredados el uno con el otro bajo la luz de la luna, en su dormitorio. Una instantánea oleada de calor la llenó. Sentía los músculos duros de él en la yema de los dedos, el firme cuerpo de él moviéndose encima del suyo... su grueso pene llenándola, abriéndola, explotando dentro de ella.

Oh, sí, pensó, casi retorciéndose sin moverse de sitio. Jamie tenía razón. Verdaderamente llevaba demasiado tiempo de celibato.

Thorne parpadeó lentamente; las densas y negras pestañas ocultaron unos tormentosos ojos plateados. Como la brisa fría acaricia la piel desnuda, Gabrielle sintió que parte de la tensión de sus piernas se disipaba. El corazón le latía con fuerza; la habitación parecía extrañamente cálida.

Él apartó la mirada y giró la cabeza y los ojos de Gabrielle se encontraron con su nuca, en el punto en que ésta se encontraba con el cuello de su camisa de sastre. Tenía un tatuaje en el cuello, o, por lo menos, le parecía que era un tatuaje. Unos remolinos intrincados y unos símbolos que parecían geométricos, hechos con tinta en un tono sólo ligeramente más oscuro que el de su piel, desaparecían por debajo de la densa mata de pelo. Ella se preguntó cómo sería el resto del tatuaje y si ese bonito diseño tenía algún significado especial.

Sintió casi una urgencia irrefrenable por continuar esas interesantes líneas con los dedos. Quizá con la lengua.

—Cuénteme qué les dijo a sus amigos acerca del ataque que vio usted en esa sala.

Ella tragó saliva y sintió que la garganta se le secaba. Meneó la cabeza como para volver a concentrarse en la conversación.

—Sí, de acuerdo.

Dios, ¿qué le estaba pasando? Gabrielle ignoró el extraño ritmo que había cobrado su pulso y se concentró en los sucesos de la otra noche. Volvió a contar la historia para el detective, igual que lo había hecho para los dos agentes y, luego, para sus amigos. Le contó todos los detalles horribles y él escuchó atentamente, permitiendo que ella lo contara todo sin ser interrumpida. Ante la fría aceptación que encontró en sus ojos, el recuerdo que Gabrielle tenía del asesinato, parecía hacerse más preciso, como si la lente de su memoria se hubiera ajustado y hubiera aumentado los detalles.

Al terminar, vio que Thorne estaba volviendo a abrir las fotos de su teléfono móvil. La expresión de su boca había pasado de ser adusta a grave.

—¿Qué cree usted que muestran estas imágenes exactamente, señorita Maxwell?

Ella levantó la vista y se encontró con la mirada de él, con esos inteligentes y penetrantes ojos que se clavaban en los suyos. En un instante una palabra se formó en la mente de Gabrielle: una palabra increíble, ridícula y terroríficamente clara.

«Vampiros.»

—No lo sé —dijo con poca convicción, levantando la voz por encima del susurro que sentía en su propia cabeza—. Quiero decir, no estoy segura de qué pensar.

Si el detective todavía no había creído que estaba loca, lo creería si pronunciaba el nombre que no se le iba de la mente y la dejaba helada de terror. Ésa era la única explicación que podía encontrar para esa horripilante matanza que había presenciado la otra noche.

«¿Vampiros?»

Jesús. Se había vuelto loca de verdad.

—Tengo que llevarme este aparato, señorita Maxwell.

—Gabrielle —le dijo ella. Le sonrió y se sintió extraña al hacerlo—. ¿Cree usted que los forenses, o quienes hagan este tipo de cosas, serán capaces de limpiar las imágenes?

Él hizo una ligera inclinación con la cabeza, sin llegar a asentir, y luego se metió el móvil de ella en el bolsillo.

—Se lo devolveré mañana al final de la tarde. ¿Estará usted en casa?

—Claro.

¿Cómo era posible que él fuera capaz de hacer que una simple pregunta pareciera una orden?

—Le agradezco que haya venido, detective Thorne. Han sido unos días difíciles.

—Lucan —dijo él, observando el rostro de ella un momento—. Llámeme Lucan.

Parecía que el calor que emanaba de sus ojos llegara hasta ella, al mismo tiempo que veía en ellos una estoica comprensión, como si ese hombre hubiera visto horrores mayores de los que ella podría comprender nunca. No podía encontrar una palabra para definir la emoción que la embargaba en ese momento, pero se le había acelerado el pulso y le pareció que la habitación se había vaciado de todo aire. Él continuaba mirándola, esperando, como si esperaba que ella satisficiera inmediatamente su petición de que pronunciara su nombre.

—De acuerdo…, Lucan.

—Gabrielle —contestó él, y oír el sonido de su nombre en los labios de él la hizo temblar y sentir una aguda conciencia de sí misma.

Algo que había en la pared, detrás de ella, llamó la atención de él y dirigió la vista hacia el punto donde una de las fotografías más celebradas de Gabrielle estaba colgada. Apretó los labios ligeramente en un gesto sensual que delataba diversión y quizá cierta sorpresa. Gabrielle se dio la vuelta para mirar la imagen de un parque del interior de la ciudad que estaba helado y se veía desolado, cubierto por una gruesa capa de nieve típica del mes de diciembre.

—No le gusta mi trabajo —dijo ella.

Él meneó un poco la cabeza.

—Lo encuentro… intrigante.

Ella sintió curiosidad ahora.

—¿Por qué?

—Porque usted encuentra belleza en los lugares más insólitos —dijo al cabo de un largo momento, con la atención ahora dirigida hacia ella—. Sus fotos están llenas de pasión.

—¿Pero?

Para su perplejidad, él alargó la mano y le pasó un dedo por la línea de la mandíbula.

—No hay personas en ellas, Gabrielle.

—Por supuesto que…

Ella había empezado a negarlo, pero antes de que las palabras le salieran de los labios, se dio cuenta de que él tenía razón. Dirigió la mirada a cada una de las fotos que tenía enmarcadas en su apartamento y repasó mentalmente todas las que se encontraban colgadas en galerías de arte, museos y colecciones privadas de toda la ciudad.

Él tenía razón. Las imágenes, fuera cuál fuese el tema, siempre eran lugares vacíos, lugares solitarios.

Ninguna de ellas contenía ni un sólo rostro, ni siquiera la sombra de vida humana.

—Oh, Dios mío —susurró, anonadada al darse cuenta de ello.

En unos pocos instantes, ese hombre había definido su trabajo como nunca nadie lo había hecho antes. Ni siquiera ella se había dado cuenta de la verdad tan evidente de su arte, pero Lucan Thorne, de forma inexplicable, le había abierto los ojos. Era como si hubiera mirado directamente en su alma.

—Tengo que irme ahora —dijo él, dirigiéndose ya hacia la puerta.

Gabrielle le siguió, deseando que se quedara más tiempo. Quizá volviera más tarde. Estuvo a punto de pedirle que lo hiciera, pero se obligó a sí misma a mantener un mínimo la compostura. Thorne ya casi había cruzado la puerta cuando, de repente, se detuvo en el pequeño espacio del recibidor. Su cuerpo grande se encontraba muy cerca del de ella, pero a Gabrielle no le importó. Ni siquiera se atrevió a respirar.

—¿Sucede algo?

Las delgadas fosas nasales de él se ensancharon casi imperceptiblemente.

—¿Qué tipo de perfume lleva usted?

Esa pregunta la puso nerviosa. Había sido tan inesperada, tan íntima. Notó que se le ruborizaban las mejillas, a pesar de que no tenía ni idea de por qué.

—No llevo perfume. No puedo hacerlo. Soy alérgica.

—¿De verdad?

Los labios de él dibujaron una sonrisa forzada, como si sus dientes se hubieran hinchado demasiado dentro de su boca. Se inclinó hacia ella, lentamente, e inclinó la cabeza hasta que quedó muy cerca del cuello de ella. Gabrielle oyó el rasposo sonido de la respiración de él —y notó la caricia de ésta sobre su piel, fría primero y caliente luego— mientras él se llenaba los pulmones con su olor y lo soltaba por los labios. Sintió el cuello muy caliente y hubiera jurado que notaba el rápido roce de sus labios sobre la vena de su cuello, que se ensanchaba en un desacompasado pulso bajo la influencia de esa cabeza que se acercaba tan íntimamente a ella. Oyó un gruñido muy bajo cerca de su oído y algo que parecía una maldición.

Thorne se alejó inmediatamente, sin mirarla a los ojos. Tampoco ofreció ninguna excusa ni ninguna disculpa por el extraño comportamiento.

—Huele usted como el jazmín —fue lo único que le dijo.

Y luego, sin mirarla, atravesó la puerta y penetró en la oscuridad de la calle.

Era un error buscar a esa mujer.

Lucan lo sabía, lo sabía incluso mientras esperaba en los escalones del apartamento de Gabrielle Maxwell esa misma tarde y le enseñaba una placa de detective y la foto de la tarjeta de identificación. No era suya. La verdad era que se trataba solamente de una manipulación hipnótica que obligó a creer a esa mente humana que él era quién decía ser.

Era un truco muy sencillo para los más viejos de su raza, como él, pero era un truco que pocas veces se rebajaba a utilizar.

Y a pesar de ello, allí estaba él otra vez, un poco más tarde de medianoche, comprometiendo su código de honor un poco más mientras intentaba abrir la cadena de seguridad de la puerta de entrada. Encontró que no estaba puesta. Sabía que no lo estaría: él la había sugestionado mientras hablaba con ella esa tarde, al demostrarle lo que deseaba hacer con ella y al encontrarse con su respuesta de sorpresa, aunque receptiva, en sus lánguidos ojos marrones.

Hubiera podido tomarla en ese momento. Ella le habría acogido de buen grado, estaba seguro de eso, y el hecho de estar seguro del intenso placer que hubieran compartido en ese proceso casi había sido su perdición. Pero la obligación de Lucan se debía, en primer lugar, a su raza y a los guerreros que se habían unido a él para combatir el creciente problema de los renegados.

Era una pena que Gabrielle hubiera presenciado la matanza de la discoteca y hubiera informado de ello a la policía y a sus amigos antes de que hubiera podido borrar su memoria, pero además había conseguido tomar unas fotografías. Eran unas fotografías con grano y casi ilegibles, pero resultaban igual de dañinas. Tenía que salvaguardar esas imágenes antes de que ella pudiera enseñárselas a nadie más. Él lo había hecho bien en ese aspecto, por lo menos. De hecho, tendría que encontrarse en el laboratorio con Gideon para identificar al matón que había escapado, o tendría que estar registrando la ciudad, armado, con Dante, Rio, Conlan y los demás, a la caza de otros hermanos de raza enfermos. Y eso era lo que estaría haciendo cuando hubiera terminado con la última parte del asunto relacionado con la encantadora Gabrielle Maxwell.

Lucan se coló en el interior del viejo edificio de ladrillo en Willow Street y cerró la puerta detrás de él. El incitante olor de Gabrielle le inundaba el olfato y le atraía hacia ella igual que lo había hecho esa noche fuera de la discoteca y en la comisaría de policía, en el centro de la ciudad. Recorrió su apartamento en silencio, atravesó el piso principal y subió las escaleras hasta la habitación del piso de arriba. Las claraboyas que había en el techo abovedado dejaban entrar la pálida luz de la luna que caía con suavidad sobre las elegantes curvas del cuerpo de Gabrielle. Dormía desnuda, como si esperara su llegada. Tenía las largas piernas enredadas en las sábanas y el cabello se le esparcía, alrededor de la cabeza, por encima de la almohada y formaba unas lujuriosas olas de bronce.

Su olor le envolvió, dulce y seductor, provocándole dolor en los colmillos.

Jazmín, pensó, sonriendo con expresión sardónica: una flor exótica que abre sus fragantes pétalos solamente bajo la influencia de la noche.

«Ábrete para mí ahora, Gabrielle.»

Pero decidió que no iba a seducirla, no lo haría de esa manera. Esa noche solamente quería probar un bocado, lo justo para satisfacer su curiosidad. Eso era lo único que iba a permitirse. Cuando hubiera terminado, Gabrielle no recordaría haberle conocido, tampoco recordaría el horror que había presenciado en el callejón hacía unas noches.

Su propio deseo tenía que esperar.

Lucan se acercó a ella y dejó descansar la cadera en el colchón, a su lado. Acarició la suavidad encendida del pelo de ella. Pasó los dedos por la esbelta línea de uno de sus brazos.

Ella se movió, gimió con dulzura, reaccionando a su ligero contacto.

—Lucan —murmuró, adormilada, no del todo despierta, pero inconscientemente segura de que él se encontraba en la habitación con ella.

—Es sólo un sueño —susurró él, asombrado al oír su nombre en los labios de ella a pesar de que no había utilizado ninguna artimaña vampírica para hacer que lo pronunciara.

Ella suspiró profundamente y se apretó contra él.

—Sabía que volverías.

—¿Lo sabías?

—Ajá. —Fue solamente un ronroneo que le salió de la garganta, ronco y erótico. Mantenía los ojos cerrados y su mente todavía estaba atrapada en el laberinto de los sueños—. Quería que volvieras.

Lucan sonrió al oír eso y le acarició una ceja con la yema de los dedos.

—¿No me tienes miedo, preciosa?

Ella hizo un rápido movimiento negativo con la cabeza y apretó la mejilla contra la palma de la mano de él. Tenía los labios ligeramente entreabiertos y los pequeños dientes blancos brillaban bajo la luz que caía sesgada desde el techo. Su cuello era elegante, de línea orgullosa, como una columna real de alabastro que se levantara desde los frágiles huesos de los hombros. Qué sabor tan dulce debía de tener, qué suave tenía que ser bajo su lengua.

Y sus pechos… Lucan no pudo resistirse a ese oscuro pezón aterciopelado que asomaba desde debajo de la sábana que le envolvía el torso de forma caprichosa. Jugó un poco con el pequeño capullo entre los dedos, tiró de él suavemente y casi gruñó de deseo al notar que se endurecía bajo su tacto.

Él también se había puesto duro. Se lamió los labios, sintiendo un deseo creciente, ansioso por poseerla.

Gabrielle se retorció con un gesto lánguido, enredada entre las sábanas. Lucan apartó con suavidad la sábana de algodón y la dejó completamente desnuda ante él. Era exquisita, tal y como sabía que sería. Pequeño, pero fuerte, su cuerpo era ágil y joven, flexible y hermoso. Unos firmes músculos daban forma a sus elegantes piernas; sus manos de artista eran largas y expresivas, y se movieron con un gesto inconsciente mientras Lucan le pasaba un dedo por encima del esternón hacia la concavidad del vientre. Allí su piel era como el terciopelo y estaba cálida, demasiado tentadora para resistirse.

Lucan se colocó encima de ella en la cama, y le pasó las manos por debajo del cuerpo. La levantó, haciendo que se arqueara hacia él encima del colchón. Besó la suave curva de su cadera y luego jugó con la lengua por encima del pequeño valle de su entrepierna. Ella aguantó la respiración y él penetró en esa pequeña concavidad: la fragancia del deseo de ella le inundó los sentidos.

—Jazmín —dijo él con voz ronca contra la piel cálida de ella. La acarició con los dientes y descendió un poco más.

El gemido de placer que ella dejó escapar cuando la boca de él invadió su sexo le despertó una violenta corriente de lujuria por todo el cuerpo. Ya estaba duro y erecto; la polla le latía contra la barrera de sus ropas. Notaba la humedad de ella en sus labios y su hendidura le envolvía y le quemaba la lengua. Lucan la sorbió igual que hubiera sorbido un néctar, hasta que el cuerpo de ella se convulsionó con la llegada del orgasmo. Y continuó lamiéndola y volvió a conducirla hasta el clímax, y luego otra vez.

Ella quedó inerte en sus brazos, relajada y temblorosa. Lucan también temblaba, al igual que sus manos mientras volvía a depositarla con suavidad encima del colchón. Nunca había deseado tanto a una mujer. Se dio cuenta de que quería algo más al notar, divertido, que le surgía el impulso de protegerla. Gabrielle respiraba agitadamente y con suavidad mientras el último orgasmo remitía, y se enroscó tumbada sobre un costado, inocente como una gatita.

Lucan bajó la mirada hacia ella y la observó con furia silenciosa, luchando contra la fuerza de su deseo. El dolor sordo de los colmillos alargándose desde las encías le hacía apretar los labios. Tenía la lengua seca y el deseo formaba un nudo en su vientre. La lascivia de sangre y el deseo de colmarse le agudizó la vista y le envolvió como unos tentáculos seductores. Las pupilas se le dilataron como las de un gato en sus pálidos ojos.

«Tómala», le incitó esa parte de él que era inhumana, de otro mundo.

«Es tuya. Tómala.»

Solamente la cataría: eso era lo que se había prometido. No le haría daño, solamente aumentaría el placer de ella y se daría un poco a sí mismo. Ella ni siquiera recordaría ese momento cuando llegara el amanecer. Como su anfitriona de sangre, ella le ofrecería un sustancioso trago de vida y cuando se despertara, más tarde, somnolienta y saciada, lo haría felizmente ignorante de la causa.

Ése era un pequeño acto de misericordia, se dijo a sí mismo, a pesar de que todo su cuerpo se tensaba por el deseo de alimentarse.

Lucan se inclinó encima del cuerpo lánguido de Gabrielle y con ternura le apartó las ondas de cabello que le cubrían el cuello. Sentía su propio corazón que le latía con fuerza en el pecho y que le urgía a satisfacer la sed que le quemaba. Solamente la probaría, nada más. Sólo por placer. Se acercó con la boca abierta, los sentidos inundados por el penetrante olor a hembra. Presionó los labios contra la calidez de ella, colocó la lengua en el punto en el que su delicado pulso latía. Sus colmillos rascaron la suavidad de terciopelo del cuello de ella y también le latían, como otra parte exigente de su anatomía.

Y en el instante mismo en que sus colmillos afilados iban a penetrar la frágil piel de ella, su aguda vista reparó en una pequeña marca de nacimiento que tenía justo detrás de la oreja.

Casi invisible, la diminuta marca de una lágrima cayendo en la cuenca de una luna creciente hizo que Lucan se apartara conmocionado. Ese símbolo, tan raro entre las mujeres humanas, solamente significaba una cosa…

Compañera de raza.

Se apartó de la cama como tocado por un rayo y emitió una sibilante maldición en la oscuridad. El deseo por Gabrielle todavía latía dentro de él a pesar de que intentaba resolver las consecuencias de lo que había estado haciendo podía provocar en ambos.

Gabrielle Maxwell era una compañera de raza, una humana que tenía unas características de sangre y de ADN únicas y complementarias con los de su raza. Ella y las pocas que había como ella eran las reinas entre las hembras humanas. Para la raza de Lucan, una raza formada solamente por hombres, esta mujer era adorada como una diosa, como una dadora de vida, destinada a vincularse por sangre y a llevar la semilla de una nueva generación de vampiros.

Y en su imparable lujuria por saborearla, Lucan había estado a punto de tomarla para sí.

Capítulo cuatro

Gabrielle podía contar con una sola mano los sueños eróticos que había tenido durante toda su vida, pero nunca había experimentado nada tan caliente —por no decir real— como la fantasía de orgía sexual que había disfrutado la noche anterior, cortesía de un Lucan Thorne virtual. Su aliento había sido la brisa nocturna que se colaba por la ventana abierta de su dormitorio del piso de arriba. Su pelo era la oscuridad de obsidiana que llenaba las claraboyas, sobre su cama. Sus ojos plateados, el brillo pálido de la luna. Sus manos eran las ligaduras de seda de su cubrecama, que enredaban sus muñecas y tobillos, abrían su cuerpo debajo del de él y la sujetaban con fuerza.

Su boca era puro fuego que le quemaba cada centímetro de la piel y la consumía como una llama invisible. «Jazmín», la había llamado él en su sueño, y el suave sonido de esa palabra vibraba contra la humedad de su piel, el cálido aliento de él arremolinaba los suaves rizos de vello de su entrepierna.

Ella se había retorcido y había gemido dominada por la habilidad de la lengua de él, que la había sometido a un tormento que ella deseaba que fuera infinito. Pero había terminado, y demasiado pronto. Gabrielle se había despertado en su cama, sola en la oscuridad, pronunciando casi sin aliento el nombre de Lucan, con el cuerpo agotado e inerte, dolorido por el deseo.

Todavía le dolía el deseo y lo que más le preocupaba era el hecho de que el misterioso detective Thorne le hubiera dado plantón.

No era que su ofrecimiento de pasar por su apartamento esa noche fuera nada que se pareciera a una cita, pero ella había estado esperando volver a verle. Tenía interés en saber más acerca de él dado que se había mostrado tan inclinado a descifrarla con una simple mirada. Aparte de conseguir algunas respuestas más sobre lo que había presenciado esa noche fuera de la discoteca, Gabrielle había deseado charlar de algo más con Lucan, quizá tomar un poco de vino y algo para cenar. El hecho de que se hubiera depilado las piernas dos veces y de que se hubiera puesto una ropa interior negra y atractiva bajo la camisa de seda de manga larga y de los oscuros vaqueros era puramente accidental.

Gabrielle le había esperado hasta bien pasadas las nueve y entonces abandonó la idea y llamó a Jamie para ver si él quería cenar con ella en el centro de la ciudad.

Ahora, sentado delante de ella, al otro lado de la mesa, en esa sala llena de ventanas del bistro Ciao Bella, Jamie dejó en la mesa la copa de *pinot noire* y miró el plato de *frutti de mare* que ella casi no había tocado.

—Has estado mareando el mismo trozo de vieira por el plato durante los últimos diez minutos, cariño. ¿No te gusta?

—Sí, es genial. La comida siempre es increíble aquí.

—Entonces, ¿es la compañía lo que te desagrada?

Ella levantó la mirada hacia él y negó con la cabeza.

—En absoluto. Tú eres mi mejor amigo, ya lo sabes.

—Ajá —asintió él, sonriendo—. Pero no me puedo comparar con tu sueño erótico.

Gabrielle se sonrojó al darse cuenta de que uno de los clientes que se encontraba en la mesa de al lado miraba hacia ellos.

—A veces eres horrible, ¿lo sabes? —le dijo a Jamie en un susurro—. No debería habértelo contado.

—Oh, cariño. No te sientas incómoda. Si me hubieran dado una moneda cada vez que me he despertado excitado, chillando el nombre de algún tío sexy…

—Yo no he chillado su nombre. —No, lo había pronunciado con el aliento entrecortado y en un gemido, tanto mientras estaba en la cama como mientras estaba en la ducha al cabo de poco tiempo, todavía incapaz de sacarse del cuerpo la sensación de Lucan Thorne—. Era como si él estuviera allí, Jamie. Justo allí, en mi cama, tan real que yo podía tocarle.

Jamie suspiró.

—Algunas chicas tienen toda la suerte del mundo. La próxima vez que te encuentres con tu amante en sueños, sé generosa y mándamelo cuando hayas terminado.

Gabrielle sonrió, sabiendo que su amigo no andaba escaso en el apartado romántico. Durante los últimos cuatro años había tenido una feliz relación monógama con David, un vendedor de antigüedades que se encontraba en esos momentos fuera de la ciudad por motivos de trabajo.

—¿Quieres saber qué es lo más extraño de todo esto, Jamie? Al levantarme, esta mañana, la puerta de entrada no estaba cerrada con llave.

—¿Y?

—Y tú me conoces, nunca la dejo abierta.

Las cuidadas y depiladas cejas de Jamie se juntaron, frunciendo el ceño.

—¿Qué quieres decir, que crees que ese tío ha forzado la puerta de tu casa mientras dormías?

—Parece una locura, lo sé. Un detective de la policía que viene a mi casa a medianoche para seducirme. Debo de estar perdiendo la cabeza.

Lo dijo con tono despreocupado, pero no era la primera vez que se cuestionaba en silencio su propia cordura. No era la primera vez ni mucho menos. Con gesto ausente, jugueteó un momento con la manga de la blusa mientras Jamie la observaba. Él se sentía preocupado en ese momento, lo cual solamente aumentaba la inquietud que Gabrielle sentía acerca del tema de su posible inestabilidad mental.

—Mira, cariño. Has pasado mucha tensión desde el fin de semana. Eso puede provocar cosas extrañas en la cabeza. Has estado preocupada y confundida. Posiblemente te olvidaste de cerrar la puerta.

—¿Y el sueño?

—Solamente eso… un sueño. Solamente se trata de tu mente agobiada que intenta tranquilizarse, relajarse.

Gabrielle bajó la cabeza en un gesto automático de afirmación.

—Exacto. Estoy segura de que sólo es eso.

Si pudiera aceptar que la explicación de todo era tan sencilla como su amigo hacía que pareciera… Pero una sensación en la boca del estómago rechazaba la idea de que ella hubiera olvidado cerrar la puerta. Ella nunca haría una cosa así, sencillamente, por estresada y confundida que estuviera.

—Eh. —Jamie alargó el brazo por encima de la mesa para tomarle la mano—. Vas a estar bien, Gab. Ya sabes que puedes llamarme a cualquier hora, ¿verdad? Estaré contigo, siempre lo estaré.

—Gracias.

Él le soltó la mano, tomó el tenedor e hizo un gesto en dirección a su *frutti de mare*.

—Bueno, ¿vas a comer un poco más o puedo empezar a limpiar tu plato ahora?

Gabrielle cambió su plato medio lleno por él de él, completamente vacío.

—Todo para ti.

Mientras Jamie se concentraba en la comida fría, Gabrielle apoyó la barbilla en una mano y tomó un largo trago de su copa de vino. Mientras bebía, jugueteó con los dedos encima de las ligeras marcas que se había descubierto en el cuello esa misma mañana después de ducharse. La puerta abierta no era lo más extraño que se había encontrado esa mañana: las dos marcas idénticas que se había visto debajo de la oreja se habían llevado el premio, sin ninguna duda.

Esas pequeñas perforaciones no habían sido lo bastante profundas para traspasarle la piel, pero ahí estaban. Había dos, a una distancia equitativa, en el punto donde el pulso le latía con más fuerza cuando se lo palpaba con los dedos. Al principio se dijo que posiblemente se había arañado a sí misma mientras dormía, quizá a causa del sueño extraño que había tenido.

Pero, sin embargo, esas marcas no parecían arañazos. Parecían… otra cosa.

Como si alguien, o algo, hubiera estado a punto de morderle la carótida.

Una locura.

Eso era, y tenía que dejar de pensar de esa manera antes de hacerse más daño a sí misma. Se vio obligada a centrarse y a dejar de recrearse en fantasías delirantes sobre visitantes a medianoche y monstruos de película de terror que no era posible que existieran en la vida real. Si no tenía cuidado, acabaría como su madre biológica.

—Oh, Dios mío, dame una bofetada ahora mismo porque soy un completo y profundo imbécil —exclamó Jamie de repente, interrumpiendo sus pensamientos—. ¡Continúo olvidándome de decírtelo! Ayer recibí una llamada en la galería sobre tus fotografías. Un pez gordo del centro de la ciudad está interesado en una muestra privada.

—¿En serio? ¿De quién se trata?

Él se encogió de hombros.

—No lo sé, cariño. La verdad es que no hablé con el posible comprador, pero a partir de la actitud estirada del ayudante del tipo, diría que sea quien sea tu admirador, él —o ella— nada en la abundancia del dinero. Tengo una cita en uno de los edificios del distrito financiero mañana por la noche. Te hablo de una oficina en un sobreático, querida.

—Oh, Dios mío —exclamó ella con incredulidad.

—Ajá. Súper guay, amiga. Muy pronto serás demasiado para un pequeño vendedor de arte como yo —bromeó él, sonriendo y compartiendo la excitación con ella.

Era difícil no sentirse intrigada, especialmente después de todo lo que le había pasado durante los últimos días. Gabrielle había conseguido unos fieles y respetables admiradores y se había ganado unos cuantos buenos elogios por su nuevo trabajo, pero una muestra privada para un comprador desconocido era lo máximo.

—¿Qué piezas te pidió que llevaras?

Jamie levantó la copa de vino y brindó con la de ella con un gesto burlesco de saludo.

—Todas, señorita Importante. Cada una de las piezas de la colección.

En el tejado del un viejo edificio de ladrillos del ajetreado distrito de los teatros de la ciudad, la luna se reflejaba en la risa letal de un vampiro ataviado de negro. Agachado en su posición cerca de la cornisa, el guerrero de la raza giró la oscura cabeza y levantó una mano para hacer una señal.

«Cuatro renegados. Una presa humana se dirige directamente hacia ellos.»

Lucan le dirigió un gesto afirmativo con la cabeza a Dante y se alejó de la salida de emergencia del quinto piso, que había sido su posición de vigilancia durante la última media hora. Bajó hasta la calle de abajo con un ágil movimiento, aterrizando en silencio, como un gato. Llevaba una doble hoja de combate en la espalda que le sobresalía por los hombros como los huesos de las alas de un demonio. Lucan desenfundó el arma de titanio casi sin emitir ningún sonido y penetró en las sombras de la estrecha calle lateral para esperar los acontecimientos de esa noche.

Eran alrededor de las once, varias más tarde de la hora en que debería haber pasado por el apartamento de Gabrielle Maxwell para devolverle el teléfono móvil, tal y como le dijo que lo haría. El aparato todavía estaba en posesión de Gideon, en el laboratorio técnico, quien estaba procesando las imágenes para contrastarlas con la Base de Datos de Identificación Internacional de la Raza.

En cuanto a Lucan, no tenía ninguna intención de devolverle el teléfono móvil a Gabrielle, ni en persona ni de ninguna otra manera. Las imágenes del ataque de los renegados no tenían que estar en manos de ningún ser humano, y después del chasco que se había llevado en el dormitorio de ella, cuanto más lejos estuviera de esa mujer, mejor.

«Una maldita compañera de raza.»

Debería haberlo sabido. Ahora que lo pensaba, ella tenía ciertas características que deberían haberle dado la pista de eso desde el principio. Como su habilidad de ver a través del velo del control mental vampírico que llenaba esa noche la sala de baile de la discoteca. Ella había visto a los renegados —ávidos de sangre en el callejón, y en las imágenes indescifrables del teléfono móvil— cuando otros seres humanos no los habían podido ver. Luego, en su apartamento, había demostrado que tenía resistencia ante la sugestión mental de Lucan para dirigir sus pensamientos, y él sospechaba que si había sucumbido, lo había hecho más a causa de un deseo consciente del placer que él suponía para ella que por ninguna otra cosa.

No era ningún secreto que las hembras humanas con el código genético único de compañeras de raza poseían una inteligencia aguda y una salud perfecta. Muchas de ellas tenían unos asombrosos talentos paranormales que aumentarían cuando la compañera de raza se uniera por sangre con un macho vampiro.

En cuanto a Gabrielle Maxwell, parecía poseer el don de tener una vista especial que le permitía ver lo que el resto de seres humanos no podía ver, pero hasta dónde llegaba esa capacidad de visión era algo que él no podía adivinar. Lucan quería saberlo. Su instinto de guerrero exigía llegar al fondo del asunto sin ninguna demora.

Pero involucrarse con esa mujer, de la forma que fuera, era lo último que él necesitaba.

Entonces, ¿por qué no podía quitarse de encima su dulce olor, la suavidad de su piel… su provocadora sensualidad? Odiaba el hecho de que esa mujer hubiera despertado en él tal fragilidad, y su estado de ánimo actual difícilmente mejoraba por el hecho de que todo su cuerpo le doliera por la necesidad de alimentarse.

El único punto claro esa noche era el constante ritmo de los tacones de las botas de los renegados en el pavimento, en algún lugar cerca de la entrada de la calle lateral, que se dirigían hacia él.

El ser humano giró la esquina: se encontraba a varios pasos por delante de ellos, y era un hombre. Joven, saludable, vestía un pantalón negro y blanco y una túnica blanca manchada que apestaba a cocina grasienta de restaurante y a un sudor repentino de ansiedad. El cocinero miró por encima del hombro y vio que los cuatro vampiros iban ganándole terreno. Una palabrota pronunciada en tono nervioso y siseante atravesó la oscuridad. El humano volvió a girar la cabeza y caminó más deprisa, con los puños apretados a ambos costados del cuerpo y los ojos muy abiertos y clavados en la estrecha grieta del asfalto que había bajo sus pies.

—No hace falta que corras, hombrecito —le provocó uno de los rengados en un tono ronco como el sonido de la arenilla contra el suelo.

Otro de ellos emitió un chillido agudo y se colocó a la cabeza de sus tres compañeros.

—Sí, no te escapes ahora. Tampoco es que vayas a llegar muy lejos.

Las risas de los renegados resonaron en los edificios que flanqueaban la estrecha calle.

—Mierda —susurró el ser humano casi sin respiración. No se volvió solamente continuó hacia delante a paso rápido, a punto casi de lanzarse a una frenética, pero inútil, carrera.

A medida que el aterrorizado ser humano se le acercaba, Lucan salió de la oscuridad dando un paso y se quedó de pie con las piernas abiertas. Con los brazos abiertos a ambos lados de su cuerpo, bloqueó la calle con su cuerpo amenazante y sus espadas gemelas. Dirigió una fría sonrisa a los renegados con los colmillos amenazantes, anticipando la lucha que se avecinaba.

—Buenas tardes, señoritas.

—¡Oh, Jesús! —exclamó el ser humano. Se detuvo de forma brusca y miró a Lucan a la cara con expresión de horror. Una de las rodillas le falló—. ¡Mierda!

—Levántate. —Lucan le dirigió una breve mirada mientras el joven se esforzaba por ponerse en pie—. Vete de aquí.

Frotó una de las afiladas hojas contra la otra delante de él y llenó la calle en sombras con el áspero sonido metálico del acero endurecido y letal. Detrás de los cuatro renegados, Dante cayó al asfalto y se agachó antes de levantar su metro noventa y ocho de altura. No llevaba ninguna espada, pero alrededor de la cintura llevaba un cinturón de piel en el que llevaba sujetas una serie de armas de mano letales, entre ellas un par de hojas curvadas y afiladas como hojas de afeitar que se convertían en una extensión infernal de sus manos, increíblemente rápidas. *Malebranche* o prolongaciones diabólicas las llamaba, y efectivamente eran unas garras del diablo. Dante las tuvo colocadas en las manos en un momento: era un vampiro que siempre estaba a punto para entrar en un combate cuerpo a cuerpo.

—Oh, Dios mío —gritó el ser humano con voz trémula al darse cuenta del peligro que le rodeaba. Miró a Lucan con la boca abierta y, con manos temblorosas, rebuscó entre sus ropas, sacó una billetera del bolsillo trasero del pantalón y la tiró al suelo—. ¡Tómala, tío! Puedes quedártela. ¡Pero no me mates, te lo suplico!

Lucan mantuvo los ojos fijos en los cuatro renegados, que en esos momentos estaban tomando posiciones y preparaban las armas.

—Lárgate de aquí. Ahora.

—Es nuestro —siseó uno de los renegados. Unos ojos amarillos se clavaron fijamente en Lucan con puro odio, las pupilas se habían reducido a dos hambrientas ranuras verticales. De sus largos colmillos le goteaba la saliva, otra prueba de la gran adicción del vampiro por la sangre.

Al igual que los seres humanos podían acabar dependiendo de un poderoso narcótico, la sed de sangre también era destructiva para la raza. La frontera entre la necesidad de satisfacer el hambre y la constante sobredosis de sangre se cruzaba con facilidad. Algunos vampiros entraban en ese abismo de forma voluntaria, mientras que otros sucumbían a esa enfermedad por inexperiencia o por falta de disciplina personal. Si se llegaba demasiado lejos, y durante demasiado tiempo, un vampiro se convertía en la categoría de renegado, igual que esos fieros monstruos que gruñían frente a Lucan en esos momentos.

Ansioso por convertirlos en cenizas, Lucan juntó con un golpe seco las dos hojas y olió la chispa de fuego que se creó cuando los dos aceros se encontraron.

El ser humano todavía se encontraba allí, atontado por el miedo, dirigiendo la cabeza primero hacia los renegados, que avanzaban hacia él, y ahora hacia Lucan, que les esperaba con actitud inquebrantable. Ese momento de duda iba a costarle la vida, pero Lucan apartó ese pensamiento con frialdad. El ser humano no era asunto suyo. Lo único que importaba era eliminar a esos chupadores adictivos de sangre y al resto de los enfermos de su raza.

Uno de los renegados se pasó una mano sucia por encima de los labios babeantes.

—Apártate, gilipollas. Deja que nos alimentemos.

—Esta noche no —gruñó Lucan—. No en mi ciudad.

—¿Tu ciudad? —El resto de ellos se burló y el renegado que iba en cabeza escupió en el suelo, a los pies de Lucan—. Esta ciudad nos pertenece a nosotros. Dentro de muy poco, la poseeremos por completo.

—Exacto —añadió otro de los cuatro—. Así que parece que eres tú quien ha entrado en un territorio ajeno.

Finalmente, el ser humano recuperó cierta inteligencia y empezó retirarse, pero no llegó muy lejos. Con una velocidad increíble, uno de los renegados alargó una mano y agarró al hombre por la garganta. Le levantó del suelo y le aguantó en el aire: las botas altas del hombre quedaron a dos centímetros del suelo. El ser humano gruñó y suplicó, luchando con fiereza mientras el renegado le apretaba el cuello con más fuerza, estrangulándole lentamente con la mano desnuda. Lucan lo observó, imperturbable, incluso cuando el vampiro dejó caer a su retorcida presa y le hizo un agujero en el cuello con los dientes.

Por el rabillo del ojo, Lucan vio que Dante se acercaba sigilosamente a los renegados por detrás. Con los colmillos extendidos, el guerrero se lamió los labios, ansioso por entrar en la tarea. No iba a sentirse defraudado. Lucan atacó primero, y luego la calle explotó con un estruendo de metal y de huesos rotos.

Mientras Dante luchaba como un demonio salido del infierno —con las diabólicas hojas extensibles centelleando a cada movimiento, soltando gritos de guerra que rasgaban la noche—, Lucan mantuvo un frío control y una precisión letal. Uno a uno, los cuatro renegados sucumbieron bajo los golpes de castigo de los guerreros. El beso de las hojas de titanio se expandía como un veneno a toda velocidad por el corrompido sistema sanguíneo de los renegados, acelerando su muerte y provocando los rápidos cambios en los estados de descomposición característicos de la muerte de los renegados.

Cuando hubieron terminado con sus enemigos, cuando sus cuerpos se hubieron reducido de carne a hueso y de hueso a ceniza humeante, Lucan y Dante fueron a ver los restos de la otra carnicería de la calle.

El ser humano estaba inmóvil y sangraba profusamente por una herida que tenía en la garganta.

Dante se agachó al lado del hombre y olió su destrozado cuerpo.

—Está muerto. O lo va a estar dentro de un minuto.

El olor de la sangre derramada llenó las fosas nasales de Lucan con la fuerza de un puñetazo en el vientre. Sus colmillos, extendidos ya a causa de la ira, ahora latían por el deseo de alimentarse. Bajó la vista y observó con disgusto al humano moribundo. A pesar de que tomar la sangre era necesario para él, Lucan despreciaba la idea de aceptar los desechos de los renegados, tuvieran la forma que tuviesen. Prefería conseguir el sustento de los serviciales anfitriones que él mismo elegía allí dónde podía, a pesar de que esos escasos bocados solamente conseguían despertar un hambre más profunda.

Antes o después, todo vampiro tenía que matar.

Lucan no intentaba negar su naturaleza, pero en las ocasiones en que mataba, lo hacía siguiendo su propia elección, siguiendo sus propias reglas. Cuando buscaba una presa, elegía principalmente criminales, traficantes de droga, yonquis y otra gente de mala vida. Era juicioso y eficiente y nunca mataba por el placer de hacerlo. Todos los de la raza seguían un código de honor similar; eso era lo que les distinguía de sus hermanos los renegados, quienes se habían separado de ellos al rebelarse a esa ley.

Sintió que se le tensaba el vientre: el olor de la sangre volvió a hacerse presente en sus fosas nasales. La saliva le empezó a gotear de la boca reseca.

¿Cuándo se había alimentado por última vez?

No podía recordarlo: hacía bastante tiempo. Varios días, por lo menos, y no lo suficiente para que le durara. Había pensado calmar parte del hambre —tanto carnal como de sangre— con Gabrielle Maxwell la otra noche, pero esa idea había tomado un giro repentino. Ahora temblaba a causa de la necesidad de alimento, y esa necesidad era demasiado fuerte como para pensar en cualquier cosa excepto en cubrir las necesidades básicas de su cuerpo.

—Lucan. —Dante apretó los dedos en el cuello del hombre, buscándole el pulso. Los colmillos del vampiro estaban extendidos, afilados después de la batalla y a causa de la reacción fisiológica ante el fuerte olor de ese líquido escarlata que manaba del hombre—. Si esperamos mucho más, la sangre habrá muerto también.

Y no les serviría de nada, puesto que solamente la sangre fresca que manaba de las venas de los seres humanos podía saciar el hambre de un vampiro. Dante esperó, incluso a pesar de que era obvio que lo único que deseaba era bajar la cabeza y tomar su parte de ese hombre, que había sido demasiado tonto para escapar cuando había tenido la oportunidad de hacerlo.

Pero Dante esperaría, incluso aunque tuviera que dejar malgastar esa sangre, dado que era un protocolo no escrito que las generaciones más jóvenes de vampiros no se alimentaban en presencia de los más viejos, especialmente si ese vampiro más viejo pertenecía a la categoría de «primera generación» de la raza y estaba hambriento.

A diferencia del de Dante, el padre de Lucan era uno de los Antiguos, uno de los ocho guerreros extraterrestres que habían llegado desde un planeta oscuro y distante y se habían estrellado miles de años atrás contra la superficie inhóspita e implacable del planeta Tierra. Para sobrevivir, se habían alimentado de la sangre de los seres humanos y habían diezmado poblaciones enteras a causa de su hambre y de su bestialidad. En algunos raros casos, esos conquistadores extranjeros se habían apareado con éxito con hembras humanas, las primeras compañeras de raza, que habían generado una nueva generación de la raza de los vampiros.

Esos salvajes antepasados de otro mundo habían desaparecido por completo, pero su progenie todavía continuaba viviendo, como Lucan y unos cuantos más diseminados por el mundo. Representaban el estadio más cercano a la realeza en la sociedad de los vampiros: eran respetados y no poco temidos. La gran mayoría de los de la raza eran jóvenes, nacidos de una segunda, tercera y, algunos, de una décima generación.

El hambre era más acuciante en los de «primera generación». También lo era la propensión a ceder ante la sed de sangre y a convertirse en un renegado. La raza había aprendido a vivir con ese peligro. La mayoría de ellos había aprendido a manejarlo: tomaban sangre solamente cuando lo necesitaban y en las mínimas cantidades necesarias para la sustentación. Tenían que hacerlo así, porque una vez atrapados por la sed de sangre, no había manera de volver atrás.

Los ojos afilados de Lucan cayeron sobre la retorcida figura humana que todavía respiraba ligeramente, tumbada en el pavimento del suelo. Oyó un gruñido animal que provenía de su propia garganta. Cuando Lucan se aproximó con largos pasos en dirección al olor de la sangre viva vertida en el suelo, Dante hizo un ligero saludo con la cabeza y se apartó para permitir a su superior que se alimentara.

Capítulo cinco

Él ni siquiera se había preocupado de llamarla y dejarle un mensaje la otra noche.

Típico.

Probablemente tenía una cita muy importante con su mando a distancia y su programa de poderes paranormales. O quizá, cuando se hubo marchado de su apartamento la otra tarde, había conocido a alguien más y había recibido una oferta más interesante que devolverle el teléfono móvil a Gabrielle en Beacon Hill. Diablos, incluso era posible que estuviera casado, o que tuviera alguna relación con alguien. No se lo había preguntado, y si se lo hubiera preguntado, eso no hubiera garantizado que él le hubiese dicho la verdad. Lucan Throne, seguramente, no era distinto a ningún hombre. Excepto por el hecho de que era… diferente.

Le pareció que era muy diferente a cualquiera a quien hubiera conocido hasta ese momento. Un hombre muy reservado, casi cerrado, que daba una sensación extrañamente peligrosa. Ella no podía imaginarle sentado en una tumbona delante del televisor, al igual que tampoco le podía imaginar atado en una relación seria de noviazgo, por no hablar de una esposa y una familia. Lo cual volvía a recordarle la idea de que seguramente él habría recibido una oferta más interesante y había decidido desecharla a ella. Y esa idea le dolía mucho más de lo que debería.

«Olvídate de él», se reprendió Gabrielle a sí misma casi sin aliento mientras acercaba el Cooper Mini negro a un lateral de la tranquila carretera local y apagaba el motor. La bolsa con su cámara y su equipo fotográfico se encontraba en el asiento del copiloto. La cogió, y tomó también una pequeña linterna de la guantera, se puso las llaves en la chaqueta y salió del coche.

Cerró la puerta sin hacer ruido y echó un rápido vistazo a su alrededor. No había ni un alma a la vista, lo cual no era sorprendente dado que eran casi las seis de la mañana y que el edificio, en el cual estaba a punto de entrar de forma ilegal y de fotografiar, hacía veinte años que estaba cerrado. Anduvo siguiendo el camino de pavimento agrietado y giró a la derecha, cruzó una cuneta y subió hasta un terreno lleno de robles que formaban como una densa cortina alrededor del viejo psiquiátrico.

El amanecer empezaba a elevarse por el horizonte. La luz era fantasmagórica y etérea, como una neblina húmeda rosada y azulada que amortajaba esa estructura gótica con un brillo de otro mundo. A pesar de estar pintado en tonos pasteles, ese lugar tenía un aire amenazante.

El contraste era lo que la había atraído hasta esa localización esa mañana. Tomar las imágenes al anochecer hubiera sido la elección más natural para concentrarse en la cualidad amenazante de esa estructura abandonada. Pero era la yuxtaposición de la cálida luz del amanecer con el tema frío y siniestro lo que atraía a Gabrielle mientras se detenía para sacar la cámara de la bolsa que llevaba colgada del hombro. Sacó unas seis fotos y luego volvió a poner la tapa a la lente para continuar la caminata en dirección al fantasmagórico edificio.

Una alta valla de alambre apareció delante de ella, impidiendo que los exploradores curiosos como ella entraran en la propiedad. Pero Gabrielle sabía que tenía un punto débil escondido. Lo había descubierto la primera vez que había venido al sitio para tomar unas fotos de exterior. Se apresuró siguiendo la línea de la valla hasta que llegó al extremo suroeste de la misma, donde se agachó hasta el suelo. Allí, alguien había cortado discretamente el alambre y había formado una abertura lo bastante grande para que un adolescente curioso pudiera abrirse paso, o para que una fotógrafa decidida, y que tenía tendencia a interpretar las señales de «No pasar» y «Sólo personal autorizado» como sugerencias amistosas en lugar de leyes inquebrantables, se colara por ella.

Gabrielle abrió el trozo de alambre cortado, lanzó el equipo hacia el otro lado y se arrastró como una araña, sobre el vientre, a través de la baja abertura. Cuando se puso de pie, al otro lado de la valla, sintió que las piernas le temblaban a causa de una repentina aprehensión. Debería estar acostumbrada a este tipo de operaciones encubiertas, de exploraciones en solitario: muy a menudo, su arte dependía de su valor para encontrar lugares desolados, que algunos calificarían de peligrosos. Ese escalofriante psiquiátrico podía, ciertamente, calificarse como peligroso, pensó mientras dejaba vagar la mirada por un *graffiti* pintado con aerosol al lado de la puerta de entrada que decía MALAS VIBRACIONES.

—Ya puedes decirlo —susurró en voz muy baja. Mientras se sacudía las agujas de pino y la tierra de la ropa, con gesto automático llevó una mano hasta el bolsillo delantero de sus vaqueros en busca del móvil. No estaba allí, por supuesto, ya que todavía estaba en poder del detective Thorne. Otra razón para sentirse molesta con él por haberla hecho esperar la otra noche.

Quizá no debería ser tan dura con el chico, pensó, repentinamente deseosa de concentrarse en algo distinto al mal presentimiento que la atenazaba ahora que se encontraba dentro del terreno del psiquiátrico. Quizá Thorne no se había presentado porque algo le había sucedido en el trabajo.

¿Y si había sido herido en cumplimiento del deber y no acudió tal y como había prometido porque se encontraba de alguna forma incapacitado? Quizá no había llamado para disculparse ni para explicar su ausencia porque no podía hacerlo físicamente.

Exacto. Y quizá ella había comprobado su propio cerebro con las bragas desde el mismo segundo en que había puesto los ojos en ese hombre.

Burlándose de sí misma, Gabrielle recogió sus cosas y caminó en dirección a la imponente arquitectura del edificio principal. Una pálida piedra caliza se elevaba hacia el cielo en una empinada torre central, rematada en unos picos y agujas dignos de la mejor catedral gótica. A su alrededor había un extenso recinto de paredes de ladrillo rojo, cuyo techo estaba compuesto por tejas ordenadas en un diseño como de alas de murciélago, comunicado entre ellos por pasarelas y arcos que formaban un claustro cubierto.

Pero por impresionante que fuera esa estructura, no había forma de sacarse de encima la sensación de una amenaza latente, como si mil pecados y mil secretos se apretujaran detrás de esas desconchadas paredes y ventanas con parteluces de cristales rotos. Gabrielle caminó hasta el punto donde la luz era mejor y tomó unas cuantas fotos. No había ninguna manera de entrar por ahí: la puerta principal estaba cerrada con cerrojo y con travesaños de madera. Si quería entrar para realizar algunas tomas del interior —y, definitivamente, sí quería—, tenía que dar la vuelta hasta la parte trasera y probar suerte con alguna ventana que estuviera a pie de calle o con alguna puerta del sótano.

Bajó deslizándose por un terraplén en pendiente hacia la parte posterior del edificio y encontró lo que estaba buscando: unos porticones de madera ocultaban tres ventanas que era muy probable que se abrieran a una zona de servicio o a un almacén. Los cerrojos estaban oxidados, pero no estaban cerrados y se abrieron con facilidad cuando se sirvió de la ayuda de una piedra que encontró allí al lado. Tiró de la cubierta de madera de las ventanas, levantó el pesado panel de cristal y lo apuntaló, abierto, con los cerrojos.

Hizo un barrido general iluminándose con la linterna para asegurarse de que el lugar estaba vacío y de que no iba a desplomarse sobre su cabeza de inmediato, y se coló a través de la abertura. Al saltar desde el marco de la ventana, las suelas de sus botas pisaron cristales rotos y polvo y basura acumulados durante años. Ese sótano de bloques de hormigón tenía unos tres metros y medio de largo y desaparecía en la oscuridad de la zona que quedaba sin iluminar. Gabrielle dirigió el delgado haz de luz de su linterna hacia las sombras del otro extremo del espacio. Recorrió con él la pared y lo detuvo sobre una vetusta puerta de servicio en cuya superficie se podía leer el siguiente cartel: ACCESO RESTRINGIDO.

—¿Qué te apuestas? —susurró mientras se acercaba a la puerta. Efectivamente, no estaba cerrada con llave.

La abrió y proyectó la luz hacia el otro lado de la puerta, donde se abría un largo pasillo parecido a un túnel. Unos soportes de fluorescente rotos colgaban del techo; algunos de los paneles que los habían cubierto habían caído sobre el suelo de calidad industrial, donde yacían rotos y cubiertos de polvo. Gabrielle entró en ese espacio oscuro, insegura de qué estaba buscando y con cierto temor de lo que podría encontrar en las desiertas tripas de ese psiquiátrico.

Pasó por delante de una puerta abierta del pasillo y la luz del flash iluminó una silla de dentista de vinilo rojo, un poco gastada, que se encontraba colocada en el centro de la habitación, como si esperara al próximo paciente. Gabrielle sacó la cámara de su funda y tomó un par de rápidas fotos. Luego continuó hacia delante y pasó ante una serie de habitaciones de revisión y de tratamiento. Debía de encontrarse en el ala médica del edificio. Encontró una escalera y subió dos tramos hasta que llegó, para su complacencia, a la torre central donde unas grandes ventanas dejaban entrar la luz de la mañana en generosas cantidades.

A través de la lente de la cámara miró por encima de amplios terrenos y patios flanqueados por elegantes edificios de ladrillo y de piedra caliza. Realizó unas cuantas fotos del lugar, apreciando tanto su arquitectura como el cálido juego que la luz del sol hacía contra tantas sombras fantasmagóricas. Resultaba extraño mirar hacia fuera desde el confinamiento de un edificio que antiguamente había albergado a tantas almas perturbadas. En ese inquietante silencio, Gabrielle casi podía oír las voces de los pacientes, de gente que, simplemente, no tenía la posibilidad de marcharse caminando de allí como ella haría entonces.

Gente como su madre biológica, una mujer a quien Gabrielle no había conocido nunca y de la cual no sabía nada más que lo que había oído de niña en las conversaciones apagadas que los trabajadores sociales y las familias de acogida mantuvieron y que al final, una por una, la devolverían al sistema como si fuera un animal doméstico que hubiera demostrado ser más problemático de lo que se podía soportar. Había perdido la cuenta del número se sitios adonde la habían enviado a vivir, pero las quejas contra ella cuando la devolvían siempre eran las mismas: inquieta e introvertida, cerrada y desconfiada, socialmente disfuncional con tendencia a actitudes autodestructivas. Había oído los mismos calificativos dirigidos hacia su madre, a los cuales añadían las categorías de paranoica y delirante.

Cuando los Maxwell aparecieron en su vida, Gabrielle había pasado diecinueve días en una casa de acogida bajo la supervisión de un psicólogo designado por el Estado. No tenía ninguna expectativa y todavía menos esperanzas de que fuera capaz de conseguir que otra situación de acogida funcionara. Francamente, ya no le importaba. Pero sus tutores habían sido pacientes y bondadosos. Creyendo que quizá la ayudara a manejar la confusión emocional, la habían ayudado a conseguir un puñado de documentos judiciales que tenían que ver con su madre.

Esa mujer había sido una adolescente anónima, se creía que era una sin techo, que no tenía identificación, no se le conocía familia ni conocidos excepto por la niña recién nacida que había abandonado, chillando y angustiada, en un contenedor de basura de la ciudad en una noche de agosto. La madre de Gabrielle había sido maltratada, y sangraba por unas profundas heridas en el cuello que ella misma se había empeorado rascándoselas, víctima de la histeria y del pánico.

En lugar de perseguirla por el crimen de haber abandonado a su bebé, el tribunal la había considerado incapacitada y la habían enviado a unas instalaciones que seguramente no eran muy distintas a ésta en la que se encontraba ella ahora. Cuando todavía no llevaba ni un mes en el centro institucional, se había colgado con una sábana dejando detrás de ella innumerables preguntas que nunca tendrían respuesta.

Gabrielle intentó sacarse de encima el peso de esas viejas heridas, pero mientras estaba allí de pie y miraba a través de los brumosos cristales de las ventanas, todo su pasado apareció en primer plano en su mente. No quería pensar en su madre, ni en la desgraciada circunstancia de su nacimiento, ni en los oscuros y solitarios años que le siguieron. Necesitaba concentrarse en su trabajo. Eso era lo que le había permitido continuar hacia delante, después de todo. Era lo único constante en su vida, y a veces había sido lo único que de verdad tenía en este mundo.

Y era suficiente.

Durante la mayor parte del tiempo, era suficiente.

«Toma unas cuantas fotos y lárgate de aquí», se dijo a sí misma, como riñéndose.

Levantó la cámara y tomó un par de fotos más a través del delicado trabajo de metal que se entrelazaba entre los dos ventanales de cristal.

Pensó en marcharse por el mismo camino por donde había

entrado, pero se preguntó si quizá podría encontrar otra salida en algún punto del piso de abajo del edificio central. Volver a bajar al oscuro sótano no le resultaba especialmente atractivo. Se estaba inquietando a sí misma pensando en cosas sobre la locura de su madre, y cuanto más rato se entretuviera en ese viejo psiquiátrico, más se le iban a poner los pelos de punta. Abrió la puerta de la escalera y se sintió un poco mejor al ver la tenue luz que se filtraba hacia dentro por las ventanas en algunas de las habitaciones y en los pasillos adyacentes.

Era obvio que el artista del graffiti de MALAS VIBRACIONES había llegado hasta allí también. En cada una de las cuatro ventanas había unos extraños símbolos realizados con pintura negra. Probablemente eran las marcas de alguna pandilla, o las firmas estilizadas de los chicos que habían estado allí antes que ella. En una esquina había una lata de aerosol tirada, al lado de unas colillas de cigarrillos, de unas botellas de cerveza rotas y otros restos.

Gabrielle tomó la cámara y buscó un ángulo adecuado para la fotografía que tenía en mente. La luz no era muy buena, pero con un objetivo diferente quizá resultara interesante. Rebuscó en la bolsa las fundas de los objetivos y en ese momento se quedó helada al oír un zumbido distante que procedía de algún punto por debajo de sus pies. Era muy flojo, pero sonaba como el de un ascensor, lo cual era imposible. Gabrielle volvió a introducir el equipo en la bolsa sin dejar de prestar atención a los vagos sonidos que sentía a su alrededor. Todos los nervios de su cuerpo se habían tensado con una helada sensación de aprensión.

No se encontraba sola allí dentro.

Ahora que lo pensaba, notó que unos ojos la miraban desde algún punto cercano. Esa inquietante toma de conciencia le puso los pelos de punta en la nuca y en los brazos. Despacio, giró la cabeza y miró hacia atrás. Fue entonces cuando lo vio: una pequeña cámara de vídeo de circuito cerrado montada en una sombría esquina elevada del pasillo, y que vigilaba la puerta de la escalera que ella había atravesado hacía solamente unos minutos.

Quizá no estuviera en funcionamiento y fuera solamente algo que había quedado allí desde los días en que el psiquiátrico estaba todavía en funcionamiento. Ésa habría sido una idea consoladora si la cámara no tuviera un aspecto tan cuidado y compacto, tan de tecnología de vanguardia en seguridad. Para comprobarlo, Gabrielle se acercó a ella y se colocó casi directamente delante de la cámara. Sin hacer ningún ruido, la base de la cámara giró y colocó el objetivo en el ángulo adecuado hasta que quedó enfocado en el rostro de Gabrielle.

«Mierda —se dijo, mirando ese ojos negro que no parpadeaba—. Pillada.»

Desde las profundidades del edificio vacío, oyó un crujido metálico y el estruendo de una puerta pesada. Era evidente que ese psiquiátrico abandonado no estaba tan abandonado después de todo. Por lo menos tenían sistema de seguridad, y la policía de Boston podría aprender algo de esa lección sobre el rápido tiempo de reacción de esa gente.

Sonaron unos pasos a un ritmo acompasado: alguien que se encontraba vigilando había empezado a dirigirse hacia ella. Gabrielle se dirigió hacia la escalera y salió disparada escaleras abajo mientras la bolsa le golpeaba en la cadera. A medida que bajaba, la luz disminuía. Tomó la linterna con la mano, pero no quería utilizarla por miedo de que funcionara como un aviso de dónde estaba y el de seguridad pudiera seguirla. Llegó al final de la escalera, empujó la puerta de metal y se precipitó hacia la oscuridad del pasillo del piso inferior.

Oyó que la puerta monitorizada de la escalera se abría con un crujido y que su perseguidor se precipitaba hacia abajo, detrás de ella, corriendo con rapidez y ganándole terreno rápidamente.

Finalmente, llegó a la puerta de servicio del final del pasillo. Se lanzó contra el acero frío y corrió por el oscuro sótano hasta la pequeña ventana que se encontraba abierta en uno de los laterales. La corriente de aire frío le dio fuerza: apoyó las manos en el marco de la ventana y se elevó. Se dejó caer al otro lado de la ventana, aterrizando fuera en la tierra llena de piedras.

Ahora no podía oír a su perseguidor. Quizá le había despistado en los oscuros y laberínticos pasillos. Dios, eso esperaba.

Gabrielle se puso en pie al momento y corrió en dirección a la abertura de la valla de alambre. La encontró rápidamente. Se colocó a gatas y se introdujo por la hendidura en el alambre con el corazón desbocado y la adrenalina corriéndole por las venas. Tenía demasiado pánico: en su precipitación por escapar, se arañó un lado de la cara con un alambre afilado de la valla. El corte le quemaba en la mejilla y sintió el reguero caliente de sangre que le bajaba al lado de la oreja. Pero no hizo caso del abrasador escozor ni del golpetazo que se dio con la bolsa del equipo fotográfico mientras se abría inclinaba sobre su vientre para salir, a través de la valla, hacia la libertad.

Cuando la hubo atravesado, Gabrielle se puso en pie y corrió enloquecida por el ancho y escarpado terreno de las afueras. Solamente se permitió echar un rápido vistazo hacia atrás: lo suficiente para ver que el enorme guardia de seguridad todavía estaba allí. Habría salido por algún lugar del piso principal y ahora corría detrás de ella como una bestia recién salida del infierno. Gabrielle tragó saliva de puro pánico al verle. El tipo parecía un tanque, fácilmente pesaba ciento diez kilos de puro músculo, y tenía una cabeza grande y cuadrada con el pelo cortado al estilo militar. Ese tipo enorme corrió hasta la alta valla y se detuvo al llegar a ella: la golpeó con los puños mientras Gabrielle se adentraba corriendo por la densa cortina de árboles que separaba la propiedad de la carretera.

El coche se encontraba a un lado del tranquilo asfalto, justo donde lo había dejado. Con manos temblorosas, Gabrielle se esforzó por abrir la puerta. Se sentía petrificada de pensar que ese tipo cargado de esteroides pudiera atraparla. Su miedo parecía irracional, pero eso no impedía que la adrenalina le corriera por todo el cuerpo. Se hundió en el asiento de piel del Mini, puso la llave en el contacto y encendió el motor. Con el corazón desbocado, puso en marcha el pequeño coche, apretó a fondo el pedal de aceleración y se precipitó hacia la carretera, escapando con un chirrido de neumáticos sobre el asfalto y el consiguiente olor a quemado de los mismos.

Capítulo seis

$\mathcal{A}$ mitad de semana, en plena temporada turística, los parques y avenidas de Boston estaban cuajados de humanidad. Los trenes traían a la gente a toda velocidad desde las afueras, a sus lugares de trabajo o a los museos, o a los innumerables puntos históricos que se encontraban por toda la ciudad. Mirones cargados con cámaras trepaban a los autobuses que les llevaban de excursión o se colocaban en fila para subir a los ferris sobrecargados que les llevarían más allá del cabo.

No muy lejos del ajetreo del día, oculto a unos nueve metros bajo una mansión de las afueras de la ciudad, Lucan Thorne se inclinó sobre un monitor de pantalla plana, en el edificio de los guerreros de la raza, y pronunció una maldición. Los registros de identificación de los vampiros aparecían en pantalla a velocidad vertiginosa mientras el programa de ordenador realizaba una búsqueda en la enorme base de datos internacional buscando coincidencias con las fotos que Gabrielle Maxwell había tomado.

—¿Todavía nada? —preguntó, mirando de soslayo y con expresión impaciente a Gideon, el operador informático.

—Nada hasta el momento. Pero todavía se está realizando la búsqueda. La Base de Datos de Identificación Internacional tiene unos cuantos millones de registros para comprobar. —Los agudos ojos azules de Gideon centellearon por encima de la montura de las elegantes gafas de sol—. Les echaré el lazo a esos capullos, no te preocupes.

—No me preocupo nunca —repuso Lucan, y lo dijo de verdad. Gideon tenía un coeficiente intelectual que rompía todas las estadísticas y al que se añadía una tenacidad enorme. Ese vampiro era tanto un cazador incansable como un genio y Lucan se alegraba de tenerle a su lado—. Si tú no eres capaz de sacarlos a la luz, Gideon, nadie puede hacerlo.

El gurú informático de la raza, con su corona de pelo corto y encrespado, le dirigió una sonrisa bravucona y confiada.

—Es por eso que me llevo los billetes grandes.

—Sí, algo parecido —dijo Lucan mientras se apartaba de la pantalla, donde los datos no dejaban de aparecer sin parar.

Ninguno de los guerreros de la raza que se habían comprometido a proteger a la estirpe frente al azote de los renegados lo hacía por ninguna compensación. Nunca la habían tenido, desde que se organizaron por primera vez en esa alianza durante lo que para los humanos fue la edad medieval. Cada uno de los guerreros tenía sus propios motivos para haber elegido ese peligroso modo de vida, y algunos de ellos eran, se tenía que admitir, más nobles que otros. Como Gideon, que había trabajado en ese campo de forma independiente hasta que sus dos hermanos, que eran poco más que unos niños, fueron asesinados por los renegados a las afueras del Refugio Oscuro de Londres. Entonces Gideon buscó a Lucan. De eso hacía tres siglos, unas décadas más o menos. Incluso entonces la habilidad de Gideon con la espada solamente encontraba rival en la afilada estocada de su mente. Había matado a muchos renegados en sus tiempos, pero más tarde, la devoción y la promesa íntima que le hizo a su compañera de raza, Savannah, le habían hecho abandonar el combate y empuñar el arma de la tecnología al servicio de la raza.

Cada uno de los seis guerreros que luchaban al lado de Lucan tenía su talento personal. También tenían sus demonios personales, pero ninguno de ellos era del tipo sensiblero que permitiría que un loquero les metiera una linterna por el culo. Algunas cosas estaban mejor si se dejaban en la oscuridad y, probablemente, el único que estaba más convencido de ello que el propio Lucan era un guerrero de la raza conocido como Dante.

Lucan saludó al joven vampiro cuando éste entró en el laboratorio técnico desde una de las numerosas habitaciones del edificio. Dante, ataviado con su habitual vestimenta negra, llevaba unos pantalones de ciclista y una camiseta ajustada que mostraba tanto los tatuajes a tinta como sus intrincadas marcas de pertenencia a la raza. Sus abultados bíceps mostraban unos signos afiligranados que a ojos de cualquier humano parecían símbolos y diseños geométricos realizados en profundas tonalidades tierra. Pero los ojos de un vampiro distinguían esos símbolos claramente: eran *dermoglifos*, unas marcas naturales heredadas de los antepasados de la raza, cuya piel sin pelo se había recubierto de una pigmentación cambiante y de camuflaje.

Normalmente, esos glifos eran motivo de orgullo para la raza y eran sus únicas señales de linaje y de rango social. Los miembros de la primera generación, como Lucan, lucían esas marcas en mayor número y sus tonos eran más saturados. Los *dermoglifos* de Lucan le cubrían el torso, por delante y por detrás, descendían hasta sus muslos y se extendían por la parte superior de los brazos, además de trepar por la nuca y cubrirle el cráneo. Como tatuajes vivientes, los glifos cambiaban de tono según el estado emocional de un vampiro.

Los glifos de Dante, en ese momento, tenían un tono bronce, rojizo, que indicaba que se había alimentado recientemente y que se sentía saciado. Sin duda, después de que él y Lucan se hubieran separado al cabo de haber dado caza a los renegados la noche anterior, Dante había ido en busca de la cama y de la madura y jugosa vena de la nalga de una hembra anfitriona.

—¿Qué tal va? —preguntó mientras se dejaba caer encima de una silla y colocaba un pie enfundado en una bota encima del escritorio, delante de él—. Creí que ya habrías cazado y clasificado a esos bastardos, Gid.

El acento de Dante tenía restos de la musicalidad de sus ancestros italianos del siglo XVIII, pero esa noche, el educado tono de voz de Dante delataba un timbre afilado que indicaba que el vampiro se sentía inquieto y ansioso por entrar en acción. Como para subrayar ese hecho, sacó uno de sus típicos cuchillos de hoja curvada de la cincha que llevaba en la cadera y empezó a jugar con el pulido acero.

Llamaba a esas hojas curvadas *Malebranche* o prolongaciones diabólicas, en referencia a los demonios que habitan uno de los nueve niveles del infierno, aunque a veces Dante adoptaba ese nombre como pseudónimo par sí mismo cuando se encontraba entre los humanos. Ésa era casi toda la poesía que ese vampiro tenía en su alma. En todo lo demás era impenitente, frío y oscuramente amenazador.

Lucan admiraba eso de él, y tenía que admitir que observar a Dante durante el combate, con esas hojas inclementes, era algo bello, lo bastante hermoso como para dejar en ridículo a cualquier artista.

—Buen trabajo el de la pasada noche —dijo Lucan, consciente de que un halago emitido por él era algo raro, incluso aunque estuviera merecido—. Me salvaste el cuello ahí.

No hablaba de la confrontación que habían tenido con los renegados, sino de lo que había sucedido después de eso. Lucan había pasado demasiado tiempo sin alimentarse y el hambre era casi tan peligrosa para los suyos como la adicción que azotaba a los renegados. La mirada de Dante denotaba que comprendía lo que le estaba diciendo, pero dejó pasar el tema con su habitual y fría elegancia.

—Mierda —repuso, con una sonora y profunda carcajada—. ¿Después de todas las veces que tú me has cubierto la espalda? Olvídalo, tío. Sólo te devolvía un favor.

En ese momento, las puertas de cristal de la entrada del laboratorio se abrieron con un zumbido sordo y dos más de los hermanos de Lucan entraron. Eran un buen par. Nikolai, alto y atlético, de pelo rubio como la arena, unos rasgos angulares e impactantes y unos ojos penetrantes y azules como el hielo, que sólo eran un tono más fríos que el cielo de su Siberia natal. El más joven del grupo y con diferencia, Niko, se había hecho hombre durante lo que los humanos llamaban la Guerra Fría. Desde la cuna había sido imparable y ahora se había convertido en un buscador de sensaciones de alto voltaje y se encontraba en primera fila de la raza en lo que tenía que ver con armas, aparatos, y todo lo que quedaba en medio.

Conlan, por el contrario, hablaba con suavidad y era serio: era un experto en táctica. Al lado de la excesiva bravuconería de Niko, resultaba elegante como un gato grande. Su cuerpo era como un muro de músculos, y el cabello rubio, de color arena, brillaba por debajo del triangulo de seda negra con que se envolvía la cabeza. Ese vampiro pertenecía a una de las últimas generaciones de la raza, era un joven según el criterio de Lucan, y su madre era una humana hija de un capitán escocés. El guerrero se movía con un porte casi de realeza.

Incluso su amada compañera de raza, Danika, se dirigía a ese habitante de las tierras altas afectuosamente llamándole, con frecuencia, «mi señor» y esa hembra no era precisamente servil.

—Rio está de camino —anunció Nikolai con una amplia sonrisa que le formaba dos hoyuelos en las mejillas. Miró a Lucan y asintió con la cabeza—. Eva me ha dicho que te diga que podremos disponer de su hombre solamente cuando ella haya terminado con él.

—Si es que queda algo —dijo Dante, arrastrando las palabras mientras levantaba una mano para saludar a los demás con un suave roce de las palmas previo a un choque de nudillos.

Lucan saludó a Niko y a Conlan de la misma manera, pero se sintió algo molesto por el retraso de Rio. No envidiaba a ninguno de los vampiros por la compañera de raza que habían elegido, pero, personalmente, Lucan no le encontraba ningún sentido a atarse a las demandas y responsabilidades de un vínculo de sangre con una hembra. Se esperaba que, en general, la población de la raza aceptara a una mujer para aparearse y dar nacimiento a la siguiente generación, pero para la clase de los guerreros —para esos escasos machos que, de forma voluntaria, habían abandonado el santuario de los Refugios Oscuros para llevar una vida de lucha— ese proceso de vincularse por sangre era, para Lucan, una sensiblería en el mejor de los casos.

Y en el peor, era una invitación al desastre cuando un guerrero sentía la tentación de anteponer los sentimientos hacia su compañera por encima de su deber hacia la raza.

—¿Dónde está Tegan? —preguntó, al dirigir sus pensamientos de forma natural hacia el último de ellos que faltaba en el edificio.

—Todavía no ha regresado —contestó Conlan.

—¿Ha llamado desde donde se encuentra?

Conlan y Niko intercambiaron una mirada, y Conlan negó rápidamente con la cabeza:

—Ni una palabra.

—Ésta es la vez que ha estado más tiempo desaparecido en acción —señaló Dante sin dirigirse a nadie en especial mientras pasaba el dedo pulgar por el filo de la hoja curvada de su cuchillo—. ¿Cuánto hace? ¿Tres, cuatro días?

Cuatro días, casi cinco.

¿Quién de ellos llevaba la cuenta?

Respuesta: todos ellos la llevaban, pero nadie pronunció en voz alta la preocupación que se había extendido últimamente en sus filas. Tal como estaba el tema, Lucan tenía que esforzarse para controlar la rabia que se despertaba en él cada vez que pensaba en el miembro más introvertido de los miembros de su cuadro.

Tegan siempre prefería cazar en solitario, pero su carácter apartado empezaba a resultar una carga para los demás. Era como un comodín, adquiría un valor diferente en función de cada acción y, últimamente, cada vez más. Y Lucan, si tenía que ser franco, encontraba difícil confiar en ese chico, aunque la desconfianza no fuera nada nuevo en lo concerniente a Tegan. Había una mala relación entre ambos, sin duda, pero ésa era una historia antigua. Tenía que ser así. La guerra en que ambos se habían comprometido desde hacía tanto tiempo era más importante que cualquier animadversión que pudiera sentir el uno hacia el otro.

A pesar de ello, el vampiro llevaba a cabo una vigilancia estrecha. Lucan conocía las debilidades de Tegan mejor que ninguno de los demás y no dudaría en responder si ese macho ponía aunque fuera el dedo gordo del pie en el otro extremo de la línea.

Por fin, las puertas del laboratorio se abrieron y Rio entró en la habitación mientras se colocaba los faldones de su elegante camisa blanca de diseño dentro del pantalón negro hecho a medida. Faltaban algunos botones en la camisa de seda, pero Rio llevaba la mala compostura de después del sexo con la misma elegancia desenvuelta con que se movía en todas las demás circunstancias. Bajo el denso flequillo de pelo oscuro que le colgaba por encima de las cejas, los ojos de color topacio del español parecía que bailaban. Cuando sonreía, le brillaban las puntas de los colmillos que, en esos momentos, todavía no se habían replegado después de que la pasión por su dama los hubiera desplegado.

—Espero que me hayáis guardado algunos renegados, amigos míos. —Se frotó las manos—: Me siento bien y tengo ganas de fiesta.

—Siéntate —le dijo Lucan— e intenta no manchar de sangre los ordenadores de Gideon.

Gideon se llevó los largos dedos de la mano hasta la marca roja que Eva le había hecho en la garganta, evidentemente al morderle con sus dientes romos de humana para chuparle la vena. A pesar de que era una compañera de raza, continuaba siendo genéticamente *Homo sapiens*. Aunque hacía muchos años que ella y otras como ella mantenían vínculos de sangre con sus compañeros, ninguna de ellas tendría colmillos ni adquiriría las demás características de los machos vampiro. Era una práctica ampliamente aceptada que un vampiro alimentara a su compañera a través de una herida que él mismo se infligía en la muñeca o en el antebrazo, pero las pasiones eran salvajes en las filas de los guerreros de la raza. Y también lo eran con las mujeres que elegían. El sexo y la sangre era una combinación muy potente: a veces, demasiado potente.

Con una sonrisa impenitente, Rio se movió en la silla giratoria con gesto alegre y desenvuelto y se recostó en el respaldo para colocar los pies desnudos encima de la consola Lucite. Él y los otros guerreros empezaron a recordar los hechos de la noche anterior y se rieron sin dejar de mostrarse superiores los unos con los otros mientras discutían las técnicas de su profesión.

Cazar a sus enemigos era motivo de placer para algunos miembros de la raza, pero la motivación íntima de Lucan era el odio, puro y simple. No intentaba ocultarlo. Despreciaba todo aquello que los renegados representaban y había jurado, hacía mucho tiempo, que los aniquilaría o que moriría en el intento. Había días en los que no le importaba cuál de las dos cosas pudiera suceder.

—Ahí está —dijo Gideon por fin al ver que los registros que aparecían en pantalla se detenían—. Parece que hemos encontrado un filón.

—¿Qué has obtenido?

Lucan y los demás dirigieron la atención hacia la pantalla plana extra grande que se encontraba encima de la mesa de los microprocesadores del laboratorio. Los rostros de los cuatro renegados a quienes Lucan mató aparecieron al lado de los de las fotos del móvil de Gabrielle: eran los mismos individuos.

—Los registros de la Base de datos de Identificación Internacional los tienen calificados como desaparecidos. Dos desaparecieron del Refugio Oscuro de Connecticut el mes pasado, y otro de Fall River, y este último es de aquí. Todos son de la generación actual, y el más joven ni siquiera tiene treinta años.

—Mierda —exclamó Rio antes de silbar con suavidad—. Chicos estúpidos.

Lucan no dijo nada, no sentía nada, por la pérdida de esas vidas jóvenes al convertirse en renegados. No eran los primeros, y seguro que no serían los últimos. Vivir en los Refugios Oscuros podía resultar bastante aburrido para un macho inmaduro que tuviera alguna cosa que demostrar. El atractivo de la sangre y de la conquista se encontraba profundamente arraigado incluso entre las últimas generaciones, que eran las que se encontraban más distantes de sus salvajes antepasados. Si un vampiro iba en busca de problemas, especialmente en una ciudad del tamaño de la de Boston, normalmente los encontraba en abundancia.

Gideon introdujo una rápida serie de órdenes a través del teclado del ordenador y abrió más fotos procedentes de la base de datos.

—Aquí están los últimos dos registros. Este primer individuo es un renegado conocido, un agresor reincidente en Boston, a pesar de que parece que se ha mantenido un tanto al margen durante los últimos tres meses. Es decir, lo ha hecho hasta que Lucan lo redujo a cenizas en el callejón este fin de semana.

—¿Y qué sabemos de éste? —preguntó Lucan, mirando la última imagen que quedaba, la del único renegado que había conseguido escapar tras el ataque fuera de la discoteca. Su foto en el registro era una imagen tomada de un fotograma de un vídeo que, presumiblemente, se hizo durante una especie de sesión de interrogatorio según se deducía por las ataduras y los electrodos que llevaba encima.

—¿Cuánto tiempo tiene esta imagen?

—Unos seis meses —contestó Gideon, abriendo la fecha de la imagen—. Sale de una de las operaciones en la Costa Oeste.

—¿Los Ángeles?

—Seattle. Pero según el informe, en Los Ángeles tiene una orden de arresto también.

—Órdenes de arresto —dijo Dante en tono burlón—. Una jodida pérdida de tiempo.

Lucan no podía no estar de acuerdo con él. Para casi toda la nación de vampiros en Estados Unidos y en el extranjero, el cumplimiento de la ley y el arresto de los individuos que se habían convertido en renegados se gobernaban por unas reglas y procedimientos específicos. Se redactaban órdenes de arresto, se realizaban los arrestos, se realizaban los interrogatorios y se transmitían las condenas. Todo era muy civilizado y raramente resultaba efectivo.

Mientras que la raza y la población de los Refugios Oscuros estaban organizados, motivados y envueltos por capas de burocracia, sus enemigos eran impredecibles e impetuosos. Y, a no ser que la intuición de Lucan fuera errónea, los renegados, después de siglos de anarquía y de caos general, estaban empezando a organizarse.

Si es que no llevaban ya meses en ese proceso.

Lucan observó la imagen que había aparecido en pantalla. En la imagen de vídeo, el renegado a quien habían capturado se encontraba atado en una plancha de metal colocada en vertical, desnudo y con la cabeza afeitada por completo, probablemente para que las descargas eléctricas que le enviaban le llegaran con mayor facilidad mientras le interrogaban. Lucan no sentía ninguna compasión por la tortura que el renegado había soportado. A menudo era necesario realizar interrogatorios de ese tipo, y al igual que sucede con un ser humano enganchado a la heroína, un vampiro que sufría de sed de sangre podía soportar diez veces más y sin flaquear el dolor que otro de sus hermanos de raza podía aguantar.

Ese renegado era grande, con unas cejas densas y unos rasgos fuertes y primitivos. En esa imagen se le veía reír con sorna. Los largos colmillos brillaban y tenía una expresión salvaje en los ojos del color del ámbar y de pupilas alargadas y verticales. Se encontraba envuelto por cables desde la cabeza enorme hasta el musculoso pecho y los brazos firmes como martillos.

—Dando por entendido que ser feo no es un crimen, ¿por qué motivo le han pillado en Seattle?

—Vamos a ver qué tenemos. —Gideon volvió a colocarse

ante los ordenadores y abrió un registro en otra de las pantallas—. Le han arrestado por tráfico: armas, explosivos, sustancias químicas. Vaya, este tipo es un encanto. Se ha metido en una mierda verdaderamente fea.

—¿Alguna idea sobre de quién eran las armas que llevaba?

—Aquí no dice nada. No consiguieron gran cosa con él, es evidente. El registro informa que se escapó justo después de que tomaran estas imágenes. Mató a dos de los guardias durante la huida.

Y ahora había vuelto a escapar, pensó Lucan, desalentado y deseando fervientemente haber decapitado al hijo de puta cuando lo tenía delante. No soportaba el fracaso con facilidad, y mucho menos cuando se trataba del suyo propio.

Lucan miró a Niko.

—¿Te has cruzado alguna vez con este tipo?

—No —repuso el ruso—, pero consultaré con mis contactos, a ver qué puedo averiguar.

—Ponte en ello.

Nikolai asintió con la cabeza con gesto rápido y se dirigió hacia la salida del laboratorio técnico mientras ya marcaba el número de teléfono de alguien en el móvil.

—Estas fotos son una mierda —dijo Conlan, mirando por encima del hombro de Gideon en dirección a las fotos que Gabrielle había tomado durante el asesinato, fuera de la discoteca. El guerrero pronunció una maldición—. Ya es bastante malo que los humanos hayan presenciado algunos de los asesinatos de los renegados durante los últimos años, pero ¿ahora se dedican a detenerse y a tomar fotos?

Dante dejó caer los pies al suelo con un ruido sordo, se puso en pie y empezó a caminar por la habitación, como si empezara a sentirse cada vez más inquieto por la falta de actividad en esa reunión.

—Todo el mundo cree que son unos jodidos *paparazzi*.

—El tipo que hizo esas fotos debió de cagarse de miedo al encontrarse con noventa kilos de guerrero salivando por él —añadió Rio. Sonriendo, miró a Lucan—. ¿Le borraste la memoria primero, o simplemente lo eliminaste allí mismo?

—El humano que presenció el ataque esa noche era una

mujer. —Lucan miró fijamente los rostros de sus hermanos sin mostrar lo que sentía respecto a la información que estaba a punto de darles—. Resulta que es una compañera de raza.

—Madre de Dios —exclamó Rio, pasándose la mano por el pelo—. Una compañera de raza. ¿Estás seguro?

—Lleva la señal. La vi con mis propios ojos.

—¿Qué hiciste con ella? Joder, ¿no…?

—No —repuso con sequedad Lucan, inquieto por lo que el español había insinuado con el tono de voz—. No hice ningún daño a esa mujer. Existe una línea que nunca voy a cruzar.

Tampoco había reclamado a Gabrielle para sí, aunque había estado muy cerca de hacerlo esa noche en el apartamento de ella. Lucan apretó la mandíbula: una ola de oscuro deseo le invadió al pensar en lo tentadora que Gabrielle estaba, enroscada y dormida en la cama. En lo malditamente dulce que era su sabor en su lengua…

—¿Qué vas a hacer con ella, Lucan? —Esta vez, la expresión de preocupación provino de donde se encontraba Gideon—. No podemos dejar que los renegados la encuentren. Seguro que ella llamó la atención de ellos cuando realizó esas fotos.

—Y si los renegados se dan cuenta de que es una compañera de raza… —añadió Dante, interrumpiéndose a mitad de la frase. Los demás asintieron con la cabeza.

—Ella estará más segura aquí —dijo Gideon—, bajo la protección de la raza. Mejor todavía: debería ser oficialmente admitida en uno de los Refugios Oscuros.

—Conozco el protocolo —repuso Lucan, pronunciando cada palabra con lentitud. Sentía demasiada rabia al pensar en que Gabrielle pudiera acabar en las manos de los renegados, o en las de otro miembro de la raza si hacía lo que era debido y la mandaba a uno de los Refugios Oscuros de la nación. Ninguna de las dos opciones le parecía aceptable en ese momento a causa del sentimiento posesivo que le bullía en las venas, irreprimible aunque no deseado.

Miró a sus hermanos guerreros con frialdad.

—Esa mujer es responsabilidad mía desde ahora mismo. Decidiré cuál es la mejor actuación en este tema.

Ninguno de los guerreros le contradijo. Lucan no esperaba

que lo hicieran. En calidad de miembro de primera generación, él era más antiguo; en calidad de guerrero fundador de los de su clase en la raza, era quien más cosas había demostrado, con sangre y también con el acero. Su palabra era ley, y todos los que se encontraban en esa habitación lo respetaba.

Dante se puso en pie, jugueteó con la *Malebranche* entre sus largos y hábiles dedos y la enfundó con un ágil gesto.

—Faltan cuatro horas para que se ponga el sol. Me voy. —Miró de soslayo a Rio y a Conlan—. ¿Alguien tiene ganas de entrenar antes de que las cosas se pongan interesantes?

Los dos machos se levantaron rápidamente, animados por la idea, y tras dirigir un respetuoso saludo a Lucan, los tres grandes guerreros salieron del laboratorio técnico y recorrieron el pasillo en dirección a la zona de entrenamiento del edificio.

—¿Tienes algo más sobre ese renegado de Seattle? —le preguntó Lucan a Gideon mientras las puertas de cristal se cerraban, cuando ambos se hubieron quedado solos en el laboratorio.

— Ahora mismo estoy realizando una comparación cruzada de todas las bases de registros. Sólo tardará un minuto en dar algún resultado. —Tecleó unas órdenes en el ordenador—. Bingo. Tengo una coincidencia procedente de una información GPS desde la Costa Oeste. Parece información reunida anteriormente al arresto. Echa un vistazo.

La pantalla del monitor se llenó con una serie de imágenes nocturnas por satélite de un embarcadero de pesca comercial a las afueras de Puget Sound. La imagen se centraba en un Sedan largo y negro que se encontraba detrás de un maltrecho edificio situado al final del muelle. Apoyado contra la puerta posterior se encontraba el renegado que había conseguido escapar de Lucan hacía unos días. Gideon pasó rápidamente una serie de imágenes que le mostraban conversando largamente, o eso parecía, con alguien que se encontraba oculto detrás de los cristales tintados de las ventanillas. A medida que las imágenes avanzaban, vieron que la puerta trasera del coche se abría desde dentro y el renegado entraba en el coche.

—Detente —dijo Lucan, fijando la mirada en la mano del pasajero oculto—. ¿Puedes detener del todo este fotograma? Aumenta la zona de la puerta abierta del coche.

—Voy a intentarlo.

La imagen aumentó de tamaño, pero Lucan casi no necesitaba un aumento de la imagen para confirmar lo que veía. Casi no se distinguía, pero ahí estaba. En la parte de piel expuesta entre la gran mano del pasajero y el puño francés de la camisa de manga larga se veían unos impresionantes *dermoglifos* que le delataban como un miembro de primera generación.

Gideon también los había visto en ese momento.

—Joder, mira eso —dijo, clavando la vista en el monitor—. Nuestro imbécil de Seattle disfrutaba de una compañía interesante.

—Quizá todavía lo está haciendo —repuso Lucan.

No había nada peor que un renegado que tuviera sangre de primera generación en las venas. Los miembros de primera generación caían víctimas de la sed de sangre con mayor rapidez que las últimas generaciones de la raza, y eran unos temibles enemigos. Si alguno de ellos tenía intención de liderar a los renegados y de conducirles a un levantamiento, eso significaría el principio de una guerra infernal. Lucan ya había luchado en una batalla así una vez, hacía mucho tiempo. No deseaba volver a hacerlo.

—Imprime todo lo que has conseguido, incluidos las ampliaciones de esos glifos.

—Ya están.

—Cualquier otra cosa que encuentres sobre esos dos individuos, pásamelas directamente. Me encargaré de esto personalmente.

Gideon asintió con la cabeza, pero la mirada que le dirigió por encima de la montura de las gafas expresaba duda.

—No puedes pretender encargarte de todo esto tú solo, ya lo sabes.

Lucan le clavó una mirada oscura.

—¿Quién lo dice?

Sin duda, el vampiro tenía en su cabeza de genio todo un discurso acerca de la probabilidad y de la ley de la estadística, pero Lucan no se sentía de humor para escucharle. La noche se acercaba, y con ella se acercaba otra oportunidad de cazar a sus enemigos. Necesitaba emplear las horas que quedaban para aclararse la cabeza, preparar las armas y decidir dónde era mejor atacar. El depredador que había en él se sentía impaciente y hambriento, pero no a causa de la batalla contra los renegados.

En lugar de eso, Lucan se dio cuenta de que sus pensamientos se desviaban hacia un tranquilo apartamento de Beacon Hill, hacia una visita que nunca debería haber realizado. Al igual que el olor a jazmín, el recuerdo de la suavidad y la calidez de la piel de Gabrielle, se enredaba con sus sentidos. Se puso tenso y su sexo se puso en erección solamente con pensar en ella.

Joder.

Ésa era la razón por la cual no la había puesto bajo la protección de la raza, aquí, en el edificio. A cierta distancia, ella era una distracción. Pero si se encontraba en una habitación cercana, sería un maldito desastre.

—¿Estás bien? —le preguntó Gideon, dándose la vuelta con la silla y poniéndose de cara a Lucan—. Es una furia muy grande la que tienes encima, amigo.

Lucan se arrancó de la cabeza esos oscuros pensamientos y se dio cuenta de que los colmillos se le habían alargado y que la visión se le había agudizado con el achicamiento de las pupilas. Pero no era la furia lo que le transformaba. Era la lujuria, y tenía que saciarla, antes o después. Con esa idea latiéndole en las sienes, Lucan tomó el teléfono móvil de Gabrielle, que se encontraba encima de una de las mesas, y salió del laboratorio.

Capítulo siete

—*D*os minutos más y el cielo —dijo Gabrielle, mirando dentro del horno de la cocina y permitiendo que el rico aroma de los *manicotti* caseros se esparciera por el apartamento.

Cerró la puerta del horno, volvió a programar el reloj digital, se sirvió otra copa de vino tinto y se la llevó a la sala de estar. En el sistema de audio sonaba con suavidad un viejo cedé de Sara McLahlan. Pasaban unos minutos de las siete de la tarde, y Gabrielle había empezado, por fin, a relajarse después de la pequeña aventura de la mañana en el asilo abandonado. Había conseguido un par de fotos decentes que quizá dieran para algo, pero lo mejor de todo era que había conseguido escapar del sistema de seguridad del edificio.

Solamente eso ya era digno de celebración.

Gabrielle se acomodó en un mullido rincón del sofá, caliente dentro de los pantalones grises de yoga y de la camiseta rosa de manga larga. Se acababa de dar un baño y todavía tenía el pelo húmedo; unos mechones se le desprendían de la cola en la que se había recogido el pelo despreocupadamente, en la nuca. Ahora se sentía limpia y empezaba a relajarse por fin, y se sentía más que contenta de quedarse en casa para pasar la noche disfrutando de su soledad.

Por eso, cuando sonó el timbre de la puerta al cabo de un minuto, soltó una maldición en voz baja y pensó en hacer caso omiso de esa interrupción indeseada. El timbre sonó por segunda vez, insistente, seguido por unos rápidos golpes en la puerta dados con fuerza y que no sonaban como que iban a aceptar un no por respuesta.

—Gabrielle.

Gabrielle ya se había puesto en pie y se dirigía cautelosamente hacia la puerta, cuando reconoció esa voz al instante. No debería haberla reconocido con tanta certidumbre, pero así era. La profunda voz de barítono de Lucan Thorne atravesó la puerta y se le metió en el cuerpo como si fuera un sonido que hubiera oído miles de veces antes y que la tranquilizaba tanto como le disparaba el pulso, llenándola de expectativas.

Sorprendida y más complacida de lo que quería admitir, Gabrielle abrió los múltiples cerrojos y le abrió la puerta.

—Hola.

—Hola, Gabrielle.

Él la saludó con una inquietante familiaridad: sus ojos eran intensos bajo esas oscuras cejas de línea decidida. Esa penetrante mirada recorrió lentamente el cuerpo de Gabrielle, desde su cabeza despeinada, pasando por el signo de la paz cosido en seda en la camiseta que cubría el pecho sin sujetador, hasta los dedos de los pies que asomaban desnudos por debajo de las perneras acampanadas del pantalón.

—No esperaba la visita de nadie. —Lo dijo como excusa por su aspecto, pero no pareció que a Thorne le importara. En realidad, cuando él volvió a dirigir su atención al rostro de ella, Gabrielle sintió que se ruborizaba repentinamente a causa de la forma en que la estaba mirando.

Como si quisiera devorarla allí mismo.

—Oh, me trae el teléfono móvil —dijo ella, sin poder evitar decir una obviedad, al ver el brillo metálico en la mano de él.

Él alargó la mano, ofreciéndoselo.

—Más tarde de lo que debería. Le pido disculpas.

¿Había sido su imaginación, o los dedos de él habían rozado los suyos de forma deliberada cuando ella tomaba el móvil de su mano?

—Gracias por devolvérmelo —dijo ella, todavía atrapada en la mirada de él—. ¿Ha podido... esto... ha podido hacer algo con las imágenes?

—Sí. Han sido de gran ayuda.

Ella suspiró, aliviada de que la policía estuviera, por fin, de su parte en ese asunto.

—¿Cree usted que podrá atrapar a los tipos de las fotos?

—Estoy seguro de ello.

El tono de la voz de él había sido tan amenazador que Gabrielle no lo dudó ni un instante. La verdad era que empezaba a tener la sensación de que el detective Thorne era un chico travieso en la peor de sus pesadillas.

—Bueno, ésa es una noticia fantástica. Tengo que admitir que todo este asunto me ha dejado un poco intranquila. Supongo que presenciar un asesinato brutal tiene ese efecto en una persona, ¿verdad?

Él se limitó a responder con un escueto asentimiento de cabeza. Era un hombre de pocas palabras, eso era evidente, pero ¿quién necesitaba conversar cuando se tenían unos ojos como ésos que eran capaces de desnudar el alma?

En ese momento, a sus espaldas, la alarma del horno de la cocina empezó a sonar. Gabrielle se sintió molesta y aliviada al mismo tiempo.

—Mierda. Eso es… esto… es mi cena. Será mejor que lo apague antes de que se dispare la alarma contra incendios. Espere aquí un segundo… quiero decir, ¿quiere…? —Respiró hondo para tranquilizarse; no estaba acostumbrada a sentirse tan insegura con nadie—. Entre, por favor. Vuelvo enseguida.

Sin dudar ni un momento, Lucan Thorne entró en el apartamento mientras Gabrielle se daba la vuelta para dejar el teléfono móvil y dirigirse a la cocina para sacar los *manicotti* del horno.

—¿He interrumpido algo?

Gabrielle se sorprendió al oír que le hablaba desde dentro de la cocina, como si la hubiera seguido inmediatamente y en silencio desde el mismo instante en que ella le había invitado a entrar. Gabrielle sacó la bandeja con la pasta humeante del horno y la dejó encima de la mesa para que se enfriara. Se quitó los guantes de cocina, calientes, y se dio la vuelta para dedicarle al detective una sonrisa orgullosa.

—Estoy de celebración.

Él inclinó la cabeza y echó un vistazo al silencioso ambiente que les rodeaba.

—¿Sola?

Ella se encogió de hombros.

—A no ser que quiera usted acompañarme.

El leve gesto de cabeza que él hizo parecía mostrar reticencia, pero inmediatamente se quitó el abrigo oscuro y lo dejó, doblado, encima del respaldo de uno de los taburetes que había en la cocina. Su presencia era peculiar y le impedía concentrarse, especialmente en esos momentos en que él se encontraba dentro de la pequeña cocina: ese hombre desconocido y musculoso de mirada cautivadora y de un atractivo ligeramente siniestro. Él se apoyó en el mármol de la cocina y la observó mientras ella se ocupaba de la bandeja de pasta.

—¿Qué celebramos, Gabrielle?

—Que hoy he vendido algunas fotografías, en una muestra privada, en una oficina cursi del centro de la ciudad. Mi amigo Jamie me ha llamado hace una hora aproximadamente y me ha dado la noticia.

Thorne sonrió levemente.

—Felicidades.

—Gracias. —Ella sacó otra copa del armario de la cocina y levantó la botella abierta de Chianti—. ¿Quiere un poco?

Él negó lentamente con la cabeza.

—Lamentablemente, no puedo.

—Oh, lo siento —repuso ella, recordando cuál era su profesión—. De servicio, ¿verdad?

Él apretó la mandíbula.

—Siempre.

Gabrielle sonrió, se llevó una mano hasta un mechón que se le había desprendido de la cola y se lo colocó detrás de la oreja. Thorne siguió con la mirada el movimiento de su mano, y sus ojos se detuvieron en el rasguño que Gabrielle tenía en la mejilla.

—¿Qué le ha sucedido?

—Oh, nada —contestó ella, pensando que no era una buena idea contarle a un policía que se había pasado parte de la mañana dentro de un viejo psiquiátrico en el cual había entrado de manera ilegal—. Es solamente un arañazo: gajes del oficio, de vez en cuando. Estoy segura de que sabe de qué le hablo.

Gabrielle se rio, un poco nerviosa, porque de repente él se estaba acercando a ella con una expresión muy seria en el rostro. Con sólo unos cuantos pasos se colocó justo delante de ella. Su tamaño, su fuerza —que resultaba evidente—, era abrumadora. A esa corta distancia, Gabrielle pudo ver los músculos bien dibujados que se marcaban y se movían debajo de su camisa negra. Ese tejido de calidad le caía en los hombros, en el pecho y en los brazos como si se lo hubieran hecho a medida para que le sentara perfectamente.

Y su olor era increíble. No notó que llevara colonia, solamente notó un ligero aroma a menta y a piel, y a algo más denso, como una especia exótica que no conocía. Fuera lo que fuese, ese olor invadió todos sus sentidos como algo elemental y primitivo e hizo que se acercara todavía más a él en un momento en el que lo que debería haber hecho era apartarse.

Él alargó la mano y Gabrielle aguantó la respiración al notar que le acariciaba la línea de la mandíbula con la yema de los dedos. La desnudez de ese contacto irradió calor sobre su piel, que se extendió hacia su cuello mientras él le acariciaba con la mano la sensible piel de debajo de la oreja y de la nuca. Le acarició el rasguño de la mejilla con el dedo pulgar. La herida le había escocido antes, cuando se la había limpiado, pero en ese momento, esa tierna e inesperada caricia no la molestó en absoluto. No sentía nada más que una cálida languidez y un lento dolor que se le arremolinaba en lo más profundo de su cuerpo.

Para su sorpresa, él se inclinó hacia delante y le dio un beso en la mejilla rasguñada. Los labios de él se entretuvieron en ese punto un instante, el tiempo suficiente para que ella comprendiera que ese gesto era un preludio a algo más. Gabrielle cerró los ojos: sentía el corazón desbocado. No se movió y casi ni respiró mientras notaba el contacto de los labios de Lucan que se dirigían hacia los suyos. Se los besó con intensidad, y notó el latigazo del deseo a pesar de la suavidad y la calidez de los labios de él. Gabrielle abrió los ojos y vio que él la estaba mirando. Los ojos de él tenían una expresión salvaje y animal que le provocó una corriente de ansiedad que le recorrió toda la espalda.

Cuando finalmente fue capaz de hablar, la voz le salió débil y casi sin aliento.

—¿Tiene que hacer esto?

Esa mirada penetrante permaneció clavada en sus ojos.

—Oh, sí.

Él se inclinó hacia ella otra vez y le acarició las mejillas, la barbilla y el cuello con los labios. Ella suspiró y él atrapó ese aire con un profundo beso, penetrándole la boca con la lengua. Gabrielle le recibió, vagamente consciente de que las manos de él se encontraban sobre su espalda ahora y que se deslizaban por debajo de la camiseta. Él le acarició la espalda, recorriendo la columna con las yemas de los dedos. Esa caricia se desplazó con un movimiento perezoso hacia abajo, y continuó por encima del tejido del pantalón. Esas manos fuertes se acoplaron a la curva de sus nalgas y se las apretaron ligeramente. Ella no se resistió. Él volvió a besarla, más profundamente, y la atrajo despacio hacia sí hasta que la pelvis de ella entró en contacto con el duro músculo de su entrepierna.

¿Qué diablos estaba haciendo? ¿Estaba utilizando la cabeza?

—No —dijo ella, intentando recuperar el sentido común—. No, un momento. Pare. —Dios, detestó cómo había sonado esa palabra, ahora que la sensación de los labios de él sobre los suyos era tan agradable—. ¿Estás… Lucan… estás con alguien?

—Mira a tu alrededor, Gabrielle. —Le pasó los labios por encima de los de ella mientras se lo decía y ella se sintió mareada de deseo—. Estamos solamente tú y yo.

—Tienes novia —tartamudeó ella entre beso y beso. Quizá ya era un poco tarde para preguntarlo, pero tenía que saberlo, incluso a pesar de que no estaba segura de cómo reaccionaría ante una respuesta que no fuera la que quería oír—. ¿Tienes pareja? ¿Estás casado? Por favor, no me digas que estás casado…

—No hay nadie más.

«Solamente tú.»

Ella estaba bastante segura de que él no había pronunciado esas dos últimas palabras, pero Gabrielle las oía en su cabeza, oía su eco cálido y provocador, venciendo todas sus resistencias.

«Oh, él resulta muy agradable.» O quizá era que ella estaba tan desesperada por él, que esa simple y única señal que él le ofrecía era suficiente. Ésa y la que combinaba esas manos suaves y esos cálidos y hambrientos labios. A pesar de todo, ella le creyó sin sombra de duda. Sintió como si todos y cada uno de los sentidos de él estuvieran solamente concentrados en ella. Como si solamente existiera ella, solamente él, y esa cosa caliente que había entre ellos.

Y que, innegablemente, había existido entre ellos desde el mismo momento en que él había subido las escaleras de su casa por primera vez.

—Oh —exclamó ella mientras exhalaba todo el aire de los pulmones con un largo suspiro. Ella se apretó contra él disfrutando de la sensación de notar esas manos sobre su piel, acariciándole la garganta, el hombro, el arco de la espalda—. ¿Qué estamos haciendo, Lucan?

Él emitió un gruñido divertido que ella sintió en el oído, grave y profundo como la noche.

—Creo que ya lo sabes.

—Yo no sé nada, nada cuando haces eso. Oh… Dios.

Él dejó de besarla un instante y la miró a los ojos con intensidad mientras se apretaba contra ella con un gesto lento y deliberado. El sexo de él se apretó, rígido, contra el estómago de ella. Ella notaba la solidez y la dimensión de su miembro, sentía la pura fuerza y tamaño de su verga, incluso a través de la barrera de la ropa. Sintió la humedad entre las piernas en el mismo instante en que la idea de recibirle dentro de ella le pasó por la cabeza.

—Es por esto que he venido esta noche. —La voz de Lucan sonó ronca contra su oído—. ¿Lo comprendes, Gabrielle? Te deseo.

Ese sentimiento era más que mutuo. Gabrielle gimió y frotó su cuerpo contra el de él con un deseo que no podía, ni quería, controlar.

Eso no estaba sucediendo. No estaba sucediendo, realmente. Tenía que tratarse de otro sueño loco, como el que había tenido después de la primera vez que le había visto. Ella no estaba de verdad de pie en la cocina con Lucan Thorne, ni estaba permitiendo que ese hombre al que casi no conocía la sedujera. Estaba soñando, tenía que estar soñando, y al cabo de poco tiempo se despertaría en el sofá, sola, como siempre, con la copa de vino tirada en la alfombra y su cena en el horno, quemada.

Pero todavía no.

Oh, Dios, por favor, todavía no.

Sentir cómo él le acariciaba la piel, cómo bullía de deseo su lengua, era mejor que cualquier sueño, incluso mejor que ese delicioso sueño que había tenido antes, si es que eso era posible.

—Gabrielle —susurró él—. Dime que tú también quieres esto.

—Sí.

Gabrielle notó que él introducía una mano entre los cuerpos de ambos, urgente, y sintió el aliento caliente de él en su garganta.

—Siénteme, Gabrielle. Date cuenta de hasta qué punto te necesito.

Ella sintió los dedos de él ligeros al entrar en contacto con los suyos. Le condujo la mano hasta la tensa erección, liberada ahora de su confinamiento. Gabrielle le rodeó la polla con la mano y acarició su piel aterciopelada lentamente, tanteándole. Esa parte de su cuerpo era tan grande como el resto, y tenía una fuerza brutal a pesar de que era muy suave. Sentir el peso del sexo de él en la mano la trastornó como si se hubiera tomado una droga. Apretó la mano alrededor de la polla y tiró hacia arriba, acariciando con las yemas de los dedos el grueso glande.

Mientras Gabrielle subía y bajaba con la mano a lo largo de su miembro, Lucan se retorcía. Notó que las manos de él temblaban mientras se desplazaban desde las caderas de ella hasta la parte delantera del pantalón para desabrochárselo. Tiró del nudo del cordón y soltó un juramento en algún idioma extraño con los labios cálidos contra su pelo. Gabrielle sintió una corriente de aire frío sobre el vientre y, al instante, el calor repentino de la mano de Lucan, que acababa de introducírsela dentro del pantalón.

Ella estaba húmeda por él, había perdido la cabeza y sentía que el deseo le quemaba.

Él introdujo los dedos con facilidad por entre los rizos de su entrepierna y en su sexo empapado, provocándola con el jugueteo de su mano contra su carne. Ella gritó al sentir que el deseo la invadía en una oleada que la dejó temblando.

—Te necesito —le confesó en un hilo de voz, desnuda por el deseo. Por respuesta, él le introdujo un largo dedo dentro de la vagina y luego otro. Gabrielle se retorció al sentir esa caricia tentadora que todavía no la llenaba.

—Más —dijo, casi sin resuello—. Lucan, por favor… necesito… más.

Un oscuro gruñido de pasión sonó en la garganta de él mientras volvía a atacar sus labios con otro beso hambriento. El pantalón de ella se escurrió hasta el suelo. Detrás, le siguieron las bragas, el fino tejido se rompió con la fuerza y la impaciencia de la mano de Lucan. Gabrielle sintió que el aire frío le acariciaba la piel, pero entonces Lucan se puso de rodillas delante de ella y ella se encendió antes de tener tiempo de volver a respirar. Él la besó y la lamió, sujetándole con fuerza la parte interior de los muslos con las manos y haciéndole abrir las piernas para satisfacer su deseo carnal. Sintió la lengua de él que la penetraba, sintió que los labios de él la chupaban con fuerza, y no pudo evitar sentir que las piernas le flaqueaban.

Se corrió rápidamente, con más fuerza de la que habría imaginado. Lucan la sujetaba con firmeza con las manos, apretando su húmedo sexo contra él, sin darle tregua a pesar de que el cuerpo de ella temblaba y se retorcía y que su aliento era agitado y entrecortado mientras él la conducía hacia el orgasmo otra vez. Gabrielle cerró los ojos y echó la cabeza hacia atrás, rindiéndose a él, y a la locura de ese inesperado encuentro. Le clavó las uñas en los hombros para sujetarse, porque sentía que las piernas le fallaban.

Sintió, de nuevo, el alivio del orgasmo en todo el cuerpo. Primero la poseyó con una fuerza férrea, arrastrándola a un país de una sensualidad de ensueño, y luego la soltó y ella se sintió caer y caer...

No, la estaba levantando, pensó, aturdida por esa neblina sexual. Los brazos de Lucan la sujetaban con ternura por debajo de la espalda y de las rodillas. Ahora él estaba desnudo, y ella también, a pesar de que no podía recordar cuándo se había quitado la camiseta. Ella le rodeó el cuello con los brazos y él la sacó de la cocina hacia la sala de estar, donde sonaba por los altavoces la voz de Sarah McLahlan en un tema que hablaba de abrazar a alguien y de besarle hasta dejarle sin respiración.

La suavidad del sofá la recibió en cuanto Lucan la hubo depositado en el sofá para colocarse encima de ella. No fue hasta ese momento que ella pudo verle por completo, y lo que vio era magnífico. Un metro noventa y ocho de sólida musculatura y de pura fuerza masculina que la atrapaba por encima, y esos sólidos brazos a cada lado de su cuerpo.

Como si la pura belleza del cuerpo de él no fuera suficiente, la impresionante piel de Lucan mostraba unos intrincados tatuajes que la dejaron boquiabierta. El complicado diseño de líneas curvas y formas entrecruzadas se desplegaba por encima de sus pectorales y de su fuerte abdomen, le subía por los anchos hombros y le rodeaba los gruesos bíceps. El color era confuso, variaba desde un verde mar, a un siena, a un rojo burdeos que parecía tomar un tono más intenso cuando ella lo miraba.

Él bajó la cabeza para concentrarse en sus pechos, y Gabrielle vio que el tatuaje le cubría la espalda y desaparecía bajo el pelo de la nuca. La primera vez que le vio, sintió el deseo de recorrer con el dedo esas marcas. Ahora sucumbió a él, abandonándose, dejando que sus manos recorrieran todo el cuerpo de él, maravillada tanto por ese hombre misterioso como por ese extraño arte que su piel mostraba.

—Bésame —le suplicó, sujetándole los hombros tatuados con ambas manos.

Él empezó a levantar la cabeza y Gabrielle arqueó la espalda debajo de él, sintiéndose enfebrecida por el deseo, necesitando sentirle dentro de su cuerpo. Su erección era dura como el acero y caliente contra sus muslos. Gabrielle deslizó las manos hacia abajo y le acarició mientras levantaba las caderas para recibirle.

—Tómame —susurró ella—. Lléname, Lucan. Ahora. Por favor.

Él no se lo negó.

El grueso glande de su miembro latía, duro y sensible, en la entrada de su vagina. Él estaba temblando y ella se dio cuenta de una forma un tanto confusa. Esos impresionantes hombros temblaban bajo el contacto de sus manos, como si él se hubiera estado conteniendo todo ese tiempo y estuviera a punto de explotar. Ella quería que él se corriera con la mima fuerza con que lo había hecho ella. Necesitaba tenerle dentro de ella o iba a morirse. Él emitió un gruñido ahogado, los labios rozándole la sensible piel del cuello.

—Sí —le animó ella, moviéndose debajo de él para que su

polla se clavara hasta el mismo centro de su cuerpo—. No seas suave. No me voy a romper.

Él levantó la cabeza finalmente y, por un instante, la miró a los ojos. Gabrielle le miró, con los párpados pesados, asustada por el fuego indómito que vio en él: sus ojos brillaban con unas llamas gemelas de un color plateado pálido que le inundaba las pupilas y penetraba en los ojos de ella con un calor sobrenatural. Los rasgos del rostro de él parecían más afilados, su piel parecía estirarse sobre sus pómulos y sus fuertes mandíbulas.

Era verdaderamente peculiar cómo la tenue luz de la habitación jugaba sobre esos rasgos.

Ese pensamiento todavía no se le había terminado de formar por completo cuando las luces de la sala de estar se apagaron a la vez. Le hubiera parecido extraño si Lucan, en ese momento, cuando la oscuridad cayó sobre ellos, no la hubiera penetrado con una fuerte y profunda embestida. Gabrielle no pudo reprimir un gemido de placer al notar que él la llenaba, la abría, la empalaba hasta el mismo centro de su cuerpo.

—Oh, Dios mío —exclamó ella casi en un sollozo, aceptando toda la dureza y dimensión de él—. Es tan placentero.

Él bajó la cabeza hasta el hombro de ella y soltó un gruñido mientras salía de su vagina. Luego embistió con más fuerza que antes. Gabrielle se sujetó a la espalda de él, atrayéndole hacia sí, mientras levantaba las caderas para recibir sus fuertes embestidas. Él soltó un juramento, casi sin respiración, que pareció un sonido oscuro y animal. Su polla se deslizaba dentro de ella y parecía hincharse más a cada movimiento de sus caderas.

—Necesito follarte, Gabrielle. Necesitaba estar dentro de ti desde el primer momento en que te vi.

La franqueza de esas palabras, el hecho de que admitiera que la había deseado tanto como ella le había deseado a él solamente sirvió para que ella se inflamara más. Enredó los dedos en el cabello de él, y gritó, sin respiración, a medida que el ritmo de él se incrementaba. Ahora él entraba y salía, incansable, entre sus piernas. Gabrielle sintió la corriente del orgasmo en lo más profundo de su vientre.

—Podría estar haciendo esto toda la noche —dijo él con voz

ronca, su aliento caliente contra el cuello de ella—. Creo que no puedo parar.

—No lo hagas, Lucan. Oh, Dios… no lo hagas.

Gabrielle se agarró a él mientras él bombeaba dentro de su cuerpo. Era lo único que pudo hacer mientras un grito le rompía la garganta y se corría y se corría y se corría una vez detrás de otra, imparable.

Lucan salió del apartamento de Gabrielle y recorrió la oscura y silenciosa calle a pie. La había dejado durmiendo en el dormitorio de su apartamento, con la respiración acompasada y tranquila, el delicioso cuerpo agotado después de tres horas de pasión sin parar. Nunca había follado con tanta furia, durante tanto tiempo, ni tan completamente con nadie.

Y todavía deseaba más.

Más de ella.

El hecho de que hubiera conseguido ocultarle el alargamiento de los colmillos y el brillo de salvaje deseo de sus ojos era un milagro.

El hecho de que no hubiera cedido a la necesidad invencible y urgente de clavarle los afilados colmillos en la garganta y beber hasta quedar ebrio era todavía más impresionante.

Pero no confiaba en sí mismo lo suficiente para quedarse cerca de ella mientras cada una de las enfebrecidas células de su cuerpo le dolía por el deseo de hacerlo.

Probablemente, haber ido a verla esa noche había sido un monstruoso error. Había pensado que tener sexo con ella apagaría el fuego que ella le encendía, pero nunca se había equivocado tanto. Haber tomado a Gabrielle, haber estado dentro de ella, solamente había servido para poner en evidencia la debilidad que sentía por ella. La había deseado con una necesidad animal y la había perseguido como el depredador que era. No estaba seguro de haber sido capaz de aceptar un no como respuesta. No creía que hubiera sido capaz de controlar el deseo que sentía por ella.

Pero ella no le había rechazado.

No lo había hecho, no.

En retrospectiva, hubiera sido un acto de misericordia que

ella lo hubiera hecho, pero en lugar de eso, Gabrielle había aceptado por completo su furia sexual y había exigido que él no le diera nada inferior a eso.

Si en ese mismo momento, diera media vuelta y volviera a su apartamento para despertarla, podría pasar unas cuantas horas más entre sus impresionantes y acogedores muslos. Eso, por lo menos, satisfaría parte de su necesidad. Y si no podía saciar la otra parte, ese tormento que crecía cada vez más en su interior, podía esperar a que se levantara el sol y dejar que sus mortales rayos lo abrasaran hasta la destrucción.

Si el deber que tenía hacia la raza no le tuviera tan comprometido, consideraría esa opción como una posibilidad atractiva.

Lucan pronunció un juramento en voz baja. Salió del barrio de Gabrielle y se internó en el paisaje nocturno de la ciudad. Le temblaban las manos. Se le había agudizado la vista, y sus pensamientos empezaban a ser salvajes. El cuerpo le picaba; se sentía ansioso. Soltó un gruñido de frustración: conocía esos síntomas demasiado bien.

Necesitaba volver a alimentarse.

Hacía demasiado poco tiempo que había tomado la cantidad suficiente de sangre para mantenerse durante una semana, quizá más. Eso había sido unas cuantas noches atrás y, a pesar de ello, se le retorcía el estómago como si estuviera desfallecido de hambre. Hacía mucho tiempo que su necesidad de alimentarse había empeorado y ya casi resultaba insoportable cuando intentaba reprimírsela.

Represión.

Eso era lo que le había permitido llegar tan lejos.

En un momento u otro iba a llegar al final de la cuerda. ¿Y entonces qué?

¿De verdad creía que era tan distinto de su padre?

Sus hermanos no habían sido distintos de su padre, y ellos eran mayores y más fuertes que él. La sed de sangre se los había llevado a los dos: uno de ellos se había quitado la vida cuando la adicción fue demasiado fuerte; el otro fue más allá todavía, se convirtió en un renegado y perdió la cabeza bajo la hoja mortal de un guerrero de la raza.

Haber nacido en la primera generación le había dado a Lucan una gran fuerza y un gran poder —y le había permitido gozar de un inmediato respeto que él sabía que no merecía—, pero eso era tanto un don como una maldición. Se preguntaba cuánto tiempo más podría continuar luchando contra la oscuridad de su propia naturaleza salvaje. Algunas noches se sentía muy cansado de tener que hacerlo.

Mientras caminaba entre la gente que poblaba las calles nocturnas Lucan dejó vagar la mirada. Aunque estaba preparado para entrar en batalla si tenía que hacerlo, se alegró de que no hubiera ningún renegado a la vista. Solamente vio a unos cuantos vampiros de la última generación que pertenecían al Refugio Oscuro de esa zona: un grupo de jóvenes machos que se habían mezclado con un animado grupo de seres humanos que habían salido de fiesta y que buscaban disimuladamente, igual que él, un anfitrión de sangre. Mientras se dirigía hacia ellos por esa parte de la acera, vio que los jóvenes se daban codazos los unos a los otros y les oyó susurrar las palabras «guerrero» y «primera generación». La admiración que mostraban abiertamente y su curiosidad resultaban molestas, aunque no era algo poco habitual. Los vampiros que nacían y crecían en los Refugios Oscuros raramente tenían la oportunidad de ver a un miembro de la clase de los guerreros, por no hablar del fundador de la antaño orgullosa y ahora ya anticuada Orden.

La mayoría de ellos conocían las historias que contaban que hacía varios siglos, ocho de los más fieros y letales machos de la raza se habían unido en un grupo para asesinar a los últimos antiguos salvajes y al ejército de renegados que les servían. Esos guerreros se convirtieron en leyenda y desde ese momento, la Orden había sufrido muchos cambios, había crecido en número y sus localizaciones habían aumentado en los períodos en que había habido conflicto con los renegados y habían detenido su actividad durante los largos períodos de paz que hubo entre medio.

Ahora, la clase de los vampiros estaba formada solamente por un puñado de individuos en todo el planeta que operaba de forma encubierta y muchas veces independiente y con no poco desprecio de la sociedad. En esta época ilustrada de trato justo y de procesos legales en que se encontraba la nación de los vampiros, las tácticas de los guerreros se consideraban renegadas y casi del otro lado de la ley.

Como si a Lucan, o a cualquiera de los guerreros que se encontraban en primera fila de la lucha con él, les importaran lo más mínimo las relaciones públicas.

Lucan gruñó en dirección a los jóvenes boquiabiertos y dirigió una invitación mental a las hembras humanas con quienes los vampiros habían estado charlando en la calle. Todos los ojos femeninos se quedaron clavados en el puro poder que él —y él lo sabía— emanaba en todas direcciones. Dos de las chicas —una rubia de pecho abundante y una pelirroja de cabello solamente un poco más claro que el de Gabrielle— se separaron inmediatamente del grupo y se acercaron a él, olvidando a sus amigos y a los otros machos al instante.

Pero Lucan solamente necesitaba a una, y la elección era fácil. Rechazó a la rubia con un gesto de cabeza. Su compañera se colocó bajo el brazo de él y empezó a manosearle mientras él la conducía hacia un discreto y oscuro rincón de un edificio cercano.

Se puso a la tarea sin dudar ni un momento.

Apartó el cabello de la chica, impregnado del olor a tabaco y a cerveza, de su cuello, se lamió los labios y le clavó los colmillos extendidos en la garganta. Ella sufrió un espasmo al notar el mordisco y levantó las manos en un gesto instintivo en el momento en el que él empezó a chupar con fuerza la sangre de sus venas. Chupó durante un buen rato, no quería desperdiciar nada. La hembra gimió, no a causa de la alarma ni del dolor, sino a causa del placer único que producía sentir salir la sangre bajo el dominio de un vampiro.

La sangre llenó la boca de Lucan, caliente y densa.

Contra su voluntad, en su mente se formó la imagen de Gabrielle en sus brazos, y Lucan imaginó, por un brevísimo instante, que era de su cuello del que chupaba en esos momentos.

Que era la sangre de ella la que le bajaba por la garganta y le entraba en el cuerpo.

Dios, lo que era pensar cómo sería chupar la vena de Gabrielle mientras su polla se clavaba en el cálido y húmedo centro de su cuerpo.

Qué placer sólo pensarlo.

Apartó esa fantasía de su mente con un gruñido fiero.

«Eso no va a suceder nunca», se dijo a sí mismo, con dureza. La realidad era otra cosa, y era mejor que no lo perdiera de vista.

La verdad era que no se trataba de Gabrielle, sino de una extraña sin nombre, justo tal y como él lo prefería. La sangre que tomaba en ese momento no tenía la dulzura de jazmín que él tanto deseaba, sino una acidez amarga viciada por algún suave narcótico que su anfitriona había ingerido recientemente.

No le importaba el sabor que tuviera. Lo único que necesitaba era apaciguar la urgencia de la sed, y para ello servía cualquiera. Continuó chupando y tragando con ansiedad, de forma expeditiva, como lo hacía siempre cuando se alimentaba.

Cuando hubo terminado, pasó la lengua por los dos orificios para cerrarlos. La joven estaba respirando agitadamente, tenía los labios entreabiertos y su cuerpo estaba lánguido como si hubiera acabado de tener un orgasmo.

Lucan puso la palma de la mano sobre la frente de ella y la bajó hacia su rostro para cerrarle los ojos, vacíos de expresión y somnolientos. Ese contacto borraba cualquier recuerdo de lo que acababa de suceder entre ellos.

—Tus amigos te están buscando —le dijo a la chica mientras apartaba la mano de su rostro y ella le miraba, confundida, parpadeando—. Deberías irte a casa. La noche está llena de depredadores.

—De acuerdo —dijo ella, asintiendo con la cabeza.

Lucan esperó entre las sombras mientras ella daba la vuelta a la esquina del edificio y se dirigía hacia sus compañeros. Él inhaló con fuerza a través de los dientes y de los colmillos: sentía todos los músculos del cuerpo tensos, duros y vivos. El corazón le latía con fuerza en el pecho. Solamente pensar en el sabor que debía de tener la sangre de Gabrielle le había provocado una erección.

Su apetito físico debería haberse apaciguado ahora que ya se había alimentado, pero no se sentía satisfecho.

Todavía… la deseaba.

Emitió un gruñido bajo y volvió a salir de caza a la calle, más malhumorado que nunca. Puso la mirada en la parte más conflictiva de la ciudad con la esperanza de encontrase con uno o dos renegados antes de que empezara a salir el sol. De repente, necesitaba meterse en una pelea desesperadamente. Necesitaba hacerle daño a alguien, incluso aunque ese alguien acabara siendo él mismo.

Tenía que hacer lo que fuera necesario para mantenerse alejado de Gabrielle Maxwell.

Capítulo ocho

Al principio, Gabrielle pensó que se había tratado solamente de otro sueño erótico. Pero a la mañana siguiente, al despertarse, tarde, desnuda en la cama, con el cuerpo agotado y dolorido en los lugares adecuados, supo que, definitivamente, Lucan Thorne había estado allí, en carne y hueso. Y Dios, qué carne tan impresionante. Había perdido la cuenta de cuántas veces la había llevado hasta el clímax. Si sumaba todos los orgasmos que había tenido durante los últimos dos años, probablemente ni se acercaría a lo que había experimentado con él la pasada noche.

Y a pesar de ello, en el momento en que abrió los ojos y se dio cuenta, decepcionada, de que Lucan no se había quedado allí, todavía deseaba tener otro orgasmo más. La cama estaba vacía, el apartamento se encontraba en silencio. Era evidente que él se había marchado en algún momento durante la noche.

Gabrielle estaba tan agotada que hubiera podido dormir el día entero, pero tenía una cita para comer con Jamie y con las chicas, así que salió de la casa y se dirigió hacia el centro de la ciudad veinte minutos después del mediodía. Cuando entró en el restaurante de Chinatown se dio cuenta de que unas cuantas cabezas se giraban a su paso: notó las miradas apreciativas de un grupo de tipos que parecían modelos de publicidad y que se encontraban ante la barra de *sushi* y las de media docena de ejecutivos trajeados que la siguieron mientras ella se dirigía hacia la mesa de sus amigos, al fondo del restaurante.

Se sentía sexy y segura de sí misma, vestida con su suéter de cuello de pico de color rojo oscuro y su falda negra, y no le importaba que fuera evidente para todo el mundo que se encontraba allí que había disfrutado de la noche de sexo más increíble de toda su vida.

—¡Finalmente, nos honra con su presencia! —exclamó Jamie en cuanto Gabrielle llegó a la mesa y saludó a sus amigos con unos abrazos.

Megan le acarició una mejilla.

—Tienes un aspecto fantástico.

Jamie asintió con la cabeza.

—Sí, es verdad, cariño. Me encanta lo que llevas puesto. ¿Es nuevo? —No esperó a que le contestara. Volvió a sentarse inmediatamente ante la mesa y se metió en la boca un rollito frito—. Me moría de hambre, así que ya hemos pedido un aperitivo. Pero ¿dónde has estado? Estaba a punto de mandar a un escuadrón a buscarte.

—Lo siento. Hoy me he dormido un poco. —Sonrió y se sentó al lado de Jamie, en el banco de vinilo de color verde—. ¿Kendra no viene?

—Desaparecida en combate otra vez. —Megan tomó un sorbo de té y se encogió de hombros—. No importa. Últimamente, solamente habla de su nuevo novio, ya sabes, ese chico que encontró en La Notte el pasado fin de semana.

—Brent —dijo Gabrielle, controlando la punzada de incomodidad que sintió por la mención de esa terrible noche.

—Sí, él. Ella incluso ha conseguido cambiar su turno por el de día en el hospital para pasar todas las noches con él. Parece que él tiene que viajar mucho para ir al trabajo o lo que sea y normalmente no está disponible durante el día. No me puedo creer que Kendra permita que nadie le dirija la vida de esta manera. Ray y yo llevamos tres meses saliendo, pero yo todavía tengo tiempo para mis amigos.

Gabrielle arqueó las cejas. De los cuatro, Kendra era la más libre de espíritu, incluso de forma impenitente. Prefería mantener unos cuantos amantes y tenía intención de permanecer soltera por lo menos hasta que cumpliera los treinta.

—¿Crees que se ha enamorado?

—Lascivia, cariño. —Jamie cogió con los palillos el último *sushi*—. A veces te hace hacer cosas peores que el amor. Créeme, me ha pasado.

Mientras masticaba, Jamie clavó los ojos en los de Gabrielle durante un largo momento. Luego se fijó en el pelo desordenado y en que ella, de repente, se había ruborizado. Gabrielle intentó sonreír con expresión despreocupada, pero no pudo evitar que su secreto la traicionara en el brillo de felicidad de sus ojos. Jamie dejó los palillos en el plato, inclinó la cabeza hacia ella y el pelo rubio le cayó sobre la mejilla.

—Oh, Dios mío. —Sonrió—. Lo has hecho.

—¿He hecho qué? —Pero se le escapó una suave carcajada.

—Lo has hecho. Te has acostado con alguien, ¿verdad?

La carcajada de Gabrielle se redujo a una tímida risita.

—Oh, cariño. Pues te sienta bien, debo decir. —Jamie le dio unas palmaditas en la mano y se rio con ella—. A ver si lo adivino: es el oscuro y sexy detective del Departamento de Policía de Boston.

Ella levantó los ojos al cielo al oír cómo le había calificado, pero asintió con la cabeza.

—¿Cuándo ha sido?

—Esta noche. Prácticamente toda la noche.

La expresión de entusiasmo de Jamie atrajo la atención de algunas mesas cercanas. Él se calmó un poco, pero sonreía a Gabrielle como una orgullosa mamá oca.

—Él es bueno, ¿eh?

—Increíble.

—De acuerdo. ¿Y cómo es posible que yo no sepa nada de este hombre misterioso? —interrumpió Megan en esos momentos—. ¿Y es un policía? Quizá Ray le conozca. Le puedo preguntar…

—No. —Gabrielle negó con la cabeza—. Por favor, no digáis nada de esto a nadie, chicos. No estoy saliendo con Lucan. Vino ayer por la noche para devolverme el teléfono móvil y las cosas se pusieron… bueno… fuera de control. Ni siquiera sé si voy a volver a verle.

La verdad era que no tenía ni idea de eso pero, Dios, deseaba que así fuera.

Una parte de ella sabía que lo que había ocurrido entre ellos era algo insensato, una locura. Lo era. La verdad es que no podía negarlo. Era de locos. Ella siempre se había tenido por una persona sensata, prudente: la persona que prevenía a sus amigos de los impulsos imprudentes como el que se había permitido la noche pasada.

Tonta, tonta, tonta.

Y no solamente por haber permitido que ese momento la atrapara por completo hasta el punto de haber olvidado tomar ninguna protección. Tener relaciones íntimas con alguien que es prácticamente un desconocido raramente era una buena idea, pero Gabrielle tenía la terrible sensación de que resultaría muy fácil perder el corazón por un hombre como Lucan Thorne.

Y eso, estaba segura, no era menos que de idiotas.

A pesar de todo, el sexo como el que había tenido con él no se daba a menudo. Por lo menos, no para ella. Solamente pensar en Lucan Thorne hacía que todo dentro de su cuerpo se retorciera de deseo. Si él entrara en el restaurante justo en ese momento, probablemente saltaría por encima de las mesas y se echaría encima de él.

—Ayer pasamos juntos una noche increíble, pero ahora mismo, eso es lo único que hay. No quiero sacar ninguna conclusión de ello.

—Ajá. —Jamie apoyó un codo en la mesa y se apoyó en él con expresión conspiradora—: Entonces, ¿por qué estás sonriendo todo el rato?

—¿Dónde diablos has estado?

Lucan olió a Tegan antes de ver al vampiro dar la vuelta a la esquina del pasillo de la zona de residencia del complejo. El macho había estado cazando hacía poco. Todavía arrastraba el olor metálico y dulzón de la sangre, tanto de humano como de algún renegado.

Cuando vio que Lucan le estaba esperando fuera de uno de los apartamentos se detuvo, con las manos apretadas en puños dentro de los bolsillos del pantalón tejano de cintura baja. La camiseta gris que llevaba puesta estaba deshilachada en algunos puntos y sucia de polvo y de sangre. Tenía los párpados caídos sobre los pálidos ojos verdes y se le veían unas oscuras ojeras. El pelo, rojizo, descuidado y largo, le caía sobre el rostro.

—Tienes un aspecto de mierda, Tegan.

Él levantó los ojos por debajo del flequillo de su pelo y se mostró burlón, como siempre.

Sus fuertes bíceps y antebrazos estaban cubiertos de *dermoglifos*. Esas elegantes y afiligranadas marcas tenían solamente un tono más oscuro que el de su piel dorada y su color no desvelaba el estado de ánimo del vampiro. Lucan no sabía si era por pura voluntad que ese macho se encerraba en una actitud permanente de apatía o si era la oscuridad de su pasado que verdaderamente había apagado cualquier sentimiento que pudiera tener.

Dios era testigo de que había pasado por algo que hubiera podido vencer a una cuadrilla entera de guerreros.

Pero los demonios personales que Tegan tuviera eran cosa suya. Lo único que le importaba a Lucan era asegurarse de que la Orden se mantenía fuerte y a punto. No había lugar para que esa cadena tuviera engarces débiles.

—Hace cinco días que has estado fuera de contacto, Tegan. Te lo voy a preguntar otra vez: ¿dónde mierda has estado?

Él sonrió, burlón.

—Jódete, tío. No eres mi madre.

Empezó a alejarse, pero Lucan le cerró el paso con una velocidad asombrosa. Levantó a Tegan por el cuello y lo empujó contra la pared del pasillo para captar su atención.

La furia de Lucan estaba en su punto máximo: en parte por la desconsideración que, en general, Tegan mostraba hacia los demás en la Orden durante los últimos tiempos, pero todavía lo estaba más por la falta de sensatez que le había hecho pensar que podría pasar una noche con Gabrielle Maxwell y quitársela luego de la cabeza.

Ni la sangre ni la extrema violencia que había ejercido con dos renegados durante las horas previas al amanecer habían sido suficientes para apagar la lascivia por Gabrielle que todavía le latía por todo el cuerpo. Lucan había recorrido la ciudad como un espectro durante toda la noche y había vuelto al complejo con un humor furioso y negro.

Ese sentimiento persistía en él mientras apretaba los dedos alrededor de la garganta de su hermano. Necesitaba una excusa para sacar la agresividad, y Tegan, con ese aspecto animal y con su secretismo, era un candidato más que bueno para hacer ese papel.

—Estoy cansado de tus tonterías, Tegan. Necesitas controlarte, o yo lo haré en tu lugar. —Apretó la laringe del vampiro con más fuerza, pero Tegan ni siquiera se inmutó por el dolor—. Ahora dime dónde has estado durante todo este tiempo o tú y yo vamos a tener serios problemas.

Los dos machos tenían más o menos el mismo tamaño y estaban más que igualados en cuestión de fuerza. Tegan pudo haber presentado batalla, pero no lo hizo. No demostró ni la más mínima emoción, simplemente miró a Lucan con ojos fríos e indiferentes.

No sentía nada, e incluso eso sacaba de quicio a Lucan.

Lucan, con un gruñido, quitó la mano de la garganta del guerrero e intentó controlar la rabia. No era propio de él comportarse de esa manera. Eso estaba por debajo de él.

Mierda.

¿Y era él quien le decía a Tegan que tenía que controlarse?

Buen consejo. Quizá tenía que aplicárselo a sí mismo.

La mirada inexpresiva de Tegan decía más o menos lo mismo, aunque el vampiro mantuvo, de forma inteligente, la boca cerrada.

Mientras los dos difíciles aliados se miraban el uno al otro en medio de un oscuro silencio, detrás de ellos y a cierta distancia en el pasillo, una puerta de cristal se abrió con un zumbido. Se oyó el chirrido de las zapatillas deportivas de Gideon en el pulido suelo mientras éste salía de sus aposentos privados y recorría el pasillo.

—Eh, Tegan, buen trabajo de reconocimiento, tío. He vigilado un poco después de lo que hablamos el otro día. Ese presentimiento que tuviste de que debíamos mantener vigilados a los renegados en Green Line parece bueno.

Lucan ni siquiera parpadeó. Tegan le aguantó la mirada, sin hacer caso a las felicitaciones de Gideon. Tampoco intentó defenderse de esas sospechas infundadas. Simplemente se quedó allí durante un largo minuto sin decir nada. Luego pasó al lado de Lucan y continuó su camino por el pasillo del complejo.

—Creo que querrás comprobar esto, Lucan —dijo Gideon mientras se dirigía hacia el laboratorio—. Parece que algo está a punto de ponerse feo.

Capítulo nueve

Con la taza caliente entre las manos, Gabrielle tomó un sorbo del suave té mientras Jamie se comía el resto de su plato. También iba a comerse su galletita de la suerte de postre, como hacía siempre, pero no le importaba. Era agradable estar, simplemente, con los amigos, y sentir que la vida volvía a adquirir cierto aire de normalidad después de lo que le había sucedido el fin de semana pasado.

—Tengo una cosa para ti —dijo Jamie, interrumpiendo los pensamientos de Gabrielle. Rebuscó un momento en la bolsa que llevaba de color crema que estaba en el banco en medio de ambos y sacó un sobre blanco—. Procede de la muestra privada.

Gabrielle lo abrió y sacó un cheque de la galería. Era más de lo que había esperado. Unos cuantos billetes grandes de más.

—Hala.

—Sorpresa —canturreó Jamie con una amplia sonrisa—. Subí el precio. Pensé que qué diablos y ellos lo aceptaron sin regatear en ningún momento. ¿Crees que debería haber pedido más?

—No —repuso Gabrielle—. No, esto es… esto… uuuff. Gracias.

—No es nada. —Señaló la chocolatina—. ¿Vas a comértela? Ella empujó el plato por encima de la mesa hacia él.

—Bueno, ¿y quién es el comprador?

—Ah, eso continúa siendo un gran misterio —dijo él, mientras rompía la galleta dentro de su envoltorio de plástico—. Han pagado en metálico, así que es evidente que son serios acerca del carácter anónimo de la venta. Y mandaron un taxi a buscarme para llevar la colección.

—¿De qué estáis hablando, chicos? —preguntó Megan. Les

miró a los dos con el ceño fruncido y una expresión de confusión—. Os juro que soy la última que se entera de todo.

—Nuestra pequeña y talentosa artista tiene un admirador secreto —informó Jamie, dramáticamente. Sacó la nota de la suerte de la galletita, la leyó, levantó los ojos al cielo y tiró el trocito de papel en el plato vacío—. ¿Dónde quedaron los días en que este tipo de cosas significaban algo? Bueno, hace unas cuantas noches me pidieron que presentara la colección completa de fotografías de Gabby ante un comprador anónimo del centro de la ciudad. Las han comprado todas: hasta la última.

Megan miró a Gabrielle con los ojos muy abiertos.

—¡Eso es maravilloso! ¡Me alegro tanto por ti, cariño!

—Sea quien sea quien las ha comprado, la verdad es que tiene una seria manía con el secretismo.

Gabrielle miró a su amigo mientras se guardaba el cheque en el bolso.

—¿Qué quieres decir?

Jamie terminó de masticar el último trocito de galletita de la suerte y se limpió los dedos de las migas.

—Bueno, cuando llegué a la dirección que me dieron, en uno de esos lujosos edificios de oficinas con varios inquilinos, me recibió una especie de guardaespaldas en el vestíbulo. No me dijo nada, solamente murmuró algo a un micrófono inalámbrico y luego me acompañó hasta un ascensor que nos llevó al piso más alto del edificio.

Megan arqueó las cejas.

—¿Al ático?

—Sí. Y ahí está la cosa. El lugar estaba vacío. Todas las luces estaban encendidas, pero no había nadie dentro. No había muebles, no había ningún equipo, nada. Solamente paredes y ventanas que daban a la ciudad.

—Eso es muy extraño. ¿No te parece, Gabby?

Ella asintió con la cabeza y una sensación de intranquilidad la fue invadiendo mientras Jamie continuaba.

—Entonces el guardaespaldas me dijo que sacara la primera fotografía de la carpeta y que caminara con ella y me dirigiera hacia las ventanas de la pared norte. Al otro lado estaba oscuro, y yo le estaba dando la espalda a él, pero él me dijo que debía sujetar cada una de las fotos ante esa ventana hasta que me diera instrucciones de dejarlas a un lado y tomar otra.

Megan se rio.

—¿De espaldas a él? ¿Por qué quería que hicieras eso?

—Porque el comprador estaba observando desde otro lugar —contestó Gabrielle en voz baja—. En algún lugar desde donde veía las ventanas del ático.

Jamie asintió con la cabeza.

—Eso parece. No conseguí oír nada, pero estoy seguro de que el guardaespaldas, o lo que fuera, estaba recibiendo instrucciones por los auriculares. Para decirte la verdad, me estaba poniendo un poco nervioso con todo eso, pero fue bien. Al final no pasó nada malo. Lo único que querían eran tus fotografías. Solamente había llegado a la cuarta cuando me dijeron que pidiera un precio para todas ellas. Así, que tal y como te he dicho, lo puse alto y lo aceptaron.

—Extraño —comentó Megan—. Eh, Gab, quizá has llamado la atención de un millonario mortalmente atractivo pero retraído. Quizá el año que viene, por estas fechas, estaremos bailando en tu lujosa boda en Mikonos.

—Uf, por favor —exclamó Jamie sin aliento—. Mikonos es del año pasado. La gente guapa está en Marbella, querida.

Gabrielle intentó sacarse de encima la rara sensación de inquietud que le estaba produciendo la extraña historia de Jamie. Tal y como él había dicho, todo había ido bien y ella tenía un cheque por un importe muy alto en el bolso. Quizá podía invitar a cenar a Lucan, dado que la comida que había preparado la otra noche para la celebración se había quedado en el mostrador de la cocina.

Aunque no sentía ni el más mínimo remordimiento por la pérdida de sus *manicotti*.

Sí, una romántica salida para cenar con Lucan sonaba fantástico. Con un poco de suerte, quizá tomaran los postres en… y el desayuno también.

Gabrielle se puso de buen humor inmediatamente y se rio con sus amigos mientras éstos continuaban intercambiando ideas extravagantes acerca de quién podía ser ese misterioso coleccionista y qué podía significar eso para su futuro y, por extensión, para el de todos ellos. Todavía estaban hablando de lo mismo cuando la mesa estuvo retirada y la cuenta pagada, y los tres salieron a la calle soleada.

—Tengo que irme corriendo —dijo Megan, dando un rápido abrazo a Gabrielle y a Megan—. ¿Nos veremos pronto, chicos?

—Sí —contestaron los dos al unísono y la saludaron con la mano mientras Megan caminaba calle arriba, hacia el edificio de oficinas donde trabajaba.

Jamie levantó una mano para llamar a un taxi.

—¿Vas directamente a casa, Gabby?

—No, todavía no. —Dio unos golpecitos a la cámara que llevaba colgada del hombro—. Pensaba dar un paseo hasta el parque y quizá gastar un poco de película. ¿Y tú?

—David va a llegar de Atlanta dentro de una hora —le dijo, sonriendo—. Voy a hacer campana el resto del día. Quizá mañana también.

Gabrielle se rio.

—Dale recuerdos de mi parte.

—Lo haré. —Se acercó a ella y le dio un beso en la mejilla—. Me gusta verte sonreír otra vez. Estaba realmente preocupado por ti después de lo del último fin de semana. Nunca te había visto tan afectada. Estás bien, ¿verdad?

—Sí, estoy bien, de verdad.

—Y ahora tienes al oscuro y sexy detective para cuidarte, lo cual no está nada mal.

—No, no está nada mal —admitió ella, y notó una sensación de calidez por el sólo hecho de pensar en él.

Jamie le dio un abrazo afectuoso.

—Bueno, cielo, si necesitas algo que él no te pueda dar, lo cual dudo mucho, llámame, ¿de acuerdo? Te quiero, cariño.

—Yo también te quiero. —Un taxi se detuvo en la esquina y se separaron—. Diviértete con David. —Y levantó la mano para decirle adiós mientras Jamie entraba en el taxi y éste se internaba en el abigarrado tráfico de la hora de comer.

Solamente se tardaba unos cuantos minutos en recorrer las manzanas que separaban Chinatown del parque Boston Common. Gabrielle paseó por los amplios espacios y sacó unas cuantas fotografías. Luego se detuvo para observar a unos niños que jugaban a la gallinita ciega en el césped de la zona de recreo. Observó a una niña que se encontraba en el centro del grupo con los ojos tapados con una venda y que giraba a un lado y a otro con los brazos extendidos intentando atrapar a sus esquivos amigos.

Gabrielle levantó la cámara y enfocó a los niños, que no paraban de correr y de reír. Acercó la imagen con el zoom y siguió a la niña de pelo rubio y ojos vendados con el objetivo mientras las risas y los chillidos de los niños llenaban el parque. No hizo ninguna fotografía, simplemente miró ese despreocupado juego desde detrás de la cámara e intentó recordar una época en la que ella se hubiera sentido así de contenta y de segura.

Dios, ¿se había sentido así alguna vez?

Uno de los adultos que estaba vigilando a los niños desde allí cerca les llamó para que fueran a comer, interrumpiendo su estridente juego. Los niños corrieron hasta la sábana extendida en el suelo para comer y Gabrielle recorrió el parque a su alrededor con el objetivo de la cámara. En la imagen desenfocada a causa del movimiento, percibió la figura de alguien que la miraba desde debajo de la sombra de un árbol grande.

Gabrielle apartó la cámara de su rostro y miró en esa dirección: había un hombre joven de pie, parcialmente escondido por el tronco de un viejo roble.

Su presencia era casi imperceptible en ese parque lleno de actividad, pero le resultaba vagamente familiar. Gabrielle vio que tenía el pelo abundante y de un color castaño ceniciento, que llevaba una camisa suelta y un pantalón caqui. Era la clase de persona que desaparecía con facilidad entre la multitud, pero estaba segura de que le había visto en algún lugar hacía poco tiempo.

¿No le había visto en la comisaría de policía la semana pasada cuando fue a hacer la declaración?

Fuera quien fuese, debió de darse cuenta de que ella le había visto, porque inmediatamente retrocedió, se escondió detrás del tronco del árbol y empezó a alejarse de allí en dirección a Charles Street. Mientras caminaba a paso rápido en dirección a esa calle, se sacó un teléfono móvil del bolsillo del pantalón y echó un rápido vistazo hacia atrás por encima del hombro, en dirección a Gabrielle.

Gabrielle sintió que se le erizaban los pelos de la nuca con una repentina sensación de sospecha y de alarma.

Él la había estado observando, pero ¿por qué?

¿Qué diablos estaba sucediendo? Algo sucedía, definitivamente, y ella no tenía intención de tratar de adivinarlo por más tiempo.

Con la mirada clavada en el chico del pantalón caqui, Gabrielle empezó a caminar detrás de él mientras se guardaba la cámara en la funda y se ajustaba la tira de la bolsa protectora en el hombro. Cuando salió del amplio terreno del parque y entró en Charles Street, el chico le llevaba una manzana de ventaja.

—¡Eh! —llamó ella, empezando a correr.

Él, que continuaba hablando por teléfono, giró la cabeza y la miró. Dijo algo al aparato con gesto apresurado, apagó el aparato y lo conservó en la mano. Apartó la mirada de ella y empezó a correr.

—¡Para! —gritó Gabrielle. Llamó la atención de la gente de la calle, pero el chico continuó sin hacerle caso—. ¡Te he dicho que te detengas, mierda! ¿Quién eres? ¿Por qué me estás espiando?

Él subió a toda velocidad por Charles Street zambulléndose en la marea de peatones. Gabrielle le siguió, esquivando a turistas y oficinistas que salían durante el descanso para la comida, sin apartar la vista de la mochila que el chico llevaba en la espalda. Él torció por una calle, luego por otra, internándose cada vez más en la ciudad, alejándose de las tiendas y las oficinas de Charles Street y volviendo a la abigarrada zona de Chinatown.

Sin saber cuánto tiempo llevaba persiguiendo a ese chico ni dónde había llegado exactamente, Gabrielle se dio cuenta de repente de que le había perdido.

Giró por una esquina llena de gente y se sintió profundamente sola: ese ambiente poco familiar se cerró alrededor de ella. Los tenderos la observaban desde debajo de los toldos y desde detrás de las puertas abiertas para dejar pasar el aire de verano. Los peatones la miraban, molestos, porque se había detenido de repente en medio de la acera e interrumpía el paso.

Fue en ese momento cuando sintió una presencia amenazante detrás de ella, en la calle.

Gabrielle miró por encima del hombro y vio un Sedan negro de ventanas tintadas que se desplazaba despacio entre los demás coches. Se movía con elegancia, deliberadamente, como un tiburón que atravesara un banco de peces pequeños en busca de una presa mejor.

¿Se estaba dirigiendo hacia ella?

Tal vez el chico que la había estado espiando se encontraba dentro del coche. Quizá su aparición, y la del coche de aspecto amenazante, tenían algo que ver con quien había comprado sus fotografías.

O posiblemente se tratara de algo peor.

Quizá algo relacionado con el espantoso ataque que había presenciado la semana anterior y con haber informado de ello a la policía. Posiblemente se había tropezado con una rencilla entre bandas, después de todo. Quizá esas criaturas malignas —ya que no podía acabar de convencerse de que eran hombres— habían decidido que ella era su próximo objetivo.

El vehículo se aproximó por un carril lateral hasta la acera donde ella se encontraba de pie y Gabrielle sintió que un miedo helado la atravesaba.

Empezó a caminar. Aceleró el ritmo para avanzar más deprisa.

A su espalda oyó el sonido del coche que aceleraba.

Oh, Dios.

¡Iba a por ella!

Gabrielle no esperó a oír el sonido de los neumáticos de las ruedas en el pavimento a sus espaldas. Chilló y salió disparada en una carrera ciega, moviendo las piernas tan deprisa como era capaz.

Había demasiada gente a su alrededor. Demasiados obstáculos para tomar un camino recto. Esquivó a los peatones, demasiado nerviosa para ofrecer ninguna disculpa antes sus chasquidos de lengua y exclamaciones de enojo.

No le importaba: estaba segura de que era un asunto de vida o muerte.

Mirar hacia atrás sería un grave error. Todavía oía el ruido del motor del coche en medio del tráfico, que la seguía de cerca. Gabrielle bajó la cabeza y se esforzó en correr más rápido mientras rezaba por ser capaz de salir de esa calle antes de que el coche la atrapara.

De repente, en esa enloquecida carrera, le falló un tobillo.

Se tambaleó y perdió el equilibrio. El suelo pareció elevarse hacia ella y cayó con fuerza contra el duro pavimento. Paró el golpe fuerte de la caída con las rodillas y las palmas de las manos, destrozándoselas. El dolor de la carne rasgada le hizo saltar las lágrimas, pero no hizo caso. Gabrielle volvió a ponerse en pie. Casi todavía no había recuperado el equilibrio cuando notó la mano de un extraño que la sujetaba con fuerza por el codo.

Gabrielle reprimió un chillido. Tenía los ojos enloquecidos de pánico.

—¿Se encuentra bien, señorita? —El rostro gris de un trabajador municipal apareció en su ángulo de visión y sus ojos azules rodeados de arrugas se fijaron en las heridas.

—Uf, vaya, mire eso, está sangrando.

—¡Suélteme!

—¿Es que no ha visto esos pilones de ahí? —Señaló con el pulgar por encima del hombro, a sus espaldas, hacia los conos de color naranja con los cuales Gabrielle había chocado al pasar—. Esta parte de la acera está levantada.

—Por favor, no pasa nada. Estoy bien.

Atrapada por la mano de él, que intentaba ayudarla pero que la retenía, Gabrielle levantó la mirada justo a tiempo para ver que el Sedan oscuro aparecía en la esquina por donde ella había pasado hacía un instante. El coche se detuvo abruptamente, la puerta del conductor se abrió y un hombre enorme y altísimo salió a la calle.

—Oh, Dios. ¡Suélteme! —Gabrielle dio una sacudida con el brazo para soltarse del hombre que intentaba ayudarla sin apartar la mirada de ese monstruoso coche negro y en el peligro que suponía—. ¿Es que no comprende que me están persiguiendo?

—¿Quién? —El tono de voz del trabajador municipal fue de incredulidad. Llevó la vista en dirección a donde ella estaba mirando y soltó una carcajada—. ¿Se refiere a ese tipo? Señora, es el maldito alcalde de Boston.

—¿Qué...?

Era verdad. Miró enloquecida toda la actividad que se desarrollaba en esa esquina y lo comprendió. El Sedan negro no la perseguía, después de todo. Había aparcado en la esquina y el conductor, ahora, estaba esperando con la puerta trasera abierta. El alcalde en persona salió de un restaurante acompañado por dos guardaespaldas y los tres subieron al asiento trasero del vehículo.

Gabrielle cerró los ojos. Las palmas de las manos le quemaban de dolor. Las rodillas, también. Tenía el pulso acelerado, pero parecía que la sangre le había bajado de la cabeza.

Se sintió como una completa idiota.

—Creí… —murmuró, mientras el conductor cerraba la puerta, se colocaba en el asiento delantero y arrancaba el coche en dirección al tráfico de la calle.

El trabajador le soltó el brazo. Se alejó de ella para volver a ocuparse de la bolsa con su comida y su café mientras meneaba la cabeza.

—¿Qué le sucede? ¿Es que se ha vuelto loca o algo?

Mierda.

Se suponía que ella no tenía que haberle visto. Tenía órdenes de observar a la mujer Maxwell, de tomar nota de sus actividades, de establecer cuáles eran sus costumbres. Tenía que informar de todo ello a su Maestro. Por encima de todo, tenía que evitar ser visto. El subordinado soltó otra maldición desde el mismo lugar donde estaba escondido, la espalda pegada contra una anodina puerta de un edificio anodino, uno de esos tantos lugares que se apiñaban entre los restaurantes y mercados de Chinatown. Con cuidado, abrió la puerta y sacó la cabeza para ver si podía detectar a la mujer en algún lugar de la calle.

Allí estaba, justo al otro lado de la calle atiborrada de gente.

Y se alegró de ver que ella estaba abandonando la zona. Lo último que perdió de vista fue su cabello cobrizo por entre la multitud de la acera, la cabeza gacha y el paso acelerado.

Esperó allí, la observó hasta que hubo desaparecido de su vista por completo. Entonces volvió a salir a la calle y se dirigió en dirección contraria. Había pasado más de una hora de su descanso para comer. Era mejor que volviera a la comisaría antes de que le echaran en falta.

Capítulo diez

Gabrielle puso otra toalla de papel bajo el chorro de agua fría en el fregadero de la cocina. Había varias toallas más tiradas ya, empapadas de agua y manchadas de sangre, además de sucias del polvo de la calle que se había limpiado de las palmas de las manos y de las rodillas. De pie, en sujetador y braguitas, echó un poco de jabón líquido en la toalla de papel empapada de agua y se frotó con energía las heridas de las palmas de las manos.

—¡Ay! —exclamó, y frunció el ceño. Se había encontrado una pequeña y afilada astilla clavada en la herida. Se la quitó y la tiró al fregadero al lado de toda la gravilla que se había limpiado de las heridas.

Dios, estaba hecha un desastre.

La falda nueva estaba rota y destrozada. El dobladillo del suéter se había estropeado al caer contra el áspero pavimento. Y parecía que las manos y las rodillas pertenecieran a una niña salvaje y torpe.

Y además de todo eso, se había mostrado como una completa estúpida en público.

¿Qué demonios le estaba sucediendo para ponerse histérica de esa manera?

El alcalde, por el amor de Dios. Y ella había huido de ese coche como si temiera que se tratara de…

¿De qué? ¿De alguna especie de monstruo?

«Vampiro.»

Las manos de Gabrielle se quedaron inmóviles.

Oyó la palabra mentalmente, a pesar de que se negó a pronunciarla en voz alta. Ésa era la palabra que tenía en el umbral de la conciencia desde el momento en que fue testigo de ese asesinato. Era una palabra que no quería reconocer, ni siquiera cuando se encontraba sola en el silencio de su apartamento vacío.

Los vampiros eran la obsesión de la loca de su madre biológica, no la suya.

Esa adolescente anónima se encontraba en un estado completamente delirante cuando la policía la sacó de las calles, hacía tantos años. Decía que la habían perseguido unos demonios que querían beber su sangre, que, de hecho, lo habían intentado, y ésa había sido la explicación que había dado por las extrañas heridas que tenía en la garganta. Los documentos judiciales que le habían dado estaban salpicados de locas referencias a espectros sedientos de sangre que recorrían la ciudad en completa libertad.

Imposible.

Eso era una locura, y Gabrielle lo sabía.

Estaba permitiendo que su imaginación y que el miedo que tenía de convertirse en una perturbada como su madre algún día acabaran con ella. Pero ella era demasiado inteligente para permitirlo. Era más sana, por lo menos…

Dios, tenía que serlo.

Haber visto a ese chico de la comisaría de policía ese mismo día —para sumarse a todo por lo que había pasado durante los últimos días— le había disparado sus miedos. A pesar de todo, ahora que lo pensaba, ni siquiera estaba segura de que ese tipo a quien había visto en el parque fuera de verdad el administrativo que había visto en la comisaría.

Pero ¿y qué si lo era? Quizá se encontraba en el parque para tomar su comida y para disfrutar del tiempo igual que lo estaba haciendo ella. Eso no era ningún crimen. Quizá, si la estaba mirando era porque también le había parecido que ella le resultaba familiar. Quizá él se hubiera acercado para saludarla si ella no hubiera cargado contra él como una psicópata paranoide, acusándole de estar espiándola.

Oh, ¿y no sería perfecto que él fuera a la comisaría y les contara a todos que ella le había perseguido por varias manzanas en Chinatown?

Si Lucan se enteraba de eso, ella iba a morirse de la humillación.

Gabrielle terminó de limpiarse las heridas de las palmas de

las manos e intentó apartar todo lo que había ocurrido ese día de su cabeza. Todavía tenía la ansiedad en el punto máximo y el corazón le latía con fuerza. Se limpió los golpes del rostro y observó un delgado reguero de sangre que le bajaba por la muñeca.

Ver su sangre siempre la tranquilizaba, por alguna extraña razón. Siempre había sido así.

Cuando era más joven y las emociones y las presiones internas eran tan fuertes que ya no sabía qué hacer con ellas, lo único que tenía que hacer para calmarse era hacerse un pequeño corte.

El primero había sido por accidente. Gabrielle se encontraba pelando una manzana en uno de sus hogares de acogida cuando el cuchillo le resbaló y le hizo un corte en la base del dedo pulgar. Le dolió un poco, pero Gabrielle no sintió ni miedo ni pánico al observar cómo la sangre salía y dibujaba un reluciente remolino escarlata.

Se había sentido fascinada.

Había sentido una increíble especie de... paz.

Al cabo de unos cuantos meses de ese sorprendente descubrimiento, Gabrielle volvió a cortarse. Lo hizo de forma deliberada y en secreto, sin intención de hacerse daño de verdad. A medida que el tiempo transcurrió, lo hizo más a menudo, siempre que necesitaba sentir esa profunda sensación de calma.

Y ahora lo necesitaba porque estaba ansiosa y nerviosa como un gato atento a cualquier pequeño ruido que oyera en el apartamento o fuera de él. Le dolía la cabeza. Tenía la respiración agitada y apretaba las mandíbulas.

Sus pensamientos saltaban desde el destello del flash ante la escena de la noche fuera de la discoteca al inquietante psiquiátrico donde había estado haciendo fotos la mañana anterior y al miedo irracional, profundo y perturbador que había sentido esa tarde.

Necesitaba un poco de paz después de todo eso.

Sólo aunque fueran unos cuantos minutos de calma.

Gabrielle dirigió la mirada hacia el contenedor de cuchillos de madera que se encontraba, allí cerca, sobre el mármol. Alargó la mano y tomó uno de ellos. Hacía años que no lo hacía. Se había esforzado tanto en controlar esa compulsión extraña y vergonzante.

Pero ¿la había hecho desaparecer de verdad?

Los psicólogos que la administración le había puesto y los trabajadores sociales, al final, se habían convencido de que así era. También los Maxwell.

Ahora, mientras se acercaba el cuchillo a la piel del brazo y sentía cómo una oscura emoción despertaba dentro de ella, Gabrielle lo dudó. Apretó la punta de la hoja contra la piel del antebrazo, aunque todavía sin la fuerza suficiente para cortarse.

Ése era su demonio privado, y era una cosa que nunca había compartido abiertamente con nadie, ni siquiera con Jamie, su amigo más querido.

Nadie lo comprendería.

Casi ni ella misma lo comprendía.

Gabrielle echó la cabeza hacia atrás y respiró profundamente. Mientras volvía a bajar la cabeza y exhalaba lentamente, vio su propio reflejo en el cristal de la ventana de encima del fregadero. El rostro que le devolvió la mirada tenía una expresión agotada y triste, sus ojos estaban apagados y angustiados.

—¿Quién eres? —le susurró a esa imagen fantasmal que veía en el cristal. Tuvo que reprimir un sollozo—. ¿Qué es lo que va mal contigo?

Abatida consigo misma, tiró el cuchillo en el fregadero y se apartó de allí mientras el sonido del acero resonaba en la cocina.

El constante sonido de las aspas de un helicóptero atravesaba el cielo de la noche en el viejo psiquiátrico. Desde el camuflaje de una nube, un Colibri EC120 negro descendió y se posó con suavidad en una zona plana del tejado.

—Apaga el motor —ordenó el líder de los renegados a su subordinado piloto cuando el aparato se hubo posado en el improvisado helipuerto—. Espérame aquí hasta que vuelva.

Saltó fuera de la cabina y recibió el inmediato saludo de su teniente, un individuo bastante desagradable a quien había reclutado en la Costa Oeste.

—Todo está en orden, señor.

Las espesas cejas marrones del renegado se hundieron encima de sus fieros ojos amarillos. En la enorme calva todavía se veían las cicatrices de las quemaduras de electricidad que le habían infligido los de la raza durante un interrogatorio por el que había pasado hacía medio año. Pero, entre el resto de los repugnantes rasgos de su rostro, esas numerosas marcas de quemaduras eran solamente un detalle. El renegado sonrió, dejando ver unos enormes colmillos.

—Vuestros regalos han sido muy bien recibidos esta noche, señor. Todo el mundo espera con ansia vuestra llegada.

El líder de los renegados, con los ojos escondidos detrás de unas gafas de sol, asintió con la cabeza brevemente y, con paso relajado, se dejó conducir hasta el piso de arriba del edificio y luego hasta un ascensor que le llevaría al corazón de las instalaciones. Se hundieron por debajo del nivel del piso del suelo, salieron del ascensor y se internaron por una red de túneles que rodeaban una parte de la fortaleza de la guarida de los renegados.

En cuanto al líder, éste había estado instalado en su cuartel privado en algún punto de Boston durante el último mes, supervisando en privado algunas operaciones, determinando obstáculos y estableciendo las principales ventajas que tenían en el nuevo territorio que querían controlar. Ésta era su primera aparición en público: era todo un evento, y ésa era exactamente su intención.

No era algo frecuente que él se aventurara a salir en medio de la porquería de la población general; los vampiros que se convertían en renegados eran una gente ruda, indiscriminada, y él había aprendido a apreciar cosas mejores durante sus muchos años de existencia. Tenía que recordarles a esas bestias quién era y a quién servían y por eso les había ofrecido una muestra del botín que les esperaba al final de su última misión. No todos ellos sobrevivirían, por supuesto. Las víctimas acostumbraban a acumularse en medio de una guerra.

Y una guerra era lo que iba a vender ahí esa noche.

Ya no habría más conflictos insignificantes en el terreno. No habría más luchas internas entre los renegados, ni más actos absurdos de venganza individual. Iban a unirse y a pasar página de una forma que todavía nadie había imaginado en esa antigua batalla que había dividido para siempre a la nación de los vampiros en dos. La raza había mandado durante demasiado tiempo y había llegado a un acuerdo no hablado con esos humanos inferiores al tiempo que ansiaban eliminar a sus hermanos los renegados.

Las dos facciones de la estirpe de los vampiros no eran tan distintas la una de la otra, solamente les separaba una cuestión de grado. Lo único que diferenciaba a un vampiro de la raza que saciaba su hambre de vida y a un vampiro constantemente sediento de sangre y adicto era una cuestión de litros. Las líneas sanguíneas de la estirpe se habían desdibujado con el tiempo desde la época de los antiguos y los nuevos vampiros se convertían en adultos y se apareaban con las compañeras de raza humanas.

Pero no había forma de que la contaminación de genes humanos destruyera por completo los genes de los vampiros, más fuertes. La sed de sangre era un espectro que perseguiría a la raza para siempre.

Desde el punto de vista del líder de esa guerra que se acercaba, uno tanto podía luchar contra el impulso innato propio de su estirpe o utilizarlo para beneficio propio.

En ese momento, él y su teniente habían llegado al final del pasillo y la vibración de una música estridente reverberaba en las paredes y en el suelo, bajo sus pies. Se estaba llevando a cabo una fiesta detrás de una doble puerta de acero abollado y maltrecho. Ante ella, un vampiro renegado que se encontraba de guardia se hincó de rodillas pesadamente en cuanto sus rasgadas pupilas registraron quién estaba esperando delante de él.

—Señor. —El tono de su rasposa voz fue reverente y mostró deferencia al no levantar la vista para encontrarse con los ojos que se ocultaban detrás de esas gafas oscuras—. Mi señor, su presencia nos honra.

De hecho, sí les honraba. El líder hizo un rápido movimiento afirmativo con la cabeza en cuanto el vigilante se puso en pie de nuevo. Con una mano mugrienta, el que estaba de guardia empujó las puertas para permitir la entrada a su superior a la estridente reunión que se llevaba a cabo al otro lado de las mismas. El líder despidió a su acompañante y quedó libre para observar en privado el lugar.

Se trataba de una orgía de sangre, sexo y música. En todos los rincones donde mirara veía machos renegados que manoseaban, perseguían y se alimentaban de un variado surtido de seres humanos, tanto hombres como mujeres. Sentían poco dolor, tanto si se encontraban en ese evento de forma voluntaria como si no. La mayoría habían sufrido, por lo menos, un mordisco, y les habían extraído tanta sangre que se sentían como en una nube de sensualidad y ligereza. Algunos de ellos hacía mucho rato que se habían ido, y sus cuerpos se encontraban inertes como los de unos bonitos muñecos de ropa encima del regazo de sus depredadores de ojos salvajes, que no cesaban de alimentarse hasta que no quedaba nada más que devorar.

Pero eso era lo que uno debía esperar si lanzaba unos tiernos corderos a un pozo lleno de bestias voraces.

Mientras se dirigía hacia la parte más abigarrada de esa reunión, le empezaron a sudar las manos. La polla se le endureció bajo la cuidada caída del pantalón confeccionado a medida. Las encías empezaron a dolerle y a latirle, y tuvo que morderse la lengua para evitar que los colmillos se le alargaran de hambre, al igual que había hecho su sexo, en respuesta a la lluvia de estímulos eróticos y sensoriales que le golpeaban desde todos los ángulos.

La mezcla del olor a sexo y a sangre derramada le llamaba como el canto de una sirena. Ése era un canto que él conocía bien, aunque eso había sido en su pasado, ahora muy distante. Oh, todavía disfrutaba con un buen polvo y con una jugosa vena abierta, pero esas necesidades ya no le gobernaban. Había tenido que recorrer un camino muy difícil desde el punto en que se encontraba antiguamente, pero, al final, había vencido.

Ahora era señor de sí mismo y pronto lo sería de mucho, mucho más.

Una nueva guerra iba a comenzar y él estaba preparado para ofrecer la última batalla. Estaba educando a su ejército, perfeccionando sus métodos, reclutando aliados que más tarde serían sacrificados sin dudarlo ni un momento en el altar de su capricho personal. Iba a infligir una sangrienta venganza a la nación de los vampiros y al mundo de los humanos que solamente existía para servir a los suyos.

Cuando la gran batalla hubiera terminado y las cenizas y el polvo hubieran sido finalmente barridos, no habría nadie que pudiera interponerse en su camino.

Él sería un maldito rey. Ése era su derecho de nacimiento.

—Mmmm… eh, guapo… ven aquí y juega conmigo.

Esa invitación realizada en voz ronca le alcanzó por encima del estruendo de la sala. Desde un montículo de cuerpos retorcidos, desnudos y húmedos había aparecido la mano de una mujer que le sujetó por el muslo en el momento en que él pasaba por su lado. Él se detuvo, bajó la mirada hasta ella con una clara expresión de impaciencia. Percibió una belleza oculta bajo el oscuro y destrozado maquillaje, pero ella tenía la mente completamente perdida en ese profundo delirio de la orgía. Un par de reguerillos de sangre le bajaban por el bonito cuello y llegaban hasta las puntas de sus pechos perfectamente formados. Tenía otras mordeduras en otros puntos del cuerpo: en el hombro, en el vientre, y en la parte interior de uno de los muslos, justo debajo de la estrecha banda de vello que le ocultaba el sexo.

—Únete a nosotros —le suplicó ella, levantándose de entre la jungla enredada de brazos y piernas de los vampiros renegados en celo. A esa mujer casi le habían extraído toda la sangre, solamente le quedaban unos litros antes de morir. Tenía los ojos vidriosos, perdidos. Sus movimientos eran lánguidos, como si sus huesos se hubieran vuelto de goma—. Tengo lo que deseas. Sangraré para ti, también. Ven, pruébame.

Él no dijo nada; simplemente apartó los pálidos dedos manchados de sangre que tiraban del fino tejido de sus caros pantalones de seda.

Verdaderamente, no estaba de humor.

Y, al igual que todo líder con éxito, nunca tocaba su propia mercancía.

Le puso la mano plana encima del pecho y la empujó contra la bullente refriega. Ella chilló: uno de los renegados la había atrapado sin contemplaciones y, con rudeza, le dio la vuelta encima de su brazo, la colocó debajo de él y la penetró por detrás. Ella gimió en cuanto él la atravesó, pero se quedó en silencio al cabo de un instante mientras el vampiro sediento de sangre le clavaba los enormes colmillos en el cuello y le chupaba la última gota de vida de su cuerpo consumido.

—Disfrutad de estos restos —dijo uno que iba a ser rey con

una voz profunda que se elevaba en tono magnánimo por encima de los rugidos animales y el estruendo atronador de la música—. La noche se está levantando y pronto conoceréis las recompensas que tengo a bien ofreceros.

Capítulo once

$\mathcal{L}$ucan llamó a la puerta del apartamento de Gabrielle otra vez.

Todavía, ninguna respuesta.

Hacía cinco minutos que se encontraba de pie en la entrada, en la oscuridad, esperando a que o bien ella abriera la puerta y le invitara a pasar, o bien le maldijera y le llamara bastardo desde el otro lado de los numerosos cerrojos de seguridad y le dijera que se perdiera.

Después del comportamiento pornográfico que había tenido con ella la noche anterior, no estaba seguro de cuál era la reacción que se merecía encontrar. Probablemente, una airada despedida.

Golpeó la puerta con los nudillos otra vez con tanta fuerza que era probable que los vecinos le hubieran oído, pero no se oyó ningún movimiento dentro del apartamento de Gabrielle. Solamente silencio. Había demasiada quietud al otro lado de la puerta.

Pero ella estaba allí dentro. La notaba al otro lado de las capas de madera y ladrillo que les separaban. Y olía a sangre, también. No mucha sangre, pero cierta cantidad en algún punto cercano a la puerta.

Hijo de puta.

Ella estaba dentro, y estaba herida.

—¡Gabrielle!

La preocupación le corría por las venas como si fuera un ácido. Intentó tranquilizarse lo suficiente para poder concentrar sus poderes mentales en el cerrojo de cadena y en las dobles cerraduras que estaban colocadas al otro lado de la puerta. Con un esfuerzo, abrió un cerrojo y luego el otro. La cadena se soltó y cayó contra el quicio de la puerta con un sonido metálico.

Lucan abrió la puerta con un empujón y sus botas sonaron con fuerza sobre el suelo de baldosas del vestíbulo. La bolsa de las cámaras de Gabrielle se encontraba justo en su camino, probablemente donde ella la había dejado caer con las prisas. El dulce olor ajazminado de su sangre le llenó las fosas nasales justo un instante antes de que su vista tropezara con un caminito de pequeñas manchas de color carmesí.

El ambiente del apartamento tenía cierto aire amargo de miedo cuyo olor, que ya tenía unas horas, se había apagado pero permanecía como una neblina.

Atravesó la sala de estar con intención de entrar en la cocina, hacia donde se dirigían las gotas de sangre. Mientras cruzaba la sala, tropezó con un montón de fotografías que había en la mesa del sofá.

Eran unas tomas rápidas, una extraña variedad de imágenes. Reconoció algunas de ellas, que formaban parte del trabajo que Gabrielle estaba llevando a cabo y que titulaba *Renovación urbana*. Pero había unas cuantas imágenes que no había visto antes. O quizá no había prestado la atención suficiente para darse cuenta.

Ahora sí que se dio cuenta.

Mierda, vaya que sí.

Un viejo almacén cerca del muelle. Un viejo molino papelero abandonado justo a las afueras de la ciudad. Varias estructuras distintas que prohibían la entrada donde ningún humano —por no hablar de una mujer confiada como Gabrielle— debía acercarse de ninguna forma.

Guaridas de renegados.

Algunas de ellas ya habían sido erradicadas, lo estaban gracias a Lucan y a sus guerreros, pero unas cuantas más todavía eran células activas. Vio unas cuantas que se encontraban en esos momentos vigiladas por Gideon. Mientras pasaba rápidamente las fotos, se preguntó cuántas localizaciones de guaridas de renegados tendría Gabrielle fotografiadas y que todavía no se encontraban en el radar de la raza.

—Mierda —susurró, tenso, mirando un par de imágenes más.

Incluso tenía algunas fotos exteriores de unos Refugios Oscuros de la ciudad, unas entradas oscuras y unas señalizaciones disimuladas cuya función era evitar que esos santuarios de los vampiros fueran fácilmente localizables tanto por los curiosos seres humanos como por sus enemigos los renegados.

Y a pesar de todo, Gabrielle había encontrado esos lugares. ¿Cómo?

Por supuesto, no podía haber sido por casualidad. El extraordinario sentido visual de Gabrielle debía de haberla conducido hasta esos lugares. Ella ya había demostrado que era completamente inmune a los trucos habituales de los vampiros: ilusiones hipnóticas, control mental… Y ahora esto.

Lucan soltó una maldición y se metió unas cuantas fotografías en el bolsillo de la chaqueta de cuero. Dejó el resto de las imágenes encima de la mesa.

—¿Gabrielle?

Se dirigió hasta la cocina, donde algo todavía más inquietante le estaba esperando.

El olor de Gabrielle era más fuerte allí, y le condujo hasta el fregadero. Se quedó inmóvil delante de él y sintió una sensación helada en el techo en cuanto fijó la mirada en el mismo.

Parecía que alguien hubiera intentado limpiar una escena del crimen, y que lo hubiera hecho muy mal. En el fregadero había un montón de toallitas de papel empapadas de agua y manchadas de sangre, al lado de un cuchillo que habían sacado del estuche de madera que se encontraba en el mármol de la cocina.

Tomó el afilado cuchillo y lo inspeccionó rápidamente. No había sido utilizado, pero toda la sangre que había en el fregadero y que había caído al suelo desde el vestíbulo hasta la cocina pertenecía únicamente a Gabrielle.

Y el trozo de ropa que se encontraba tirado en el suelo al lado de sus pies también tenía su olor.

Dios, si alguien le había puesto la mano encima…

Si le hubiera sucedido algo…

—¡Gabrielle!

Lucan siguió sus instintos, que le llevaron hasta el sótano del apartamento. No se molestó en encender las luces: su visión era más aguda en la oscuridad. Bajó las escaleras y gritó su nombre en medio de ese silencio.

En un rincón, al otro extremo del sótano, el olor de Gabrielle se hacía más fuerte. Lucan se encontró de pie delante de otra puerta cerrada, una puerta rodeada de unos burletes para que no penetrara la luz exterior. Intentó abrirla por el pomo, pero estaba cerrada y sacudió la puerta con fuerza.

—Gabrielle. ¿Me oyes? Niña, abre la puerta.

No esperó a recibir respuesta. No tenía la paciencia para eso, ni la concentración mental para abrir el cerrojo que cerraba la puerta desde el otro lado. Soltó un gruñido de furia, golpeó la puerta con el hombro y entró.

Al instante, sus ojos, en la oscuridad de esa sala, dieron con ella. Su cuerpo se encontraba enroscado en el suelo de la desordenada habitación oscura y estaba desnuda excepto por un sujetador y unas braguitas de bañador. Ella se despertó inmediatamente con el repentino estruendo de la puerta.

Levantó la cabeza rápidamente. Tenía los párpados pesados e hinchados por haber llorado hacía poco. Había estado allí sollozando, y Lucan hubiera dicho que lo había hecho durante bastante rato. Su cuerpo parecía exhalar oleadas de cansancio: se la veía tan pequeña, tan vulnerable.

—Oh, no, Gabrielle —susurró él, dejándose caer en el suelo al lado de ella—. ¿Qué demonios estás haciendo aquí dentro? ¿Alguien te ha hecho daño?

Ella negó con la cabeza, pero no contestó inmediatamente. Con un gesto titubeante, se llevó las manos hasta la cara y se apartó el pelo del rostro, intentando verle en medio de esa oscuridad.

—Sólo... cansada. Necesitaba silencio... paz.

—¿Y por eso te has encerrado aquí abajo? —Él dejó escapar un fuerte suspiro de alivio, pero en el cuerpo de ella vio unas heridas que habían dejado de sangrar hacía muy poco tiempo—. ¿De verdad que estás bien?

Ella asintió con la cabeza y se acercó hacia él en la oscuridad.

Lucan frunció el ceño y alargó la mano hasta ella. Le acarició la cabeza y ella pareció entender ese contacto como una invitación. Se colocó entre sus brazos como una niña que necesitara consuelo y calor. No era bueno lo natural que le pareció abrazarla, lo fuerte que sintió la necesidad de tranquilizarla para que se sintiera segura con él. Para que sintiera que él la protegería como si fuera suya.

Suya.

«Imposible», se dijo a sí mismo. Más que imposible: era ridículo.

Bajó la vista y en silencio observó la suavidad y el calor del cuerpo de esa mujer que se enredaba con el suyo en su deliciosa y casi completa desnudez. Ella no tenía ni idea del peligroso mundo en el que se había metido, y mucho menos de que era un mortífero macho vampiro quien la estaba abrazando en esos momentos.

Él era el último que podía ofrecer protección contra el peligro a una compañera de raza. En el caso de Gabrielle, solamente notar la más ligera fragancia de ella elevaba su sed de sangre hasta la zona de peligro. Le acarició el cuello y el hombro e intentó ignorar el constante ritmo del pulso de sus venas bajo las yemas de los dedos. Tenía que luchar de manera infernal para no hacer caso del recuerdo de la última vez que había estado con ella, tanto que necesitaba tenerla otra vez.

—Mmmm, tu tacto es muy agradable —murmuró ella, somnolienta, contra su pecho. Su voz fue como un ronroneo oscuro y adormilado que le provocó una descarga de calor en la columna vertebral—. ¿Esto es otro sueño?

Lucan gimió, incapaz de responder. No era un sueño, y él, personalmente, no se sentía bien en absoluto. La manera en que ella se arrebujaba entre sus brazos, con una tierna confianza e inocencia, le hacía sentir dentro de él a la bestia, antigua y demacrada.

Buscando una distracción, la encontró demasiado pronto. Echó un vistazo hacia arriba, por encima de las cabezas de ambos, y todos los músculos de su cuerpo se endurecieron a causa de otro tipo de tensión.

Fijó los ojos en unas fotografías que Gabrielle había colgado para que se secaran en la habitación oscura. Colgando, sobre otras imágenes sin importancia, había unas imágenes de unas cuantas localizaciones más de vampiros.

Por Dios, incluso había fotografiado el complejo de edificios de los guerreros. Esa foto de día había sido tomada desde la carretera, al otro lado del lugar vallado. No había manera de confundir la enorme puerta de hierro llena de inscripciones que cerraba el largo camino y la mansión de alta seguridad que se encontraba al final del mismo, oculta perfectamente de los ojos curiosos.

Gabrielle debió de haberse puesto justo a las afueras de la propiedad para haber tomado esa fotografía. Por el follaje veraniego de los árboles que rodeaban la escena, la imagen no podía tener más de tres semanas. Ella había estado allí, solamente a unos centenares de metros de donde él vivía.

Él nunca había tenido tendencia a creer en la idea del destino, pero parecía bastante claro que, de una u otra forma, esa mujer estaba destinada a cruzarse en su camino.

Oh, sí. A cruzarse como un gato negro.

Era muy propio de su suerte que, después de siglos de esquivar balas cósmicas y líos emocionales, las retorcidas hermanas del destino y la realidad hubieran decidido incluirle en sus listas de mierda al mismo tiempo.

—Está bien —le dijo a Gabrielle, aunque las cosas estaban tomando una mala dirección rápidamente—. Voy a subirte a la habitación para que te vistas y luego hablaremos. —Antes de que la visión continuada de su cuerpo envuelto en esas finas capas de ropa interior acabaran con él.

Lucan la tomó en brazos, la sacó de la habitación oscura y la subió por las escaleras hasta el piso principal. Ahora que la sujetaba cerca de él, sus agudos sentidos percibieron los detalles de las diversas heridas que tenía: unos grandes rasguños en las manos y en las rodillas, prueba de una caída bastante mala.

Ella había intentado escapar de algo —o de alguien— presa del terror y se había caído. A Lucan le bullía la sangre de deseos de saber quién le había provocado ese daño, pero ya habría tiempo para ello luego. La comodidad y el bienestar de Gabrielle eran su preocupación principal en ese momento.

Lucan atravesó con ella en brazos la sala de estar y subió las escaleras hasta el piso de arriba, donde se encontraba la habitación. Su intención era ayudarla a ponerse algo de ropa, pero cuando pasó por delante del baño que se encontraba al lado del dormitorio, pensó en el agua. Los dos necesitaban hablar, verdaderamente, pero teniendo en cuenta la situación probablemente se relajaran con mayor facilidad después de que ella hubiera tomado un baño caliente.

Con Gabrielle abrazándole por encima de los hombros, Lucan entró en el baño. Una pequeña lámpara de noche ofrecía una tenue iluminación de ambiente, lo justo para que se sintiera a gusto. Llevó a su lánguida carga hasta la bañera y se sentó en el borde de la misma, con Gabrielle en el regazo.

Desabrochó el cierre de la parte de delante de la pequeña pieza de satén y desnudó sus pechos ante sus ojos, repentinamente enfebrecidos. Le dolían las manos de deseo de tocarla, así que lo hizo, y acarició las generosas curvas con las yemas de los dedos mientras pasaba el pulgar por los pezones rosados.

Que Dios le ayudara. El suave ronroneo que oyó en la garganta de ella le endureció la polla hasta que le dolió.

Le pasó la mano por el torso, hasta el trozo de tela que le cubría el sexo. Sus manos eran demasiado grandes y torpes para el suave y fino satén, pero de alguna manera consiguió quitarle las braguitas y acariciar la parte interna de las largas piernas de Gabrielle.

Ante la visión de esa bella mujer, desnuda otra vez delante de él, la sangre le corría por las venas como la lava.

Quizá debería sentirse culpable por encontrarla tan increíblemente deseable incluso en su actual estado de vulnerabilidad, pero él no tenía más tendencia a aceptar la culpa de la que tenía a hacerse el cuidador. Y ya se había demostrado a sí mismo que intentar tener el más mínimo control al lado de esa mujer en particular era una batalla que nunca iba a ganar.

Al lado de la bañera había una botella de jabón líquido. Lucan echó una generosa cantidad bajo el chorro de agua que caía en la bañera. Mientras la espuma se formaba, depositó a Gabrielle con cuidado en el agua caliente. Ella gimió, claramente de gusto, al entrar en el agua espumosa. Sus piernas se relajaron de forma evidente y apoyó los hombros en la toalla que Lucan había colocado rápidamente para ofrecerle un cojín y para que no tuviera que apoyar la espalda contra la frialdad de las baldosas y la porcelana.

El pequeño lavabo estaba inundado por el vapor y por el ligero olor a jazmín de Gabrielle.

—¿Cómoda? —le preguntó él, mientras se quitaba la chaqueta y la tiraba al suelo.

—Ajá —murmuró ella.

Él no pudo evitar ponerle las manos encima. Le acarició el hombro con suavidad y le dijo:

—Deslízate hacia delante y mójate el pelo. Yo te lo lavaré.

Ella obedeció, permitiendo que él le condujera la cabeza bajo el agua y luego hacia fuera otra vez. Los largos mechones se oscurecieron y adquirieron un tono oscuro y brillante. Ella se quedó en silencio durante un largo momento. Luego, levantó lentamente los párpados y le sonrió como si acabara de recuperar la conciencia y se sorprendiera de encontrarle allí.

—Hola.

—Hola.

—¿Qué hora es? —le preguntó ella con un largo y amplio bostezo.

Lucan se encogió de hombros.

—Las ocho, más o menos, supongo.

Gabrielle se hundió en la bañera y cerró los ojos con un gemido.

—¿Un mal día?

—No uno de los mejores.

—Eso me imaginé. Tus manos y tus rodillas se ven un poco maltrechas. —Lucan alargó una mano y cerró el agua. Tomó una botella de champú de al lado y se puso un poco en las manos—. ¿Quieres contarme qué te ha pasado?

—Prefiero no hacerlo. —Entre sus finas cejas se formó una arruga—. Esta tarde hice una cosa muy tonta. Ya te enterarás bastante pronto, estoy segura.

—¿Y eso? —preguntó Lucan, frotándose las manos con el champú.

Mientras él le masajeaba la cabeza con la densa crema del champú, Gabrielle abrió un ojo y le dirigió una mirada de reojo.

—¿El chico de comisaría no le ha dicho nada a nadie?

—¿Qué chico?

—El que se encarga de los archivos en la comisaría. Alto, desgarbado, de un aspecto normal. No sé cómo se llama, pero estoy bastante segura de que se encontraba allí la noche en que hice mi declaración sobre el asesinato. Hoy le he visto en el parque. Creí que me estaba espiando, la verdad, y yo... —se interrumpió y meneó la cabeza—. Corrí detrás de él como una loca, acusándole de estar espiándome.

Las manos de Lucan se quedaron inmóviles sobre su cabeza. Su instinto de guerrero se alertó completamente.

—¿Que hiciste qué?

—Ya lo sé —dijo ella, evidentemente malinterpretando su reacción. Apartó un montón de burbujas con una mano—. Ya te dije que había sido algo tonto. Bueno, pues perseguí al pobre chico hasta Chinatown.

Aunque no lo dijo, Lucan sabía que el instinto inicial de Gabrielle había sido acertado acerca del desconocido que la observaba en el parque. Dado que el incidente había sucedido a plena luz del día, no podía tratarse de los renegados —una pequeña suerte—, pero los humanos que les servían podían ser igual de peligrosos. Los renegados utilizaban subordinados en todos los rincones del mundo, humanos esclavizados por un potente mordisco infligido por un vampiro poderoso que les desproveía de conciencia y libre albedrío, y les dejaba en un estado de obediencia completa cuando despertaban.

Lucan no tenía ninguna clase de duda de que el hombre que había estado observando a Gabrielle lo hacía como servicio al renegado que se lo había ordenado.

—¿Esa persona te hizo daño? ¿Fue así como te hiciste estas heridas?

—No, no. Eso fue cosa mía. Me puse nerviosa por nada. Después de haber perdido la pista del chico en Chinatown, me perdí. Creí que un coche venía a por mí, pero no era así.

—¿Cómo lo sabes?

Ella le miró con exasperación hacia sí misma.

—Porque se trataba del alcalde, Lucan. Creí que su coche, conducido por su chófer, me estaba persiguiendo y empecé a correr. Para culminar un día perfectamente horroroso, me caí de morros en medio de una acera repleta de gente y luego tuve que ir cojeando hasta casa con las rodillas y las manos llenas de sangre.

Lucan soltó una maldición en voz baja al darse cuenta de

hasta qué punto ella había estado cerca del peligro. Por el amor de Dios, ella misma en persona había perseguido a un sirviente de los renegados. Esa idea dejó helado a Lucan, más asustado de lo que quería admitir.

—Tienes que prometerme que tendrás más cuidado —le dijo él, dándose cuenta de que la estaba regañando, pero sin ánimo de molestarse a comportarse con educación al saber que ese mismo día la hubieran podido matar—. Si vuelve a suceder algo así, tienes que decírmelo inmediatamente.

—Eso no va a suceder otra vez, porque fue una equivocación mía. Y no iba a llamarte, ni a ti ni a nadie de la comisaría, para esto. ¿No se divertirían mucho si yo llamara para decirles que uno de sus administrativos me estaba persiguiendo sin ninguna razón aparente?

Mierda. La mentira que le había contado de que era un policía le estaba resultando un maldito estorbo ahora. Incluso peor, eso la hubiera puesto en peligro en caso de que ella hubiera llamado a comisaría preguntando por el detective Thorne, porque, al hacerlo, hubiera llamado la atención de un subordinado infiltrado.

—Voy a darte el número de mi móvil. Me encontrarás ahí siempre. Quiero que lo utilices a cualquier hora, ¿comprendido?

Ella asintió con la cabeza mientras él volvía a abrir el grifo del agua, se lavaba las manos y le enjuagaba el cabello sedoso y ondulado.

Frustrado consigo mismo, Lucan alcanzó una esponja que se encontraba en un estante superior y la lanzó al agua.

—Ahora, déjame que le eche un vistazo a la rodilla.

Ella levantó la pierna desde debajo de la capa de burbujas. Lucan le sujetó el pie con la palma de la mano y le lavó con cuidado el feo rasguño. Era solamente un rasguño, pero estaba sangrando otra vez a causa de que el agua caliente había reblandecido la herida. Lucan apretó la mandíbula con fuerza: los fragantes hilos de sangre escarlata tenían un delicado camino por su piel y se introducían en la prístina espuma del baño.

Terminó de limpiarle las dos rodillas heridas y luego le hizo una señal para que le permitiera limpiar las palmas de las manos. No se atrevía a hablar ahora que el cuerpo desnudo de Gabrielle se combinaba con el olor de su sangre fresca. La sensación era como si acabaran de darle un golpe en el cráneo con un martillo.

Concentrándose en no desviar su atención, se dedicó a limpiarle las heridas de las palmas de las manos, sabiendo perfectamente que sus profundos y oscuros ojos seguían cada uno de sus movimientos y notando dolorosamente el pulso en las venas de las muñecas, rápido, bajo la presión de las yemas de sus dedos.

Ella le deseaba, también.

Lucan se dispuso a soltarla y, justo cuando empezaba a doblar el brazo para retirarlo, vio algo que le inquietó. Sus ojos tropezaron con una serie de marcas tenues que manchaban la impecable piel aterciopelada. Esas marcas eran cicatrices, unos delgados cortes en la parte interior de los antebrazos. Y tenía más en los muslos.

Cortes de hojas de afeitar.

Como si hubiera soportado una tortura infernal de forma repetida cuando no era más que una niña.

—Dios Santo. —Levantó la cabeza para mirarla, con expresión de furia, a los ojos—. ¿Quién te hizo esto?

—No es lo que crees.

Ahora él estaba encendido de ira, y no pensaba dejarlo pasar.

—Cuéntamelo.

—No es nada, de verdad. Olvídalo…

—Dame un nombre, joder, y te juro que mataré a ese hijo de puta con mis propias manos.

—Yo lo hice —le interrumpió repentinamente ella en voz baja—. Fui yo. Nadie me hizo eso, yo misma me lo hice.

—¿Qué? —Mientras le aguantaba la frágil muñeca con una mano, volvió a darle la vuelta al brazo para poder observar la tenue red de cicatrices de color púrpura que se entrelazaba en su brazo—. ¿Tú te hiciste esto? ¿Por qué?

Ella se soltó de su mano e introdujo los dos brazos bajo el agua, como si quisiera ocultarlos de su mirada.

Lucan soltó un juramento en voz baja y en un idioma que ya no hablaba más que muy raramente.

—¿Cuántas veces, Gabrielle?

—No lo sé. —Ella se encogió de hombros, evitando su mirada—. No lo hice durante mucho tiempo. Lo superé.

—¿Es por eso que hay un cuchillo en el fregadero, abajo?

La mirada que ella le dirigió expresaba dolor y una actitud defensiva. No le gustaba que él se entrometiera, tanto como no le hubiera gustado a él, pero Lucan quería comprenderlo. No era capaz de imaginar qué podía haberla llevado a clavarse una cuchilla en la propia carne.

Una y otra y otra vez.

Ella frunció el ceño con la mirada clavada en la espuma que empezaba a disolverse a su alrededor.

—Oye, ¿no podemos dejar el tema? De verdad que no quiero hablar de…

—Quizá deberías hablar de ello.

—Oh, claro. —Se rio en un tono que delataba un filo de ironía—. ¿Ahora llega la parte en la que me aconsejas que vaya a ver a un loquero, detective Thorne? ¿Quizá que me vaya a algún lugar donde me puedan dejar en un estado de estupor a base de medicamentos y donde un doctor pueda vigilarme por mi propio bien?

—¿Eso te ha sucedido?

—La gente no me comprende. Nunca lo ha hecho. A veces ni yo comprendo a mí misma.

—¿Qué es lo que no comprendes? ¿Que necesitas hacerte daño a ti misma?

—No. No es eso. No es ése el motivo por el que lo hice.

—Entonces, ¿por qué? Dios santo, Gabrielle, debe de haber más de cien cicatrices…

—No lo hice porque quisiera sentir dolor. No me resultaba doloroso hacerlo. —Inhaló con fuerza y soltó el aire despacio por entre los labios. Tardó un segundo en hablar, y cuando lo hizo Lucan se quedó mirándola en un silencio pasmado—. Nunca tuvo que ver con provocar daño, a nadie. No estaba intentando enterrar unos recuerdos traumáticos ni intentaba escapar de ningún tipo de maltrato, a pesar de las opiniones de quienes se definen como expertos y que me fueron asignados por la administración. Me corté porque… me tranquilizaba. Sangrar me calmaba. Cuando sangraba, todo aquello que estaba fuera de lugar y era extraño en mí, de repente me parecía… normal.

Ella mantuvo la mirada sin titubear, en una expresión nueva

como de desafío, como si una puerta se hubiera abierto en algún punto dentro de ella y acabara de soltar una pesada carga. De alguna forma borrosa, Lucan se dio cuenta de que eso era lo que él había visto. Sólo que a ella todavía le faltaba una pieza de información crucial, que haría que las cosas encajaran en su lugar para ella.

Ella no sabía que era una compañera de raza.

Ella no podía saber que, un día, un miembro de su estirpe la tomaría en calidad de eterna amada y le mostraría un mundo muy distinto al que ella hubiera podido soñar nunca. Ella abriría los ojos a un placer que solamente existía entre parejas que tenían un vínculo de sangre.

Lucan se dio cuenta de que ya odiaba a ese macho desconocido que tendría el honor de amarla.

—No estoy loca, si es que es eso lo que estás pensando.

Lucan negó con la cabeza despacio.

—No estoy pensando eso en absoluto.

—Me disgusta que me tengan pena.

—A mí también —dijo, percibiendo la advertencia que encerraban esas palabras—. Tú no necesitas compasión, Gabrielle. Y yo no necesito medicina ni doctores, tampoco.

Ella se había retraído en el momento en que él había descubierto las cicatrices, pero ahora Lucan se dio cuenta de que ella dudaba, de que una dubitativa confianza volvía a aparecer lentamente.

—Tú no perteneces a este mundo —le dijo él, en un tono nada sentimental, sino constatando los hechos. Alargó la mano y le tomó la barbilla con la palma—. Tú eres demasiado extraordinaria para la vida que has estado viviendo, Gabrielle. Creo que lo has sabido siempre. Un día, todo cobrará sentido para ti, te lo prometo. Entonces lo comprenderás, y encontrarás tu verdadero destino. Quizá yo pueda ayudarte a encontrarlo.

Él hubiera querido acabar de ayudarla a bañarse, pero la atención con que ella le miraba le obligó a mantener las manos quietas. Ella, por toda respuesta, sonrió, y la calidez de su sonrisa le provocó una punzada de dolor en el pecho. Atrapado en la tierna mirada de ella, sintió que la garganta se le cerraba de una forma extraña.

—¿Qué sucede?

Ella negó con la cabeza brevemente.

—Estoy sorprendida, sólo es eso. No esperaba que un policía duro como tú hablara de forma tan romántica sobre la vida y el destino.

El recordar que él se había acercado a ella, y continuaba haciéndolo, bajo una apariencia falsa, le permitió recuperar parte del sentido común. Volvió a hundir la esponja en el agua enjabonada y la dejó flotar en medio de la espuma.

—Quizá todo esto son tonterías.

—No lo creo.

—No me tengas tan en cuenta —le dijo él, forzando un tono de despreocupación—. No me conoces, Gabrielle. No de verdad.

—Me gustaría conocerte. De verdad. —Ella se sentó dentro de la bañera. Las tibias pequeñas ondas del agua le lamían el cuerpo desnudo igual que a Lucan le hubiera gustado hacerlo con la lengua. Las puntas de los pechos le quedaban justo por encima de la superficie del agua, los pezones rosados duros como pétalos cerrados y rodeados por una densa espuma blanca—. Dime, Lucan. ¿De dónde eres?

—De ninguna parte. —La respuesta sonó entre sus labios como un gruñido, y era una confesión que se acercaba más a la verdad de lo que le gustaba admitir. Al igual que ella, le disgustaba la compasión así que se sintió aliviado de que ella le mirara más con curiosidad que con pena. Con el dedo, le acarició la nariz respingona y salpicada de pecas.

—Yo soy el inadaptado original. Nunca he pertenecido verdaderamente a ningún lugar.

—Eso no es cierto.

Gabrielle le rodeó los hombros con los brazos. Sus cálidos ojos marrones le miraron con ternura y expresaban el mismo cuidado que él le había ofrecido al sacarla de la habitación oscura y traerla hasta el cálido baño. Gabrielle le besó y, al notar la lengua de ella entre sus labios, los sentidos de Lucan se inundaron del embriagador perfume de su deseo y de su dulce y femenino afecto.

—Me has cuidado tanto esta noche. Déjame que yo te cuide ahora a ti, Lucan. —Ella le besó otra vez. El beso fue tan profundo que la pequeña y húmeda lengua de ella le arrancó un gruñido de puro placer masculino de lo más hondo de él. Cuando ella finalmente interrumpió el contacto, respiraba con agitación y sus ojos estaban encendidos de deseo carnal—. Llevas demasiada ropa encima. Quítatela. Quiero que estés aquí dentro, desnudo, conmigo.

Lucan obedeció y tiró las botas, los calcetines, el pantalón y la camisa al suelo. No llevaba nada más y se puso de pie delante de Gabrielle completamente desnudo.

Completamente erecto y deseoso de ella.

Lucan tuvo cuidado de mantener los ojos apartados de los de ella, porque ahora las pupilas se le habían achicado a causa del deseo, y era consciente de la presión y la pulsión de sus colmillos, que se habían alargado detrás de los labios. Si no hubiera sido porque la luz que llegaba desde la lámpara de noche que se encontraba al lado del lavamanos era muy tenue, sin duda ella le habría visto en toda su voraz gloria.

Y eso hubiera echado a perder ese momento prometedor.

Lucan se concentró y emitió una orden mental que rompió la pequeña bombilla dentro de la mampara de plástico de la lámpara de noche. Gabrielle se sobresaltó al oír el repentino chasquido, pero al notarse rodeada por la oscuridad, suspiró, feliz. Se movía dentro del agua y ese movimiento de su cuerpo al deslizarse dentro del agua emitía unos sonidos deliciosos.

—Enciende otra luz, si quieres.

—Te encontraré sin luz —le prometió él. Hablar era un pequeño truco ahora, cuando la lascivia le dominaba por completo.

—Entonces ven —le pidió su sirena desde la calidez del baño.

Él se introdujo en la bañera y se colocó delante de ella, a oscuras. Solamente deseaba atraerla hasta sí, arrastrarla hasta su regazo para enfundarse hasta la empuñadura con una larga embestida. Pero por el momento pensaba dejar que fuera ella quien marcara el ritmo.

La pasada noche, él había venido hambriento y tomó lo que deseaba. Esta noche iba a ser él quien se ofreciera.

A pesar de que el tener que refrenarse le matara.

Gabrielle se deslizó hacia él entre las delgadas nubes de espuma. Le pasó los pies por ambos lados de las caderas y los juntó agradablemente en su trasero. Se inclinó hacia delante y sus dedos encontraron los muslos de él por debajo de la superficie del agua. Acarició y apretó sus fuertes músculos, los masajeó y pasó las manos a lo largo de sus muslos en una caricia que era un tormento lento y delicioso.

—Tienes que saber que no me comporto así normalmente.

Él emitió un gruñido que pretendía mostrar interés pero que sonó forzado.

—¿Quieres decir que normalmente no estás tan caliente como para hacer que un hombre se derrita a tus pies?

Ella soltó una carcajada.

—¿Es eso lo que te estoy haciendo?

Él le condujo las manos hasta la dureza rampante de su polla.

—¿A ti qué te parece?

—Creo que eres increíble. —Él le soltó las manos pero ella no las apartó. Le acarició el miembro y los testículos y, con gesto perezoso, le acarició con los dedos la punta hinchada que sobresalía por encima de la superficie del agua de la bañera.

—No te pareces a nadie que haya conocido nunca. Y lo que quería decir era que habitualmente no soy tan... quiero decir, agresiva. No tengo muchas citas.

—¿No traes a un montón de hombres a tu cama?

Incluso en la oscuridad, Lucan se dio cuenta de que ella se había ruborizado.

—No. Hace mucho tiempo.

En ese momento, él no deseaba que ella llevara a ningún otro macho, ni humano ni vampiro, a su cama.

No quería que ella follara con nadie más nunca.

Y, que Dios le ayudara, pero iba a perseguir y a destripar al bastardo sirviente de los renegados que había podido matarla hoy.

Esa idea le surgió en un repentino ataque de posesión. Ella le acariciaba el sexo y la punta se le humedeció. Sus dedos, sus labios, su lengua, su aliento contra su abdomen desnudo mientras ella le tomaba hasta el fondo de su cálida boca: todo eso le estaba conduciendo al límite de una extraordinaria locura. No conseguía tener bastante. Cuando ella le soltó, él pronunció un juramento de frustración por perder la dulzura de esa succión.

—Te necesito dentro de mí —le dijo ella, con la respiración agitada.

—Sí —asintió él—, claro que sí.

—Pero…

Verla dudar le confundió. Enojó a esa parte de él que se parecía más a un renegado salvaje que a un amante considerado.

—¿Qué sucede? —Sonó más parecido a una orden de lo que hubiera querido.

—¿No tendríamos…? La otra noche, las cosas se nos fueron de las manos antes de que pudiera decírtelo… pero ¿no deberíamos, ya sabes, utilizar algo esta vez? —La incomodidad de ella se le clavó como el filo de un cuchillo. Se quedó inmóvil, y ella se apartó de él como si fuera a salir de la bañera—. Tengo condones en la otra habitación.

Él la sujetó por la cintura con ambas manos antes de que ella tuviera tiempo de levantarse.

—No puedo dejarte embarazada. —¿Por qué le sonaba eso tan duro en ese momento? Era la pura verdad. Solamente las parejas que tenían un vínculo…, las compañeras de raza y los machos vampiros que intercambiaban la sangre de sus venas, podían tener descendencia con éxito—. Y en cuanto a lo demás, no tienes que preocuparte por protegerte. Estoy sano, y nada de lo que hagamos nos puede hacer daño a ninguno de los dos.

—Oh, yo también. Y espero que no creas que soy una mojigata por decírtelo…

Él la atrajo hacia sí y silenció su expresión de incomodidad con un beso. Cuando sus labios se separaron, le dijo:

—Lo que creo, Gabrielle Maxwell, es que eres una mujer inteligente que respeta su cuerpo y a sí misma. Yo te respeto por tener el valor de tener cuidado.

Ella sonrió con los labios junto a los de él.

—No quiero tener cuidado cuando estoy cerca de ti. Me vuelves loca. Me haces desear gritar.

Le puso las manos planas sobre el pecho y le empujó hasta que él quedó apoyado de espaldas contra la pared de la bañera. Entonces ella se levantó por encima de su pesada verga y pasó su sexo húmedo por toda su longitud, deslizándose hacia arriba y hacia abajo, casi —pero, joder, no del todo— envainándole con su calor.

—Quiero hacerte chillar —le susurró ella al oído.

Lucan gruñó de pura agonía provocada por esa danza sensual. Apretó las manos en puños a ambos costados de su cuerpo, por debajo del agua, para no agarrarla y empalarla con su erección que estaba a punto de explotar. Ella continuó con ese perverso juego hasta que él sintió su orgasmo contra su polla. Él estaba a punto de derramarse, y ella continuaba provocándole sin piedad.

—Joder —exclamó él con los dientes y los colmillos apretados, echando la cabeza hacia atrás—. Por Dios, Gabrielle, me estás matando.

—Eso es lo que quiero oír —le animó ella.

Y entonces, Lucan sintió que el jugoso sexo de ella rodeaba centímetro a centímetro la cabeza de su pene.

Despacio.

Tan vertiginosamente despacio.

Su semilla se derramó y él tembló mientras el caliente líquido penetraba en el cuerpo de ella. Gimió, y nunca había estado tan cerca de perderse como en ese momento. Y la turgencia del sexo de Gabrielle le envolvió todavía más. Sintió que los pequeños músculos de ella le apretaban mientras se clavaba más en su polla.

Ya casi no podía soportarlo más.

El olor de Gabrielle le rodeaba, se mezclaba con el vapor del baño y se sentía embargado por la mezcla del perfume de sus cuerpos unidos. Los pechos de ella flotaban cerca de sus labios como unos frutos maduros a punto de ser tomados, pero él no se atrevió a tocarlos en ese momento en que estaba a punto de perder el control. Deseaba sentir esos aterciopelados pechos en la boca, pero los colmillos le latían de la necesidad de chupar sangre. Esa necesidad se veía incrementada en el momento del clímax sexual.

Giró la cabeza y dejó escapar un aullido de angustia; se sentía desgarrado en demasiados impulsos tentadores, y el menor de ellos no era la tensión por correrse dentro de Gabrielle, de llenarla con cada una de las gotas de su pasión. Soltó un juramento en voz alta y entonces gritó de verdad, pronunció un profundo juramento que se hizo más fuerte cuando ella se clavó con mayor fuerza en su polla ansiosa y le obligó a derramarse antes de que su propio orgasmo siguiera al de él.

Cuando la cabeza le dejó de dar vueltas y sintió que sus piernas volvían a tener la fuerza necesaria para aguantarle, Lucan rodeó a Gabrielle con los brazos y empezó a levantarse con ella, evitando que Gabrielle se apartara de su polla que volvía a entrar en erección.

—¿Qué estás haciendo?

—Tú te has divertido ya. Ahora te llevo a la cama.

El agudo timbre del teléfono móvil arrancó de un sobresalto a Lucan de su pesado sueño. Se encontraba en la cama con Gabrielle, los dos estaban agotados. Ella estaba enroscada a su lado, el cuerpo desnudo de ella rodeaba maravillosamente sus piernas y su torso.

—Mierda, ¿cuánto tiempo llevaba fuera? Posiblemente hubieran pasado unas cuantas horas ya, lo cual era increíble, teniendo en cuenta su habitual estado de insomnio.

El teléfono volvió a sonar y él se puso en pie y se dirigió al lavabo, donde había dejado su chaqueta. Sacó el teléfono de uno de los bolsillos y respondió.

—Sí.

—Eh. —Era Gideon, y su voz tenía un tono extraño—. Lucan, ¿con cuánta rapidez puedes venir al complejo?

Él miró por encima del hombro hacia el dormitorio adyacente. Gabrielle estaba sentada en ese momento, somnolienta. Sus caderas desnudas estaban envueltas en las sábanas y su pelo era un revoltijo salvaje en su cabeza. Él nunca había visto nada tan terriblemente tentador. Quizá fuera mejor que se marchara pronto, mientras todavía tenía la oportunidad de alejarse antes de que el sol se levantara.

Apartó los ojos de la excitante visión de Gabrielle y Lucan respondió a la pregunta con un gruñido.

—No estoy lejos. ¿Qué sucede?

Se hizo un largo silencio al otro lado del teléfono.

—Ha pasado una cosa, Lucan. Es mala. —Más silencio. Entonces, la tranquilidad habitual de Gideon se quebró—: Ah, mierda, no hay forma buena de decirlo. Esta noche hemos perdido a uno, Lucan. Uno de los guerreros está muerto.

Capítulo doce

$\mathcal{L}$os lamentos del luto de las hembras llegaron hasta los oídos de Lucan en cuanto éste salió del ascensor que le había conducido hasta las profundidades subterráneas del complejo. Eran unos llantos de angustia que rompían el corazón. Los quejidos de una de las compañeras de raza expresaban un dolor crudo y palpable. Era lo único que se oía en el silencio que invadía el largo pasillo.

El contundente peso de la pérdida se le clavó en el corazón.

Todavía no sabía cuál de los guerreros de la raza era el que había fallecido esa noche. No tenía intención de esforzarse en adivinarlo. Caminaba a paso rápido, casi corría hacia las habitaciones de la enfermería desde donde Gideon le había llamado hacía unos minutos. Giró por la esquina del pasillo justo a tiempo de encontrarse con Savannah que conducía a Danika, destrozada por el dolor y sollozando, fuera de una de las habitaciones.

Una nueva conmoción le golpeó.

Así que era Conlan quien se había marchado. El grandullón escocés de risa fácil y con ese profundo e inquebrantable sentido del honor… estaba muerto ahora. Pronto se habría convertido en cenizas.

Jesús, casi no podía comprender el alcance de esa dura verdad.

Lucan se detuvo y saludó con una respetuosa inclinación de cabeza a la viuda cuando ésta pasaba por su lado. Danika se apoyaba pesadamente en Savannah. Los fuertes brazos de color café de esta última parecían ser lo único que impedía que la alta y rubia compañera de raza de Conlan se derrumbara por el dolor.

Savannah saludó a Lucan, dado que la llorosa mujer a quien acompañaba era incapaz de hacerlo.

—Te están esperando dentro —le dijo en tono amable. Sus profundos ojos marrones estaban húmedos por las lágrimas—. Van a necesitar tu fuerza y tu guía.

Lucan respondió a la mujer de Gideon con un serio asentimiento de cabeza y luego dio los pocos pasos que le faltaban para entrar en la enfermería.

Entró en silencio, pues no quería perturbar la solemnidad de ese fugaz tiempo de que disponían, él y sus hermanos, para estar con Conlan. El guerrero había soportado de una forma sorprendente varias heridas; incluso desde el otro extremo de la habitación Lucan percibía el olor de una terrible pérdida de sangre. Las fosas nasales se le llenaron con la nauseabunda mezcla del olor de la pólvora, la electricidad, la metralla y la carne derretida.

Había habido una explosión, y Conlan se había quedado atrapado en medio de ella.

Los restos de Conlan se encontraban en una camilla de examen cubierta de retazos de tela. Su cuerpo estaba desnudo excepto por el ancho trozo de seda bordada que cubría su entrepierna. Durante el poco tiempo desde que había vuelto al complejo, la piel de Conlan había sido limpiada y untada con un fragante aceite, en preparación de los ritos funerarios que iban a tener lugar a la próxima salida del sol, para la cual faltaban pocas horas.

Los demás se habían reunido alrededor de la camilla donde se encontraba Conlan: Dante, rígido y observando estoicamente la muerte; Rio, con la cabeza gacha, sujetaba entre los dedos un rosario mientras movía los labios pronunciando en silencio las palabras de la religión de su madre humana; Gideon, con una tela en la mano, limpiaba con cuidado una de las salvajes heridas que habían desgarrado casi por completo la piel de Conlan; Nikolai, que había estado patrullando con Conlan esa noche, tenía el rostro más pálido de lo que Lucan había visto nunca: sus ojos fríos tenían una expresión austera y su piel estaba cubierta de hollín, cenizas y pequeñas heridas que todavía sangraban.

Incluso Tegan se encontraba allí para mostrar su respeto, aunque el vampiro se encontraba de pie justo fuera del círculo que formaban los demás y mantenía los ojos ocultos, hundido en su soledad.

Lucan caminó hasta la camilla para ocupar su lugar entre

sus hermanos. Cerró los ojos y rezó por Conlan en un largo silencio. Al cabo de mucho rato, Nikolai rompió el silencio de la habitación.

—Me ha salvado la vida ahí fuera esta noche. Acabábamos de terminar con un par de gilipollas fuera de la estación Green Line y nos dirigíamos de vuelta hacia aquí en el momento en que vimos a ese tipo subir al tren. No sé qué me incitó a mirarle, pero él nos dirigió una amplia y provocadora sonrisa que nos hizo seguirle. Se estaba colocando algo parecido a pólvora alrededor del cuerpo. Hedía a eso y a alguna otra mierda que no tuve tiempo de identificar.

—TATP —dijo Lucan, que olía la acidez del explosivo en las ropas de Niko incluso en ese momento.

—Resultó que el bastardo llevaba un cinturón de explosivos alrededor de su cuerpo. Saltó del tren justo antes de que nosotros empezáramos a ponernos en marcha y empezó a correr a lo largo de una de las viejas vías. Le perseguimos y Conlan le arrinconó. Entonces fue cuando vimos las bombas. Estaban conectadas a un temporizador de sesenta segundos, y la cuenta ya era menor de diez. Oí que Conlan me gritaba que volviera atrás, y entonces se tiró encima del tipo.

—Mierda —exclamó Dante, pasándose una mano por el cabello oscuro.

—¿Un sirviente ha hecho esto? —preguntó Lucan, pensando que era una suposición acertada. Los renegados no tenían escrúpulos en utilizar vidas humanas para llevar a cabo sus mezquinas guerras internas o para resolver asuntos de venganzas personales. Durante mucho tiempo, los fanáticos religiosos no habían sido los únicos en utilizar a los débiles de mente como baratas y desechables, aunque altamente efectivas, herramientas de terror.

Pero eso no hacía que la horrible verdad de lo que le había sucedido a Conlan fuera más fácil de aceptar.

—No era un sirviente —contestó Niko, negando con la cabeza—. Era un renegado, y estaba conectado a una cantidad de TATP suficiente para volar media manzana de la ciudad, a juzgar por el aspecto y el olor que despedía.

Lucan no fue el único en esa habitación que pronunció un salvaje juramento al oír esas preocupantes noticias.

—¿Así, que ya no están satisfechos sacrificando solamente a sus esclavizados súbditos? —comentó Rio—. ¿Ahora los renegados están moviendo piezas más importantes en el tablero?

—Continúan siendo peones —dijo Gideon.

Lucan miró al inteligente vampiro y comprendió a qué se refería.

—Las piezas no han cambiado. Pero las reglas sí lo han hecho. Éste es un tipo de guerra nueva, ya no se trata del pequeño fuego cruzado con que nos hemos enfrentado en el pasado. Alguien de entre las filas de los renegados está generando un grado nuevo de orden en esa anarquía. Estamos siendo asediados.

Él volvió a dirigir la atención a Conlan, la primera víctima de lo que empezaba a temer que iba a ser una nueva era oscura. Sentía, en sus viejos huesos, la violencia de un tiempo muy lejano que volvía a aparecer para repetirse. La guerra se estaba gestando de nuevo, y si los renegados se estaban moviendo para organizarse, para iniciar una ofensiva, entonces la nación entera de los vampiros se encontraría en el frente. Y los humanos también.

—Podemos discutir esto más largamente, pero no ahora. Este momento es de Conlan. Vamos a honrarle.

—Yo ya me he despedido —murmuró Tegan—. Conlan sabe que yo le respeté en vida, igual que en la muerte. Nada va a cambiar a ese respecto.

Una densa ansiedad inundó la habitación, dado que todo el mundo esperaba a que Lucan reaccionara ante la abrupta partida de Tegan. Pero Lucan no pensaba darle la satisfacción al vampiro de pensar que le había enojado, aunque sí que lo había hecho. Esperó a que el sonido de las botas de Tegan se apagara al fondo del pasillo y dirigió un asentimiento de cabeza a los demás para que continuaran con el ritual.

Uno por uno, Lucan y cada uno de los cuatro guerreros hincaron la rodilla en el suelo para ofrecer sus respetos. Recitaron una única oración y luego se levantaron juntos para retirarse y esperar la ceremonia final con la que dejarían descansar a su compañero difunto.

—Yo seré quien lo lleve —anunció Lucan a los vampiros, cuando éstos se marchaban.

Lucan percibió el intercambio de miradas que se dio entre

ellos y supo qué significaban. A los Antiguos de la estirpe de los vampiros —y especialmente a los de la primera generación— nunca se les pedía que transportaran el peso de los muertos. Esa obligación recaía en la última generación de la raza, que estaba más alejada de los Antiguos y que, por tanto, podían soportar mejor los peligrosos rayos del sol cuando empezaba a amanecer durante el tiempo necesario para ofrecer el descanso adecuado al cuerpo de un vampiro.

Para un miembro de la primera generación como Lucan, el rito funerario representaba una tortuosa exposición al sol de ocho minutos.

Lucan observó el cuerpo sin vida que se encontraba encima de la camilla, sin poder apartar la vista del daño que le habían causado a Lucan.

Un daño que le habían infligido en lugar de a él, pensó Lucan, que se sintió enfermo al pensar que podría haber sido él quien patrullara con Niko, y no Conlan. Si no hubiera enviado al escocés en su lugar en el último minuto, Lucan se encontraría ahora tendido en esa fría camilla con las piernas, el rostro y el torso quemado por el fuego y el vientre abierto por la metralla.

La necesidad que Lucan tenía de ver a Gabrielle esa noche había preponderado por encima de su deber con la raza, y ahora Conlan —su triste compañero— había pagado el precio.

—Voy a llevarle arriba —repitió en tono severo. Miró a Gideon con el ceño fruncido y una expresión funesta—. Llámame cuando los preparativos estén listos.

El vampiro inclinó la cabeza en un gesto que mostraba un respeto a Lucan mayor del que era debido en ese momento.

—Por supuesto. No tardaremos mucho.

Lucan pasó las dos horas siguientes en sus habitaciones, solo, arrodillado en el centro del espacio, con la cabeza gacha, rezando y reflexionando con un porte sombrío en el rostro. Gideon se presentó en la puerta y, con un asentimiento de cabeza, le indicó que había llegado el momento de sacar a Conlan del complejo y de ofrecerlo a los muertos.

—Está embarazada —dijo Gideon con expresión sombría en

cuanto Lucan se levantó—. Danika está de tres meses. Savannah acaba de decírmelo. Conlan estaba intentando reunir el valor suficiente para decirte que iba a abandonar la Orden cuando el niño hubiera nacido. Él y Danika planeaban retirarse a uno de los Refugios Oscuros para formar su familia.

—¡Mierda! —exclamó Lucan en un siseo. Se sintió todavía peor al conocer el futuro feliz que les había sido robado a Conlan y a Danika, y al pensar en ese hijo que nunca conocería al hombre de valor y de honor que había sido su padre—. ¿Está todo preparado para el ritual?

Gideon asintió con la cabeza.

—Entonces, vamos a hacerlo.

Lucan caminó encabezando la ceremonia. Sus pies y su cabeza estaban desnudos, igual que lo estaba su cuerpo debajo de la larga túnica negra. Gideon también llevaba una túnica, pero la llevaba con el cinturón de las ceremonias de la Orden, igual que los demás vampiros que les esperaban en la cámara colocados a un lado, como hacían en todos los rituales de la raza, desde matrimonios y nacimientos hasta funerales como éste. Las tres hembras del complejo se encontraban presentes también: Savannah y Eva vestían las túnicas ceremoniales con capucha, y Danika iba ataviada de la misma forma pero llevaba el profundo color rojo escarlata que indicaba el sagrado vínculo de sangre que le unía con el difunto.

Al frente de todos ellos, el cuerpo de Conlan estaba tumbado sobre un altar decorado y arropado en una gruesa tela de seda.

—Empecemos —anunció Gideon, simplemente.

Lucan sintió un gran pesar en el corazón mientras escuchaba el servicio y los símbolos de infinitud de todos los rituales.

Ocho medidas de aceite perfumado para untar la piel.

Ocho capas de seda blanca para envolver el cuerpo de los muertos.

Ocho minutos de atención silenciosa al alba por parte de un miembro de la raza, antes de que el guerrero muerto fuera expuesto a los rayos del sol para que éstos le incineraran. Dejado allí solo, su cuerpo y su alma se esparcirían a los cuatro vientos en forma de cenizas y formaría parte de los elementos para siempre.

La voz de Gideon se apagó con suavidad y Danika dio un paso al frente.

Miró a los congregados y, levantando la cabeza, habló en voz grave pero orgullosa.

—Este macho era mío, y yo era suya. Su sangre me sostenía. Su fuerza me protegía. Su amor me llenaba en todos los sentidos. Él era mi amado, mi único amado, y él permanecerá en mi corazón durante toda la eternidad.

—Le honras bien —le respondieron al unísono en voz baja Lucan y los demás.

Entonces Danika se dio la vuelta para ponerse de cara a Gideon, con las manos extendidas y las palmas dirigidas hacia arriba. Él desenfundó una delgada daga de oro y la depositó sobre sus manos. Danika bajó la cabeza cubierta con la capucha en un gesto de aceptación y luego se dio la vuelta para colocarse delante del cuerpo envuelto de Conlan. Murmuró unas palabras en voz baja dirigidas solamente a ellos dos. Se llevó ambas manos hasta el rostro. Lucan sabía que ahora la viuda de la raza se realizaba un corte en el labio inferior con el filo de la daga para que sangrara y para darle un último beso a Conlan por encima de la mortaja.

Danika se inclinó sobre su amante y se quedó así durante un largo rato. Todo su cuerpo temblaba a causa de la potencia del dolor que sentía. Luego se apartó de él, sollozando, con la mano sobre la boca. El beso escarlata brillaba fieramente, a la altura de sus labios, en medio de la blancura que cubría a Conlan. Savannah y Eva la recibieron y la abrazaron, apartándola del altar para que Lucan pudiera continuar con la tarea que todavía quedaba por realizar.

Se acercó a Gideon, al frente de los congregados, y se comprometió a ver a Conlan partir con todo el honor que le era debido, al igual que hicieron el resto de miembros de la raza que caminaban por el mismo camino que Lucan aguardaba en ese momento.

Gideon se apartó a un lado para permitir que Lucan se acercara al cuerpo. Lucan tomó al enorme guerrero entre los brazos y se volvió para encararse a los demás, tal y como se requería.

—Le honras bien —murmuró en voz baja un coro de voces.

Lucan avanzó con solemnidad y con lentitud por la cámara ceremonial hasta la escalera que conducía arriba y al exterior del recinto. Cada uno de los tramos de la escalera, cada uno de los cientos de escalones que subió con el peso de su hermano caído, le infligió un dolor que él aceptó sin ninguna queja.

Ésa era la parte más fácil de la tarea, después de todo.

Si tenía que desfallecer, lo haría al cabo de unos cuantos minutos, al otro lado de la puerta exterior que se levantaba delante de él a unos cuantos pasos.

Lucan abrió con un empujón del hombro el panel de acero e inhaló el aire fresco de la mañana mientras se dirigía hasta el lugar donde iba a dejar el cuerpo de su compañero. Se puso de rodillas encima del césped y bajó los brazos lentamente para depositar el cuerpo de Conlan en tierra firme delante de él. Susurró las oraciones del rito funerario, unas palabras que solamente había oído unas cuantas veces durante los siglos que habían pasado pero que se sabía de memoria.

Mientras las pronunciaba, el cielo empezó a iluminarse con la llegada del amanecer.

Soportó esa luz con un silencio reverente y concentró todos sus pensamientos en Conlan y en el honor que había sido característica de su larga vida. El sol continuaba levantándose en el horizonte, y todavía no había llegado a la mitad del ritual. Lucan bajó la cabeza y absorbió el dolor al igual que hubiera hecho Conlan por cualquier miembro de la raza que hubiera luchado a su lado. Un calor lacerante bañó a Lucan mientras el amanecer se levantaba, cada vez con más fuerza.

Tenía los oídos llenos con las antiguas palabras de las viejas oraciones y, al cabo de poco tiempo, también con el suave siseo y crujido de su propia carne al quemarse.

Capítulo trece

«La policía y los agentes del transporte todavía no están seguros de qué provocó la explosión de la pasada noche. De todas formas, tras la conversación mantenida con un representante del ferrocarril hace unos momentos, nos ha asegurado que el incidente se produjo de forma aislada en una de las viejas vías muertas y que no ha habido heridos. Continúen escuchando el Canal Cinco para conocer más noticias sobre esta historia...»

El polvoriento y viejo modelo de televisor que se encontraba montado sobre un estante de pared se apagó repentinamente, silenciado abruptamente mientras el fuerte rugido lleno irritación del vampiro sacudía la sala. Detrás de él, al otro lado de la sombría y destrozada habitación que una vez fuera la cafetería, en el sótano del psiquiátrico, dos de los tenientes renegados permanecían de pie, inquietos y gruñendo, mientras esperaban sus siguientes órdenes.

Ese par tenía poca paciencia; los renegados, por su naturaleza adictiva, tenían una débil capacidad de atención dado que habían abandonado el intelecto a favor de satisfacer los caprichos más inmediatos de su sed de sangre. Eran niños grandes y necesitaban castigos regulares y premios escasos para que continuaran siendo obedientes. Y para que recordaran a quién se encontraban sirviendo en ese momento.

—No ha habido heridos —se burló uno de los renegados.

—Quizá no humanos —añadió el otro—, pero la raza se ha llevado un buen golpe. He oído decir que no quedó gran cosa del muerto para que el sol se encargara de él.

Más risas del primero de los idiotas, a las que siguió una explosión de aliento y sangre al imitar la detonación de los explosivos que habían sido colocados en el túnel por el renegado a quién habían asignado para esa tarea.

—Es una pena que el otro guerrero que estaba con él se pudiera marchar por su propio pie. —Los renegados quedaron en silencio en el momento en que su líder se dio la vuelta, finalmente, para encararse con ellos—. La próxima vez os pondré a vosotros dos en esa tarea, dado que el fracaso os parece tan divertido.

Ellos fruncieron el ceño y gruñeron, como bestias que eran, con una expresión salvaje en las pupilas rasgadas y hundidas en el mar amarillo y dorado de sus iris impávidos. Bajaron la vista cuando él empezó a caminar en dirección a ellos con pasos lentos y medidos. La ira que sentía estaba sólo parcialmente aplacada por el hecho de que la raza, por lo menos, había sufrido una pérdida importante.

Ese guerrero que había caído a causa de la bomba no había sido el objetivo real de la misión de la pasada noche; a pesar de ello, la muerte de cualquier miembro de la Orden era una buena noticia para su causa. Ya habría tiempo de eliminar al que llamaban Lucan. Quizá lo hiciera él mismo, cara a cara, vampiro contra vampiro, sin la ventaja de las armas.

Sí, pensó, resultaría más que un placer acabar con ése en concreto.

Se podía llamar justicia poética.

—Mostradme lo que me habéis traído —les ordenó a los renegados que se encontraban frente a él.

Ambos salieron al mismo tiempo. Empujaron una puerta para entrar los bultos que habían dejado en el pasillo de fuera. Volvieron al cabo de un instante arrastrando tras ellos a unos cuantos humanos aletargados y casi sin sangre. Esos hombres y mujeres, seis en total, estaban atados por las muñecas y ligeramente sujetos por los tobillos, aunque ninguno de ellos parecía lo bastante fuerte para ni siquiera pensar en intentar huir.

Los ojos, en estado catatónico, se les clavaban en la nada. Los labios, inertes, incapaces de pronunciar ni de emitir ningún sonido, estaban entreabiertos en medio de sus rostros pálidos. En sus gargantas se veían las señales de los mordiscos que sus captores les habían hecho para subyugarlos.

—Para usted, señor. Unos sirvientes nuevos para la causa.

Hicieron entrar a los seis seres humanos como si fueran ganado, dado que eso era lo que eran: herramientas de carne y hueso cuyo destino sería trabajar, o morir, lo que fuera más útil según su criterio.

Él echó un vistazo a la caza de esa noche sin mostrar gran interés, calculando rápidamente el potencial que esos dos hombres y cuatro mujeres tenían para resultar de utilidad. Se sintió impaciente mientras se acercaba a ellos y observaba que algunas de las heridas que tenían en el cuello todavía supuraban unos lentos hilos de sangre fresca.

Estaba hambriento, decidió mientras clavaba su mirada calculadora en una pequeña hembra morena de labios llenos y pechos llenos y maduros que empujaban una sosa bata verde de hospital que parecía un saco y que le sentaba muy mal. La cabeza le caía hacia delante, como si le pesara demasiado para mantenerla erguida a pesar de que era evidente que estaba luchando contra el sopor que ya había vencido a los demás. Las mordeduras que tenía eran incontables y se perdían hacia el cráneo, y a pesar de ello ella luchaba contra la catatonia, parpadeando con expresión somnolienta en un esfuerzo por mantenerse consciente.

Tenía que reconocer que su valor era admirable.

—K. Delaney, R.N —dijo para sí, leyendo la etiqueta de plástico que le colgaba por encima de la redondez del pecho izquierdo.

Tomó la barbilla de ella entre el dedo pulgar y el índice y le hizo levantar la cabeza para observarle el rostro. Era bonita, joven y su piel, llena de pecas, tenía un olor dulce. La boca se le llenó de saliva, de glotonería, y los ojos se le achicaron, ocultos tras las gafas oscuras.

—Ésta se queda. Llevad al resto abajo, a las jaulas.

Al principio, Lucan pensó que la dolorosa vibración que sentía formaba parte de la agonía por la que había pasado durante las últimas horas. Sentía todo el cuerpo abrasado, desollado, sin vida. En algún momento la cabeza había dejado de martillearle y ahora le acosaba con un largo zumbido doloroso.

Se encontraba en sus habitaciones privadas del complejo, en

su cama; eso lo sabía. Recordaba haberse arrastrado hasta allí con sus últimas fuerzas, después de haber estado al lado del cuerpo de Conlan los ocho minutos que se requerían.

Se había quedado incluso un poco más de ocho minutos, había aguantado unos punzantes minutos más hasta que los rayos del amanecer habían encendido la mortaja del guerrero caído y la habían hecho explotar en unas increíbles llamas y luces. Sólo entonces se puso él a cubierto de los muros subterráneos del recinto.

Ese tiempo extra de exposición había significado su disculpa personal a Conlan. El dolor que estaba soportando en esos momentos era para que no olvidara nunca lo que de verdad importaba: su deber hacia la raza y hacia la Orden de honorables machos que habían jurado igual que él realizar ese servicio. No cabía nada más.

La otra noche había permitido saltarse ese juramento, y a ahora uno de sus mejores guerreros se había ido.

Otro agudo timbre explotó en algún lugar de la habitación y le tomó por sorpresa, en algún lugar demasiado cerca de donde se encontraba descansando. Ese sonido de algo que se rompía, que se rasgaba, se le clavó en la cabeza.

Con una maldición que casi resultó inaudible y que casi no pudo arrancar de la dolorida garganta, Lucan abrió los ojos con dificultad y observó la oscuridad de su dormitorio privado. Vio que una pequeña lucecita parpadeaba desde el interior del bolsillo de su chaqueta de piel y en ese momento el teléfono móvil volvió a sonar.

Tambaleándose, sin el habitual control y coordinación de atleta que tenía en las piernas, se dejó caer en la cama y se dirigió con torpeza hasta el molesto aparato. Solamente tuvo que realizar tres intentos para conseguir dar con la tecla para silenciar el timbre. Furioso por el esfuerzo que esos pequeños movimientos le estaban costando, Lucan levantó la pantalla iluminada ante sus ojos y se esforzó por leer el número de la pantalla.

Era un número de Boston… El teléfono móvil de Gabrielle.

Fantástico.

Justo lo que necesitaba.

Mientras subía el cuerpo de Conlan por esos cientos de peldaños hasta el exterior, había decidido que, fuera lo que fuese lo que estaba haciendo con Gabrielle Maxwell, eso tenía que terminar. De todas formas, no estaba del todo seguro de qué era lo que había estado haciendo con ella, aparte de aprovechar toda oportunidad que se le puso delante de ponerla de espaldas y debajo de él.

Sí, había sido brillante en esa táctica.

Era en el resto de sus objetivos en lo que estaba empezando a fallar, siempre que Gabrielle entraba en escena.

Lo había planeado todo mentalmente, había pensado cómo iba a enfrentarse a la situación. Haría que Gideon fuera al apartamento de ella esa noche y que le contara, de forma lógica y comprensible, todo acerca de la raza y acerca del destino de ella, de dónde procedía verdaderamente, dentro de la nación de los vampiros. Gideon tenía mucha experiencia en el trato con mujeres y era un diplomático consumado. Él se mostraría amable, y seguro que sabía manejar las palabras mejor que el mismo Lucan. Él conseguiría hacer que todo cobrara sentido para ella, incluso la necesidad de que ella buscara acogida —y, después, a un macho adecuado— en uno de los Refugios Oscuros.

En cuanto a sí mismo, haría todo lo necesario para que su cuerpo sanara. Después de unas cuantas horas más de descanso y de un alimento que necesitaba muchísimo —en cuanto fuera capaz de ponerse en pie el tiempo suficiente para cazar— volvería más fuerte y sería un guerrero mejor.

Iba a olvidar para siempre que había conocido a Gabrielle Maxwell. Por su bien, y por el bien conjunto de la raza.

Excepto que…

Excepto que la noche pasada le había dicho que podía localizarle en su número de móvil en cualquier momento que le necesitara. Le había prometido que siempre contestaría su llamada.

Y si resultaba que ella estaba intentando contactar con él porque los renegados, o los muertos andantes de sus sirvientes, estaban merodeando a su alrededor, pensó.

Despatarrado en el suelo en posición supina, apretó el botón de responder llamada.

—Hola.

Jesús, tenía un tono de voz de mierda, como si tuviera los

pulmones hechos papilla y su aliento expulsara cenizas. Tosió y sintió como si la cabeza le estallara.

En el otro lado de la línea hubo un silencio de unos segundos y luego, la voz de Gabrielle, dubitativa y ansiosa:

—¿Lucan? ¿Eres tú?

—Sí. —Se esforzó en emitir el sonido a pesar de la sequedad que sentía en la garganta—. ¿Qué sucede? ¿Estás bien?

—Sí, estoy bien. Espero que no te moleste que haya llamado. Sólo… Bueno, después de que te marcharas de esa manera la pasada noche, he estado un poco preocupada. Supongo que solamente necesitaba saber que no te había ocurrido nada malo.

Él no tenía energía suficiente para hablar, así que se quedó tumbado, cerró los ojos y, simplemente, escuchó el sonido de su voz. Su tono de voz, claro y sonoro, le parecía un bálsamo. La preocupación que ella demostraba era como un elixir, como algo que él nunca había probado antes: saber que alguien se preocupaba por él. Ese afecto le resultaba poco familiar y cálido.

Le tranquilizaba, a pesar de su rabiosa necesitar de negarlo.

—¿Qué…? —dijo con voz ronca, pero lo intentó de nuevo—: ¿Qué hora es?

—Todavía no es mediodía. Quería llamarte en cuanto me levanté esta mañana, pero como normalmente trabajas durante el turno de noche, he esperado todo lo que he podido. Pareces cansado. ¿Te he despertado?

—No.

Intentó rodar sobre un costado del cuerpo. Se sentía más fuerte después de esos pocos minutos al teléfono hablando con ella. Además, necesitaba sacar el trasero de la cama y volver a la calle esa misma noche. El asesinato de Conlan tenía que ser vengado, y tenía intención de ser él quien hiciera justicia.

Cuanto más brutal fuera esa justicia, mejor.

—Bueno —estaba diciendo ella en esos momentos—, ¿entonces todo está bien?

—Sí, bien.

—Bien. Me alivia saberlo, la verdad. —Su voz adquirió un tono más ligero y un tanto provocador—. Te escapaste de mi apartamento tan deprisa la pasada noche que creí que habrías dejado marcas en el suelo.

—Surgió un imprevisto y tuve que marcharme.

—Ajá —dijo ella después de un silencio que indicó que él no tenía ninguna intención de entrar en detalles—. ¿Un asunto secreto de detectives?

—Se podría decir así.

Se esforzó por ponerse en pie y frunció el ceño, tanto por el dolor que le atravesó todo el cuerpo como por el hecho de no poder contarle a Gabrielle el porqué había tenido que salir tan rápidamente de su cama. La guerra que les esperaba a él y al resto de los suyos era una cruda realidad que pronto ella también tendría en su plato. De hecho, sería esa misma noche, en cuanto Gideon fuera a visitarla.

—Escucha, esta noche tengo una clase de yoga con un amigo mío que termina sobre las nueve. Si no estás de servicio, ¿por qué no te pasas por aquí? Puedo preparar algo para cenar. Tómalo como una compensación por los *manicotti* que no te pudiste comer el otro día. Quizá esta vez consigamos tomarnos la cena.

El divertido flirteo de Gabrielle le arrancó una sonrisa que le hizo sentir dolor en todos los músculos de la cara. La indirecta acerca de la pasión que habían compartido le despertaba algo en su interior también, y la erección que notó en medio de todas las demás sensaciones físicas de agonía no fue tan dolorosa como hubiera deseado.

—No puedo ir a verte, Gabrielle. Tengo… que hacer unas cosas.

La principal de todas ellas era meterse algo de sangre en el cuerpo y eso significaba que tenía que mantenerse alejado de ella tanto como fuera posible. No era buena cosa que ella le tentara con la promesa de su cuerpo; en el estado en que se encontraba en esos momentos, él era un peligro para cualquier ser humano que fuera lo suficientemente tonto como para acercarse a él.

—¿No sabes qué dicen acerca de trabajar mucho y no jugar nada? —le preguntó, en un ronroneo de invitación—. Soy una especie de ave nocturna, así que si terminas pronto de trabajar y decides que quieres un poco de compañía…

—Lo siento. Quizá en otro momento —le dijo él, sabiendo perfectamente que no habría ningún otro momento. En esos instantes se encontraba de pie y empezaba a dar unos pasos torpes y poco fluidos en dirección a la puerta. Gideon debía de estar en el laboratorio, y el laboratorio se encontraba al final del pasillo. Era infernal intentar hacer ese recorrido en sus condiciones, pero Lucan estaba completamente decidido a hacerlo.

—Voy a mandar a alguien a verte esta noche. Es un… socio mío.

—¿Para qué?

Tenía que expulsar el aliento con dificultad y por la boca, pero estaba caminando. Alargó la mano y atrapó la manecilla de la puerta.

—Las cosas se han puesto demasiado peligrosas arriba —dijo él de forma precipitada y con esfuerzo—. Después de lo que te sucedió ayer en el centro de la ciudad…

—Dios, ¿no podemos olvidarlo? Estoy segura de que exageré.

—No —la interrumpió él—. Me sentiré mejor si sé que no estás sola… que hay alguien que te protege.

—Lucan, de verdad, no es necesario. Soy una chica adulta. Estoy bien.

Él no hizo caso de sus protestas.

—Se llama Gideon. Te caerá bien. Los dos podréis… hablar. Él te ayudará, Gabrielle. Mejor de lo que lo puedo hacer yo.

—¿Ayudarme? ¿Qué quieres decir? ¿Ha pasado algo con respecto al caso? ¿Y quién es ese Gideon? ¿Es un detective, también?

—Él te lo explicará todo. —Lucan salió al pasillo, donde una tenue luz iluminaba las pulidas baldosas y los brillantes acabados de cromo y cristal. Desde el otro lado de una de las puertas de un apartamento privado se oía resonar con fuerza la música metal de Dante. Desde uno de los muchos pasillos que iban a dar a ese pasillo principal llegaba cierto olor a aceite y a disparos de arma recientes, desde las instalaciones de entrenamiento.

Lucan se tambaleó sobre los pies, inseguro en medio de esa mezcla de estímulos sensoriales.

—Estarás a salvo, Gabrielle, te lo juro. Ahora tengo que dejarte.

—¡Lucan, espera un momento! No cuelgues. ¿Qué es lo que no me estás diciendo?

—Vas a estar bien, te lo prometo. Adiós, Gabrielle.

Capítulo catorce

La llamada que le había hecho a Lucan, y su extraño comportamiento al otro extremo del teléfono, la habían estado preocupando todo el día. Todavía lo estaba mientras salía con Megan de la clase de yoga esa tarde.

—Parecía tan extraño al teléfono. No sé si estaba en un estado de extremo dolor físico o si estaba intentando encontrar la manera de decirme que no quería volver a verme.

Megan suspiró e hizo un gesto de negación con la mano.

—Probablemente estás sacando demasiadas conclusiones. Si de verdad quieres saberlo, ¿por qué no vas a comisaría y sacas la cabeza para verle?

—Creo que no. Quiero decir, ¿qué le diría?

—Le dirías: «Hola, guapo. Parecías tan desanimado esta tarde que pensé que te iría bien que te pasara a recoger, así que aquí estoy». Quizá puedas llevarle un café y un bollo por si acaso.

—No sé…

—Gabby, tú misma has dicho que ese chico siempre ha sido dulce y cuidadoso cuando ha estado contigo. Por lo que me has contado acerca de la conversación que habéis tenido hoy por teléfono, él parece muy preocupado por ti. Tanto que va a mandar a uno de sus colegas para que te vigile mientras él está de servicio y no puede estar allí en persona.

—Él hizo hincapié en lo peligroso que se estaba poniendo arriba… ¿y qué crees que significa «arriba»? No parece jerga de policía, ¿verdad? ¿Qué es, algún tipo de terminología militar? —Negó con la cabeza—. No lo sé. Hay muchas cosas de Lucan Thorne que no sé.

—Pues pregúntaselas. Venga, Gabrielle. Por lo menos dale al chico el beneficio de la duda.

Gabrielle observó los pantalones de yoga negros y la chaqueta con cremallera que llevaba. Luego se llevó la mano al pelo para comprobar hasta qué punto se le había deshecho la cola de caballo durante esos cuarenta y cinco minutos de ejercicios.

—Tendría que ir primero a casa, darme por lo menos una ducha, cambiarme de ropa.

—¡Eh! Quiero decir, de verdad, pero ¿qué te pasa? —Megan abrió mucho los ojos, que le brillaban, divertida—. Tienes miedo de ir, ¿verdad? Oh, quieres ir, pero ya tienes seguramente un millón de excusas preparadas para explicar por qué no puedes hacerlo. Lo admito, este chico te gusta de verdad.

Gabrielle no podía negarlo, no habría podido incluso aunque la inmediata sonrisa que se le dibujó en el rostro no la hubiera delatado. Gabrielle le devolvió la mirada a su amiga y se encogió de hombros.

—Sí, es verdad. Me gusta. Mucho.

—Entonces, ¿a qué estás esperando? La comisaría está a tres manzanas, y tienes un aspecto fantástico, como siempre. Además, no es que él no te haya visto sudar un poco antes de ahora. Es posible que prefiera verte así.

Gabrielle se rio con Megan, pero sentía retortijones en el estómago. La verdad era que sí deseaba ver a Lucan, de hecho no quería esperar ni un minuto más, pero ¿y si él había estado intentando dejarla mientras hablaban por teléfono esa tarde? Qué ridícula parecería entonces, si entraba en la comisaría sintiéndose como si fuera su novia. Se sentiría como una idiota.

No más de lo que se sentiría si recibía la noticia de segunda mano, en boca de su amigo Gideon, a quién él habría enviado en esa compasiva misión.

—De acuerdo. Voy a hacerlo.

—¡Bien por ti! —Megan se ajustó la bolsa de la colchoneta de yoga en el hombro y sonrió ampliamente—. Esta noche veré a Ray en mi apartamento después de que él termine su turno, pero llámame a primera hora de la mañana y cuéntame cómo ha ido. ¿De acuerdo?

—De acuerdo. Un saludo para Ray.

Mientras Megan se alejaba apresuradamente para pillar el tren de las nueve y quince, Gabrielle se dirigió hacia la comisaría de policía. Durante el camino recordó el consejo de Megan y se detuvo un momento para comprar un bollo dulce y un café: solo y cargado, puesto que no creía que Lucan fuera el tipo de hombre que lo toma con leche, con azúcar ni descafeinado.

Con ambas cosas en las manos, llegó a la puerta de la comisaría, respiró con fuerza para reunir valor, atravesó la puerta de entrada y entró con actitud desenvuelta.

Las quemaduras peores habían empezado a curarse a la caída de la noche. La piel nueva le creció, sana, por debajo de las ampollas de la piel vieja y las heridas empezaron a cerrarse. Aunque todavía tenía los ojos demasiado sensibles incluso a la luz artificial, no sentía dolor en la fría oscuridad de la calle. Lo cual era bueno, porque necesitaba estar por ahí para saciar la sed de su cuerpo convaleciente.

Dante le miró. Los dos salían al exterior del recinto y se preparaban para compartir esa noche de reconocimiento y de venganza contra los renegados.

—No tienes muy buen aspecto, tío. Si quieres, saldré a cazar para ti y te traeré algo joven y fuerte. Lo necesitas, eso está claro. Y nadie tiene por qué saber que no te has procurado el sustento tú mismo.

Lucan miró de soslayo y con expresión adusta al macho y le mostró los dientes en una sonrisa de burla.

—Que te jodan.

Dante se rio.

—Tenía la sospecha de que me dirías eso. ¿Quieres que lleve las armas por ti, por lo menos?

El gesto de negar despacio con la cabeza le provocó una cuchillada de dolor en la cabeza.

—Estoy bien. Estaré mejor cuando me haya alimentado.

—Sin duda. —El vampiro se quedó en silencio durante un largo momento y le miró, simplemente. ¿Sabes qué es lo que fue extraordinariamente impresionante de lo que hiciste hoy por Conlan? Él no hubiera podido ni imaginarlo en toda su vida, pero, joder, me gustaría que hubiera sabido que serías tú quien subiría esos últimos peldaños con él. Ha sido una gran manera de honrarle, tío. De verdad.

Lucan recibió el halago sin dejar que le calara. Él había tenido sus propios motivos para llevar a cabo ese rito funerario, y el ganarse la admiración del resto de guerreros no formaba parte de ellos.

—Dame una hora para cazar algo y luego nos encontraremos aquí otra vez para provocar algunas bajas entre las filas de nuestros enemigos, esta noche. Por la memoria de Conlan.

Dante asintió con la cabeza y chocó los nudillos contra el puño cerrado de Lucan.

—De acuerdo.

Lucan se esperó mientras Dante desaparecía en la oscuridad. Sus pasos largos y chulescos delataban las ganas con que esperaba las batallas que iba a encontrar en las calles. Sacó las armas gemelas de las fundas y elevó las *Malebranches* curvadas por encima de su cabeza. El brillo de esas hojas de acero pulido y de titanio, asesinas de renegados, destelló a la débil luz de la luna en el cielo. El vampiro emitió un grito de guerra callado y desapareció en las sombras de la noche.

Lucan le siguió no mucho después, siguiendo un camino no muy distinto que se adentraba en las oscuras arterias de la ciudad. Su gesto furtivo era menos bravucón pero más decidido, menos arrogante y ansioso pero más determinado y frío. Su sed era peor de lo que nunca había sido, y el rugido que elevó hasta la bóveda de estrellas en el cielo estaba preñado de una ira fiera.

—¿Puede deletrear el apellido otra vez, por favor?

—T-h-o-r-n-e —repitió Gabrielle a la recepcionista de comisaría, que no había conseguido ningún resultado en el directorio—. Detective Lucan Thorne. No sé en qué departamento trabaja. Vino a mi casa después de que yo estuviera aquí para denunciar una agresión que presencié la semana pasada… un asesinato.

—Ah. Entonces, ¿quiere usted hablar con los de Homicidios?

—Las uñas largas y pintadas de la joven repicaban encima del teclado con rapidez—. Ajá… No. Lo siento. Tampoco aparece en ese departamento.

—Eso no es posible. ¿Puede volver a comprobarlo, por favor? ¿Es que este sistema no le permite buscar solamente un nombre?

—Sí lo permite, pero no aparece ningún detective que se llame Lucan Thorne. ¿Está segura de que trabaja en este edificio?

—Estoy segura, sí. La información de su ordenador no debe de estar actualizada…

—Eh, ¡un momento! Ahí hay una persona que puede ayudarla —la interrumpió la recepcionista mientras hacía un gesto en dirección a la puerta de entrada de la Central—. ¡Agente Carrigan! ¿Tiene usted un segundo?

El agente Carrigan, recordó Gabrielle, desolada. El viejo poli que le había hecho pasar un rato tan desagradable la semana pasada, llamándola mentirosa y cabeza hueca sin querer creer la declaración de Gabrielle acerca del asesinato de la discoteca. Por lo menos, ahora que Lucan había contrastado las fotos de su móvil en el laboratorio de la policía, sentía el consuelo de saber que, fuera cuál fuese la opinión de ese hombre, el caso seguía adelante de alguna manera.

Gabrielle tuvo que reprimir un gruñido de furia al ver que el hombre se tomaba un tiempo antes de acercarse a ella. Cuando él la vio allí de pie, la expresión de arrogancia que parecía tan natural en ese rostro carnoso adoptó un gesto decididamente despectivo.

—Oh, por Dios. ¿Otra vez usted? Justo lo último que necesito en mi último día de trabajo. Me retiro dentro de unas cuantas horas, querida. Esta vez va a tener que contárselo a otra persona.

Gabrielle frunció el ceño.

—¿Perdón?

—Esta joven está buscando a uno de nuestros detectives —dijo la recepcionista mientras intercambiaba una mirada de complicidad con Gabrielle, como respuesta al comportamiento displicente del agente—. No le encuentro en el directorio, pero ella cree que es uno de los nuestros. ¿Conoce usted al detective Thorne?

—Nunca he oído hablar de él. —El agente Carrigan empezó a alejarse.

—Lucan Thorne —dijo Gabrielle con decisión mientras dejaba el café de Lucan y la bolsa con la pasta encima de la mesa de recepción. Automáticamente dio un paso en dirección al policía y estuvo a punto de sujetarle por el brazo al ver que parecía que él iba a dejarla allí plantada—. El detective Lucan Thorne, debe usted conocerle. Ustedes le enviaron a mi apartamento a principios de esta semana para ver si conseguía alguna información adicional a mi declaración. Llevó mi teléfono móvil al laboratorio para que analizaran...

Carrigan empezó a reírse ahora; se había detenido y la miraba mientras ella le ofrecía los detalles acerca de la llegada de Lucan a su casa. Gabrielle no tenía paciencia para manejar la agresividad de ese agente. Y menos ahora que el vello de la nuca empezaba a erizársele a causa del repentino presentimiento de que las cosas empezaban a ser extrañas.

—¿Me está usted diciendo que el detective Thorne no le ha contado nada de esto?

—Señorita. Le estoy diciendo que no tengo ni remota idea de qué está usted hablando. He trabajado en esta comisaría durante treinta y cinco años, y nunca he oído hablar de ningún detective Lucan Thorne, por no hablar de que no le he mandado a su casa.

Gabrielle sintió que se le formaba un nudo en el estómago, frío y apretado, pero se negó a aceptar el miedo que empezaba a cobrar forma detrás de toda esa confusión.

—Eso no es posible. Él sabía lo del asesinato que yo había presenciado. Sabía que yo había estado aquí, en comisaría, haciendo una declaración acerca de ello. Vi su placa de identificación cuando llegó a casa. Acabo de hablar con él hoy, y me dijo que esta noche trabajaba. Tengo su número de móvil...

—Bueno, voy a decirle una cosa. Si eso va a hacer que me deje en paz antes, vamos a hacerle una llamada a su detective Thorne —dijo Carrigan—. ¿Eso aclarará las cosas, verdad?

—Sí. Voy a llamarle ahora.

A Gabrielle le temblaban un poco los dedos mientras sacaba el teléfono móvil del bolsillo y marcaba el número de Lucan. El teléfono llamó, pero nadie respondió. Gabrielle volvió a intentarlo y esperó durante la agonía de una eternidad mientras el timbre sonaba y sonaba y sonaba y mientras la expresión del agente Carrigan se mudaba desde una impaciencia cuestionable a una compasión que ella había percibido en los rostros de los trabajadores sociales cuando era una niña.

—No responde —murmuró ella, apartándose el teléfono del oído. Se sentía torpe y confusa, y la expresión atenta en el rostro de Carrigan lo empeoraba todo—. Estoy convencida de que está liado con algo. Voy a volver a intentarlo dentro de un minuto.

—Señorita Maxwell. ¿Podemos llamar a alguien más? ¿A algún familiar, quizá? ¿A alguien que pueda ayudarnos a encontrar sentido a todo lo que le está pasando?

—A mí no me está pasando nada.

—A mí me parece que sí. Creo que está usted confusa. ¿Sabe? A veces la gente inventa cosas para que les ayuden a soportar otros problemas.

Gabrielle se burló.

—Yo no estoy confundida. Lucan Thorne no es un producto de mi imaginación. Es real. Esas cosas que me han sucedido son reales. El asesinato que presencié el fin de semana pasado, esos... hombres... con sus rostros ensangrentados y sus afilados dientes, incluso ese chico que me estuvo vigilando el otro día en el parque... él trabaja aquí en la Central. ¿Qué es lo que han hecho ustedes? ¿Le enviaron para que me espiara?

—De acuerdo, señorita Maxwell. Vamos a ver si conseguimos resolver esto juntos. —Era obvio que el agente Carrigan había encontrado finalmente un resto de diplomacia bajo la armadura de su carácter grosero. A pesar de todo, la forma en que la tomó del brazo para intentar conducirla hasta uno de los bancos del vestíbulo para que se sentara mostraba una gran condescendencia—. Vamos a ver si respiramos profundamente. Podemos buscar a alguien para que la ayude.

Ella le dio una sacudida en el brazo para soltarse.

—Usted cree que estoy loca. Yo sé lo que he visto... ¡todo! No me estoy inventando esto, y no necesito ayuda. Solamente necesito saber la verdad.

—Sheryl, querida —le dijo Carrigan a la recepcionista, que les miraba a ambos con aprensión—. ¿Puedes hacerme el favor de llamar en un momento a Rudy Duncan? Dile que le necesito aquí abajo.

—¿Un médico? —preguntó Gabrielle, que ya había vuelto a colocarse el teléfono entre la oreja y el hombro.

—No —repuso Carrigan, devolviéndole la mirada a Gabrielle—. No hay que alarmarse todavía. Pídele que baje al vestíbulo, tranquilamente, y que charle un momento con la señorita Maxwell y conmigo.

—Olvídelo —contestó Gabrielle, levantándose del banco.

—Mire, sea lo que sea lo que le esté pasando, hay personas que pueden ayudarla.

Ella no esperó a que terminara de hablar, se limitó a recomponerse con dignidad, a caminar hasta la mesa de recepción para recuperar la taza y la bolsa, a tirarlos a la basura y a dirigirse a la puerta de salida.

Sintió el aire de la noche fresco en las mejillas, encendidas, lo cual la tranquilizó de alguna manera. Pero la cabeza todavía le estaba dando vueltas. El corazón le latía con fuerza a causa de la confusión y de que no podía creer lo que le había sucedido.

¿Es que todo el mundo a su alrededor se estaba volviendo loco? ¿Qué diablos estaba sucediendo?

Lucan le había mentido acerca de que era un policía, eso era bastante evidente. Pero ¿qué parte de lo que le había contado, qué parte de lo que habían hecho juntos, formaba parte de ese engaño?

¿Y por qué?

Gabrielle se detuvo al final de los peldaños de cemento que se alejaban de comisaría y respiró profundamente varias veces. Dejó salir el aire despacio. Luego bajó la vista y vio que todavía tenía el teléfono móvil en la mano.

—Mierda.

Tenía que averiguarlo.

Esa extraña historia en la que se había metido tenía que acabar en ese momento.

El botón de rellamada volvió a marcar el número de Lucan. Ella esperó, insegura de qué iba a decirle.

El teléfono sonó seis veces.

Siete.

Ocho…

Capítulo quince

$\mathcal{L}$ucan sacó el móvil del bolsillo de su chaqueta de cuero mientras pronunciaba una fuerte maldición.

Gabrielle… otra vez.

Ella le había llamado antes también, pero él no había querido responder a la llamada. Estaba persiguiendo a un traficante de drogas al que había visto vender *crack* a un adolescente que pasaba por la calle, fuera de una sórdida taberna. Había estado conduciendo mentalmente a su presa hacia un callejón oscuro y estaba justo a punto de lanzarse al ataque cuando la primera llamada de Gabrielle había sonado como una alarma de coche desde su bolsillo. Había puesto el aparato en el modo de silencio, maldiciéndose a sí mismo por la estúpida costumbre de llevarse el maldito trasto cuando salía a cazar.

La sed y las heridas le habían hecho comportarse descuidadamente. Pero ese repentino estruendo en la calle oscura había resultado ir a su favor al final.

Él tenía las fuerzas debilitadas, y el cauteloso traficante había olido el peligro en el ambiente, incluso a pesar de que Lucan se había mantenido oculto entre las sombras mientras le perseguía. Había sacado un arma a mitad del callejón y a pesar de que raramente las heridas de bala resultaban fatales para la estirpe de Lucan —a no ser que se tratara de un tiro en la cabeza a quemarropa—, no estaba seguro de que su cuerpo convaleciente pudiera resistir un impacto como ése en esos momentos.

Por no mencionar el hecho de que eso le sacaría de quicio, y ya estaba de un humor de perros.

Así que, cuando la segunda llamada del móvil hizo que el traficante se volviera frenéticamente a un lado y a otro en busca del origen del ruido que oía detrás de él, Lucan le saltó encima. Derrumbó al tipo rápidamente, y le clavó los colmillos en la vena del cuello, hinchada por el terror un momento antes de que el hombre reuniera la fuerza suficiente para arrancarse un grito de los pulmones.

La sangre le inundó la boca, desagradable por el sabor a drogas y a enfermedad. Lucan se la tragó con dificultad, una vez tras otra, mientras agarraba sin piedad a su convulsa presa. Iba a matarle, y no podía importarle menos. Eso apagaba el dolor de su cuerpo dolorido.

Lucan se alimentó deprisa, bebió todo lo que pudo.

Más de lo que pudo.

Casi le sacó toda la sangre al traficante y todavía se sentía hambriento. Pero hubiera sido abusar demasiado si se alimentaba más esa noche. Era mejor esperar a que la sangre le nutriera y le tranquilizara en lugar de arriesgarse a ser ansioso y a tomar un camino rápido hacia la sed insaciable de sangre.

Lucan miró con ironía el teléfono que sonaba en la palma de su mano y sabía que lo único que tenía que hacer era no contestar.

Pero continuó sonando, con insistencia, y justo en el último instante, respondió. No dijo nada al principio, simplemente escuchó el sonido suave del suspiro de Gabrielle al otro lado. Notó que tenía la respiración temblorosa, pero su voz sonó fuerte, a pesar de que era evidente que estaba bastante disgustada.

—Me has mentido —le dijo, a modo de saludo—. ¿Durante cuánto tiempo, Lucan? ¿Cuántas mentiras? ¿Todo ha sido una mentira?

Lucan observó el cuerpo sin vida de su presa con expresión satisfecha. Se agachó y realizó un rápido registro de ese miserable y grasiento tipo. Encontró un fajo de billetes sujetos por una goma, que iba a dejar allí para que los buitres callejeros se lo disputaran. La mercancía del traficante —*crack* y heroína por valor de un par de billetes grandes— irían a parar a una de las cloacas de la ciudad.

—¿Dónde estás? —le preguntó casi en un ladrido, sin pensar en otra cosa que no fuera en el depredador que acababa de eliminar—. ¿Dónde está Gideon?

—¿Ni siquiera vas a intentar negarlo? ¿Por qué haces esto?

—Pásamelo, Gabrielle.

Ella ignoró esa petición.

—Hay otra cosa que me gustaría saber: ¿cómo entraste en mi apartamento la otra noche? Yo había cerrado todos los pestillos y había puesto la cadena. ¿Qué hiciste? ¿Los abriste? ¿Me robaste las llaves mientras yo no miraba y te hiciste hacer una copia?

—Podemos hablar de eso más tarde, cuando estés a salvo en el recinto.

—¿De qué recinto hablas? —La repentina carcajada de ella le pilló por sorpresa—. Y puedes abandonar esa pose protectora y benevolente. No eres un policía. Lo único que quiero es un poco de sinceridad. ¿Es eso pedirte demasiado, Lucan? Dios. ¿Es ése por lo menos tu verdadero nombre? ¿Algo de lo que me hayas contado se parece, por lo menos remotamente, a la verdad?

De repente Lucan supo que esa rabia, ese dolor, no era el resultado de que Gabrielle hubiera conocido por Gideon la verdad acerca de la raza y del papel que ella tenía destinado en la misma. Un papel que no iba a incluir a Lucan.

No, ella no sabía nada de eso todavía. Se trataba de otra cosa. No era miedo de los hechos. Era miedo a lo desconocido.

—¿Dónde estás, Gabrielle?

—¿Qué te importa?

—Me… importa —admitió, aunque con reluctancia—. Joder, no tengo la cabeza para esto ahora mismo. Mira, sé que no estás en tu apartamento, así que ¿dónde estás? Gabrielle, tienes que decirme dónde estás.

—Estoy en la comisaría de policía. He venido para verte esta noche y, ¿sabes qué? Nadie ha oído tu nombre aquí.

—Oh, Dios. ¿Has preguntado por mí ahí?

—Por supuesto que lo he hecho. ¿Cómo hubiera podido enterarme de que me tomabas por una idiota, si no? —Otra vez el tono de burla y crispación—. Incluso te había traído café y una pasta.

—Gabrielle, estoy ahí en unos minutos… menos que eso. No te muevas. Quédate donde estás. Mantente en algún punto donde haya gente, en algún lugar interior. Voy a buscarte.

—Olvídalo. Déjame en paz.

Esa breve orden le hizo levantarse inmediatamente del suelo. Al cabo de un instante sus botas resonaban en la calle a un ritmo acelerado.

—No voy a quedarme por aquí esperándote, Lucan. De hecho, ¿sabes qué? No se te ocurra acercarte a mí.

—Demasiado tarde —le contestó.

Ya había llegado a la penúltima esquina que le separaba de la calle donde se encontraba la comisaría de policía. Avanzó por entre la multitud de peatones como un fantasma. Notaba que la sangre que acababa de ingerir le penetraba en las células, se le adhería en los músculos y en los huesos y le fortalecía hasta que se convirtió solamente en una ráfaga fría en la espalda de los que pasaban por su lado.

Pero Gabrielle, con su extraordinaria percepción de compañera de raza, le vio enseguida.

Lucan oyó por el teléfono que Gabrielle aguantaba la respiración. Como en cámara lenta, ella se apartó el aparato del oído y le miró con los ojos muy abiertos y con incredulidad mientras él se le acercaba rápidamente.

—Dios mío —susurró, y esas palabras llegaron a oídos de Lucan solamente un segundo antes de que se plantara delante de ella y alargara la mano para sujetarla por el brazo—. ¡Suéltame!

—Tenemos que hablar, Gabrielle. Pero no aquí. Te llevaré a un sitio…

—¡Y una mierda! —De un tirón, se soltó de la mano de él y se alejó por la acera—. No voy a ir a ninguna parte contigo.

—Ya no estás segura aquí fuera, Gabrielle. Has visto demasiadas cosas. Ahora formas parte de ello, tanto si quieres como si no.

—¿Parte de qué?

—De esta guerra.

—Guerra —repitió ella, con un tono de duda.

—Exacto. Es una guerra. Antes o después vas a tener que elegir un bando, Gabrielle. —Pronunció una maldición—. No. A la mierda. Yo voy a escoger tu bando ahora mismo.

—¿Es una especie de chiste? Quién eres tú, uno de esos militares inadaptados que va por ahí representando sus fantasías de autoridad. Quizá seas peor que eso.

—Esto no es un chiste. No es un jodido juego. He estado en muchos combates y he presenciado muchas muertes en mi vida, Gabrielle. Ni siquiera puedes imaginarte lo que he visto, ni todo lo que he hecho. No voy a quedarme quieto para ver que te quedas atrapada en un fuego cruzado. —Le ofreció una mano—. Vas a venir conmigo. Ahora.

Ella le esquivó. Sus ojos oscuros revelaban una mezcla de miedo y de rabia.

—Si vuelves a tocarme, te juro que llamo a la policía. Ya sabes, a los de verdad que están en comisaría. Ésos llevan placas de verdad. Y armas de verdad.

El humor de Lucan, que ya estaba caliente, empezó a empeorar.

—No me amenaces, Gabrielle. Y no creas que la policía te puede ofrecer algún tipo de protección. Y, por supuesto, no ante lo que te está amenazando. Por lo que sabemos, la mitad de la comisaría podría estar llena de servidores.

Ella meneó la cabeza y adoptó una actitud más tranquila.

—De acuerdo. Esta conversación está dejando de ser realmente extraña y empieza a ser profundamente inquietante. He terminado con esto, ¿comprendido? —Le hablaba despacio y en voz baja, como si estuviera intentando tranquilizar a un perro rabioso que estuviera ante ella agachado y a punto de atacar—. Ahora me voy, Lucan. Por favor… no me sigas.

Cuando ella dio el primer paso para alejarse de él, la poca capacidad de control que le quedaba a Lucan se quebró. Le clavó los ojos en los de ella con dureza y le envió una fiera orden mental para que dejara de resistirse a él.

«Dame la mano.»

«Ahora.»

Por un segundo, a Gabrielle las piernas se le quedaron inmóviles, paralizadas. Los dedos de las manos se le movieron, como intranquilos, a uno de los costados del cuerpo. Luego, despacio, su brazo empezó a levantarse hacia él.

Y, de repente, el control que él tenía sobre ella se rompió.

Él sintió que ella le expulsaba de su mente, desconectaba de él. El poder de su voluntad era como una puerta de hierro que se cerraba entre ambos, una puerta que a él le hubiera costado mucho penetrar aunque se encontrara en condiciones óptimas.

—¿Qué diablos? —exclamó ella en voz baja, reconociendo perfectamente cuál era el truco—. Te he oído, ahora, en mi cabeza. Dios mío. ¿Me has hecho esto antes, verdad?

—No me estás dejando muchas elecciones, Gabrielle.

Él lo intentó otra vez. Y sintió que le empujaba fuera, esta vez con mayor desesperación. Con más miedo.

Ella se llevó el dorso de la mano hasta la boca, pero no pudo ahogar del todo el grito quebrado que le salía por la garganta.

Retrocedió tambaleándose por la esquina.

Y luego se dio la vuelta en la oscuridad de la calle para escapar de él.

—Tú, chico. Agarra la puerta en mi lugar, ¿de acuerdo?

El sirviente tardó un segundo en darse cuenta de que le estaban hablando a él, de tan distraído como estaba mirando a la mujer Maxwell en medio de la calle, delante de la comisaría de policía. Incluso ahora, mientras sujetaba la puerta abierta para que un mensajero entrara cuatro cajas de pizza humeantes, su atención permanecía clavada en la mujer mientras ésta se alejaba de la esquina y corría calle abajo.

Como si intentara dejar a alguien detrás.

El sirviente miró a una enorme figura vestida de negro que estaba de pie y que observaba cómo ella escapaba. Ese macho era inmenso, fácilmente medía dos metros de altura, los hombros, bajo la chaqueta de piel, eran anchos como los de un defensa. De él emanaba un aire de amenaza que se percibía desde el otro lado de la calle donde ahora se encontraba el sirviente, de pie, estupefacto, sujetando todavía la puerta de la comisaría a pesar de que las pizzas se encontraban amontonadas ya encima del mostrador de recepción.

Aunque él nunca había visto a ninguno de los vampiros a quienes su señor despreciaba tan abiertamente, el sirviente supo sin ninguna duda que en esos momentos estaba viendo a uno de ellos.

Seguro que ésa era una oportunidad de ganarse la apreciación si avisaba a su señor de la presencia tanto de la mujer como del vampiro a quien ella parecía conocer, además de temer.

El sirviente volvió a entrar en comisaría. Tenía las manos húmedas de sudor a causa de la excitación ante la gloria que le esperaba. Con la cabeza agachada, seguro de su habilidad de moverse por todas partes y de pasar desapercibido, empezó a cruzar el vestíbulo a un paso apresurado.

Ni siquiera vio que el chico de la pizza se cruzaba en su camino hasta que chocó con él, con la cabeza primero. Una caja de cartón fue a chocarle contra el pecho, de la cual emanó un olor a ajo caliente, y la caja cayó en el sucio linóleo del suelo esparciendo el contenido a los pies del sirviente.

—Eh, tío. Estás pisando mi siguiente entrega. ¿Es que no miras por dónde vas?

Él no se disculpó, ni se detuvo para quitarse el grasiento queso y el *pepperoni* del zapato. Introdujo la mano en el bolsillo del pantalón y fue a buscar un lugar tranquilo desde donde hacer su importante llamada.

—Espera un segundo, amigo.

Era el viejo y calvo agente, de pie en el vestíbulo, quien le gritaba ahora. Embutido en su uniforme durante sus últimas horas de trabajo, Carrigan había estado perdiendo el tiempo molestando a la recepcionista del vestíbulo.

El sirviente no hizo caso de la voz atronadora del policía que le llamaba a sus espaldas y continuó caminando, con la cabeza agachada, en línea recta en dirección a la puerta de la escalera que estaba cerca del lavabo, justo fuera del vestíbulo.

Carrigan soltó un bufido con todas sus fuerzas y se quedó boquiabierto, con expresión de evidente incredulidad al ver que su autoridad era completamente ignorada.

—¡Eh, chupatintas! Estoy hablando contigo. Te he dicho que vuelvas y que limpies esta porquería. ¡Y quiero decir que lo hagas ahora, cabeza hueca!

—Límpialo tú mismo, cerdo arrogante —dijo en voz baja y casi sin aliento. Luego abrió la puerta de metal que daba a las escaleras y empezó a bajar a paso rápido.

En ese momento y por encima de él, oyó que la puerta se

abría con un estruendo al golpear el otro lado de la pared y que los escalones vibraban como bajo el efecto de una explosión sónica.

—¿Qué es lo que acabas de decir? ¿Qué mierdas acabas de llamarme, capullo?

—Ya me has oído. Y ahora déjame en paz, Carrigan. Tengo cosas más importantes que hacer.

El sirviente sacó el teléfono móvil para intentar contactar con el único que de verdad le podía dar órdenes. Pero antes de que tuviera tiempo de apretar el botón de marcación rápida para ponerse en comunicación con su señor, el corpulento policía ya se había lanzado escaleras abajo. Una mano enorme le dio un golpe al sirviente en la cabeza. Los oídos le pitaron, la vista se le nubló a causa del impacto, el móvil le salió despedido de la mano y cayó al suelo con un sonido seco, varios escalones más abajo.

—Gracias por ofrecerme una anécdota de risa para mi último día de trabajo —le dijo en tono provocador Carrigan. Se pasó un regordete dedo por el cuello de la camisa, demasiado apretado, y luego, con gesto despreocupado, levantó una mano para volver a colocarse el último mechón de pelo que tenía en su sitio—. Y ahora, llévate ese culo esquelético escaleras arriba antes de que le dé una buena patada. ¿Me has oído?

Hubo un tiempo, antes de que conociera a quien llamaba su Maestro, en que un desafío como ése, y en especial por parte de un fanfarrón como Carrigan, no hubiera pasado como si nada.

Pero ese policía sudoroso y saliviso que ahora le miraba desde arriba de las escaleras le resultaba insignificante a la luz de los deberes que les eran confiados a los elegidos como él. El sirviente se limitó a parpadear unas cuantas veces y luego se dio la vuelta para recoger el teléfono móvil y continuar la tarea que tenía entre manos.

Solamente consiguió bajar dos escalones antes de que Carrigan cayera sobre él otra vez. Notó que unos dedos fuertes le sujetaban por los hombros y le obligaban a darse la vuelta. Los ojos del sirviente cayeron sobre un elegante bolígrafo que Carrigan llevaba en el bolsillo del uniforme. Reconoció el emblema conmemorativo de los servicios prestados pero inmediatamente recibió otro golpe seco en el cráneo.

—¿Qué te pasa, es que estás sordo y mudo? Apártate de mi vista o te voy a...

En ese momento, el policía se atragantó y soltó el aire de golpe y el sirviente recuperó la conciencia. Se vio a sí mismo con el bolígrafo del agente en la mano clavándoselo profundamente por segunda vez, con una embestida brutal, en la carne del cuello de Carrigan.

El sirviente le clavó una y otra vez el arma improvisada hasta que el policía se desplomó en el suelo y se quedó allí tendido como un bulto destrozado y sin vida.

Él abrió la mano y el bolígrafo cayó en el charco de sangre que se había formado en las escaleras. Inmediatamente y olvidándolo todo, se agachó y volvió a tomar el teléfono móvil. Tenía intención de hacer esa crucial llamada inmediatamente, pero no podía dejar de mirar el desastre que acababa de provocar, un desastre que no iba a ser tan fácil de limpiar como los restos de pizza en el vestíbulo.

Eso había sido un error, y cualquier aprobación que pudiera recibir al informar a su señor acerca del paradero de la mujer Maxwell le sería retirada cuando se descubriera que se había comportado de manera tan impulsiva en comisaría. Matar sin autorización invalidaba cualquier otra cosa.

Pero quizá hubiera un camino todavía más seguro para conseguir el favor de su señor, y ese camino consistía en capturar y entregar esa mujer a su señor en persona.

«Sí —pensó el sirviente—. Ése era un premio para impresionar.»

Se puso el teléfono móvil en el bolsillo y volvió hasta el cuerpo de Carrigan para quitarle el arma del arnés. Luego pasó por encima del cuerpo y se apresuró hacia una entrada trasera que comunicaba con el aparcamiento.

Capítulo dieciséis

*T*enía que dejarla marchar.

Había jodido las cosas tanto que no creía que hubiera manera de hacer entrar en razón a Gabrielle esa noche. Quizá nunca.

Desde la esquina de enfrente la observó mientras ella recorría el otro lado de la calle con pasos largos, dirigiéndose hacia Dios sabía dónde. Se la veía pálida y anonadada, como si acabaran de darle un golpe en el pecho.

Que era exactamente lo que le había sucedido, admitió él con tristeza.

Quizá fuera lo mejor que ella se marchara creyéndole un mentiroso y un lunático peligroso. Esa suposición tampoco se alejaba tanto de la realidad, después de todo. Pero la opinión que ella tuviera de él tampoco era lo importante, de todas formas. Conseguir poner a salvo a una compañera de raza sí lo era.

Podía dejarla volver a casa, darle unos cuantos días para que se tranquilizara y para que empezara a aceptar que la habían engañado. Luego podía enviar a Gideon para que suavizara las cosas y para que la pusiera bajo la protección de la raza, que era donde ella debía estar. Gabrielle podía elegir una vida nueva en cualquiera de los Refugios Oscuros que había ocultos por todo el mundo. Podía vivir feliz y segura y encontrar a un macho que fuera un verdadero compañero para ella.

Ni siquiera tendría que volver a verle nunca más.

Sí, pensó él, ése era el mejor curso que podía tomar la acción a partir de ese momento.

Pero, sin tener en cuenta nada de eso, se dio cuenta de que se estaba alejando de la esquina y que caminaba por la calle siguiendo a Gabrielle, incapaz de permitir que ella se alejara ahora incluso a pesar de que eso era lo que ella más necesitaba.

Atravesó unos carriles con poco tráfico nocturno y un chirrido de neumáticos le llamó la atención. Un viejo y oxidado coche apareció desde uno de los callejones cercanos a la comisaría de policía a toda velocidad en medio de la calle. El motor rugió, acelerado, y los neumáticos chirriaron en el asfalto mientras el coche se dirigía como una bestia hacia su objetivo que se encontraba al final de la calle.

Gabrielle.

Maldito desgraciado.

Lucan se precipitó en una alocada carrera. Sus pies se comían el pavimento, moviéndose con toda la velocidad que podía darles.

Él coche se detuvo en la esquina, a unos metros delante de Gabrielle, cerrándole el paso. Ella se detuvo en seco. Desde la ventanilla abierta del coche le dirigieron una orden en voz baja. Ella negó con la cabeza violentamente y luego chilló; su rostro adquirió una expresión severa en cuanto la puerta del coche se abrió y un macho humano salió de él.

—¡Por dios, Gabrielle! —gritó Lucan, intentando detener mentalmente al asaltante sin conseguir otra cosa que un vacío de desconexión imperturbable.

Un sirviente, se dio cuenta con un sentimiento de desdén. Solamente su señor, el renegado que poseyera a ese humano, era capaz de dirigir su mente. Y el esfuerzo mental que Lucan había realizado para intentarlo le había hecho avanzar más despacio. Solamente eran unos pocos segundos los que había perdido, pero eran demasiados.

Gabrielle giró rápidamente hacia la izquierda y entró corriendo en un parque infantil con su perseguidor pisándole los talones.

Lucan la oyó gritar con fuerza, vio que el ser humano que la perseguía alargaba una mano y la sujetaba por la cola de caballo en la que se había recogido el pelo.

El bastardo la tiró al suelo y sacó una pistola de la parte de detrás del cinturón del pantalón.

Colocó el cañón de la pistola en el rostro de Gabrielle.

—¡No! —rugió Lucan en el momento en que les daba alcance. De una fuerte patada apartó al ser humano de encima de Gabrielle.

Mientras el tipo rodaba por el suelo, el arma se disparó y una bala atravesó los árboles. Lucan olió sangre. Ese olor metálico provenía tanto de Gabrielle como de su atacante. No era de ella, determinó inmediatamente y con alivio en cuanto se dio cuenta de que no tenía el característico olor a jazmín de Gabrielle.

La sangre era fresca y empapaba el pecho de la camisa del sirviente. Ese olor despertó la parte mortífera de Lucan que siempre se sentía hambrienta y que deseaba saciarse. Sintió que las encías le vibraban en respuesta a ese instinto, pero mayor que todo eso era la rabia que sentía al pensar en la posibilidad de que esa escoria hubiera podido hacerle daño a Gabrielle. Con una mirada mortífera clavada en el sirviente, Lucan le ofreció la mano a Gabrielle para ayudarla a levantarse del suelo.

—¿Te ha hecho daño?

Ella negó con la cabeza, pero tuvo que reprimir un sollozo, casi un gemido de histeria, que se le quedó atrapado en la garganta.

—Es él, Lucan, es el que me estaba vigilando en el parque el otro día.

—Es un sirviente —le dijo Lucan, pronunciando esa palabra con las mandíbulas apretadas. No le importaba quién fuera ese ser humano. Al cabo de unos minutos, ya formaría parte de la historia de todas maneras—. Gabrielle, tienes que marcharte de aquí, querida.

—¿Qué? ¿Te refieres a que te deje aquí con él? Lucan, tiene un arma.

—Vete ahora, niña. Vuelve por donde has venido y vete a casa. Me aseguraré de que estés a salvo allí.

El sirviente estaba en el suelo, doblado sobre sí mismo, todavía con el arma en la mano, y tosía mientras se esforzaba por recuperar el aliento después de la patada de Lucan. Escupió sangre y la mirada de Lucan se clavó en la mancha escarlata que quedó en el suelo. Las encías le dolían: los colmillos se le estaban alargando.

—Lucan…

—¡Mierda, Gabrielle! ¡Vete!

Pronunció esa orden con un gruñido de furia, pero no podía hacer nada para dominar a la bestia que tenía dentro. Iba a matar otra vez, su rabia estaba tan fuera de control que necesitaba hacerlo, y no quería dejar que ella lo viera.

—Corre, Gabrielle. ¡Vete ahora!

Ella corrió.

La cabeza le daba vueltas y el corazón parecía a punto de estallarle. Gabrielle salió corriendo a la orden que Lucan le había gritado.

Pero no estaba dispuesta a irse a casa tal y como él le había dicho y a dejarle a él allí solo. Salió de la zona del parque infantil y rezó para que la calle y la comisaría, que estaba llena de policías armados, no estuvieran lejos. Por una parte odiaba tener que dejar a Lucan solo, pero por otra parte, desesperada por hacer todo lo que pudiera para ayudarle, la hacía volar calle arriba.

A pesar de lo enojada que estaba por su mentira, y a pesar del miedo que tenía por todo aquello que no lograba comprender acerca de él, necesitaba que él estuviera bien.

Si le sucedía cualquier cosa...

Esas ideas desaparecieron de su cabeza de repente al oír un estruendo de disparos detrás de ella, en la oscuridad.

Se quedó inmóvil, los pulmones vacíos de aire.

Oyó un rugido extraño, como de un animal.

Sonaron otros dos disparos en una rápida secuencia y luego... nada.

Solamente un silencio pesado y desgarrador.

Oh, Dios.

—¿Lucan? —chilló. Sintió que el pánico le atenazaba la garganta—. ¡Lucan!

Volvió a correr, ahora de vuelta de donde venía. De vuelta a donde el corazón le estallaría en mil pedazos si no encontraba allí a Lucan, de pie, sano y salvo, cuando llegara.

Tuvo una vaga sensación de preocupación por si el chico de la comisaría —el sirviente, de esa manera extraña le había llamado Lucan— pudiera estar esperándola, o por si se había lanzado en su persecución para terminar con ella también. Pero la preocupación por sí misma quedó a un lado en cuanto llegó a la esquina iluminada por la luz de la luna.

Lo único que necesitaba era saber que Lucan estaba bien.

Por encima de cualquier otra cosa, en ese momento necesitaba estar con él.

Vio la silueta de una figura negra sobre el césped: Lucan, de pie, con las piernas abiertas y los brazos a ambos lados del cuerpo en un gesto amenazador. Se encontraba de pie delante de su agresor quien, era evidente, había caído al suelo de espaldas enfrente de él e intentaba arrastrarse fuera del alcance de Lucan.

—Gracias a Dios —susurró Gabrielle casi sin aliento, sintiéndose aliviada inmediatamente.

Lucan estaba bien, y ahora las autoridades podrían encargarse del loco que había estado a punto de matarlos a ambos.

Gabrielle se acercó un poco más.

—Lucan —llamó, pero él no pareció oírla.

De pie ante el hombre que se encontraba tumbado a sus pies, se dobló por la cintura y alargó una mano para sujetarle. Los oídos de Gabrielle registraron un extraño sonido estrangulado, y se dio cuenta, conmocionada, de que Lucan estaba sujetando al hombre por la garganta.

De que le estaba levantando del suelo con una sola mano.

Aminoró el paso, pero no pudo detenerse mientras se esforzaba por hacerse una idea de qué era lo que estaba pasando.

Observó con extraño distanciamiento a Lucan levantar el hombre más arriba mientras éste se retorcía y luchaba contra la mano que le atenazaba y que le dejaba lentamente sin aire. Un rugido aterrorizador le llenó los oídos que fue creciendo lentamente hasta que todo lo demás se desvaneció.

A la luz de la luna vio la boca de Lucan. La tenía abierta y mostraba los dientes. Era su boca lo que emitía ese sonido terrible y de otro mundo.

—Detente —murmuró, con los ojos clavados en él ahora, sintiéndose repentinamente enferma de miedo—. Por favor, Lucan, detente.

Y entonces, el agudo aullido se apagó y fue reemplazado por el horror de la visión de Lucan levantando a ese cuerpo recorrido por espasmos y clavándole los dientes en la carne de debajo de la mandíbula. De la herida manó un chorro de sangre cuyo color escarlata se hizo negro en la oscuridad de la noche en la que se envolvía esa terrible escena. Lucan permaneció inmóvil, con la herida supurante contra la boca.

Se alimentaba de la herida.

—Oh, Dios mío —gimió Gabrielle, llevándose las manos temblorosas hasta la boca para apagar un grito—. No, no, no... Oh, Lucan... no.

Él levantó la cabeza abruptamente, como si hubiera percibido el silencioso sufrimiento de ella. O quizá había notado su presencia de repente, ni siquiera a cien metros de él, salvaje y terrorífico como nada que ella hubiera visto antes.

«No puede ser verdad», le dijo su mente, contradiciendo lo que veía.

Ella había presenciado esa brutalidad otra vez, anteriormente, y si el sentido común le había impedido darle un nombre en esos momentos, ese nombre se le hizo claro como un viento frío y funesto.

—Un vampiro —susurró, observando el rostro de Lucan manchado de sangre y sus ojos brillantes y fieros.

Capítulo diecisiete

*E*l olor a sangre le envolvía, metálico y penetrante. El olfato invadido con esa acidez dulzona y como de cobre. Una parte de ella provenía de él, se dio cuenta con cierta curiosidad sorda. Bajó la mirada y vio la herida de bala en el hombro izquierdo.

No sentía ningún dolor, solamente notaba la energía que le invadía siempre después de haberse alimentado.

Pero quería más.

Necesitaba más, respondió el grito de la bestia que había dentro de él.

Esa voz sonaba más fuerte. Era exigente. Le empujaba hacia el límite.

Pero ¿no había estado él precipitándose hacia ese límite durante mucho tiempo, de todas formas?

Lucan apretó las mandíbulas con tanta fuerza que casi se rompió los dientes. Tenía que controlarse, tenía que marcharse de allí y volver al recinto, donde podría recuperarse de toda esa mierda.

Había estado caminando por las calles oscuras durante dos horas y todavía sentía el pulso latiéndole en las sienes con fuerza. Todavía notaba el hambre y la rabia que le dominaban la mente casi por completo. En esa condición, él era un peligro para todo el mundo, pero no podía dominar la inquietud que sentía en el cuerpo.

Caminó por la ciudad como un espectro al acecho, moviéndose sin tener conciencia de que sus pies le encaminaban en línea recta hacia Gabrielle.

Ella no se había ido a casa. Lucan no estuvo seguro de adónde se había escapado ella, hasta que el hilo invisible de olor y de percepción que le unía a ella le condujo hasta la fachada de un edificio de apartamentos en el extremo norte de la ciudad. Un amigo de ella, sin duda.

En una de las ventanas superiores había una luz encendida. Ese trozo de cristal y de ladrillo era lo único que le separaba de ella.

Pero no tenía intención de intentar encontrarse con ella, y no solamente a causa del Mustang rojo que se encontraba aparcado delante del edificio con la luz de la policía encendida en el salpicadero. Lucan no necesitaba mirarse en el cristal del parabrisas para saber que todavía tenía las pupilas achicadas en medio de la amplitud del iris, ni que los colmillos se le marcaban detrás de la rigidez de los labios.

Tenía el aspecto exacto del monstruo que era.

El monstruo que Gabrielle había visto en directo esa noche.

Lucan soltó un gruñido al recordar la expresión de horror de Gabrielle desde que él había matado al sirviente.

Todavía tenía la imagen de ella en la cabeza, cuando ella había dado un paso hacia atrás con los ojos muy abiertos a causa del terror y el asco. Ella le había visto tal y como él era de verdad: incluso había pronunciado esa palabra como una acusación un instante antes de salir huyendo.

Él no había intentado detenerla, ni con palabras ni con la fuerza.

Lo único que contaba en esos momentos era la furia más pura mientras le sacaba toda la sangre a su presa. Luego había dejado caer el cuerpo como basura, como la basura que era, y sintió otro ataque de furia al pensar en lo que le habría podido suceder a Gabrielle si hubiera caído en manos de los renegados. Lucan había deseado desgarrar el cuerpo de ese ser humano y había estado a punto de hacerlo, reconoció en ese momento al recordar vívidamente el acto salvaje que había cometido.

Él, el tipo frío, tan controlado.

Vaya un chiste.

Esa máscara que llevaba siempre había empezado a desaparecer en el momento en que había conocido a Gabrielle Maxwell. Ella le había hecho débil, había hecho que mostrara sus faltas.

Había hecho que él deseara cosas que no podría tener nunca.

Miró hacia esa ventana del segundo piso. Respiraba agitadamente mientras luchaba contra la urgencia de subir allí arriba, entrar por la fuerza y llevarse a Gabrielle a algún lugar donde pudiera tenerla solamente para él.

Permitir que ella le temiera. Permitir que ella le despreciara por lo que era, siempre y cuando él pudiera sentir la calidez de su cuerpo debajo del suyo, sentir cómo ella le calmaba el dolor de una forma que solamente ella podía hacerlo.

Sí, gruñó la bestia dentro de él, conociendo solamente deseo y necesidad.

Antes de que el impulso de poseerla le ganara, Lucan cerró la mano en un puño y dio un fuerte golpe contra el capó del coche de la policía. La alarma del vehículo se disparó, y mientras detrás de todas las ventanas las cortinas se abrían a causa de esa súbita molestia, Lucan desapareció por la esquina y penetró en las sombras pálidas de la noche.

—Todo está bien —dijo el novio de Megan al volver al apartamento, después de que hubiera salido a investigar por qué se había disparado la alarma de su coche de repente—. Esa maldita cosa siempre se ha disparado por nada. Lo siento. No es que necesitemos precisamente tensión añadida esta noche, ¿verdad?

—Seguramente han sido unos chicos que andan por ahí molestando —añadió Megan, que se encontraba al lado de Gabrielle en el sofá.

Gabrielle asintió con la cabeza con gesto ausente, respondiendo al esfuerzo que sus amigos realizaban para tranquilizarla, pero no les creyó ni por un segundo.

Había sido Lucan.

Le había percibido allí fuera con algún sentido interno que ni siquiera podía empezar a describir. No era miedo ni temor, simplemente una profunda certeza de que él se encontraba cerca.

De que él la necesitaba.

La deseaba.

Que Dios la ayudara, pero la verdad era que había deseado que él se dirigiera hasta la puerta y que la sacara de allí, que la ayudara a encontrar un sentido a ese horror que acababa de presenciar hacía unos momentos.

Pero él se había marchado. Notaba su ausencia con tanta fuerza como había notado que él la había seguido hasta el apartamento de Megan.

—¿Tienes frío, Gabby? ¿Quieres un poco más de té?

—No, gracias.

Gabrielle aguantaba la taza tibia de manzanilla con las dos manos. Sentía un frío interno que ni las mantas ni el agua caliente podían hacerle pasar. El corazón todavía le latía desbocado, y la cabeza aún le daba vueltas a causa de la confusión y la absoluta incredulidad.

Lucan le había abierto el cuello a ese tipo.

Con los dientes.

Había colocado los labios sobre la herida y había bebido la sangre que manaba de ella y que le había manchado el rostro.

Era un monstruo, parecía salido de una pesadilla. Igual que esos espectros que habían atacado y asesinado al punki fuera de la sala de fiestas. Parecía que había pasado tanto tiempo desde que sucedió eso que ahora casi no podía creerlo.

Pero había sucedido, igual que sí había ocurrido el asesinato de esa noche, y esta vez había sido Lucan el que había estado en el centro del mismo.

Gabrielle había ido a casa de Megan por pura desesperación porque necesitaba estar en algún lugar que le resultara acogedor y familiar. Todavía tenía demasiado miedo de ir a su propio apartamento por si el amigo de Lucan la estaba esperando allí. Les había contado a Megan y a su novio que el psicópata de la comisaría de policía la había atacado en la calle. Les contó que él la había estado espiando hacía unos cuantos días y que esta noche, cuando la había atacado, lo había hecho con un arma en la mano.

No estaba segura de por qué había dejado a Lucan fuera de la historia, a pesar de lo importante que su presencia había sido en todo eso. Suponía que se debía a que, sin tener en cuenta sus métodos, él había matado esa noche para protegerla, y ella sentía la necesidad de ofrecerle parte de esa misma consideración a él.

Incluso aunque él fuera un vampiro.

Dios, resultaba ridículo incluso pensarlo.

—Gab, querida. Tienes que denunciar lo que ha sucedido. Ese tipo parece seriamente trastornado. La policía tiene que enterarse de esto, tienen que apartarle de la calle. Ray y yo podemos llevarte. Iremos al centro de la ciudad y encontraremos a tu amigo el detective.

—No. —Gabrielle negó con la cabeza y depositó la taza de té en la mesita de delante del sofá con una mano ligeramente temblorosa—. Esta noche no quiero ir a ninguna parte. Por favor, Megan. Solamente necesito descansar un rato. Estoy tan cansada.

Megan tomó a Gabrielle de la mano y se la apretó con suavidad.

—De acuerdo. Voy a buscarte una almohada y otra manta. No tienes por qué irte a ninguna parte hasta que te sientas con fuerzas, querida. Estoy contenta de que te encuentres bien.

—Tuviste suerte de escapar —intervino Ray mientras Megan se llevaba la taza de Gabrielle a la cocina antes de ir al armario que tenía al otro lado de la sala. Quizá otra persona no tenga tanta suerte. Ahora estoy libre y tú eres la amiga de Meg, así que no voy a forzar el tema, pero tienes la responsabilidad de no permitir que ese tipo salga indemne después de lo que te ha hecho esta noche.

—No va a hacerle daño a nadie más —susurró Gabrielle. Y a pesar de que estaban hablando del tipo que la había apuntado con una pistola, no pudo evitar pensar que hubieran podido estar diciendo lo mismo de Lucan.

Lucan no podía recordar cómo había llegado al recinto, ni cuánto tiempo llevaba allí. Pero teniendo en cuenta la cantidad de sudor que había dejado en la habitación de entrenamiento, supuso que debía de hacer unas cuantas horas que había llegado.

Lucan no se había molestado en encender las luces. Los ojos ya le dolían bastante a pesar de que estaba a oscuras. Lo que necesitaba era sentir el dolor de los músculos mientras los obligaba a trabajar para recuperar el control de su cuerpo después de esa noche en que tan cerca había estado de caer presa de la sed de sangre.

Lucan alargó una mano hasta una de las dagas que se encontraban en una mesa que tenía a su lado. Pasó los dedos por el filo para comprobar lo afilado que estaba y luego se volvió en dirección al pasillo de la práctica de tiro. Notaba, más que veía, el blanco al final del mismo, y cuando lanzó el cuchillo en la oscuridad, supo que había dado en el mismo.

—Diablos, sí —murmuró con la voz todavía ronca. Los colmillos todavía no habían vuelto a su tamaño normal.

Había mejorado mucho la puntería. Las últimas veces que lo habían intentado su tiro siempre había sido mortal. No pensaba irse de allí hasta que se hubiera quitado de encima todos los efectos de la ingestión de sangre. Eso todavía tardaría cierto tiempo: todavía se sentía enfermo después de la sobredosis de sangre que había ingerido.

Lucan recorrió la longitud de la zona de prácticas para sacar el arma del blanco. Extrajo la daga y observó con satisfacción la profundidad de la herida que habría infligido si el blanco hubiera sido un renegado o uno de sus sirvientes y no un muñeco de prácticas.

Al darse la vuelta para volver a empezar otra ronda, oyó un suave *clic* en algún lugar de delante de él de la zona de prácticas e, inmediatamente, una violenta luz inundó las instalaciones en toda su longitud y amplitud.

Lucan retrocedió y la cabeza le explotó a causa del violento ataque. Parpadeó varias veces para intentar disipar el aturdimiento que sentía y entrecerró los ojos ante el haz de luz que se reflejaba en los espejos de pared que se alineaban en el área de entrenamiento de defensa y de armas, adyacente a la zona de prácticas. Fue allí donde vio la enorme forma de otro vampiro que apoyaba un ancho hombro contra la pared.

Uno de los guerreros le había estado observando desde las sombras.

Tegan.

Mierda. ¿Cuánto tiempo llevaba allí de pie?

—¿Te encuentras bien? —le preguntó con su actitud indiferente de siempre, vestido con su camiseta oscura y su vaquero holgado—. Si la luz es excesiva para ti…

—Está bien —gruñó Lucan. Unas estrellas le cegaron mientras intentaba acostumbrarse a la cruda luz. Levantó la cabeza y se obligó a sí mismo a mirar a los ojos a Tegan, al otro lado de la habitación—. De todas formas, estaba a punto de marcharme.

Los ojos de Tegan permanecieron clavados en él y su expresión, mientras miraba a Lucan, era de demasiada complicidad. Las fosas nasales de Tegan se dilataron levemente y el gesto seco de sus labios adoptó un aire de sorpresa.

—Has estado cazando esta noche. Y estás sangrando.

—¿Y?

—Pues que no es propio de ti aceptar un golpe. Eres demasiado rápido para eso, normalmente.

Lucan pronunció un juramento.

—¿Te importaría no husmear a mi alrededor ahora mismo? No estoy de humor para tener compañía.

—Se ve. ¿Estamos un poco tensos, eh? —Tegan avanzó con paso arrogante para examinar unas armas que se encontraban alineadas para el entrenamiento. En ese momento no estaba mirando a Lucan, pero vio su tormento como si éste se encontrara expuesto delante de él, encima de la mesa, al lado de la colección de dagas, cuchillos y otras armas blancas—. ¿Tienes mucha agresividad que necesitas sacar? Supongo que resulta difícil concentrarse con ese zumbido en la cabeza. La sangre corre tan deprisa que es lo único que puedes oír. En lo único en que puedes pensar es en la sed. A la que te das cuenta, te ha dominado.

Lucan calculó el peso de otra arma con la mano mientras intentaba valorar el equilibrio de esa daga hecha a mano. No podía mantener los ojos fijos más de un segundo. Los dedos le dolían por el deseo de utilizar esa arma para otra cosa que no fuera un blanco de prácticas. Con un gruñido, bajó el brazo y lanzó la daga volando hasta el otro extremo de la zona de tiro. Ésta se clavó con fuerza en el muñeco, justo en el pecho, atravesándole el corazón.

—Lárgate de aquí, Tegan. No necesito los comentarios. Ni el público.

—No, no quieres que nadie te vea desde demasiado cerca. Empiezo a comprender por qué.

—No tienes ni idea.

—¿No? —Tegan le miró un largo momento, luego negó

despacio con la cabeza y pronunció una maldición en voz baja—. Ten cuidado, Lucan.

—¿Qué pasa? —exclamó Lucan con dureza, volviéndose hacia el vampiro con una rabia negra—. ¿Es que me estás dando consejos, T?

—Da igual. —El macho se encogió de hombros con un gesto de indiferencia—. Quizá es una advertencia.

—Una advertencia. —La carcajada de Lucan resonó en el espacio cavernoso—. Esto es jodidamente gracioso, viniendo de ti.

—Estás al límite, tío. Te lo veo en los ojos. —Meneó la cabeza y el cabello rojizo le cayó en la cara—. El pozo es profundo, Lucan. Y odio verte caer en él.

—Ahórrate la preocupación. Tú eres la última persona de quien espero recibirlo.

—Claro, lo tienes todo controlado, ¿verdad?

—Exacto.

—Pues continúa diciéndote eso, Lucan. Quizá te lo creerás. Porque yo, que te estoy viendo ahora, te aseguro que no me lo creo.

Esa acusación disparó la furia de Lucan. En un ataque de precipitación y de rabia, se abalanzó sobre el otro vampiro con los colmillos desnudos y soltando un silbido viperino. Ni siquiera se dio cuenta de que tenía el cuchillo en la mano hasta que vio el filo plateado que apretaba la garganta de Tegan.

—Quítate de delante de mí. ¿Me entiendes con claridad ahora?

—¿Quieres rajarme, Lucan? ¿Necesitas hacerme sangrar? Hazlo. Hazlo de una puta vez, tío. Me importa una mierda.

Lucan tiró la daga al suelo y rugió mientras sujetaba a Tegan por la camisa. Con las armas era demasiado fácil. Necesitaba sentir la carne y los huesos en las manos, sentir cómo se rasgaba la carne y cómo crujían los huesos, para satisfacer a la bestia que tan cerca estaba de regirle la mente.

—Mierda. —Tegan se atragantó; tenía los ojos fijos en la desenfrenada furia que brillaba en los de Lucan—. Ya tienes un pie en el hoyo, ¿verdad?

—Que te jodan —le dijo Lucan con un gruñido al vampiro

que, mucho tiempo atrás, había sido un amigo de confianza—. Debería matarte. Debería haberte matado entonces.

Tegan ni se inmutó ante esa amenaza.

—¿Estás buscando un enemigo, Lucan? Entonces mírate al espejo. Ése es el único cabrón que te va a sacudir siempre.

Lucan arrastró a Tegan hacia un lado y le estampó contra la pared del otro lado de la habitación de entrenamiento. El espejo se rompió a causa del impacto y los fragmentos estallaron alrededor de los hombros y el torso de Tegan como un halo de estrellas.

A pesar de sus esfuerzos para negar la verdad de lo que acababa de oír, Lucan vio su propio reflejo salvaje repetido cien veces en la red de fragmentos rotos. Vio sus pupilas achicadas, sus iris brillantes —los ojos de un renegado— que le devolvían la mirada. Sus enormes colmillos se habían desplegado detrás de los labios abiertos y su rostro contraído se había convertido en una máscara horrorosa.

Vio todo aquello que odiaba, todo lo que había sido una plaga destructora en su vida, tal y como Tegan le acababa de decir.

En ese momento, reflejados en la multitud de espejos que le habían mostrado su propia transfiguración, vio que Nikolai y Dante entraban por las puertas que se encontraban detrás de él con una expresión cautelosa en los rostros.

—Nadie nos ha dicho que había una fiesta —dijo Dante, arrastrando las sílabas, a pesar de que la mirada que dirigió a los dos combatientes no era en absoluto despreocupada—. ¿Qué sucede? ¿Todo va bien por aquí?

Un largo y tenso silencio llenó la habitación.

Lucan soltó a Tegan y se apartó lentamente de él. Bajó la mirada en un intento por ocultar su salvajismo ante los otros guerreros. La vergüenza que sentía era nueva para él. No le gustó el sabor amargo que tenía; no podía ni hablar a causa de la bilis que se le agolpaba en la garganta.

Finalmente, Tegan rompió el silencio.

—Sí —dijo, sin apartar la mirada del rostro de Lucan—. Todo bien.

Lucan se apartó de Tegan y de los demás. Mientras se dirigía hacia la salida dio un puñetazo contra la mesa de las armas y ésta tembló con violencia.

—Joder, esta noche está de subidón —murmuró Niko—. Huele a muerte reciente, además.

Lucan, mientras atravesaba las puertas de la zona de entrenamiento y salía al vestíbulo exterior, oyó la respuesta de Dante.

—No, tío. Huele a sobredosis.

Capítulo dieciocho

—Más —gimió la mujer humana que, sentada sobre su regazo, le rodeaba con el cuerpo y le ofrecía el cuello bajo sus labios. Tiró de él con gesto ansioso y bajó los ojos como si estuviera drogada—. Por favor, bebe más de mí. ¡Quiero que te la bebas toda!

—Quizá —le prometió él con expresión despreocupada. Ya se estaba cansando de ese bonito juguete.

K. Delaney, R.N, le había proporcionado un juego bastante entretenido durante las primeras horas que hacía que la había llevado a sus aposentos privados, pero al igual que todos los seres humanos atrapados por el poder del beso del vampiro, al final había dejado de luchar y ahora ansiaba poner fin a su tormento. Desnuda, se retorcía contra él como un felino en celo, frotaba su piel desnuda contra sus labios y gimoteó en cuanto él se negó a ofrecerle los colmillos.

—Por favor —repitió ella, ahora en un tono quejumbroso que empezaba a serle molesto.

No podía negar el placer que había recibido de ella, tanto de su cuerpo anhelante como de la plenitud deliciosa y profunda que su sangre le había proporcionado mientras ella le ofrecía su garganta, dulce y suculenta. Pero ahora ya había terminado con eso. Había terminado con ella a no ser que tuviera intención de sorber el resto de la humanidad de esa mujer para convertirla en una de sus sirvientes.

Todavía no. Quizá decidiera jugar otra vez.

Pero si no se alejaba de esa sujeción ansiosa de ella, quizá se sintiera tentado a beber de la enfermera K. Delaney hasta más allá de ese punto crucial que conducía directamente a la muerte.

La echó al suelo empujándola de su regazo sin contemplaciones y se puso en pie.

—No —se quejó ella—. No te vayas.

Él ya estaba cruzando la habitación. Los suntuosos pliegues de la bata de seda se deslizaban entre sus tobillos mientras caminaba fuera del dormitorio y se dirigía a su estudio, al otro lado del vestíbulo. Esa habitación, su santuario secreto, estaba lleno de todos los lujos que deseaba: muebles exquisitos, piezas de arte y antigüedades valiosísimas, alfombras tejidas por manos persas durante las cruzadas religiosas del mundo. Todos los recuerdos de su propio pasado, objetos coleccionados durante innumerables épocas por el puro placer que le ofrecían y que habían sido traídos hasta aquí recientemente, a la sede de su ejército en Nueva Inglaterra.

Pero había otra reciente adquisición artística, también.

Ésta —una serie de fotografías contemporáneas— no le complacía en absoluto. Observó las imágenes en blanco y negro de varios renegados de la ciudad y no pudo contener una mueca de furia.

—Eh… ¿éstos no son…?

Dirigió una mirada de irritación hacia donde en ese momento se encontraba la hembra sentada. Se había arrastrado tras él desde la otra habitación. Se había dejado caer encima de una de las palaciegas alfombras y su rostro se contraía formando un puchero infantil. Casi no podía mantener erguida la cabeza y parpadeaba con insistencia como si fuera incapaz de enfocar la vista, pero estaba observando la colección de fotografías.

—¿Oh? —exclamó él, no muy interesado en jugar a ningún juego, pero bastante curioso por saber qué era lo que, de esas imágenes, había penetrado en su cabeza aturdida—. ¿A quién crees que pertenecen?

—Mi amiga… son suyas.

Él arqueó las cejas como respuesta a esa inocente revelación.

—¿Conoces a la artista, verdad?

La joven mujer asintió con la cabeza lentamente.

—Mi amiga… Gabby.

—Gabrielle Maxwell —dijo él, volviéndose, con la atención

verdaderamente desviada de ella ahora—. Háblame de tu amiga. ¿Qué interés tiene en fotografiar estos sitios?

Se había estado haciendo esa pregunta mentalmente desde el primer momento en que había sabido de Gabrielle como testigo indeseada de una matanza perpetrada de forma descuidada por unos nuevos reclutas. Se había sentido irritado, aunque no alarmado, al saber que la mujer Maxwell había estado en la comisaría de policía. Ver su rostro inquisitivo en la pantalla del circuito cerrado de seguridad de las instalaciones tampoco le había complacido, exactamente. Pero lo que le despertaba un oscuro interés en ella era la intención que ella parecía tener por documentar localizaciones de vampiros.

Él, hasta ese momento, había estado ocupado con otro tipo de cosas que requerían su atención. Había estado concentrado en otro punto, y se había contentado con echar un ojo de vez en cuando al tema de Gabrielle Maxwell. Pero quizá el interés que ella mostraba y sus actividades mereciera una observación más atenta. De hecho, quizá merecieran un duro interrogatorio. La tortura, si le apetecía.

—Hablemos de tu amiga.

Su pesada compañera de juegos echó la cabeza hacia atrás y se tiró de espaldas en la alfombra con los brazos levantados, como un niño mimado a quien se le niega algo que desea.

—No, no quiero hablar de ella —murmuró, levantando las caderas del suelo—. Ven aquí… bésame primero… habla de mí… de nosotros.

Él dio un paso en dirección a la hembra, pero su intención no era satisfacerla. El achicamiento de las pupilas hubiera podido darle a entender a ella que la deseaba, pero se trataba de la rabia que le invadía el cuerpo. Con un gesto de desdén, la agarró con fuerza, la levantó y la puso de pie delante de él.

—Sí —suspiró ella, ya dispuesta a someterse a sus órdenes.

Con la palma de la mano, él le empujó la cabeza a un lado para dejar al descubierto la palidez del cuello que todavía estaba herido y sangraba del último bocado que le había dado. Lamió la herida sin contemplaciones y los colmillos se le desplegaron por la ira.

—Vas a decirme todo lo que deseo saber —le susurró, con

un dominio letal y mirándola a los ojos—. A partir de este momento, tú, enfermera K. Delaney, vas a hacer todo lo que yo te ordene.

Descubrió los colmillos y se los clavó con la fiereza de una avispa. Le extrajo hasta la última gota de conciencia y la desposeyó de su débil alma humana con un único y salvaje mordisco.

Gabrielle realizó un registro por todo su apartamento, fijándose en que todos los cerrojos de las puertas y de las ventanas estuvieran cerrados. Se había marchado de casa de Megan por la mañana, después de que su amiga se hubiera ido a trabajar, y había llegado a casa a mitad de la tarde. Meg la había invitado a quedarse todo el tiempo que quisiera, pero Gabrielle no podía estar escondida para siempre, y no le gustaba la idea de que quizá estuviera involucrando a su amiga en una situación que se estaba haciendo más terrorífica e inexplicable a cada minuto.

Al principio no había querido irse a su apartamento y había estado dando vueltas por la ciudad en un aturdimiento paranoide, casi cediendo a un estado de histeria. Su instinto le advertía de que se preparara para la lucha.

Una lucha que, estaba segura, se presentaría en un momento u otro.

Tenía miedo de encontrarse a Lucan, o a uno de sus amigos chupadores de sangre, o a alguien incluso peor, esperándola al llegar a casa. Pero era de día, y volvió, al fin, a su apartamento. Lo encontró vacío y no había nada fuera de su sitio.

Ahora, mientras la oscuridad caía en la calle, su ansiedad volvió multiplicada por diez.

Envuelta como un capullo en un suéter enorme y blanco, volvió a la cocina porque el contestador automático estaba dando la señal de que había dos mensajes nuevos. Los dos eran de Megan. La había llamado durante la última hora, desde que escuchó el primer mensaje acerca del cuerpo que habían encontrado en el área de juegos donde Gabrielle había sido agredida la noche anterior.

Megan estaba frenética mientras le contaba a Gabrielle lo que Ray le había contado de la policía. Le dijo que el atacante parecía que había sido destrozado por unos animales no mucho tiempo después de que intentara herir a Gabrielle. Pero había más. Un agente de la policía había sido asesinado en comisaría; y fue su arma la que se encontró en el cuerpo destrozado que encontraron en el parque infantil.

«Gabby, por favor, llámame en cuanto oigas esto. Sé que estás asustada, querida, pero la policía necesita tu declaración. Ray está a punto de salir de servicio. Dice que, si lo prefieres, puede ir a buscarte...»

Gabrielle apretó el botón de borrado.

Y sintió que se le erizaba el vello de la nuca.

Ya no estaba sola en la cocina.

Con el corazón galopando a la carrera se volvió para encararse con el intruso: no se sorprendió en absoluto al ver que se trataba de Lucan. Éste estaba de pie en la puerta que daba al vestíbulo y la miraba en una actitud pensativa y en silencio.

O quizá solamente estaba apreciando el plato que se iba a comer.

Curiosamente, Gabrielle se dio cuenta de que no tenía tanto miedo de él, más bien estaba enojada. Incluso en esos momentos, él parecía tan normal, cubierto con un abrigo oscuro, unos pantalones negros confeccionados a medida, una camisa que parecía cara y de un color que era un tono más oscuro que sus impresionantes ojos azules.

No había rastro del monstruo que había visto la noche anterior. Era solamente un hombre. El oscuro amante que creía conocer.

Gabrielle se dio cuenta de que deseaba que él hubiera aparecido con los colmillos al descubierto y con una mirada de furia en esos ojos que se transformaban de forma tan extraña, que hubiera aparecido como el monstruo en que se había delatado ser la otra noche. Eso habría sido más honesto que ese aspecto de normalidad que le provocaba el deseo de fingir que todo estaba bien. Que él era realmente el detective Lucan Thorne de la Policía de Boston, un hombre que se había comprometido a proteger a los inocentes y a hacer cumplir la ley.

Un hombre de quien ella hubiera podido enamorarse, de quién quizá ya se hubiera enamorado.

Pero todo lo referente a él tenía que ser una mentira.

—Me dije a mí mismo que no iba a venir esta noche.

Gabrielle tragó saliva con dificultad.

—Sabía que vendrías. Sé que me seguiste la otra noche, después de que yo huyera de ti.

Su mirada penetrante delató un brillo; sus ojos la miraban con demasiada intensidad. De una forma que se parecía demasiado a una caricia.

—No te habría hecho daño. No quiero hacerte daño, ahora.

—Entonces, vete.

Él negó con la cabeza y dio un paso hacia delante.

—No hasta que hayamos hablado.

—Quieres decir hasta que te hayas asegurado de que yo no voy a hablar —repuso ella, intentando no dejarse arrastrar por la complacencia, por el mero hecho de que él tenía el aspecto del hombre en quien confiaba.

O por el mero hecho de que su cuerpo, e incluso su idiota corazón, reaccionaban al verle.

—Hay unas cosas que tienes que saber, Gabrielle.

—Oh, ya lo sé —dijo ella, asombrada de que su voz no sonara temblorosa. Se llevó una mano hasta el cuello buscando el colgante con la cruz que no se había vuelto a poner desde la primera comunión. Ese delicado talismán parecía una fina y ridícula armadura ahora que se encontraba frente a Lucan y que no había nada que les separara si él decidía dar unos pocos pasos con sus piernas largas y musculosas—. No tienes que explicarme nada. He tardado bastante tiempo, seguro, pero creo que por fin lo comprendo todo.

—No. No lo comprendes. —Se acercó a ella y se detuvo al ver unos bulbos blancos que colgaban por encima de su cabeza en la puerta de la cocina—. Ajo —dijo él, y soltó una risa divertida.

Gabrielle retrocedió un paso, apartándose de él. Sus zapatillas de goma chirriaron sobre las baldosas del suelo.

—Ya te he dicho que te esperaba.

Y había realizado otros preparativos antes de que él llegara. Si miraba a su alrededor, se daría cuenta de que todas las habitaciones del apartamento, incluida la puerta de entrada, tenían la misma decoración en cada una de sus puertas. Pero no parecía que a él le importara.

Los múltiples cerrojos no le habían detenido y tampoco le habían detenido ese intento de medida de seguridad. Pasó por debajo del repelente de vampiros que Gabrielle había preparado con sus ojos oscuros clavados en ella con intensidad.

Él se acercó un poco más y ella dio otro paso hacia atrás hasta que se tropezó con el mármol de la cocina. Encima de él había una botella de enjuague bucal que ya no tenía el líquido original sino otra cosa que ella había conseguido de camino a casa esa mañana, al detenerse en la iglesia de Saint Mary para confesarse. Gabrielle tomó la botella de plástico de encima del mármol y se la acercó al corazón.

—¿Agua bendita? —preguntó Lucan, mirándola a los ojos con frialdad—. ¿Qué vas a hacer con eso, me lo vas a echar encima?

—Si tengo que hacerlo, sí.

Él se movió tan deprisa que ella solamente vio una mancha borrosa que pasaba por delante de ella. Él le quitó la botella y se la vació sobre las manos. Luego se pasó las manos empapadas por la cara y por el brillante pelo negro.

No sucedió nada.

Tiró la botella vacía al suelo y dio otro paso hacia ella.

—No soy lo que crees, Gabrielle.

Lo dijo en un tono tan sensato que ella estuvo a punto de creerle.

—He visto lo que has hecho. Has asesinado a un hombre, Lucan.

Él negó con la cabeza con calma.

—Maté a un ser humano que ya no era un hombre, que casi ni era humano, de hecho. Lo que de él había sido una vez humano le fue robado por el vampiro que le convirtió en un esclavo sirviente. Ya casi estaba muerto. Yo simplemente terminé el trabajo. Siento que tuvieras que verlo, pero no puedo disculparme. Y no lo voy a hacer. Pero mataría a cualquiera, humano o no, que quisiera hacerte daño.

—Lo cual convierte tu protección en algo peligroso, por no decir que eres un psicópata. Y no hemos hablado de que desgarraste la garganta de ese chico con los dientes y te bebiste su sangre.

Ella esperó oír otra respuesta calculada. Alguna explicación racional que le hiciera pensar que una cosa tan increíble como el vampirismo podía tener sentido —que podía tener sentido— en el mundo real.

Pero Lucan no le ofreció ese tipo de respuesta.

—No era así cómo yo quería que fueran las cosas entre nosotros, Gabrielle. Dios sabe que tú te mereces algo mejor. —Dijo algo más en voz muy baja y en un idioma que ella no pudo comprender—. Tú mereces que se te introduzca en esto con suavidad, y que lo haga un macho adecuado que sepa pronunciar las palabras adecuadas y hacer las cosas bien. Es por eso que yo quería mandar a Gideon. —Se pasó las manos por el pelo en un gesto de frustración—. Yo no soy portavoz de mi raza. Soy un guerrero. A veces, un verdugo. Yo trato con la muerte, Gabrielle, y no estoy acostumbrado a ofrecer excusas en ninguno de mis actos.

—No te estoy pidiendo excusas.

—¿Qué, entonces, la verdad? —Le dirigió una mirada irónica—. Estuviste ante la verdad la otra noche mientras yo mataba a ese sirviente y le extraía la sangre. Ésa es la verdad, Gabrielle. Ése soy yo.

»Según las supersticiones humanas, sí. Según esas historias, uno lucha contra los de mi clase con ajo o con agua bendita: todo eso es falso, como has visto con tus propios ojos. De hecho, nuestras razas se encuentran íntimamente ligadas. No somos tan distintos el uno del otro.

—¿De verdad? —se burló ella. La histeria la invadió en cuanto él dio un paso hacia delante, obligándola a apartarse otra vez—. La última vez que lo miré, el canibalismo no se encontraba en mi lista de deberes. Pero entonces tampoco estaba molestando a los no muertos, pero parece que últimamente lo he estado haciendo con bastante regularidad.

Él se rio sin ganas.

—Te lo aseguro, yo no soy un no muerto. Respiro, igual que tú. Sangro, igual que tú. Me pueden matar, aunque no es fácil, y hace mucho, mucho tiempo que estoy vivo, Gabrielle. —Se acercó a ella, recorriendo la poca distancia que les separaba en la cocina—. Estoy igual de vivo que lo estás tú.

Como si quisiera demostrarlo, entrelazó sus cálidos dedos con los de ella. Levantó las manos de ella entre los cuerpos de ambos y se las apretó contra su propio pecho. Bajo la suave tela de la camisa, Gabrielle notó que el corazón le latía con fuerza y a ritmo regular. Notó que el aire le entraba y le salía de los pulmones, sintió el calor de su cuerpo en la yema de los dedos y fue como si un bálsamo le suavizara sus agotados sentidos.

—Soy real, y estoy de pie aquí… igual que me viste la otra noche.

—Entonces, demuéstramelo. Muéstrame a ese otro tú en lugar de a éste de ahora. Quiero saber con qué me enfrento de verdad. Es lo justo.

Él frunció el ceño, como si la desconfianza de ella le doliera.

—Ese cambio no se puede forzar. Es un cambio psicológico que se da con la sed, o en momentos de emoción intensa.

—Entonces, ¿con qué ventaja puedo contar cuando tú decidas abrirme la yugular? ¿Un par de minutos? ¿Unos segundos?

Los ojos de él centellearon ante esa provocación, pero su tono de voz continuó siendo tranquilo.

—No te voy a hacer daño, Gabrielle.

—Entonces, ¿por qué estás aquí? ¿Para follarme otra vez, antes de que me convierta en alguien horrible como tú?

—Joder, Gabrielle —pronunció con voz ronca—. No es eso lo que…

—¿O es que vas a convertirme en tu vampira esclava personal, como el que mataste la otra noche?

—Gabrielle. —Lucan apretó la mandíbula, con tanta fuerza como si tuviera que partir el acero—. He venido para protegerte, ¡joder! Porque necesito saber que estás bien. Quizá estoy aquí porque he cometido errores contigo, y quiero arreglarlo de alguna manera.

Ella permaneció inmóvil, absorbiendo esa inesperada sinceridad y observando cómo sus emociones peleaban en la expresión de su rostro. Rabia, frustración, deseo, incertidumbre… vio todo eso en su mirada penetrante. Que Dios la ayudara, pero ella también sentía todo eso como una tempestad en su interior.

—Quiero que te marches, Lucan.

—No, no quieres.

—¡No quiero volver a verte nunca más! —gritó ella, desesperada por que él la creyera. Levantó una mano para abofetearle, pero él se lo impidió con facilidad antes de que pudiera hacerlo—. Por favor. ¡Vete de aquí ahora mismo!

Ignorándola por completo, Lucan se llevó la mano con que ella había querido abofetearle hasta los labios. Los entreabrió y apretó la palma de su mano contra ellos para besársela con sensualidad. Ella no sintió el roce de los colmillos, solamente el aliento caliente de su boca y la húmeda caricia de la lengua de él que jugueteaba, provocativa, entre sus dedos.

La cabeza le daba vueltas al sentir el delicioso contacto de los labios de él sobre su piel.

Sintió que le fallaban las piernas, que su resistencia cedía y que empezaba a deshacerse desde el mismo centro de su ser.

—No —exclamó ella contra él, apartando la mano y empujándole—. No, no puedo dejar que me hagas esto, no ahora. ¡Entre nosotros todo ha cambiado! Ahora todo es distinto.

—Lo único distinto, Gabrielle, es que ahora me ves con los ojos abiertos.

—Sí. —Se obligó a sí misma a mirarle—. Y lo que veo no me gusta.

Él le sonrió sin ninguna piedad.

—Pero desearías poder decir lo mismo acerca de cómo te hago sentir.

Ella no estaba segura de cómo lo hizo, de cómo era posible que él se moviera con tanta rapidez, pero en ese mismo instante sintió el aliento de Lucan detrás de la oreja y su profunda voz vibró contra la piel de su cuello mientras él apretaba su cuerpo contra el de ella.

Era demasiado para asumirlo de golpe: esa aterrorizante y nueva realidad, las preguntas que ni siquiera sabía cómo formular. Y luego estaba la desorientación que le provocaba el exquisito tacto de Lucan, su voz, sus labios rozándole con suavidad la piel.

—¡Detente! —Intentó empujarle, pero él era como un muro de músculo y de determinación oscura y decidida. Él resistió su rabia, y los inútiles golpes que ella le dio contra el enorme pecho no parecieron hacerle mella en absoluto. Su expresión tranquila no cambió, igual que su cuerpo permaneció inamovible. Ella se apartó de él con expresión frustrada y angustiada.

—Dios, ¿qué estás intentando demostrar, Lucan?

—Sólo que no soy el monstruo que tú quieres creer que soy. Tu cuerpo me conoce. Tus sentidos te dicen que estás a salvo conmigo. Solamente tienes que escucharlos, Gabrielle. Y escucharme a mí cuando te digo que no he venido para asustarte. Nunca te voy a hacer daño, tampoco voy a beber tu sangre. Por mi honor, nunca te haré daño.

Ella soltó una carcajada ahogada ante la idea de que un vampiro pudiera tener nada parecido al honor, por no decir que se lo estaba prometiendo a ella en esos momentos. Pero Lucan no dudaba, permanecía en actitud solemne. Quizá estuviera loca, porque cuanto más rato miraba esos ojos plateados, más débil era la duda sobre él a la que se quería agarrar.

—No soy tu enemigo, Gabrielle. Durante siglos, los míos y los tuyos se han necesitado mutuamente para sobrevivir.

—Vosotros os alimentáis de nosotros —susurró ella con voz rota—, como parásitos.

El rostro se le ensombreció un momento, pero no reaccionó ante el desprecio que había en esa acusación.

—También tenemos que protegeros. Algunos de los míos incluso han cuidado de los vuestros, han llevado una vida juntos como parejas con vínculos de sangre. Es la única forma en que la estirpe de vampiros puede continuar. Sin las hembras humanas que den a luz a los jóvenes, al final nos extinguiríamos. Así es como yo nací, y cómo todos los que son como yo han nacido también.

—No lo comprendo. ¿Por qué no podéis… mezclaros con hembras de vuestra propia especie?

—Porque no existen. A causa de un error genético, la prole de la raza solamente puede ser masculina, desde el primero de la estirpe, de eso hace cientos de generaciones.

Esta última revelación, sumada a todo lo demás que acababa de oír, la obligó a hacer una pausa.

—Entonces, ¿eso significa que tu madre es humana?

Lucan asintió levemente con la cabeza.

—Lo era.

—¿Y tu padre? Él era…

Antes de que pudiera pronunciar la palabra «vampiro», Lucan respondió.

—Mi padre, y los siete otros Antiguos como él, no eran de este mundo. Fueron los primeros de mi estirpe, seres de otro lugar, muy distinto a este planeta.

Ella tardó un segundo en asimilar lo que acababa de oír, añadido a todo lo demás que estaba empezando a comprender en ese momento.

—¿Qué estás diciendo… que eran extraterrestres?

—Eran exploradores. Unos conquistadores de mente guerrera y salvaje, de hecho, que cayeron aquí hace muchísimo tiempo.

Gabrielle se le quedó mirando un momento.

—¿Tu padre no era solamente un vampiro sino un extraterrestre, además? ¿Tienes idea de lo loco que suena esto?

—Es la verdad. Los que eran como mi padre no se llamaban a sí mismos vampiros pero, según la definición de los humanos, eso es lo que eran. Su sistema digestivo estaba demasiado avanzado para la proteína cruda de la Tierra. No podían procesar ni las plantas ni animales como hacían los seres humanos, así que aprendieron a sacar el alimento de la sangre. Se alimentaron sin freno y acabaron con poblaciones enteras en ese proceso. Sin duda has oído hablar de algunos de ellos: la Atlántida. El reino de los mayas. Y otras incontables civilizaciones desconocidas que se desvanecieron en la noche de los tiempos. Muchas de las muertes masivas que históricamente se han atribuido a plagas y a hambrunas no fueron eso en absoluto.

Dios santo.

—Aceptando que todo esto se pueda tomar en serio, estás hablando de miles de años de carnicerías. —Al ver que él no lo negaba, un escalofrío le recorrió las piernas—. Ellos… tú… Dios, no me puedo creer que esté diciendo esto. ¿Los vampiros se alimentan de cualquier cosa viva, como los unos de los otros quizá, o son los humanos la única fuente de alimento?

La expresión de Lucan era seria.

—Solamente la sangre humana contiene la combinación de nutrientes específica que necesitamos para sobrevivir.

—¿Con qué frecuencia?

—Tenemos que alimentarnos una vez cada tres o cuatro días, una semana a veces. Necesitamos más si estamos heridos y necesitamos más fuerza para sanar las heridas.

—¿Y vosotros… matáis cuando os alimentáis?

—No siempre. De hecho, raras veces. La mayoría de la raza se alimenta de humanos voluntarios, anfitriones.

—¿De verdad que la gente se ofrece voluntaria para que les torturéis? —preguntó ella, incrédula.

—No hay ninguna tortura en eso, a no ser que lo deseemos. Cuando un ser humano está relajado, el mordisco de un vampiro puede ser muy placentero. Cuando se ha terminado, el anfitrión no recuerda nada porque no le dejamos ningún recuerdo nuestro.

—Pero a veces matáis —dijo ella, y se le hizo difícil no hacerlo en un tono acusatorio.

—A veces es necesario llevarse una vida. La raza hizo el juramento de no depredar nunca a los inocentes o a los débiles.

Ella se burló:

—Qué nobles sois.

—Es noble, Gabrielle. Si quisiéramos, si cediéramos a esa parte que hay en nosotros que continúa siendo como esos conquistadores guerreros que eran nuestros antepasados, podríamos esclavizar a toda la raza humana. Seríamos reyes y todos los seres humanos existirían solamente para servirnos de alimento y de diversión. Esa idea es el motivo de una antigua guerra a muerte entre los míos y nuestros hermanos enemigos, los renegados. Tú les has visto con tus propios ojos, esa noche fuera de la discoteca.

—¿Tú estabas allí?

En cuanto lo hubo dicho, se dio cuenta de que él estaba allí. Recordó ese rostro impactante y los ojos ocultos tras las gafas oscuras que la habían estado observando entre la multitud. Incluso entonces ella había sentido una conexión con él, en esa breve mirada que pareció tocarla a pesar del humo y de la oscuridad de la sala.

—Yo había estado persiguiendo a ese grupo de renegados durante una hora —dijo Lucan—, esperando la oportunidad de saltar y acabar con ellos.

—Eran seis —recordó ella vívidamente, que todavía veía mentalmente esas seis caras terribles, esos ojos fieros y brillantes y esos colmillos—. ¿Ibas a enfrentarte a ellos tú solo?

Él se encogió de hombros como indicando que no era algo poco frecuente que él se enfrentara solo con muchos.

—Esa noche tuve un poco de ayuda: tú y la cámara de tu teléfono móvil. El flash les sorprendió y me dio la oportunidad de atacar.

—¿Les mataste?

—A todos menos a uno. Pero le atraparé, también.

Al ver la fiereza de su expresión, a Gabrielle no le quedó ninguna duda de que lo haría.

—La policía mandó un coche patrulla a las afueras de la sala de fiestas cuando les informé del asesinato. No encontraron nada. Ninguna prueba.

—Me aseguré de que no lo hicieran.

—Me hiciste quedar como una tonta. La policía insistía en que yo me lo estaba inventando todo.

—Mejor así que darles pistas sobre las batallas reales que han tenido lugar en las calles de los seres humanos durante siglos. ¿Puedes imaginarte el pánico a gran escala que habría si por el mundo empezaran a haber noticias de ataques de vampiros?

—¿Es eso lo que está sucediendo? ¿Este tipo de asesinatos están sucediendo todo el rato en todas partes?

—Últimamente cada vez más. Los renegados son un grupo de adictos que solamente se preocupan de la próxima dosis. Por lo menos, ésa ha sido su manera de actuar hasta hace poco. Pero ahora está sucediendo algo. Se están preparando. Se están organizando. Nunca han sido tan peligrosos como ahora.

—Y gracias a las fotos que hice fuera de la discoteca, esos vampiros renegados me están persiguiendo.

—El incidente que presenciaste atrajo su atención hacia ti, sin duda, y cualquier ser humano significa una buena diversión para ellos. Pero lo más probable es que sean las otras fotos que has hecho las que te han puesto en mayor peligro.

—¿Qué otras fotos?

—Ésa, por ejemplo.

Señaló una fotografía enmarcada que estaba colgada en la pared de la sala de estar. Era una toma exterior de un viejo almacén de una de las zonas más desoladas de la ciudad.

—¿Qué te llevó a hacer la fotografía de ese edificio?

—No lo sé, exactamente —dijo ella, que ni siquiera estaba segura de por qué había enmarcado esa foto. Solamente con mirarla en esos momentos le hacía sentir un escalofrío en la espalda—. Nunca hubiera ido a esa parte de la ciudad, pero recuerdo que esa noche fui por un lugar equivocado y acabe perdiéndome. Algo atrajo mi atención hacia ese almacén, pero no puedo explicarlo realmente. Estaba terriblemente nerviosa de estar allí, pero no podía irme sin hacer unas cuantas fotos de ese lugar.

El tono de voz de Lucan fue de una extrema gravedad.

—Yo, junto con varios guerreros de la raza que trabajan conmigo, estuvimos en ese lugar hace un mes y medio. Era una guarida de los renegados que albergaba a quince de nuestros enemigos.

Gabrielle se le quedó mirando boquiabierta.

—¿Hay vampiros viviendo en ese edificio?

—Ahora ya no. —Él pasó por su lado y fue hasta la mesa de la cocina, donde había unas cuantas fotos más y entre las cuales se encontraban algunas de las que había hecho en el psiquiátrico abandonado, hacía tan sólo un par de días. Levantó una de las fotos y se la mostró—. Hemos estado vigilando esta localización durante semanas. Tenemos motivos para creer que se trata de una de las colonias de renegados más grandes de Nueva Inglaterra.

—Oh, Dios mío. —Gabrielle miró la foto del psiquiátrico y cuando la volvió a dejar encima de la mesa, los dedos le temblaban un poco—. Cuando hice esas fotografías, la otra mañana, un hombre me encontró allí. Me persiguió hasta que salí de la propiedad. ¿No creerás que era…?

Lucan negó con la cabeza.

—Un sirviente, no un vampiro, si le viste después de la salida de sol. La luz del sol es un veneno para nosotros. Esa parte de la superstición es verdad. La piel se nos quema rápidamente, como la tuya si la expusieras debajo de un poderoso cristal de aumento a mediodía.

—Y por eso siempre te he visto de noche —murmuró ella, pensando en las visitas que le había hecho Lucan desde la primera, cuando él había empezado a mentirle—. ¿Cómo he podido estar tan ciega cuando tenía todas las pistas delante de mí?

—Quizá no querías verlas, pero lo sabías, Gabrielle. Sospechabas que la matanza que habías presenciado era algo que estaba más allá de lo que podías explicar a partir de tu experiencia como ser humano. Estuviste a punto de decirme eso a mí la primera vez que nos encontramos. En algún nivel de tu conciencia, sabías que se trataba de un ataque de vampiros.

Ella lo sabía, incluso entonces. Pero no había sospechado que Lucan formaba parte de ello. Una parte de ella todavía quería negar esa idea.

—¿Cómo es posible que esto sea real? —gimió ella, dejándose caer en la silla que tenía más cerca. Miró las fotos que estaban esparcidas en la mesa que tenía delante y luego miró el rostro serio de Lucan. Estaba a punto de ponerse a llorar, sentía que los ojos le escocían y que en el cuello se le formaba un nudo, como si quisiera negar desesperadamente todo eso—. Esto no puede ser real. Dios, por favor, dime que esto no está sucediendo de verdad.

Capítulo diecinueve

Él le había dado mucha información esa noche para que la digiriera. No toda, pero más que suficiente para una noche.

Lucan tenía que confiar en Gabrielle. A parte de esa pequeña muestra de irracionalidad con el ajo y el agua bendita, ella había mantenido una increíble serenidad durante una conversación que era, sin lugar a dudas, bastante difícil de asimilar. Vampiros, la llegada de extraterrestres, la guerra inminente con los renegados que, por cierto, la estaban persiguiendo a ella también.

Ella lo había escuchado todo con una fortaleza que muchos hombres humanos no tenían.

Lucan la observó mientras ella se esforzaba en procesar la información, sentada en la mesa y con la cabeza apoyada en las manos. Unas lágrimas habían empezado a deslizarse por sus mejillas. Él deseó que hubiera una manera de hacerle ese camino más fácil. Pero no la había. Y las cosas iban a empeorar para ella cuando conociera toda la verdad de lo que le esperaba.

Por su propia seguridad, y por la seguridad de la raza, ella iba a tener que abandonar su apartamento, a sus amigos, su carrera. Tendría que dejar atrás todo lo que había sido parte de su vida hasta ese momento.

Y tendría que hacerlo esa noche.

—Si tienes otras fotografías como éstas, Gabrielle, tengo que verlas.

Ella levantó la cabeza y asintió.

—Lo tengo todo en el ordenador —dijo, apartándose el cabello de la cara.

—¿Y qué me dices de las que tienes en la habitación oscura?

—Están en el ordenador también, igual que todas las imágenes que he vendido a través de la galería.

—Bien. —El hecho de que ella hubiera mencionado esas ventas le despertó una alarma—. Cuando estuve aquí hace unas cuantas noches, mencionaste que habías vendido una colección entera a alguien. ¿Quién era?

—No lo sé. Era un comprador anónimo. El comprador acordó una muestra privada en un ático alquilado del centro de la ciudad. Vieron unas cuantas imágenes y luego pagaron en metálico por todas ellas.

Él soltó un juramento, y la expresión tensa de Gabrielle se transformó en una de terror.

—Oh, Dios mío. ¿Crees que fueron los renegados quienes las compraron?

Lo que Lucan estaba pensando era que si fuera él quien se encontrara al frente de la dirección actual de los renegados, estaría sumamente interesado en adquirir un arma que pudiera dar con las localizaciones de sus oponentes. Por no decir que intentaría frustrar la capacidad de sus enemigos de utilizar esa arma en su propio beneficio.

Tener a Gabrielle sería un bien extraordinario para los renegados, por muchas razones. Y cuando la tuvieran en su posesión, no tardarían mucho tiempo en descubrir su marca de compañera de raza. Abusarían de ella como si fuera una vulgar yegua de cría, la obligarían a ingerir su sangre y a llevar su simiente hasta que su cuerpo sucumbiera y muriera. Eso tardaría años, décadas, siglos.

—Lucan, mi mejor amigo llevó las fotos a la muestra esa noche, él solo. Me hubiera muerto si le hubiera pasado algo. Jamie se metió allí sin saber nada acerca del peligro con que se enfrentaba.

—Alégrate de ello, porque ésa es, probablemente, la razón por la que salió con vida.

Ella retrocedió como si él le hubiera dado un bofetón.

—No quiero que mis amigos sufran ningún daño a causa de lo que me está sucediendo a mí.

—Tú estás en un peligro mayor que nadie, ahora mismo. Y

tenemos que movernos. Vamos a sacar esas fotos de tu ordenador. Quiero llevarlas todas al laboratorio del recinto.

Gabrielle le llevó hasta una ordenada mesa que tenía en una esquina de la sala de estar. Encendió el ordenador de mesa y mientras éste se cargaba, Gabrielle sacó un par de tarjetas de memoria y colocó una de ellas en la entrada de USB.

—¿Sabes? Dijeron que estaba loca. La llamaron delirante, esquizofrénica paranoica. La encerraron por creer que había sido atacada por unos vampiros. —Gabrielle se rio en voz baja, pero fue una risa triste y vacía—. Quizá no estaba loca, después de todo.

A sus espaldas, Lucan se acercó.

—¿De quién hablas?

—De mi madre. —Después de iniciar el proceso de copia, Gabrielle se giró en la silla para mirar a Lucan—. La encontraron una noche en Boston, herida, ensangrentada y desorientada. No tenía ni el monedero ni el bolso, ni llevaba ningún tipo de documentación encima, y durante los breves períodos de tiempo en que estaba lúcida, no fue capaz de decir a nadie quién era, así que la ficharon como anónima. Era sólo una adolescente.

—¿Dices que estaba sangrando?

—Varias heridas en el cuello: aparentemente se había autolesionado, según los informes oficiales. El tribunal la juzgó incapaz de aguantar un juicio y la encerraron en una institución mental cuando salió del hospital.

—Joder, mierda.

Ella negó con la cabeza, despacio.

—Pero ¿y si todo lo que dijo fue verdad? ¿Y si no estaba loca en absoluto? Oh, Dios, Lucan… todos estos años la he estado culpando. Creo que incluso la he odiado, y ahora no puedo evitar pensar…

—Has dicho que la policía y el tribunal la juzgaron. ¿Te refieres a que cometió algún tipo de crimen?

El ordenador pitó indicando que la tarjeta de memoria estaba llena. Gabrielle se volvió para continuar con la función de copiado, y se quedó en esa posición, dándole la espalda. Lucan le puso las manos en los hombros con suavidad y le hizo volver a darse la vuelta con la silla.

—¿De qué acusaron a tu madre?

Por un largo momento, Gabrielle no dijo nada. Lucan vio que tragaba saliva. Sus ojos expresaban un gran dolor.

—La acusaron de abandonar a un bebé.

—¿Cuántos años tenías tú?

Ella se encogió de hombros y luego negó con la cabeza.

—Nada. Un bebe. Me metió en una papelera, fuera del edificio de su apartamento. Era sólo a una manzana de donde la policía la detuvo. Por suerte para mí, uno de los policías decidió registrar los alrededores. Me oyó llorar, supongo, y me sacó de allí.

Dios Santo.

Mientras ella hablaba, en la mente de Lucan centelleó un recuerdo. Vio una calle oscura, el pavimento húmedo que brillaba bajo la luz de la luna, una mujer con los ojos muy abiertos y el rostro transfigurado por el horror, de pie, mientras un vampiro renegado le chupaba el cuello. Oyó el tenue llanto de un bebé que la mujer llevaba en brazos.

—¿Y eso cuándo sucedió?

—Hace mucho tiempo. Veintisiete años, este verano, para ser exactos.

Para alguien de la edad de Lucan, veintisiete años era un suspiro. Recordaba claramente haber interrumpido ese ataque en la estación de autobús. Recordaba haberse interpuesto entre el renegado y su presa, haber echado de allí a la mujer con una potente orden mental. Ella sangraba profusamente, y parte de la sangre había caído encima del bebé.

Después de haber dado muerte al renegado y de haber limpiado la escena, había ido en busca de la mujer con el bebé. No les había encontrado. Muchas veces se había preguntado qué les habría pasado a los dos, y se había maldecido a sí mismo por no haber sido capaz de haber borrado esos terribles recuerdos de la memoria de la mente de la víctima.

—Ella se suicidó en la institución mental no mucho tiempo después —dijo Gabrielle—. A mí ya me había adoptado la administración.

Él no pudo evitar tocarla. Le apartó el largo cabello del rostro con suavidad, le acarició la delicada línea que formaba la mandíbula y la orgullosa forma del mentón. Tenía los ojos húmedos, pero no se derrumbó. Era una mujer dura, de acuerdo. Dura y bonita e increíblemente especial.

En ese momento, él no quería otra cosa que no fuera tomarla entre los brazos y decírselo.

—Lo siento —le dijo, con absoluta sinceridad. Y con tristeza, algo que no estaba acostumbrado a sentir. Pero, desde que la conocía, Gabrielle le hacía sentir muchas cosas que eran completamente nuevas para él—. Lo siento por las dos.

El ordenador volvió a pitar.

—Ya están todas —dijo ella, levantando la mano como si fuera a acariciarle; pero no fue capaz de hacerlo, todavía.

Él la dejó que se echara atrás y sintió un ligero pinchazo de remordimiento cuando ella se apartó en silencio.

Apartándole de él como el extraño que ahora era para ella.

La observó mientras ella quitaba la última tarjeta de memoria y la colocaba al lado de la otra. Cuando empezó a cerrar el programa, Lucan dijo:

—Todavía no. Tienes que borrar los archivos de imágenes del ordenador y de las copias de seguridad que tengas. Las copias que nos llevemos de aquí tienen que ser las únicas que queden.

—¿Y qué hacemos con las copia impresas? Las que hay aquí encima de la mesa, las que tengo abajo, en la sala oscura.

—Tú quédate aquí. Yo voy a buscar las impresiones.

—De acuerdo.

Ella se puso a trabajar inmediatamente y Lucan hizo una rápida inspección en el resto del apartamento. Reunió todas las fotos sueltas que encontró, incluidas las fotos enmarcadas también: no quería dejar nada que pudiera ser de utilidad para los renegados. Encontró una bolsa grande en el armario del dormitorio de Gabrielle y la bajó para llenarla.

Mientras terminaba de meter las fotos y cerraba la bolsa, oyó el grave rugido de un coche potente que aparcaba fuera de la casa. Se abrieron dos puertas, luego se cerraron con un golpe, y unos pasos potentes se acercaron al apartamento.

—Hay alguien —dijo Gabrielle, mirando con seriedad a Lucan mientras apagaba el ordenador.

Lucan ya había introducido la mano debajo del abrigo y la había llevado a su espalda, donde tenía una Beretta de nueve milímetros metida en el cinturón del pantalón. El arma estaba cargada con la munición más potente que podía disparar, unas balas de titanio especiales para aniquilar a los renegados, una de las últimas innovaciones de Niko. Si al otro lado de la puerta había uno de ellos, ese hijo de puta sediento de sangre iba a sufrir un gran daño.

Pero inmediatamente se dio cuenta de que no se trataba de los renegados. Ni siquiera de los sirvientes, lo cual habría dado cierta satisfacción a Lucan.

Eran humanos los que se encontraban en la entrada. Un hombre y una mujer.

—¿Gabrielle? —El timbre de la puerta sonó varias veces en una rápida sucesión—. ¿Hola? ¡Gabby? ¿Estás ahí?

—Oh, no. Es mi amiga Megan.

—La de la casa donde estuviste la noche pasada.

—Sí. Me ha estado llamando durante todo el día, y me ha dejado mensajes. Está preocupada por mí.

—¿Qué le has contado?

—Sabe lo de la agresión en el parque. Le dije que me atacaron, pero no le dije nada de ti… de lo que hiciste.

—¿Por qué no?

Gabrielle se encogió de hombros.

—No quería meterla en esto. No quiero que se meta en ningún peligro por mi culpa. Por culpa de todo esto. —Suspiró y meneó la cabeza—. Quizá no quería decir nada de ti hasta que no tuviera yo misma algunas respuestas.

El timbre de la puerta sonó otra vez.

—Gabby, ¡abre! Ray y yo tenemos que hablar contigo. Necesitamos saber si estás bien.

—Su novio es policía —dijo Gabrielle en voz baja—. Quieren que haga una declaración sobre lo que sucedió la otra noche.

—Hay una salida trasera del apartamento.

Ella asintió con la cabeza, pero luego pareció cambiar de idea e hizo un gesto negativo.

Da a un patio compartido, pero hay una valla muy alta…

—No hay tiempo —dijo Lucan, descartando esa opción—. Ve a la puerta. Deja entrar a tus amigos.

—¿Qué vas a hacer? —Vio que él acababa de sacar la mano

del abrigo y que escondía el arma a sus espaldas. La expresión de Gabrielle se llenó de pánico—. ¿Tienes un arma ahí detrás? Lucan, no te van a hacer nada. Y me aseguraré de que no cuenten nada.

—No voy a utilizar el arma con ellos.

—Entonces, ¿qué vas a hacer? —Después de haber evitado de forma tan deliberada tocarle, por fin lo hizo. Le sujetó el brazo con las pequeñas manos—. Dios, por favor, dime que no les vas a hacer daño.

—Abre la puerta, Gabrielle.

Sus piernas se movían con lentitud en dirección a la puerta de entrada. Abrió el cerrojo y oyó la voz de Megan al otro lado de la puerta.

—Está ahí dentro, Ray. Está en la puerta. Gabby, abre, querida. ¿Estás bien?

Gabrielle soltó la cadena sin decir nada. Sin saber si debía tranquilizar a su amiga diciéndole que estaba bien o si debía gritarles a Megan y a Ray que se marcharan corriendo de allí.

Miró hacia atrás, a Lucan, pero eso no le dio ninguna pista. Sus rasgos agudos no mostraban ninguna emoción ni se movieron. Tenía los ojos plateados fijos en la puerta, fríos, sin parpadear. Sus manos, poderosas, estaban vacías y las había bajado a ambos lados del cuerpo, pero Gabrielle sabía que podían entrar en movimiento sin ningún tipo de aviso.

Si él quería matar a sus amigos, incluso a ella, por cierto, lo haría antes de que ninguno de ellos se diera cuenta.

—Déjales entrar —le dijo con un gruñido grave.

Gabrielle giró el picaporte despacio.

Solamente había abierto la puerta un poco cuando Megan la empujó y la abrió por completo para entrar con su novio, vestido de uniforme, detrás.

—¡Por todos los santos, Gabrielle! ¿Tienes idea de lo preocupada que he estado? ¿Por qué no me has devuelto las llamadas? —Le dio un fuerte abrazo y luego la soltó y la miró con el ceño fruncido, como una madre enojada—. Pareces cansada. ¿Has estado llorando? ¿Dónde has…?

Megan se interrumpió repentinamente; sus ojos, y los de Ray, percibieron de repente la imagen de Lucan en medio de la sala de estar, detrás de Gabrielle.

—Oh, no me había dado cuenta de que estabas con alguien…

—¿Todo está bien aquí? —preguntó Ray, dando un paso más allá de las dos mujeres mientras llevaba una mano sobre el arma enfundada.

—Bien. Todo está bien —repuso rápidamente Gabrielle. Levantó una mano para señalar a Lucan—: Es, esto… un amigo.

—¿Vas a alguna parte? —El novio de Megan dio un paso hacia delante e hizo un gesto en dirección a la bolsa que se encontraba en el suelo a los pies de Lucan.

—Esto, sí —intervino Gabrielle mientras se colocaba rápidamente entre Ray y Lucan—. Estaba un poco nerviosa esta noche. Pensé en irme a un hotel y tranquilizarme un poco. Lucan ha venido para llevarme.

—Ajá. —Ray intentaba mirar hacia detrás de Gabrielle, en dirección a Lucan, que permanecía con una ruda actitud silenciosa. La cáustica actitud de Lucan indicaba que ya se había formado una opinión de ese joven policía y de que le despreciaba.

—Ojalá no hubierais venido, chicos —dijo Gabrielle. Y era verdad—. De verdad, no tenéis por qué quedaros.

Megan avanzó y tomó la mano de Gabrielle entre las suyas con un gesto protector.

—Ray y yo estábamos pensando que quizá lo hubieras reconsiderado y quisieras venir a la comisaría de policía, querida. Es importante. Estoy segura de que tu amigo está de acuerdo con nosotros. ¿Usted es el detective de quien Gabby me ha hablado, verdad? Soy Meg.

Lucan dio un paso. Con ese pequeño movimiento se colocó justo delante de Megan y de Ray. Fue una flexión tan rápida de los músculos que el tiempo pareció detenerse a su alrededor. Gabrielle le vio dar una serie de pasos seguidos, pero sus amigos se quedaron asombrados al encontrar a Lucan justo delante de ellos, imponente en su altura y con un aire amenazante que vibraba a su alrededor.

Sin advertencia previa, levantó la mano derecha y sujetó a Megan por la frente.

—¡Lucan, no!

Meg gritó, un sonido que se ahogó en su garganta inmediatamente en cuanto miró a Lucan a los ojos. Con una velocidad inverosímil, Lucan levantó la mano izquierda y sujetó a Ray de la misma manera. El agente se debatió un segundo, pero inmediatamente cayó en un estupor como de trance. Los fuertes dedos de Lucan parecían ser lo único que les mantenía de pie a ambos.

—¡Lucan, por favor! ¡Te lo suplico!

—Recoge las tarjetas de memoria y la bolsa —le dijo con calma. Era una orden fría—. Tengo un coche esperando fuera. Entra y espérame ahí. Salgo enseguida.

—No voy a dejarte aquí para que les chupes la sangre a mis amigos.

—Si ésa hubiera sido mi intención, ahora ya estarían tirados en el suelo y muertos.

Tenía razón. Dios, pero no tenía ninguna duda de que este hombre, este ser oscuro a quien ya había aceptado en su vida, era lo bastante peligroso para hacerlo.

Pero no lo había hecho. Y no lo iba a hacer; en eso confiaba en él.

—Las fotos, Gabrielle. Ahora.

Ella se puso en movimiento. Recogió la abultada bolsa, se la colgó del hombro y se metió las dos tarjetas de memoria en el bolsillo de delante del pantalón. Al salir se detuvo un momento para mirar el rostro pálido de Megan. Ahora tenía los ojos cerrados, igual que Ray. Lucan les estaba diciendo algo en un murmullo que ella no pudo oír.

El tono de su voz no parecía amenazador, sino extrañamente tranquilizador, persuasivo. Casi como una nana.

Gabrielle echó un último vistazo a la extraña escena que tenía lugar en la sala de estar y salió por la puerta a la calle. En la esquina había un elegante Sedan, aparcado en paralelo delante del Mustang rojo de Ray. Era un vehículo caro, increíblemente caro por el aspecto que tenía, y el único otro coche que había allí.

Mientras se acercaba a él, la puerta del copiloto se abrió como si la hubieran accionado automáticamente. Como si la hubiera accionado la fuerza mental de Lucan. Lo supo, y se preguntó hasta qué punto llegaban esos poderes paranormales.

Se acomodó en el amplio asiento de piel y cerró la puerta. Todavía no habían pasado dos segundos cuando Megan y Ray aparecieron en la entrada. Bajaron tranquilamente los escalones y pasaron por su lado con la mirada fija hacia delante. Ninguno de los dos dijo ni una palabra.

Lucan estaba justo detrás de ellos. Cerró la puerta del apartamento y se dirigió hasta el coche, donde le estaba esperando Gabrielle. Subió, introdujo la llave en el contacto y encendió el motor.

—No era una buena idea dejarles allí —le dijo mientras dejaba caer el bolso de ella y la cámara en su regazo.

Gabrielle le miró.

—Has ejercido alguna clase de control sobre ellos, igual que intentaste hacerlo conmigo antes.

—Les he sugestionado para que crean que no han estado en tu apartamento esta noche.

—¿Les has borrado la memoria?

Inclinó la cabeza en un vago gesto de asentimiento.

—No recordarán nada de esta noche, ni de que fuiste al apartamento de Megan la otra noche después de que el sirviente te agrediera. Sus mentes ya no recordarán nada de eso.

—¿Sabes? Justo ahora esto suena muy bien. ¿Qué me dices, Lucan? ¿Yo voy a ser la siguiente? Podrías borrar mi mente a partir del momento en que decidí ir a aquella discoteca, hace un par de semanas.

Él la miró a los ojos, pero a Gabrielle no le pareció que intentara introducirse en su mente.

—Tú no eres como esos humanos, Gabrielle. Aunque quisiera hacerlo, no podría cambiar nada de lo que te ha sucedido. Tu mente es más fuerte que la de la mayoría de personas. En muchos aspectos, tú eres diferente a la mayoría.

—Vaya, me siento muy afortunada.

—El mejor lugar para ti ahora es donde los de la raza te puedan proteger como a uno de los suyos. Tenemos un recinto oculto en la ciudad. Puedes quedarte ahí, para empezar.

Ella frunció el ceño.

—¿Qué? ¿Me estás ofreciendo el equivalente vampírico al Programa de Protección de Testigos?

—Es un poco más que eso. —Él giró la cabeza y miró a través del parabrisas—. Y es la única manera.

Lucan apretó el acelerador y el elegante coche negro se precipitó por la estrecha carretera con un rugido grave y suave. Gabrielle se sujetó con ambas manos en el asiento de piel y observó la oscuridad que lentamente se tragaba su edificio de Willow Street.

Al alejarse, vio las vagas siluetas de Megan y de Ray que entraban en el Mustang para alejarse de su apartamento, sin recordar lo que había pasado. Gabrielle sintió un repentino pánico y deseó saltar del coche y correr hacia ellos, de vuelta a su vida anterior.

Demasiado tarde.

Lo sabía.

Esta realidad nueva la había atrapado, y no creía que hubiera manera de volver atrás. Solamente quedaba continuar hacia delante. Apartó la mirada del cristal trasero y se hundió en la suavidad del asiento de piel con la mirada clavada hacia delante mientras Lucan giraba una esquina y conducía en medio de la noche.

Capítulo veinte

Gabrielle no sabía cuánto hacía que estaban viajando, ni siquiera en qué dirección. Todavía se encontraban en la ciudad, eso lo sabía, pero los múltiples giros que habían dado y los muchos callejones que habían recorrido habían formado un laberinto en la mente de Gabrielle. Miró fuera del cristal tintado del Sedan, vagamente consciente de que por fin se estaban deteniendo, ahora que se acercaban a lo que parecía ser un amplio terreno de una vieja finca.

Lucan se detuvo delante de una altísima puerta de hierro negro. Dos haces de luz cayeron sobre ellos desde dos pequeños aparatos que se encontraban colgados a ambos lados de la valla de alta seguridad. Gabrielle parpadeó, deslumbrada por la súbita luz que le caía en la cara, y luego vio que las pesadas puertas empezaban a abrirse.

—¿Esto es tuyo? —le preguntó, girando la cabeza hacia Lucan por primera vez desde que se habían ido del apartamento—. He estado aquí antes. He hecho fotos de esta puerta.

Atravesaron las puertas y avanzaron por un camino sinuoso flanqueado por árboles a ambos lados.

—Esta propiedad forma parte del complejo. Pertenece a la raza.

Era evidente que ser un vampiro era una actividad lucrativa. Incluso a pesar de la oscuridad, Eva percibía la cualidad adinerada de ese terreno cuidado y de la fachada ornamentada de la mansión a la que se estaban acercando. Dos rotondas flanqueaban las puertas negras laqueadas y el impresionante pórtico de la entrada principal, encima del cual se levantaban cuatro elegantes pisos.

En algunas de las ventanas se veía una luz de ambiente en el interior, pero Gabrielle hubiera dudado de calificar ese ambiente de acogedor. La mansión se levantaba amenazante como un centinela en medio de la noche, estoico y adusto, con todas esas gárgolas que les miraban desde el tejado y los balcones que daban al camino.

Lucan pasó por delante de la puerta de entrada y se dirigió a un garaje de detrás. Se abrió una puerta y él condujo el coche hacia dentro y apagó el motor. Cuando los dos salieron del coche, dos filas de luces se encendieron automáticamente e iluminaron una flota de vehículos de última generación.

Gabrielle se quedó boquiabierta. Entre el Sedan, que costaba casi tanto como su modesto apartamento en Beacon Hill, y la colección de coches y motocicletas, debía de encontrarse ante un conjunto de coches de un valor de millones de dólares. Muchos millones.

—Por aquí —le dijo Lucan. Llevaba la bolsa con las fotos en una mano y la condujo por delante de la impresionante flota de coches hasta una puerta que se encontraba al fondo del garaje.

—¿Cuánto dinero tiene tu gente? —preguntó ella, siguiéndole con asombro.

Lucan le hizo un gesto para que entrara en cuanto la puerta se abrió. Luego entró en el ascensor detrás de ella y apretó un botón.

—Algunos miembros de la nación de los vampiros están aquí desde hace mucho tiempo. Hemos aprendido unas cuantas cosas acerca de cómo mantener el dinero de forma inteligente.

—Ajá —dijo ella, sintiendo que perdía un poco el equilibrio mientras el ascensor iniciaba un suave pero rápido descenso, hacia abajo, abajo, abajo—. ¿Cómo mantenéis esto oculto al público? ¿Qué pasa con la administración y los impuestos? ¿O vuestras operaciones son en negro?

—La gente no puede atravesar nuestro sistema de seguridad, ni siquiera aunque lo intenten. Todo el perímetro de la propiedad está vallado y electrizado. Quien fuera tan estúpido como para acercarse a ella recibiría una descarga de catorce mil voltios. Pagamos los impuestos a través de empresas tapadera, por supuesto. Nuestras propiedades por todo el mundo son propiedad de fundaciones privadas. Todo lo que la raza hace es legal y lo hace de forma abierta.

—Legal y transparente, exacto. —Ella se rio, un poco nerviosa—. Sin tener en cuenta la ingestión de sangre y el linaje extraterrestre.

Lucan la miró con expresión adusta, pero Gabrielle sintió cierto alivio al ver que una comisura de los labios se le levantaba y dibujaba algo parecido a una sonrisa.

—Ahora yo llevaré las copias —le dijo. Sus penetrantes ojos grises y claros la observaron mientras ella se sacaba las tarjetas de memoria del pantalón y se las depositaba en la mano.

Él cerró la mano alrededor de la de ella un segundo. Gabrielle sintió el calor de ese contacto, pero no quiso reconocerlo. No quería admitir lo que el más ligero contacto con su piel le provocaba, ni siquiera ahora.

Especialmente ahora.

Finalmente, el ascensor se detuvo y sus puertas se abrieron ante una prístina habitación construida con paredes de cristal reforzadas con brillantes marcos metálicos. El suelo era de mármol blanco, con una serie de símbolos geométricos y de diseños que se entrelazaban tallados en él. Gabrielle vio que algunos de ellos eran parecidos a los que Lucan tenía en su cuerpo: esos extraños y bonitos tatuajes que le cubrían la espalda y el torso.

No, no eran tatuajes, pensó en ese momento, sino otra cosa…

Marcas de vampiro.

En su piel, y allí, en ese búnker bajo el suelo donde vivía.

Más allá del ascensor, un pasillo se alejaba y serpenteaba durante unos cuantos cientos de metros. Lucan avanzó un poco e hizo una pausa para mirar a Gabrielle, al darse cuenta de que ella dudaba en seguirle.

—Estás segura aquí —dijo él.

Que Dios la ayudara, pero ella le creyó.

Ella avanzó por el mármol níveo con Lucan, y aguantó la respiración mientras él colocaba la palma de la mano sobre un lector y las puertas de cristal de delante de él se abrían. Un aire frío bañó a Gabrielle, y oyó un rugido apagado de voces masculinas que provenían de algún punto al final de la sala. Lucan la condujo en dirección a la conversación con pasos largos y decididos.

Se detuvo un momento delante de otra puerta de cristal y, mientras llegaba a su lado, Gabrielle vio lo que parecía ser una especie de sala de control. Había ordenadores y monitores alineados encima de una consola en forma de «U», y unos lectores digitales emitían una serie de coordenadas desde otro dispositivo lleno de equipos. En el centro de todo ello, sentado en una silla giratoria como un director de orquesta, se encontraba un joven de aspecto extraño y de un pelo rubio mal cortado y desordenado. Levantó la mirada y sus brillantes ojos azules expresaron una sorprendida bienvenida en cuanto la puerta se abrió y Lucan entró en la sala con Gabrielle al lado.

—Gideon —dijo Lucan, inclinando la cabeza en señal de saludo.

Así que éste era el socio de quien le había hablado, pensó Gabrielle, apreciando la sonrisa fácil y el comportamiento amigable del otro hombre. Se levantó de la silla y saludó a Lucan con un gesto de la cabeza y, luego, a Gabrielle.

Gideon era alto y delgado, con un atractivo juvenil y un encanto evidentes. No se parecía a Lucan en absoluto. No se parecía a cómo ella imaginaba que sería un vampiro, aunque no tenía mucha experiencia en esa área.

—¿Él es…?

—Sí —contestó Lucan, antes de que ella pudiera susurrarle el resto de la pregunta. Dejó la bolsa encima de la mesa—. Gideon también es de la raza. Igual que los demás.

En ese momento Gabrielle se dio cuenta de que la conversación que había oído en la otra habitación mientras se acercaban había cesado.

Sintió otros ojos que la miraban desde algún punto de detrás de ella, y al volverse para ver de dónde provenía esa sensación, pareció que los pulmones se le vaciaron por completo. Tres hombres enormes ocupaban el espacio que había a sus espaldas: uno llevaba unos pantalones confeccionados a medida, una holgada camisa de seda y se encontraba elegantemente acomodado en un sillón de piel; el otro iba vestido de pies a cabeza en cuero negro, tenía los anchos brazos cruzados sobre el pecho, y estaba apoyado contra la pared trasera; el último, que llevaba vaqueros y una camiseta blanca, se encontraba ante una mesa en la cual había estado limpiando las partes de una especie de complicada arma de mano.

Todos ellos la estaban mirando.

—Dante —dijo Lucan, dirigiéndose al tipo meditabundo vestido de cuero, quien le dirigió una ligera inclinación de cabeza a modo de saludo, o quizá fue más bien a modo de reconocimiento de macho, a juzgar por la manera en que arqueó las cejas al volver a mirar a Lucan.

»El manitas que está allí es Nikolai. —En cuanto Lucan le hubo presentado, el macho de pelo rubio dirigió a Gabrielle una rápida sonrisa. Tenía unos rasgos severos, unos pómulos increíbles y una mandíbula decidida y fuerte. Incluso mientras la miraba, sus dedos trabajan impecablemente con el arma, como si conociera los componentes de la pieza de forma instintiva.

»Y éste es Rio —dijo Lucan, dirigiendo la atención hacia el macho seductor y atractivo que mostraba un inmaculado sentido del estilo. Desde el sillón en que se encontraba despreocupadamente instalado, le dirigió una deslumbrante sonrisa a Gabrielle que mostraba un atractivo innato y un peligro inequívoco oculto tras esos ojos del color del topacio.

Esa amenaza emanaba de todos ellos: la constitución musculosa y las armas a la vista advertían de forma inequívoca de que, a pesar de su aspecto relajado, esos hombres estaban acostumbrados a batallar. Quizá incluso disfrutaban con ello.

Lucan colocó una mano en la base de la espalda de Gabrielle y ella se sobresaltó con ese contacto. La atrajo más cerca de sí ante esos tres machos. Ella no estaba totalmente segura de si confiaba en él, todavía, pero tal y como estaban las cosas, él era el único aliado que tenía en esa habitación llena de vampiros armados.

—Os presento a Gabrielle Maxwell. A partir de ahora se va a quedar en el complejo.

Dejó esa afirmación en el aire sin ofrecer ninguna explicación adicional, como si retara a que alguno de esos hombres de aspecto letal le cuestionara. Ninguno lo hizo. Gabrielle miró a Lucan y, al ver su poder de mando en medio de ese oscuro poder y de esa fuerza, Gabrielle se dio cuenta de que él no era, meramente, uno de los guerreros.

Él era su líder.

Gideon fue el primero en hablar. Se había acercado desde la zona de ordenadores y monitores y le ofreció la mano a Gabrielle.

—Me alegro de conocerte —dijo, con una voz que tenía un ligero acento inglés—. Fue una reacción rápida, la de tomar esas fotos durante el ataque que presenciaste. Nos han ayudado mucho.

—Ajá, ningún problema.

Ella le dio la mano brevemente y se sorprendió de que él resultara tan afable, tan normal.

Pero también Lucan le había parecido relativamente normal al principio, y luego todo eso había cambiado. Por lo menos, él no le había mentido al decirle que se había llevado las fotos al laboratorio para que las analizaran. Solamente había olvidado decirle que se trataba de un laboratorio de vampiros, y no el de la policía de Boston.

Un pitido agudo sonó en la mesa de ordenadores que había allí al lado y Gideon volvió corriendo ante los monitores.

—¡Sí! Sois un maravilloso ramo de tornillos —gritó, sentándose en la silla y girando sobre ella—. Chicos, venid a ver esto. Especialmente tú, Niko.

Lucan y los demás se reunieron alrededor del monitor que bañaba el rostro de Gideon con un brillo azul pálido. Gabrielle, que se sintió un tanto incómoda de pie, sola, en medio de la habitación, también se acercó, despacio.

—He conseguido entrar y ver el material de las cámaras de seguridad de la estación —dijo Gideon—. Ahora vamos a ver si podemos conseguir imágenes de la otra noche, y quizá averiguar en qué andaba de verdad el bastardo que se llevó a Conlan.

Gabrielle observaba en silencio desde la periferia mientras varias pantallas de ordenadores se llenaron de imágenes de circuito cerrado de plataformas de tren de la ciudad. Las imágenes pasaban una tras otra a gran velocidad. Gideon arrastró la silla a lo largo de la línea de ordenadores, deteniéndose ante cada uno de ellos para teclear alguna instrucción antes de continuar hasta el siguiente y luego el siguiente. Finalmente, todo ese frenético despliegue de energía cesó.

—De acuerdo, ahí está. Green Line en pantalla. —Se apartó

del monitor que tenía delante de él para permitir que los demás tuvieran una visión clara—. Estas imágenes de la plataforma empiezan tres minutos antes de la confrontación.

Lucan y los demás se acercaron mientras las imágenes mostraban un flujo de gente entrando y saliendo de un tren. Gabrielle, que observaba entre las enormes espaldas, vio el rostro ahora familiar de Nikolai en la pantalla del monitor: él y su compañero, un enorme y amenazante macho vestido con cuero negro, entraban en un tren. Justo acababan de sentarse cuando uno de los pasajeros atrajo la atención del compañero de Nikolai. Los dos guerreros se pusieron en pie, y justo antes de que las puertas se cerraran para arrancar, el chico a quien habían estado mirando saltó del tren. Nikolai y el otro hombre se pusieron en pie, pero la atención de Gabrielle estaba centrada en la persona a quien querían seguir.

—Oh, Dios mío —exclamó—. Conozco a este tipo.

Cinco pares de ojos de macho la miraron con expresión interrogadora.

—Quiero decir, no le conozco personalmente, pero le he visto antes. Sé cómo se llama. Brent, por lo menos eso es lo que le dijo a mi amiga Kendra. Le conoció en la discoteca la misma noche en que yo presencié el asesinato. Desde entonces, se han visto cada noche, bastante en serio, de hecho.

—¿Estás segura? —le preguntó Lucan.

—Sí. Es él. Estoy segura.

El guerrero que se llamaba Dante soltó un violento juramento.

—Es un renegado —dijo Lucan—. O mejor, lo era. Hace un par de noches, entró en el tren de Green Line con un cinturón de explosivos. Los hizo estallar antes de que pudiéramos sacarle de allí. Uno de nuestros mejores guerreros murió con él.

—Oh, Dios. ¿Te refieres a esa explosión de la que han hablado en las noticias? —Miró a Nikolai, que tenía la mandíbula apretada con fuerza—. Lo siento mucho.

—Si no fuera porque Conlan se echó encima de ese chupón cobarde, yo no estaría aquí. Eso seguro.

Gabrielle se sentía realmente entristecida por la pérdida que Lucan y sus hombres habían sufrido, pero un nuevo temor había anidado en su pecho al saber lo cerca que su amiga había estado del peligro de Brent.

¿Y si Kendra estaba herida? ¿Y si él le había hecho algo y ella necesitaba ayuda?

—Tengo que llamarla. —Gabrielle empezó a rebuscar en su bolso intentando encontrar el teléfono móvil—. Tengo que llamar a Kendra ahora mismo y asegurarme de que está bien.

Lucan le sujetó la muñeca con firmeza, aunque su actitud fue de súplica:

—Lo siento, Gabrielle. No puedo dejar que lo hagas.

—Ella es mi amiga, Lucan. Y lo siento, pero no puedes detenerme.

Gabrielle abrió la tapa del teléfono, más decidida que nunca a hacer esa llamada. Pero antes de que pudiera marcar el número de Kendra, el aparato le salió volando de las manos y apareció en la mano de Lucan. Él cerró la mano alrededor de él y se lo guardó en el bolsillo de la chaqueta.

—Gideon —dijo en tono de abrir conversación, a pesar de que continuaba mirando fíjamente a Gabrielle—. Dile a Savannah que venga y que acompañe a Gabrielle a unos aposentos más cómodos mientras nosotros terminamos aquí. Que le traiga algo para comer.

—Devuélvemelo —le dijo Gabrielle, sin hacer caso de la sorpresa de los demás al ver que ella desafiaba el intento de Lucan de controlarla—. Necesito saber que se encuentra bien, Lucan.

Él se acercó a ella y, por un segundo, ella tuvo miedo de lo que pudiera hacerle al ver que él alargaba la mano para tocarle la cara. Delante de los demás, le acarició la mejilla con ternura y con gesto posesivo. Habló con suavidad.

—El bienestar de tu amiga está fuera de tu control. Si ese renegado no le extrajo antes la sangre, y créeme, es lo más probable, ahora él ya no representa ningún peligro para ella.

—Pero ¿y si le hizo algo? ¿Y si la ha convertido en uno de esos sirvientes?

Lucan negó con la cabeza.

—Solamente los más poderosos de nuestra estirpe pueden crear un sirviente. Ese mierda que se voló a sí mismo es incapaz de hacer algo así. Solamente era un peón.

Gabrielle se apartó de su caricia a pesar del consuelo que su contacto le proporcionaba.

—¿Y si él vio a Kendra de la misma manera? ¿Y si la entregó a alguien que tiene más poder que él?

La expresión de Lucan era grave, pero no mostraba ninguna duda. Su tono fue más amable de lo que nunca lo había sido con ella, lo cual sólo hacía que sus palabras resultaran más difíciles de aceptar.

—Entonces tienes que olvidarte de ella por completo, porque es como si estuviera muerta.

Capítulo veintiuno

—*E*spero que el té no esté muy fuerte. Si quieres un poco de leche, puedo ir a buscarla a la cocina.

Gabrielle sonrió, sintiéndose verdaderamente acogida por la hospitalidad de la compañera de Gideon.

—El té está perfecto. Gracias.

Se había sorprendido al saber que había otras mujeres en el complejo y sintió inmediatamente que entre la guapa Savannah y ella se establecía una especie de complicidad. Desde el mismo momento en que Savannah había ido, siguiendo las órdenes de Lucan, a buscar a Gabrielle, se había tomado muchas molestias para asegurarse de que ella se sintiera cómoda y relajada.

Tan relajada como era posible, en cualquier caso, al estar rodeada de vampiros armados en un búnker de alta seguridad a varios cientos de metros bajo tierra. A pesar de que en ese momento no lo pareciera, sentada allí con Savannah en una larga mesa de cerezo, de una elegante sala de estar, mientras tomaba un té especiado y exótico servido en una delicada taza de porcelana y una suave música sonaba de fondo.

Esa habitación, al igual que las espaciosas suites residenciales que la rodeaban, pertenecían a Gideon y a Savannah. Por lo que parecía, vivían como una pareja normal dentro del complejo, en unos aposentos muy cómodos, rodeados por un suntuoso mobiliario, una cantidad innumerable de libros y de bonitos objetos de arte. Todo era de la mejor calidad y todo estaba impecablemente cuidado, en absoluto distinto a lo que uno pudiera encontrar en una de las caras mansiones de Back Bay. Si no fuera por la ausencia de ventanas, hubiera sido casi perfecto. Pero incluso esa falta estaba compensada por una impresionante colección de pinturas y fotografías que adornaban casi todas las paredes.

—¿No tienes hambre?

Savannah indicó con un gesto una bandeja de plata repleta de pastas y de galletas que se encontraba encima de la mesa, entre ambas. Al lado de la misma había otra brillante bandeja llena de deliciosos canapés y salsas aromáticas. Todo tenía un aspecto y un olor maravilloso, pero Gabrielle había perdido el apetito casi por completo desde la noche anterior, cuando había visto a Lucan abrir la garganta de ese sirviente con los dientes y, luego, beber su sangre.

—No, gracias —repuso—. Esto es más que suficiente ahora mismo.

Le sorprendía ser capaz de tragarse incluso el té, pero éste estaba caliente y era relajante, y ese calor le sentaba bien tanto por dentro como por fuera.

Savannah la observó beber en silencio desde el otro lado de la mesa. Sus ojos oscuros tenían una expresión amistosa, y fruncía el ceño con gesto cómplice. Tenía el pelo rizado, negro y corto y le cubría el bien formado cráneo con un efecto más bien sofisticado a causa de sus impresionantes rasgos y de sus bonitas y femeninas curvas. Mostraba la misma actitud abierta y fácil que Gideon, y ése era un rasgo que Gabrielle apreciaba mucho después de haber estado ante la actitud dominante de Lucan durante las últimas horas.

—Bueno, quizá tú sí seas capaz de resistir las tentaciones —dijo Savannah, alargando la mano para tomar una tostada—, pero yo no puedo.

Untó una cucharada colmada de nata encima de la tostada, rompió un pedazo y se lo metió en la boca con un gemido de felicidad. Gabrielle se dio cuenta de que se la había quedado mirando, pero no pudo evitarlo.

—Comes comida de verdad —dijo, más en tono de interrogación que de afirmación.

Savannah asintió con la cabeza y se limpió las comisuras de los labios con la servilleta.

—Sí, por supuesto. Una chica debe comer.

—Pero yo pensé… Si tú y Gideon… ¿Tú no eres como él?

Savannah frunció el ceño y negó con la cabeza.

—Soy humana, igual que tú. ¿Es que Lucan no te ha explicado nada?

—Algo. —Gabrielle se encogió de hombros—. Lo suficiente como para que la cabeza me dé vueltas, pero todavía tengo muchas preguntas.

—Por supuesto que las tienes. Todo el mundo las tiene cuando conocen por primera vez este mundo nuevo. —Alargó la mano y apretó la de Gabrielle con simpatía—. Puedes preguntarme cualquier cosa. Soy una de las hembras más nuevas.

Esa oferta hizo que Gabrielle se incorporara en el asiento con renovado interés.

—¿Cuánto hace que estás aquí?

Savannah miró hacia delante un momento, como si contara.

—Abandoné mi antigua vida en 1974. Fue cuando conocí a Gideon y nos enamoramos locamente.

—Hace más de treinta años —dijo Gabrielle, maravillada, observando los rasgos juveniles, la piel oscura y radiante y los ojos brillantes de la mujer de Gideon—. Ni siquiera me parece que tengas veinte años.

Savannah sonrió ampliamente.

—Tenía dieciocho años cuando Gideon me trajo aquí como compañera. Él me salvó la vida, en verdad. Me sacó de una situación difícil, y mientras estemos unidos yo me quedaré igual que estoy. ¿De verdad te parezco tan joven?

—Sí. Eres muy guapa.

Savannah soltó una risita suave y dio otro mordisco a la tostada.

—¿Cómo…? —preguntó Gabrielle, esperando que no resultara de mala educación el insistir, pero se sentía tan curiosa y estaba tan asombrada que no podía evitar hacer preguntas—. Si tú eres humana y ellos no pueden convertirnos en… lo que ellos son… entonces, ¿cómo es posible? ¿Cómo es que no has envejecido?

—Soy una compañera de raza —repuso Savannah, como si eso lo explicara todo. Al ver que Gabrielle fruncía el ceño, confundida, Savannah continuó—. Gideon y yo tenemos un vínculo, nos hemos emparejado. Su sangre me mantiene joven, pero todavía soy humana al cien por cien. Eso nunca cambia, ni siquiera cuando nos unimos con uno de ellos como compañera. No nos salen colmillos y no ansiamos la sangre de la manera en que ellos lo hacen para sobrevivir.

—Pero ¿tú lo dejaste todo para estar con él, así?

—¿Qué he dejado? Paso mi vida con un hombre a quien adoro completamente, y que me quiere de la misma forma. Los dos estamos sanos, somos felices y estamos rodeados de otros que son como nosotros, que son nuestra familia. Aparte de la amenaza de los renegados, no tenemos ninguna preocupación aquí. Si he sacrificado alguna cosa, eso no es nada comparado con lo que tengo con Gideon.

—¿Y qué me dices de la luz del sol? ¿No la echas de menos al vivir aquí?

—Ninguna de nosotras está obligada a permanecer en el complejo durante todo el tiempo. Yo paso mucho tiempo en los jardines de la propiedad durante el día, siempre que quiero. El terreno es muy seguro, al igual que la mansión, que es enorme. Cuando llegué aquí, al principio, me pasé tres semanas explorándolo.

Por el breve vistazo que Gabrielle había echado a ese lugar, se imaginaba que tardaría bastante tiempo en familiarizarse con todo.

—En cuanto a ir a la ciudad durante el día, lo hacemos a veces, aunque no muy a menudo. Todo lo que necesitamos lo podemos pedir por Internet y lo entregan a domicilio. —Sonrió y se encogió de hombros—. No me malinterpretes, me encanta ir a los cafés y de compras tanto como a cualquiera, pero aventurarse fuera del complejo sin nuestros compañeros siempre implica cierto riesgo. Y ellos se preocupan cuando estamos en algún lugar donde no pueden protegernos. Supongo que las hembras que viven en los Refugios Oscuros tiene un poco más de libertad durante el día que las que estamos vinculadas con los miembros de la clase guerrera. Aunque no oirás quejarnos.

—¿Hay más compañeras de raza viviendo aquí?

—Hay dos más, aparte de mí. Eva está vinculada a Rio. Las dos te caerán bien… son el alma de las fiestas. Y Danika es una de las personas más dulces que he conocido nunca. Era la compañera de raza de Conlan. Él ha sido asesinado hace poco, en un enfrentamiento con un renegado.

Gabrielle asintió con gesto serio.

—Sí, me he enterado de ello justo antes de que vinieras para traerme aquí. Lo siento.

—Todo es distinto sin él, más silencioso. No sé cómo Danika va a llevarlo, si te soy sincera. Han estado juntos durante muchos, muchos años. Conlan era un buen guerrero, pero era incluso un mejor compañero. También era uno de los miembros más antiguos de este complejo.

—¿Hasta qué edad llegan?

—Oh, no lo sé. Muy avanzada, para nosotros. Conlan nació de la hija de un capitán escocés de la época de Colón. Su padre era un vampiro de la raza de aquella generación, de hace quinientos años.

—¿Quieres decir que Conlan tenía quinientos años de edad?

Savannah se encogió de hombros.

—Más o menos, sí. Hay algunos mucho más jóvenes, como Rio y Nikolai, que han nacido en este siglo, pero ninguno de ellos ha vivido tanto tiempo como Lucan. Él pertenece a la primera generación, hijo de los Antiguos, de los originarios y de la primera línea de compañeras de raza que recibieron sus semillas extraterrestres y dieron a luz. Por lo que sé, esos primeros hijos de la raza nacieron mucho tiempo después de que los Antiguos llegaran aquí, al cabo de varios siglos, según la historia. Los miembros de la primera generación fueron concebidos sin deseo y completamente por suerte, cada vez que las violaciones de los vampiros se hacían en hembras humanas cuya sangre tenía unas características únicas y cuyo ADN era lo bastante fuerte para llevar a cabo un embarazo híbrido.

Gabrielle imaginó por un instante la brutalidad y la maldad que debió de haber tenido lugar en esos tiempos.

—Parece que eran animales, los Antiguos.

—Eran salvajes. Los renegados operan de la misma manera y con la misma falta de consideración por la vida. Si no fuera por guerreros como Lucan, Gideon y unos cuantos más de la Orden que les dan caza por todo el mundo, nuestras vidas, las vidas de todos los seres humanos, estarían en peligro.

—¿Y qué me dices de Lucan? —preguntó Gabrielle con voz débil—. ¿Cuán viejo es él?

—Ah, él es una rareza, aunque sólo sea por su linaje. Quedan muy pocos de su generación. —La expresión de Savannah mostraba cierta admiración y más que respeto—. Lucan tendrá unos novecientos años, posiblemente más.

—Oh, Dios mío. —Gabrielle se recostó en la silla. Se rio ante esa idea, pero al mismo tiempo se dio cuenta de que tenía sentido—. ¿Sabes? La primera vez que le vi, pensé que tenía todo el aspecto de montar a caballo blandiendo una espada y dirigiendo a un ejército de caballeros a la batalla. Tiene ese tipo de porte. Como si fuera el propietario del mundo, y como si hubiera visto tantas cosas que nada puede sorprenderle. Ahora sé por qué.

Savannah la miró con expresión sabia e inclinó la cabeza.

—Creo que tú has sido una sorpresa para él.

—¿Yo? ¿Qué quieres decir?

—Te ha traído aquí, al complejo. Nunca ha hecho algo así, no en todo el tiempo que hace que le conozco, ni tampoco antes por lo que me dijo Gideon.

—Lucan dice que me ha traído aquí para protegerme, porque ahora los renegados van detrás de mí. Dios, yo no quería creerle, no quería creer nada de todo esto, pero es verdad, ¿no?

La sonrisa de Savannah era cálida y comprensiva.

—Lo es.

—Le vi matar a alguien la otra noche, a un sirviente. Lo hizo para protegerme, lo sé, pero fue tan violento. Fue horrible. —Sintió que un escalofrío le recorría las piernas al recordar la terrible escena que tuvo lugar en el parque de los niños—. Lucan mordió la garganta del hombre y se alimentó de él como una especie de…

—Vampiro —repuso Savannah en voz baja, sin rastro de acusación ni de condena en la voz—. Eso es lo que son, Gabrielle, desde que nacieron. No es ni una maldición ni un desastre. Es solamente su forma de vivir, una forma distinta de consumir a lo que los humanos hemos aprendido que es normal. Y los vampiros no siempre matan para alimentarse. De hecho, eso no es habitual, por lo menos entre la población general de la raza, incluida la clase de los guerreros. Y es algo completamente desconocido entre los vampiros que tienen vínculos de sangre, como Gideon o Rio, dado que su alimento proviene regularmente de sus compañeras de raza.

—Lo dices de una forma que hace que parezca normal —dijo Gabrielle, frunciendo el ceño mientras pasaba un dedo por el borde de la taza. Sabía que lo que Savannah le estaba diciendo tenía cierta lógica, a pesar de que era surrealista, pero aceptaba que no iba a ser fácil—. Me aterroriza pensar en lo que él es, en cómo vive. Debería despreciarle por ello, Savannah.

—Pero no le desprecias.

—No —confesó ella en voz baja.

—Te preocupas por él, ¿verdad?

Gabrielle asintió con la cabeza, resistiéndose a afirmarlo de palabra.

—Y tienes una relación íntima con él.

—Sí. —Gabrielle suspiró y meneó la cabeza—. Y de verdad, ¿no es estúpido? No sé qué tiene que me hace desearle de esta manera. Quiero decir, me ha mentido y me ha engañado a tantos niveles que no puedo ni enumerarlos y, a pesar de todo ello, pensar en él hace que me tiemblen las piernas. Nunca he sentido este tipo de necesidad con ningún otro hombre.

Savannah sonreía desde detrás de la taza de té.

—Son más que hombres, nuestros guerreros.

Gabrielle dio un sorbo de té, pensando que quizá no era sensato pensar en Lucan como nada suyo, a no ser que tuviera intención de poner su corazón bajo las botas de él y ver cómo se lo pisoteaba y lo hacía polvo.

—Estos machos son apasionados en todo lo que hacen —añadió Savannah—. Y no hay nada que pueda compararse con dar y recibir cuando hay un vínculo de sangre, especialmente mientras se hace el amor.

Gabrielle se encogió de hombros.

—Bueno, el sexo es increíble, no voy a intentar negarlo. Pero no he tenido ese tipo de vínculo de sangre con Lucan.

La sonrisa de Savannah flaqueó un momento.

—¿No te ha mordido?

—No. Dios, no. —Negó con la cabeza, preguntándose si podía sentirse peor de lo que se sentía—. Ni siquiera ha intentado probar mi sangre, por lo que sé. Esta misma noche me ha jurado que nunca lo hará.

—Oh. —Savannah dejó con cuidado la taza de té en la mesa.

—¿Por qué? ¿Crees que lo hará?

La compañera de Gideon pareció pensarlo un momento y luego negó lentamente con la cabeza.

—Lucan nunca hace una promesa a la ligera, y no lo haría con algo como esto. Estoy segura de que tiene intención de hacer exactamente lo que te ha dicho.

Gabrielle asintió con la cabeza, aliviada, a pesar de que la afirmación de Savannah le sonó casi como si acabara de darle el pésame.

—Ven —le dijo, levantándose de la mesa y haciéndole una señal a Gabrielle para que la siguiera—. Voy a enseñarte el resto del complejo.

—¿Algo nuevo acerca de esos glifos que vimos en nuestro sujeto de la Costa Oeste? —preguntó Lucan mientras tiraba la chaqueta de piel en las sillas que se encontraban cerca de Gideon.

En ese momento estaban los dos solos en el laboratorio: los demás guerreros se habían ido para relajarse unas cuantas horas antes de que Lucan diera las órdenes para iniciar la limpieza nocturna de la ciudad. Se sentía contento de tener esa relativa intimidad. La cabeza empezaba a latirle, amenazando con otro terrible dolor de cabeza.

—No he conseguido nada, siento decir. No ha aparecido nada en la comprobación de los antecedentes criminales, ni en la búsqueda en el censo. Parece que nuestro chico no está registrado, pero eso no es poco usual. Los registros de la Base de Datos de Identificación Internacional son enormes, pero están lejos de ser perfectos, especialmente en lo que tiene que ver con vosotros, los miembros de la primera generación. Sólo quedan unos cuantos como tú por ahí y, por distintas razones, nunca se han ofrecido a ser procesados ni catalogados, incluido tú.

—Mierda —exclamó Lucan, apretándose el puente de la nariz sin sentir ningún alivio de la presión que cada vez sentía con más fuerza en la cabeza.

—¿Te encuentras bien, tío?

—No es nada. —No miró a Gideon, pero notaba que el vampiro le miraba con preocupación—. Lo superaré.

—Yo, esto… Me he enterado de lo que pasó entre tú y Tegan la otra noche. Los chicos dijeron que tú acababas de volver de una cacería y que tenías mal aspecto. Tu cuerpo todavía se está recuperando de las quemaduras del sol, ya lo sabes. Tienes que tomarte las cosas con calma, curarte…

—Te he dicho que estoy bien —le cortó Lucan, notando que le ardían los ojos de enojo y que sus labios dibujaban una mueca y mostraban los dientes.

Entre la presa que había cazado en la calle y el sirviente a quien había chupado la sangre en el parque, había ingerido sangre suficiente para todo el tiempo de recuperación. La verdad era que, a pesar de que físicamente estaba saciado, todavía deseaba más.

Se encontraba en un terreno muy resbaladizo, y lo sabía.

La sed de sangre era, solamente, permitirse la caída.

Controlar esa debilidad estaba siendo cada vez más difícil.

—Tengo un regalo para ti —dijo Lucan, ansioso por cambiar de tema. De un manotazo, dejó las dos tarjetas de memoria encima de la mesa—. Cárgalas.

—¿De verdad? ¿Un regalo para mí? Querido, no tenías que hacerlo —dijo Gideon, volviendo a su habitual actitud jovial. Ya estaba introduciendo una de ellas en el puerto USB del disco portátil de la máquina que tenía más cerca. En la pantalla se abrió una carpeta que mostró una larga lista de nombres en el monitor. Gideon se dio la vuelta y miró a Lucan con actitud pensativa—. Son archivos de imagen. Un montón.

Lucan asintió con la cabeza. Ahora estaba dando vueltas por la habitación, cada vez más irritado y acalorado por las brillantes luces de la habitación.

—Necesito que observes cada una de ellas y las compares con todas las localizaciones de los renegados que conocemos de la ciudad, del pasado, del presente así como las sospechosas.

Gideon abrió una imagen aleatoriamente y soltó un suave silbido.

—Ésta es la guarida de renegados que tomamos el mes pasado. —Abrió dos imágenes más y las colocó una al lado de la otra en la pantalla del ordenador—. Y el almacén que hemos estado vigilando durante dos semanas… Jesús, ¿es esto una imagen del edificio que está enfrente del Refugio Oscuro Quincy?

—Hay más.

—Hijo de puta. La mayoría de estas imágenes son de localizaciones de vampiros, tanto de renegados como de la raza. —Gideon pasó una docena de fotos más—. ¿Ella las ha hecho todas?

—Sí. —Lucan hizo una pausa para mirar a la pantalla. Señaló una serie de archivos datados de la semana en curso—. Abre este grupo.

Gideon abrió las fotos con unos rápidos movimientos del ratón.

—Debes de estar tomándome el pelo. ¿Ella también ha estado en los alrededores del psiquiátrico? En ese lugar debe de haber cientos de chupones.

Lucan sintió un retortijón en el estómago ante esa idea: el miedo era como un ácido en la boca del estómago. Sentía las entrañas revueltas, retorcidas a causa de la necesidad de alimentarse. Mentalmente controló la sed, pero le temblaban las manos y el sudor empezaba a aparecerle en la frente.

—Un sirviente la encontró y la persiguió hasta que ella salió de la propiedad —dijo con la voz ronca, como si tuviera tierra en la garganta, y no solamente porque tenía el cuerpo completamente descompuesto—. Tuvo mucha suerte de poder escapar.

—Pues sí. ¿Cómo encontró ese lugar? Es decir, ¿cómo pudo encontrar todos estos lugares?

—Dice que no sabe por qué se sintió atraída hacia ellos. Es una especie de instinto especial. Forma parte de la habilidad que tiene una compañera de raza de resistirse al control mental de un vampiro y que le permite ver nuestros movimientos a pesar de que el resto de seres humanos no puede.

—Lo llames como lo llames, este tipo de habilidad nos puede resultar de gran ayuda.

—Olvídalo. No vamos a involucrar a Gabrielle más de lo que ya se ha involucrado. Ella no forma parte de esto, y no la voy a exponer a más peligros. De todas formas, no va a quedarse aquí mucho tiempo.

—¿No crees que podemos protegerla?

—No voy a permitir que se quede en primera línea de fuego cuando una guerra se está gestando frente a nuestras puertas. ¿Qué tipo de vida sería ésta?

Gideon se encogió de hombros.

—Pues parece que a Savannah y a Eva no les va mal.

—Sí, y también ha sido una fiesta para Danika, últimamente. —Lucan negó con la cabeza—. No quiero que Gabrielle esté cerca de esta violencia. Va a marcharse a uno de los Refugios Oscuros tan pronto como sea posible. A algún lugar remoto que esté lo más lejos posible, donde los renegados no puedan encontrarla nunca.

Y donde también estuviera a salvo de él. A salvo de la bestia que se retorcía dentro de él incluso en esos momentos. Si la sed de sangre finalmente le vencía —y últimamente le parecía que era solamente una cuestión de tiempo—, quería que Gabrielle estuviera tan lejos como fuera posible.

Gideon, muy quieto, miraba a Lucan.

—Te preocupas por ella.

Lucan le devolvió la mirada y sintió deseos de golpear algo, de destruir algo.

—No seas ridículo.

—Me refiero a que es guapa, y es evidente que es valiente y creativa, así que no es difícil comprender que cualquiera pueda sentirse atraído por ella. Pero… joder. Tú te preocupas por ella de verdad, ¿no? —Era evidente que ese vampiro no sabía cuándo debía callarse—. Nunca pensé que llegaría el día en que una hembra se te metiera bajo la piel de esta manera.

—¿Es que tengo pinta de querer unirme al mismo patético club de corazones y flores al que tú y Rio pertenecéis? ¿O Conlan, con su cachorro en camino que nunca conocerá a su padre? De verdad, no tengo ninguna intención de vincularme con esta mujer ni con ninguna otra. —Pronunció un violento juramento—. Soy un guerrero. Mi primer y único deber siempre es para la raza. Nunca ha habido espacio para nada más. En cuanto encuentre un lugar seguro para ella en uno de los Refugios, Gabrielle Maxwell se irá. Olvidada. Fin de la historia.

Gideon se quedó en silencio un largo rato, observándole dar

vueltas por la habitación, frenético y malhumorado, con una falta de control que no era propia de él.

Lo cual solamente conseguía enervar el mal humor de Lucan hasta un nivel peligroso.

—¿Tienes algo más que añadir o podemos dejar este tema por ahora?

Los inteligentes ojos azules del vampiro continuaron mirándole de forma enloquecedora.

—Simplemente me pregunto a quién necesitas convencer: ¿a mí o a ti mismo?

Capítulo veintidós

La visita de Gabrielle por el laberíntico complejo de los guerreros le mostró dependencias de residencia privadas, zonas comunes, una sala de entrenamiento equipada con un increíble surtido de armas y de equipos de combate, una sala para banquetes, una especie de capillas e innumerables habitaciones escondidas para varias funciones que se mezclaban en su mente.

También conoció a Eva, que era exactamente como Savannah le había dicho que era. Vivaz, encantadora y guapa como una supermodelo. La compañera de raza de Rio había insistido en saberlo todo acerca de Gabrielle y de su vida. Eva era española y hablaba de volver allí algún día con Rio, donde ambos podrían crear una familia con el tiempo. Fue una agradable presentación que solamente se vio interrumpida por la llegada de Rio. Cuando él llegó, Eva se dedicó por entero a su compañero y Savannah se llevó a Gabrielle a otras zonas del complejo.

Era impresionante lo inmensas y eficientes que eran las instalaciones. Cualquier idea que ella pudiera tener acerca de que los vampiros vivían en viejas, cavernosas y húmedas cavernas le había desaparecido de la mente en cuanto ella y Savannah hubieron concluido ese informal paseo.

Esos guerreros y sus compañeras vivían con un estilo de alta tecnología y tenían literalmente todos los lujos que pudieran desear, aunque ninguno atrajo tanto a Gabrielle como la habitación en la que se encontraban ella y Savannah en ese momento. Unas estanterías de pulida madera oscura que iban desde el suelo al techo llenaban las altas paredes de la habitación y contenían miles de volúmenes. Sin duda, la mayoría eran extraños, dado la cantidad de los mismos que estaban encuadernados en piel y cuyos lomos grabados con oro brillaban a la suave luz de la biblioteca.

—Hala —exclamó Gabrielle mientras se dirigía al centro de la habitación y se daba la vuelta para admirar la impresionante colección de libros.

—¿Te gusta? —le preguntó Savannah, apoyándose en la puerta abierta.

Gabrielle asintió, demasiado ocupada en mirarlo todo para responder. Al darse la vuelta vio un lujoso tapiz que cubría la pared trasera. Era una imagen nocturna que representaba a un enorme caballero vestido de negro y con una malla de plata, sentado encima de un oscuro caballo encabritado. El caballero llevaba la cabeza descubierta y su largo cabello de ébano volaba al viento igual que los penachos que ondeaban desde la punta de su lanza ensangrentada y en el parapeto de un castillo que había en la cima de una colina, al fondo.

El bordado era tan intrincado y preciso que Gabrielle pudo distinguir los penetrantes ojos de un gris pálido de ese hombre y sus angulosos y marcados pómulos. En su sonrisa cínica y casi despectiva había algo que le resultaba familiar.

—Oh, Dios mío. ¿Se supone que es…? —murmuró Gabrielle.

Savannah contestó con un encogimiento de hombros y una risita divertida.

—¿Quieres quedarte aquí un rato? Tengo que ir a ver a Danika, pero eso no significa que tengas que irte, si prefieres…

—Claro. Sí. Me encantará quedarme un rato por aquí. Por favor, tómate el tiempo que necesites y no te preocupes por mí.

Savannah sonrió.

—Volveré pronto y nos ocuparemos de prepararte una habitación.

—Gracias —repuso Gabrielle, que no tenía ninguna prisa en que se la llevaran de ese paraíso inesperado.

En cuanto la otra mujer hubo salido, Gabrielle se dio cuenta de que no sabía por dónde empezar a mirar: si por el tesoro de la literatura o la pintura medieval que representaba a Lucan Thorne, que parecía ser de alrededor del siglo XIV.

Decidió hacer ambas cosas. Sacó un increíble volumen de poesía francesa, presumiblemente una primera edición, de uno de los estantes y se lo llevó a un sillón de lectura colocado ante el tapiz. Dejó el libro encima de una delicada mesa antigua y, durante un minuto, lo único que fue capaz de hacer fue mirar la imagen de Lucan bordada de forma tan experta con hilo de seda. Levantó una mano, pero no se atrevió a tocar esa pieza de museo.

«Dios mío», pensó, impresionada, al captar la increíble realidad de ese otro mundo.

Durante todo ese tiempo, ellos habían existido al mismo tiempo que los seres humanos.

«Increíble.»

Y qué pequeño le parecía su propio mundo a la luz de ese nuevo conocimiento. Todo aquello que creía saber sobre la vida había sido eclipsado en cuestión de horas por la larga historia de Lucan y del resto de los suyos.

De repente, el aire pareció moverse a su alrededor y Gabrielle sintió una súbita alarma. Se volvió rápidamente y se sobresaltó al encontrarse con el Lucan real, en carne y hueso, de pie, detrás de ella, en la entrada de la habitación, apoyado con uno de sus enormes hombros contra el quicio de la puerta. Llevaba el pelo más corto que el caballero, sus ojos tenían quizá una expresión de mayor obsesión y no se veían tan ansiosos como los que había representado el artista.

Lucan era mucho más atractivo en persona: incluso cuando estaba quieto irradiaba un poder innato. Incluso cuando la miraba con el ceño fruncido y en silencio, como en ese momento.

El corazón de Gabrielle se aceleró con una mezcla de miedo y expectativa en cuanto vio que él se apartaba del quicio de la puerta y entraba en la habitación. Le miró, le miró de verdad, y le vio tal y como era: una fuerza que no tenía edad, una belleza salvaje, un poder inconmensurable.

Un enigma oscuro, que resultaba tan seductor como peligroso.

—¿Qué estás haciendo aquí? —En su voz había una nota acusatoria.

—Nada —contestó ella rápidamente—. Bueno, si te soy sincera, no he podido evitar admirar algunas de estas cosas tan hermosas. Savannah me ha estado enseñando el complejo.

Él gruñó y se apretó el puente de la nariz sin dejar de fruncir el ceño.

—Hemos tomado el té juntas y hemos estado charlando un poco —añadió Gabrielle—. Eva ha estado con nosotras también. Las dos son muy agradables. Y este lugar es realmente impresionante. ¿Cuánto hace que tú y los demás guerreros vivís aquí?

Ella se daba cuenta de que él tenía poco interés en entrar en conversación, pero contestó, levantando un hombro en un encogimiento despreocupado.

—Gideon y yo fundamos este lugar en 1898 como cuartel general para dar caza a los renegados que se habían trasladado a esta región. Desde aquí reclutamos a un grupo de los mejores guerreros para que lucharan con nosotros. Dante y Conlan fueron los primeros. Nikolai y Rio se unieron a nosotros más tarde. Y Tegan.

Este último nombre le era completamente desconocido a Gabrielle.

—¿Tegan? —preguntó—. Savannah no le ha mencionado. Él no estaba cuando me presentaste a los demás.

—No, no estaba.

Al ver que él no daba más explicaciones, la curiosidad la atrapó.

—¿Es uno a quien habéis perdido, como Conlan?

—No. No es eso. —Lucan habló con voz entrecortada al referirse a este último miembro del grupo, como si el tema fuera un tema doloroso que prefiriera no tocar.

Él continuaba mirándola intensamente y estaba tan cerca que ella percibía el movimiento de su pecho al respirar, los músculos que se expandían bajo la camisa negra de impecable caída, el calor que su cuerpo parecía irradiar hacia ella.

Detrás de él, en la pared, su semejante miraba desde el tapiz con una expresión de ferviente determinación: el joven caballero decidido y grave, seguro de conquistar todo premio que encontrara en su camino. Gabrielle distinguía una sombra más oscura de esa misma determinación en Lucan ahora, mientras la mirada de él recorría todo su cuerpo, de pies a cabeza.

—Este tapiz es increíble.

—Es muy viejo —dijo él, mirándola mientras se acercaba a ella—. Pero supongo que eso ya lo sabes ahora.

—Es precioso. Y se te ve tan fiero, como si estuvieras a punto de conquistar el mundo.

—Lo estaba. —Miró el tapiz de la pared con una ligera expresión de burla—. Lo hice hacer unos meses después de la muerte de mis padres. Ese castillo que se quema, al fondo, pertenecía a mi padre. Lo hice cenizas después de cortarle la cabeza por haber matado a mi madre en un ataque de sed de sangre.

Gabrielle se quedó sin habla. No había esperado nada como eso.

—Dios mío. Lucan…

—La encontré en un charco de sangre en nuestro vestíbulo. Tenía la garganta destrozada. Él ni siquiera intentó defenderse. Sabía lo que había hecho. La amaba, tanto como podían amar los de su clase, pero su sed era más fuerte. No podía negar su naturaleza. —Lucan se encogió de hombros—. Le hice un favor al terminar con su existencia.

Gabrielle observó la expresión fría de él y se sintió tan impresionada por lo que acababa de oír como por el tono displicente con que lo hizo. Todo el romántico atractivo que había proyectado en ese tapiz hacía tan sólo un minuto, desapareció bajo el peso de la tragedia que verdaderamente representaba.

—¿Por qué quisiste tener un recuerdo tan bonito de una cosa tan terrible?

—¿Terrible? —Él negó con la cabeza—. Mi vida comenzó esa noche. Yo nunca tuve ningún objetivo hasta que me erguí sobre mis pies, sobre la sangre de mi familia y me di cuenta de que tenía que cambiar las cosas: para mí mismo y para el resto de mi estirpe. Esa noche declaré la guerra a los Antiguos que quedaban de los de la clase de mi padre, y a todos los miembros de la raza que les habían servido como renegados.

—Eso significa que has estado luchando durante mucho tiempo.

—Tendría que haber empezado muchísimo antes. —Le clavó una mirada de hierro y le dirigió una sonrisa escalofriante—.

No me voy a detener nunca. Es por eso por lo que vivo: manejo la muerte.

—Algún día ganarás, Lucan. Entonces toda la violencia terminará por fin.

—¿Tú crees? —dijo él, arrastrando las palabras con cierta burla en el tono de voz—. ¿Y lo sabes con seguridad, basándote en qué? ¿En tus pocos veintisiete años de vida?

—Lo baso en la esperanza, para empezar. En la fe. Tengo que creer que el bien siempre prevalecerá. ¿Tú no? ¿No es por eso que tú y los demás hacéis lo que hacéis? ¿Porque tenéis la esperanza de que podéis mejorar las cosas?

Él se rio. En verdad, la miró directamente y se rio.

—Mato a los renegados porque lo disfruto. Soy retorcidamente bueno en eso. No voy a hablar de los motivos de los demás.

—¿Qué pasa contigo, Lucan? Pareces… ¿cabreado? ¿Retador? ¿Un poco psicótico? Estás actuando de forma distinta aquí de como actuaste antes conmigo.

Él le clavó una mirada mordaz.

—Por si no te has dado cuenta, cariño, ahora estás en mis dominios. Las cosas son distintas aquí.

La crueldad que veía en él en esos momentos la desconcertó, pero fue su extraña mirada ardiente lo que de verdad la enervó. Sus ojos eran demasiado brillantes, parecían duros como el cristal. Su piel había enrojecido y se veía tensa en sus mejillas. Y ahora que le miraba de cerca, vio que tenía la frente perlada de sudor.

Una rabia pura y fría emanaba de él en oleadas. Como si deseara desgarrar algo con sus propias manos.

Y resultaba que lo único que tenía delante era a ella.

Él avanzó y pasó por su lado en silencio, dirigiéndose hacia una puerta cerrada que se encontraba cerca de una de las altas estanterías. La puerta se abrió sin que él la tocara. Al otro lado todo estaba tan oscuro que Gabrielle pensó que era un armario. Pero él entró en ese espacio tenebroso y ella oyó sus pisadas alejándose sobre un suelo de madera de lo que debía de ser un pasadizo escondido del complejo.

Gabrielle se quedó allí de pie, como si acabara de librarse de que una brutal tormenta la atrapara. Exhaló con fuerza, aliviada. Quizá debía dejarle marchar. Tenerse por afortunada por estar lejos de su camino en ese momento. Estaba claro que él no parecía desear su compañía, y ella no estaba segura de querer la de él si estaba de esa manera.

Pero algo le sucedía, algo estaba realmente mal, y tenía que saber qué era.

Se tragó el miedo y le siguió.

—¿Lucan? —En el espacio de más allá de la puerta no había ninguna luz. Solamente había oscuridad, y se oía el sonido constante de los tacones de las botas de Lucan—. Dios, está muy oscuro aquí. Lucan, espera un segundo. Dime algo.

El ritmo de sus pasos no se alteró. Parecía más que ansioso de librarse de ella. Como si estuviera desesperado por alejarse de ella.

Gabrielle avanzó por el pasillo oscuro que tenía delante de la mejor manera que pudo, con los brazos alargados hacia delante para ayudarse a seguir las curvas del pasadizo.

—¿Adónde vas?

—Fuera.

—¿Para qué?

—Ya te lo he dicho. —Se oyó un cerrojo en el mismo punto desde donde provenía su voz—. Tengo que hacer un trabajo. Últimamente he estado muy relajado.

A causa de ella.

No lo dijo, pero no había manera de malinterpretar lo que quería decir.

—Tengo que salir de aquí —le dijo, cortante—. Es hora de que añada unos cuantos chupones a mi lista.

—La noche ya casi ha pasado. Quizá tendrías que descansar un poco, en lugar de eso. No me parece que estés bien, Lucan.

—Necesito luchar.

Gabrielle oyó que sus pasos se detenían, oyó el susurro de la tela en algún punto por delante de ella, en la oscuridad, como si él se hubiera detenido y se estuviera quitando la ropa. Gabrielle continuó avanzando en dirección a esos sonidos con las manos hacia delante, intentando orientarse en ese pozo oscuro interminable. Ahora se encontraban en otro espacio; había una pared a la derecha. La utilizó como guía, avanzando a lo largo de ella con pasos cuidadosos.

—En la otra habitación parecías ruborizado. Y tu voz suena... rara.

—Necesito alimentarme. —Su voz sonó grave y letal, como una amenaza inequívoca.

¿Se había dado cuenta él de que ella se había detenido al oírle? Debía de haberse dado cuenta, porque se rio con un humor amargo, como si la intranquilidad de ella le divirtiera.

—Pero ya te has alimentado —le recordó ella—. Justo la otra noche, de hecho. ¿Es que no tomaste suficiente sangre cuando mataste a ese sirviente? Creí que dijiste que solamente necesitabas alimentarte una vez durante varios días.

—Ya eres una experta en el tema, ¿verdad? Estoy impresionado.

Las botas cayeron al suelo con un descuidado golpe, primero una y luego la otra.

—¿Podemos encender algunas luces aquí? No puedo verte...

—Sin luces —la cortó él—. Yo veo perfectamente. Huelo tu miedo.

Ella tenía miedo, no tanto por ella sino por él. Él estaba más que enervado. El aire que le rodeaba parecía latir de pura furia. Llegaba hasta ella a través de la oscuridad, como una fuerza invisible que la empujaba hacia atrás.

—¿He hecho algo mal, Lucan? ¿No debería estar aquí en el complejo? Porque si has cambiado de opinión al respecto, tengo que decirte que no estoy muy segura de que fuera una buena idea que yo viniera aquí.

—Ahora no hay ningún otro lugar para ti.

—Quiero volver a mi apartamento.

Gabrielle sintió una oleada de calor que le subía por los brazos, como si él se hubiera dado la vuelta y la fulminara con la mirada.

—Has venido aquí. Y no puedes volver allí. Te quedarás hasta que yo decida lo contrario.

—Esto se parece mucho a una orden.

—Lo es.

De acuerdo, ahora él no era el único que sentía rabia.

—Quiero mi teléfono móvil, Lucan. Tengo que llamar a mis amigos y asegurarme de que están bien. Luego llamaré a un taxi y me iré a casa, donde intentaré encontrarle algún sentido a este lío en que se ha convertido mi vida.

—Ni hablar. —Gabrielle oyó un *clic* metálico de un arma, y el roce de un cajón que se abría—. Ahora estás en mi mundo, Gabrielle. Aquí soy yo quien dicta las leyes. Y tú estás bajo mi protección hasta que yo considere que es seguro soltarte.

Ella se tragó la maldición que tenía en la punta de la lengua. Casi.

—Mira, esta actitud benevolente de capo te puede haber funcionado en el pasado, pero no te imagines que la puedes utilizar conmigo.

El rabioso gruñido que salió de él fue como un latigazo que le erizó los cabellos de la nuca.

—No sobrevivirías una noche ahí fuera sin mí, ¿lo comprendes? Si no hubiera sido por mí, no habrías sobrevivido a tu primer maldito año de vida.

De pie, allí, en la oscuridad, Gabrielle se quedó totalmente inmóvil.

—¿Qué has dicho?

Sólo obtuvo un largo silencio como respuesta.

—¿Qué quieres decir con que no hubiera sobrevivido?

Él soltó un juramento entre los dientes apretados.

—Yo estaba allí, Gabrielle. Hace veintisiete años, cuando una indefensa madre joven fue atacada por un vampiro renegado en la estación de autobús de Boston, yo estaba allí.

—Mi madre —murmuró ella con el corazón casi detenido. Alargó la mano hacia atrás en busca de la pared y se apoyó en ella.

—Ya la había mordido. Le estaba chupando la sangre cuando lo olí y les encontré fuera de la estación. Él la hubiera matado. Te hubiera matado también a ti.

Gabrielle casi no podía creer lo que estaba oyendo.

—¿Tú nos salvaste?

—Le di a tu madre la oportunidad de alejarse. Pero estaba demasiado mal a causa de la mordedura. Nada podía salvarla. Pero ella quería salvarte a ti. Se escapó contigo en brazos.

—No. Ella no se preocupaba por mí. Me abandonó. Me puso en un cubo de basura —susurró Gabrielle, con la garganta atenazada al sentir la vieja herida del abandono.

—La mordedura la dejó en un estado de conmoción. Es probable que estuviera desorientada, y que creyera que te estaba dejando en un lugar seguro. Que te estuviera ocultando del peligro.

Dios, ¿durante cuánto tiempo se había estado interrogando acerca de la joven mujer que la había traído al mundo? ¿Cuántos escenarios había inventado para explicar, explicarse a sí misma por lo menos, lo que debía de haber sucedido esa noche en que la encontraron en la calle, cuando era un bebé? Pero nunca había imaginado esto.

—¿Cómo se llamaba?

—No lo sé. No me interesaba. Ella era solamente otra víctima de los renegados. Yo no había pensado en nada de eso hasta que tú mencionaste a tu madre en tu apartamento.

—¿Y yo? —preguntó ella, intentando ponerlo todo en orden—. Cuando viniste a verme por primera vez después del asesinato, ¿sabías que yo era el bebé a quien habías salvado?

El emitió una carcajada seca.

—No tenía ni idea. Vine hasta ti porque noté tu olor a jazmín fuera de la discoteca y te deseaba. Necesitaba saber si tu sangre sería tan dulce como el resto.

Oír esas palabras le hizo recordar todo el placer que Lucan le había dado con su cuerpo. Ahora se preguntaba cómo sería que él le chupara del cuello mientras la penetraba. Para su sorpresa, se dio cuenta que era mucho más que curiosidad lo que sentía.

—Pero no lo hiciste. Tú no…

—Y no lo haré —contestó él, con voz entrecortada. Gabrielle oyó otra maldición donde se encontraba él, esta vez de dolor—. Nunca te habría tocado si hubiera sabido…

—¿Si hubieras sabido qué?

—Nada, olvídalo. Sólo que… Dios, la cabeza me duele demasiado para hablar. Vete de aquí. Déjame solo ahora.

Gabrielle se quedó justo donde estaba. Le oyó moverse otra vez, fue un sordo roce de los pies. Y otro gruñido grave y animalesco.

—¿Lucan? ¿Estás bien?

—Estoy bien —gruñó, lo cual parecía cualquier cosa menos que estuviera bien—. Necesito eh… joder. —Ahora respiraba con mayor dificultad, casi jadeaba—. Vete de aquí, Gabrielle. Necesito estar… solo.

Algo pesado cayó en la alfombra del suelo con un golpe sordo. Él inhaló con fuerza.

—No creo que necesites quedarte solo ahora mismo, en absoluto. Creo que necesitas ayuda. Y no puedo continuar hablando contigo en la oscuridad de esta manera. —Gabrielle pasó la mano por la pared buscando a tientas la luz—. No encuentro ningún…

Sus dedos tropezaron con un interruptor y lo encendió.

—Oh, Dios mío.

Lucan estaba doblado sobre sí mismo en el suelo, al lado de una cama grande. Se había quitado la camisa y las botas y se retorcía como presa de un dolor extremo. Las marcas del torso y de la espalda tenían un color lívido. Las intrincadas curvas y arcos cambiaban del púrpura profundo al rojo y al negro a cada espasmo mientras él se sujetaba el abdomen.

Gabrielle corrió a su lado y se arrodilló. El cuerpo de él se contrajo salvajemente y le hizo encogerse en una tensa pelota.

—¡Lucan! ¿Qué está sucediendo?

—Vete —le gruñó él cuando ella intentó tocarle al tiempo que se apartaba como un animal herido—. ¡Vete! No es… cosa tuya.

—¡Y una mierda no lo es!

—Vete… ¡aaah! —Su cuerpo volvió a sufrir una convulsión, peor que la anterior—. Apártate de mí.

Verle con tanto dolor hizo que el pánico se apoderara de ella.

—¿Qué te está sucediendo? ¡Dime qué tengo que hacer!

Él se tumbó de espaldas como si unas manos invisibles le hubieran hecho darse la vuelta. Los tendones del cuello se le veían tensos como cables. Las venas y las arterias le sobresalían en los bíceps y los antebrazos. Tenía una mueca en los labios que dejaba al descubierto los afilados colmillos blancos.

—¡Gabrielle, lárgate de aquí!

Ella se apartó para cederle espacio, pero no estaba dispuesta a dejarle sufriendo de esa manera.

—¿Voy a buscar a alguien? Puedo decírselo a Gideon.

—¡No! No… no se lo puedes decir. No… a nadie. —Él levantó los ojos hacia ella y Gabrielle vio que se habían achicado en dos delgadas rayas negras rodeadas por un brillante color ámbar. Esa mirada fiera le atenazó la garganta y le hizo acelerar el pulso. Lucan se estremeció y apretó los ojos con fuerza.

—Pasará. Siempre pasa… al final.

Como para demostrarlo, después de un largo momento, empezó a arrastrarse para ponerse de pie. Le resultó difícil; sus movimientos eran torpes, pero el gruñido que le dirigió cuando ella intentó ayudarle la convenció para dejarle que lo hiciera solo. Por pura fuerza de voluntad, se levantó y se apoyó con el estómago contra la cama. Continuaba jadeando y todavía tenía el cuerpo tenso y pesado.

—¿Puedo hacer alguna cosa?

—Vete. —Pronunció esa palabra con angustia—. Sólo… mantente lejos.

Ella permaneció justo donde estaba y se atrevió a tocarle ligeramente el hombro.

—Tienes la piel encendida. Estás ardiendo de fiebre.

Él no dijo nada. Gabrielle no estaba segura de si él era capaz de pronunciar ninguna palabra ahora que toda su energía estaba dedicada en soportar el dolor y en librarse de lo que le tenía atrapado, fuera lo que fuese. Él le había dicho que necesitaba alimentarse esa noche, pero esto parecía ser algo más profundo que un hambre básica. Era un sufrimiento de una clase que ella nunca había visto.

«Sed de sangre.»

Ésa era la adicción que él había dicho que era el distintivo de los renegados. «Lo único que distinguía a la Raza de sus hermanos salvajes.» Al mirarle en esos momentos, ella se planteó lo difícil que debía de ser satisfacer una sed que también podía destruirle a uno.

Y cuando la sed de sangre le tenía a uno atrapado, ¿cuánto tiempo hacía falta para que le arrastrara por completo?

—Vas a ponerte bien —le dijo con suavidad mientras le acariciaba el pelo oscuro—. Relájate. Déjame que te cuide, Lucan.

Capítulo veintitrés

Se encontraba tumbado en una sombra fresca y una suave brisa le acariciaba el pelo. No quería despertar de ese sueño profundo y sin pesadillas. No encontraba esa paz a menudo. Nunca de esa manera. Quería quedarse ahí y dormir cien años.

Pero el ligero aroma a jazmín que flotaba cerca de él le hizo despertar. Inhaló el dulce olor con fuerza para llenarse los pulmones, saboreándolo en la parte trasera del paladar. Disfrutándolo. Abrió los ojos, pesados, y vio unos bonitos ojos marrones que le devolvían la mirada.

—¿Te encuentras mejor?

La verdad era que se encontraba mejor. El punzante dolor de cabeza había desaparecido. Ya no tenía la sensación de que le estaban arrancando la piel. El dolor en el abdomen que le había hecho retorcerse se había reducido a un malestar profundo, intensamente incómodo, pero nada que no pudiera soportar.

Intentó decirle que se encontraba mejor, pero la voz le salió como un graznido agudo. Se aclaró la garganta y se esforzó en pronunciar un sonido.

—Estoy bien.

Gabrielle estaba sentada en la cama a su lado y tenía la cabeza de él en su regazo. Le estaba poniendo un trapo fresco y húmedo en la frente y en las mejillas. Con la otra mano le acariciaba el pelo con dedos suaves y cuidadosos.

Era agradable. Tan increíblemente agradable.

—Te has encontrado muy mal. Estaba preocupada por ti.

Él gruñó al recordar lo que había sucedido. El ataque de sed de sangre le había tumbado de espaldas. Le había reducido a una débil bola de dolor. Y ella lo había presenciado todo. Mierda, deseaba arrastrarse a un oscuro agujero y morir por haber permitido que alguien le viera en esas condiciones. Especialmente Gabrielle.

La humillación por su propia debilidad fue un duro golpe, pero fue un repentino ataque de miedo lo que le obligó a incorporarse y a despertarse por completo.

—Dios, Gabrielle. ¿Te he… te he hecho daño?

—No. —Ella le tocó la mandíbula. No había ni rastro de miedo en su mirada ni en su caricia—. Estoy bien. No me hiciste nada, Lucan.

«Gracias a Dios.»

—Llevas puesta mi camisa —le dijo, dándose cuenta de que el suéter de ella y su pantalón habían desaparecido y que sus esbeltas curvas estaban envueltas en su camiseta negra. Lo único que él llevaba era el pantalón.

—Ah, sí —repuso ella, quitándose un hilo suelto de la camiseta—. Me la he puesto hace un rato, cuando Dante vino buscándote. Le dije que estabas en la cama, durmiendo. —Se sonrojó un poco—. Pensé que se sentiría menos inclinado a hacer preguntas si le abría la puerta así.

Lucan apoyó la espalda en la cama y la miró con el ceño fruncido.

—Has mentido por mí.

—Parecía ser muy importante para ti que nadie te viera… cómo estabas.

Él la miró: allí, sentada, tan confiada con él. Se sintió admirado. Cualquiera que le hubiera visto en ese estado le hubiese clavado una hoja de titanio en el corazón, y hubiera hecho bien. Pero ella no había tenido miedo. Él acababa de enfrentarse con uno de sus peores ataques hasta ese momento, y Gabrielle había estado con él todo el rato. Cuidándole.

Ella le había protegido.

Sintió que el pecho se le llenaba de respeto. De una profunda gratitud.

Él nunca había experimentado cómo eso hacía sentirle a uno, el poder confiar en alguien de esa manera. Sabía que cualquiera de sus hermanos le hubiera cubierto las espaldas en la batalla, igual que él hubiera hecho con ellos, pero esto era distinto. Alguien le había cuidado. Le había protegido cuando había estado más vulnerable.

Incluso cuando él le había escupido y le había gruñido, intentando apartarla de él. Permitiéndole verle como la bestia que verdaderamente era.

Ella se había quedado a su lado, a pesar de todo eso.

Él no tenía las palabras adecuadas para darle las gracias por algo tan profundamente generoso. En lugar de ello, se inclinó y la besó, con toda la suavidad que pudo, con toda la reverencia que nunca sería capaz de expresar adecuadamente.

—Debería vestirme —dijo, gimiendo al darse cuenta de que tenía que dejarla—. Estoy mejor ahora. Tengo que irme.

—¿Irte, dónde?

—Fuera, a acabar con unos cuantos renegados más. No puedo dejar que los demás hagan todo mi trabajo.

Gabrielle se acercó a él, en la cama, y le puso la mano en el antebrazo.

—Lucan, son las diez de la mañana. Ahí fuera es de día.

Él giró la cabeza para mirar el reloj de la mesilla de noche y vio que tenía razón.

—Mierda. ¿He dormido toda la noche? Dante me va a dar una buena tunda en el culo por esto.

Los labios de Gabrielle dibujaron una sonrisa sensual.

—La verdad es que él tiene la impresión de que tú me has dado una buena tunda en el mío durante toda la noche, ¿recuerdas?

La excitación se despertó en su interior como una llama prende en la yesca seca.

«Maldita sea.»

«Sólo con pensarlo.»

Ella estaba sentada sobre las piernas y la camiseta negra le caía justo sobre el inicio de los muslos, lo cual le ofrecía una visión de unas minúsculas braguitas blancas al final de esa piel blanca. El pelo le caía alrededor del rostro y sobre los hombros en suntuosas ondas, y le hacía desear enterrar las manos en él y hundirse en su cuerpo.

—Detesto que hayas tenido que mentir por mí —le dijo,

con voz ronca. Le pasó una mano a lo largo de la sedosa curva de uno de los muslos—. Debería hacer que fueras una mujer honesta.

Ella le tomó los dedos de la mano y se los sujetó.

—¿De verdad crees que estás preparado para ello?

Él rio con un humor negro.

—Oh, estoy más que preparado para ello.

Aunque ella le miraba con calidez y una mirada de interés, también expresaba cierta duda.

—Has pasado por un momento difícil. Quizá deberíamos hablar de lo que ha sucedido. Quizá fuera una idea mejor que descansaras un poco más.

Lo último que él quería hacer era hablar de sus problemas, especialmente en ese momento en que Gabrielle tenía un aspecto tan tentador en la cama. Él sentía que su cuerpo se había recuperado de la batalla, y su sexo había cobrado vida con facilidad. Como siempre, cuando se encontraba cerca de ella. Cuando pensaba en ella.

—Ya me dirás si necesito descansar más.

Le tomó una mano y se la llevó hasta la dura cresta de su erección, que se apretaba contra la cremallera del pantalón. Ella acarició el dolorido bulto de su miembro y luego giró la mano para tomarlo en la palma de la mano. Él cerró los ojos, perdiéndose en el contacto de ella y en el cálido perfume de su excitación mientras ella se colocaba entre sus brazos.

La besó, larga y profundamente, en una lenta unión de sus labios. Lucan deslizó las manos bajo la camiseta y con los dedos trepó por la sedosa piel de la espalda de ella, por las costillas y por la deliciosa curva de los pechos. Los pezones se le endurecieron cuando los acarició, como pequeños capullos que suplicaran ser lamidos.

Ella arqueó la espalda con el contacto de sus manos y gimió. Con los dedos abrió el cierre y la bragueta de su pantalón. Le bajó la cremallera. Los deslizó dentro y colocó la palma de la mano encima de toda la longitud de su miembro.

—Eres tan peligrosa —le susurró él contra los labios—. Me gusta verte aquí, en mis dominios. No creí que sucedería. Dios sabe que no debería.

Llevó las manos hasta el dobladillo de la camiseta y se la subió por la cabeza para quitársela y poder apreciar sin dificultades el cuerpo desnudo de ella. Le apartó el cabello y le acarició con ternura el cuello con los nudillos.

—¿De verdad soy la primera mujer a quien has traído aquí?

Él sonrió con ironía mientras le acariciaba la piel suave.

—¿Quién te lo ha dicho? ¿Savannah?

—¿Es verdad?

Él se inclinó hacia delante y tomó uno de los pezones rosados entre los labios. La empujó con el peso de su cuerpo para colocarla debajo de él mientras se quitaba rápidamente el pantalón. Los colmillos empezaron a alargársele, el deseo escapaba a su control rápidamente y le recorría todo el cuerpo como olas ardientes.

—Tú eres la única —le dijo con voz densa, con honestidad por la confianza que ella le había ofrecido unas horas antes.

Gabrielle sería la última mujer a quien llevaría allí, también.

No podía imaginar tener en la cama a nadie más. Nunca permitiría que nadie volviera a entrar en su corazón. Porque tenía que enfrentarse a una dura realidad: y eso había hecho. Después de su cuidadoso control y de todos esos años de soledad autoimpuesta, había bajado la guardia emocional y Gabrielle había llenado ese vacío como nadie se lo llenaría nunca.

—Dios, eres tan suave —le dijo, acariciándola, recorriendo un costado de su cuerpo y el abdomen con los dedos hasta que llegó a la delicada curva de la cadera. Le dio un beso en los labios—. Tan dulce.

Su mano avanzó hacia abajo, entre los muslos, y le hizo abrir las piernas para permitirle continuar con la exploración.

—Tan húmeda —murmuró, penetrando sus labios con la lengua mientras introducía un dedo por debajo de las braguitas y le acariciaba los húmedos pliegues de la vulva.

La penetró, sólo como un tanteo al principio, y luego con profundidad. Ella se sujetó a él, arqueó la espalda al sentir que dos dedos más penetraban en su cuerpo pero no dejó de acariciar la suave y fiera erección de él. Él interrumpió el beso y le quitó la pieza de tela que le cubría el sexo. Luego fue bajando por su cuerpo, le empujó las piernas, abriéndoselas, y se sumergió entre ellas.

—Tan hermosa —dijo, sin aliento y fascinado por la rosada perfección de ella. Apretó el rostro contra ella, la abrió con los dedos y le acarició el clítoris y los húmedos pliegues que lo rodeaban con la lengua. La condujo hasta un rápido clímax y saboreó los fuertes temblores que recorrieron su cuerpo mientras le clavaba los dedos en los hombros y gritaba de placer.

—Dios, me destrozas, mujer. Nunca tengo bastante de ti.

Se sentía tan enfebrecido por estar dentro de ella que casi no oyó la pequeña exclamación que Gabrielle soltó cuando él la cubrió con su cuerpo. Sí percibió la repentina quietud en que había quedado ella, pero fue su voz lo que le hizo quedarse paralizado.

—Lucan… tus ojos…

Con una reacción instintiva, apartó el rostro de ella. Demasiado tarde. Sabía que ella había visto el resplandor sediento que su mirada había adquirido. Era la misma mirada salvaje que ella había visto en él la otra noche, o se le parecía lo bastante como para que sus ojos de ser humano no pudieran registrar la diferencia entre la sed de sangre y la intensidad del deseo.

—Por favor —dijo ella con suavidad—. Deja que te mire.

Remisamente, se apoyó sobre los puños para elevarse por encima de ella y la miró a los ojos. Vio un brillo de alarma en la mirada de ella, pero no se apartó de él. Le miró con detenimiento, estudiándole.

—No voy a hacerte daño —dijo él, con voz áspera y pastosa. Al hablar le permitió ver los colmillos: ahora ya no era capaz de ocultarle ninguna de las reacciones de su cuerpo—. Esto es necesidad, Gabrielle. Deseo. Tú me provocas esto. A veces solamente de pensar en ti… —Se interrumpió y soltó un juramento en voz baja—. No quiero asustarte, pero no puedo detener este cambio. No, porque te deseo demasiado.

—¿Y las otras veces que hemos estado juntos? —preguntó ella en un susurro y con el ceño fruncido—. ¿Me has ocultado esto? ¿Siempre escondías el rostro y apartabas la mirada cuando hacíamos el amor?

—No quiero asustarte. No quería que vieras lo que soy. —Esbozó una sonrisa de burla—. Pero ya lo has visto todo.

Ella meneó la cabeza despacio y le tomó el rostro con ambas manos. Le dirigió una mirada intensa, como asimilando todo lo que él era. Tenía los ojos húmedos, relucientes, con un brillo increíble, y una expresión tierna y afectuosa que irradiaba hacia él.

—Eres hermoso para mí, Lucan. Siempre querré mirarte. No hay nada que tengas que esconderme nunca.

Esa sincera declaración le conmovió. Ella le devolvía la mirada de sus ojos salvajes mientras le acariciaba la mandíbula, rígida, y recorría con dedos juguetones sus labios entreabiertos. Los colmillos le dolían, se alargaban todavía más, a causa de ese suave contacto con que ella exploraba su rostro.

Como si quisiera demostrarle algo —o, quizá, a él— deslizó un dedo por entre sus labios y se lo introdujo en la boca. Lucan emitió un profundo gruñido gutural. Le presionó el dedo con la lengua, con fuerza, y sintió el roce tierno de sus dientes contra la piel de ella. Cerró los labios y succionó para que su dedo penetrara más en su boca.

Vio que Gabrielle tragaba saliva. Olió la adrenalina que le recorrió el cuerpo y que se mezclaba con el aroma de su deseo.

Era tan endiabladamente hermosa, tan suave y generosa, tan valiente en todo aquello que hacía, que no podía evitar sentirse impresionado por ella.

—Confío en ti —le dijo ella, y sus oscuros ojos se ensombrecieron por el deseo. Él le soltó el dedo lentamente de entre sus afilados dientes—. Y te deseo. Deseo cada parte de ti.

Eso era más de lo que él podía soportar.

Con un gruñido animal de lascivia, se desplomó sobre ella, colocó la pelvis entre sus muslos y le hizo abrir las piernas empujándoselas con las rodillas. Sintió su sexo húmedo y caliente en la punta de la polla, una bienvenida a la que no pudo resistirse. Con una fuerte embestida, la empaló, deslizándose hacia dentro todo lo que pudo. Ella recibió cada centímetro de él, su tenso túnel le envolvió como un puño y le bañó en un calor maravilloso y mojado. Lucan soltó el aire entre los dientes al notar que las paredes del sexo de ella temblaron al notar que él se retiraba lentamente. Volvió a llenarla, esta vez levantándole las rodillas con los brazos para poder estar más cerca, para hundirse más en ella.

—Sí —le animó ella mientras empezaba a moverse con él a un ritmo que era cualquier cosa menos suave—. Dios, Lucan, sí.

Lucan sabía que el rostro de ella se había endurecido por la fuerza de la lascivia de él; probablemente, él nunca se había mostrado tan bestial como en ese momento: sentía la sangre como lava líquida que llamara a esa parte de él que era la maldición del brutal linaje de su padre. La folló con fuerza e intentó ignorar esa necesidad vibrante que se despertaba en su interior y que le exigía algo más que ese inmenso placer.

Su atención quedó prendada en la garganta de Gabrielle, donde una delicada vena latía debajo de su piel delicada. La boca se le llenó de saliva, febrilmente, a pesar de la presión que sintió en la base de la columna vertebral y que indicaba que se acercaba al clímax.

—No te detengas —le dijo ella sin el más mínimo temblor en la voz. Que Dios la ayudara, pero le atrajo más hacia sí y le aguantó la mirada bestial mientras le acariciaba la mejilla con los dedos cálidos—. Toma de mí todo lo que necesites. Pero… Oh, Dios… no te detengas.

El olfato de Lucan se llenó del erótico aroma de ella y del penetrante olor ligeramente metálico de la sangre que le teñía los pechos y le sonrojaba la pálida piel del cuello y el rostro. Rugió de agonía, luchando por negarse a sí mismo —negarles a ambos— el éxtasis que solamente se podía obtener con el beso de un vampiro.

Arrancó la mirada de su garganta y embistió contra su cuerpo con un vigor renovado que la llevó a ella, y luego a él, hasta un orgasmo demoledor.

Pero ese desahogo solamente mitigó una parte de su necesidad.

La otra, más profunda, persistía y empeoraba a cada latido del corazón de Gabrielle.

—Joder. —Se apartó a un lado, en la cama, y su voz sonó ronca y febril.

—¿Qué sucede? —Gabrielle le puso una mano en el hombro.

Se acercó a él y él notó el calor exuberante de sus pechos contra su espalda. Llevó las piernas hacia el borde de la cama, se sentó y apoyó la cabeza entre las manos. Se pasó los dedos, temblorosos, por el pelo. A sus espaldas, Gabrielle estaba callada; él se dio la vuelta y la miró a los ojos, interrogadores.

—No has hecho nada mal. Eres demasiado para mí, y tengo que… No consigo tener bastante de ti, ahora mismo.

—No pasa nada.

—No. No debería estar contigo de esta manera, cuando necesito… —«A ti», repuso todo su cuerpo—. Dios Santo, esto no es bueno.

Él se dio la vuelta otra vez, preparado para levantarse de la cama.

—Lucan, si estás sediento… si necesitas sangre…

Ella se acercó a él por detrás. Le pasó un brazo por encima del hombro y llevó una mano hasta su barbilla.

—Gabrielle, no me la ofrezcas. —Pensativo, se apartó de ella, igual que se hubiera apartado de un veneno. Se levantó y se puso el pantalón. Empezó a dar vueltas por la habitación—. No voy a beber de ti, Gabrielle.

—¿Por qué no? —Lo dijo en tono dolido, confundida—. Es evidente que lo necesitas. Y soy el único ser humano por aquí en este momento, así que supongo que tienes que quedarte conmigo.

—No es eso. —Negó con la cabeza y cerró los ojos, apretándolos para obligar a esa parte bestial en él a retirarse—. No puedo hacerlo. No te voy a atar a mí.

—¿De qué estás hablando? ¿No pasa nada si me follas pero la idea de aceptar mi sangre te revuelve el estómago? —Soltó una carcajada mordaz—. Mierda, Lucan. No me lo puedo creer: me siento realmente insultada con esto.

—Esto no va a funcionar —dijo él, furioso consigo mismo por meterles a ambos en un pozo todavía más profundo a causa de su propia falta de control cuando estaba al lado de ella—. Esto no va a salir bien. Debería haber dejado las cosas claras entre nosotros desde el principio.

—Si tienes que decirme algo, espero que lo hagas. Sé que

tienes un problema, Lucan. Es bastante difícil no darse cuenta, después de haberte visto anoche.

—No es eso. —Soltó una maldición—. Pero es parte de ello. No quiero hacerte daño. Y si bebo tu sangre, te lo haré. Antes o después, si tienes un vínculo de sangre conmigo, te haré daño.

—Tener un vínculo de sangre contigo —repitió ella, despacio—. ¿Cómo?

—Llevas la marca de las compañeras de raza, Gabrielle. —Le hizo un gesto señalando su hombro izquierdo—. Está ahí, justo debajo de tu oreja.

Ella frunció el ceño y llevó la mano hasta el lugar exacto de su piel donde tenía las marcas con forma de lágrima y de luna creciente.

—¿Esto? Es una marca de nacimiento. La tengo desde que tengo uso de razón.

—Todas las compañeras de raza tienen esta marca en algún lugar del cuerpo. Savannah y las demás hembras la tienen. Mi propia madre también. Todas vosotras la tenéis.

Ella se había quedado muy quieta, ahora. Habló con voz muy débil.

—¿Cuánto hace que sabes esto de mí?

—La vi la primera noche que fui a tu apartamento.

—¿Cuando te llevaste las fotos de mi móvil?

—Después —dijo él—. Cuando volví luego, y tú estabas durmiendo en la cama.

La comprensión se hizo visible en la expresión del rostro de Gabrielle con una mezcla de sorpresa y de dolor emocional.

—Tú estabas ahí. Creí que había soñado contigo.

—Nunca has notado este mundo en que estás porque no es tu mundo, Gabrielle. Tus fotografías, el hecho de que te sintieras atraída por los lugares que albergan a los vampiros, tu confusión con tus sentimientos acerca de la sangre y la compulsión por hacerla fluir: todas éstas son partes de quien tú eres de verdad.

Lucan se dio cuenta de que ella se estaba esforzando por aceptar lo que estaba oyendo, y detestó no ser capaz de hacerle las cosas más fáciles. Era mejor, pues, que lo dejara todo claro y acabara con ello.

—Un día encontrarás a un macho adecuado y le tomarás como compañero. Él solamente beberá de ti, y tú de él. La sangre os unirá en un solo ser. Es un juramento sagrado entre los nuestros. Un juramento que yo no puedo hacerte.

La expresión herida del rostro de Gabrielle era como si él acabara de darle una bofetada.

—¿No puedes… o no quieres?

—¿Qué importa eso? Te estoy diciendo que eso no va a suceder porque no lo voy a permitir. Si tenemos un vínculo de sangre, estaré unido a ti mientras quede un hálito de vida en mi cuerpo y en el tuyo. Tú nunca estarás libre de mí porque ese vínculo me obligará a buscarte hasta cualquier lugar a donde puedas huir.

—¿Por qué crees que yo huiría de ti?

Él exhaló con fuerza.

—Porque, un día, esta cosa contra la que estoy luchando va a poder conmigo y no puedo soportar la idea de que tú te encuentres en mi camino cuando eso suceda.

—Estás hablando de la sed de sangre.

—Sí —dijo él. Era la primera vez que de verdad lo reconocía, incluso ante sí mismo. Durante todos estos años había conseguido esconderlo. Pero no lo había conseguido ante ella—. La sed de sangre es la mayor debilidad de los de mi clase. Es una adicción, una condenada plaga. Una vez te tiene en su poder, muy pocos vampiros tienen la fuerza necesaria para escapar de ella. Se convierten en renegados y luego están perdidos.

—¿Cómo sucede?

—Para cada uno es diferente. A veces, la enfermedad se instala poco a poco. La sed va creciendo y uno la va satisfaciendo. Uno la satisface siempre que lo exige, y una noche uno se da cuenta de que esa necesidad nunca queda satisfecha. Para otros, un momento de descuido e indulgencia puede conducir a pasar al otro lado.

—¿Y cómo es para ti?

Su sonrisa se hizo tensa, fue como si descubriera los dientes y los colmillos.

—Tengo el dudoso honor de llevar la sangre de mi padre en

las venas. Si los renegado son unas bestias, no son nada comparados con el azote que inició nuestra estirpe. Para los de la primera generación, la tentación siempre está presente, tiene más fuerza en nosotros que en los demás. Si quieres saber la verdad, he estado engañando a la sed de sangre desde que la probé por primera vez.

—Así que tienes un problema, pero lo superaste la otra noche.

—Conseguí controlarlo, gracias en gran medida a ti, pero cada vez es peor.

—Puedes superarlo otra vez. Lo superaremos juntos.

—Tú no conoces mi historia. Ya he perdido a mis dos hermanos a causa de esta enfermedad.

—¿Cuándo?

—Hace mucho tiempo. —Frunció el ceño, recordando un pasado que no le gustaba desenterrar. Pero las palabras acudían rápidamente ahora, quisiera pronunciarlas o no—. Evran, el mediano de los tres, se convirtió en renegado justo cuando se hizo adulto. Murió en combate, luchando en el bando equivocado durante una de las antiguas guerras entre la raza y los renegados. Marek era el mayor, y quien tenía menos miedo. Él, Tegan y yo formábamos parte del primer grupo de guerreros de la raza que se levantó contra el último de los Antiguos y sus ejércitos de renegados. Fundamos la Orden más o menos en la época de la gran plaga que los humanos sufrieron en Europa. Al cabo de casi cien años, la sed de sangre se llevó a Marek; fue en busca del sol para terminar con su desgracia. Incluso Tegan tuvo un roce con la adicción hace mucho tiempo.

—Lo siento —dijo ella con suavidad—. Has perdido mucho a causa de esto. Y a causa de este conflicto con los renegados. Me doy cuenta de que te aterroriza.

Él tuvo una respuesta frívola inmediata en la punta de la lengua, una tontería que no dudaría en responder a cualquiera de los demás guerreros que mostraran la presunción suficiente para creer que él le tenía miedo a algo. Pero esa respuesta quedó presa en su garganta al mirar a Gabrielle porque sabía que ella le comprendía mejor de lo que nadie le había comprendido en su larga existencia.

Le conocía en un plano en el que nadie más le había conocido, y una parte de él iba a echar eso de menos cuando llegara el momento de mandarla lejos, al futuro que le esperaba en uno de los Refugios Oscuros.

—No sabía que tú y Tegan habíais estado juntos desde tanto tiempo —dijo Gabrielle.

—Él y yo hemos estado juntos siempre, desde el principio. Los dos somos de la primera generación, y ambos hemos jurado que nuestro deber consiste en defender a nuestra estirpe.

—Pero no sois amigos.

—¿Amigos? —Lucan se rio al pensar en los siglos de antagonismo entre ellos—. Tegan no tiene amigos. Y si los tuviera, seguro que no me contaría entre ellos.

—Entonces, ¿por qué le permites estar aquí?

—Es uno de los mejores guerreros que he conocido nunca. Su compromiso con la Orden es mucho más profundo que cualquier odio que pueda sentir hacia mí. Compartimos la creencia de que no hay nada más importante que proteger el futuro de la raza.

—¿Ni siquiera el amor?

Él no pudo hablar durante un segundo: se sintió atrapado con la guardia baja por su franca pregunta y no deseaba pensar adónde les podía conducir eso. No tenía experiencia en esa emoción en particular. Y a causa de la manera en que transcurría su vida en esos momentos, no quería ni pensar en nada que se le pareciera.

—El amor es para los machos que eligen llevar una vida blanda en un Refugio Oscuro. No para los guerreros.

—Algunos de los demás que viven en este complejo te discutirían esto.

Él la miró con serenidad.

—Yo no soy como ellos.

Ella bajó la cabeza inmediatamente y miró hacia abajo para ocultar sus ojos ante él.

—Entonces, ¿en qué me convierte todo esto? ¿Represento solamente una manera de pasar el tiempo mientras continúas matando renegados y fingiendo que lo tienes todo controlado? —Levantó la mirada y tenía los ojos inundados de lágrimas—. ¿Soy un juguete que tomas solamente cuando necesitas correrte?

—No te has quejado.

Gabrielle se quedó sin respiración y una ligera exclamación se le quedó atrapada en la garganta. Le miró, evidentemente consternada y con todo el derecho de estarlo. Su expresión fue primero de abatimiento y luego se endureció adoptando un aspecto duro como el cristal.

—Que te jodan.

El desprecio que sentía hacia él en ese momento era comprensible, pero eso no lo hacía más fácil de aceptar. Él nunca hubiera aceptado ese insulto verbal de nadie. Antes de ese momento, nunca nadie había tenido el valor de desafiarle. Lucan, el distante, el asesino frío y duro que no toleraba ningún tipo de debilidad, y mucho menos en sí mismo.

A pesar de todos los límites y la disciplina que había conseguido imponerse durante esos siglos de vida, allí estaba, destrozado por una mujer a quien había sido lo suficientemente loco para dejar que se le acercara. Y se preocupaba por ella, además, mucho más de lo que debería. Lo cual hacía que el hecho de hacerle daño en ese momento le pareciera mucho más repugnante, a pesar del hecho de que la noche pasada se le hizo claro que era necesario que la apartara. Era inevitable, y si fingía que ella algún día podría adecuarse a su forma de vida, era todavía peor.

—No quiero hacerte daño, Gabrielle, y sé que te lo haré.

—¿Y qué crees que estás haciendo ahora mismo? —susurró ella, con un nudo en la garganta—. ¿Sabes? Te creí. Mierda, de verdad me creí todas las mentiras que me dijiste. Incluso esa tontería de que querías ayudarme a encontrar mi verdadero destino. De verdad creí que te preocupabas de mí.

Lucan se sintió impotente, el más frío de los cabrones por dejar que las cosas se le escaparan de las manos hasta tal punto con ella. Se dirigió a una cómoda, sacó una camisa limpia y se la puso. Luego fue hasta la puerta que conducía al vestíbulo de fuera de sus apartamentos privados y se detuvo para mirar a Gabrielle.

Deseaba tanto alargar los brazos hacia ella, intentar mejorar las cosas de alguna manera. Pero sabía que sería un error. Si la tocaba, volvería a tenerla otra vez entre los brazos.

Entonces quizá no sería capaz de dejarla marchar.

Abrió la puerta, preparado para salir.

—Has encontrado tu destino, Gabrielle. Tal y como te dije que sucedería. Yo nunca te dije que sería conmigo.

Capítulo veinticuatro

*L*as palabras de Lucan —y todas las cosas increíbles que le había dicho— todavía le resonaban en los oídos mientras salía de debajo del agua caliente de la ducha del baño. Cerró el grifo y se secó con la toalla, esperando que el agua caliente le hubiera aliviado parte del dolor y la confusión que sentía. Había demasiadas cosas con las que debía enfrentarse, y la menor de ellas no era el hecho de que Lucan no tuviera ninguna intención de estar con ella.

Intentó decirse a sí misma que él no le había hecho ninguna promesa, pero eso solamente le hacía sentirse más tonta. Él nunca le había pedido que pusiera su corazón a sus pies; lo había hecho ella sola.

Se acercó al espejo que ocupaba todo lo ancho de la pared del lavabo y se apartó el cabello para mirar con detenimiento la marca de nacimiento carmesí que tenía debajo de la oreja izquierda. Mejor dicho, la marca de compañera de raza, se corrigió a sí misma, mientras observaba la pequeña lágrima que parecía caer en el cuenco de la luna creciente.

Por alguna retorcida ironía, esa pequeña marca en el cuello la unía al mundo de Lucan y, a pesar de ello, era lo mismo que le impedía estar con él.

Quizá ella representaba una complicación que él no quería o no necesitaba, pero el hecho de haberse encontrado con él tampoco había hecho que su vida fuera una fiesta.

Gracias a Lucan, ella se había metido en una sangrienta guerra que hacía parecer a los violadores en grupo unos chulos de patio. Ella había abandonado uno de los mejores apartamentos de Beacon Hill, e iba a perderlo si no volvía y se ponía a trabajar para pagar las facturas. Sus amigos no tenían ni idea de dónde estaba, y decírselo en ese momento pondría, probablemente, sus vidas en peligro.

Para colmo de todo ello, se había medio enamorado del más oscuro y mortífero de ellos, el hombre más cerrado emocionalmente que nunca había conocido.

Que, además, resultaba ser un vampiro chupador de sangre.

Y, qué diablos, ya que estaba siendo sincera consigo misma, no estaba medio enamorada de Lucan. Estaba completa, entera, perdidamente y sin poder superarlo en la vida enamorada de él.

—Bien hecho —le dijo a su miserable reflejo—. Malditamente brillante.

Y a pesar de todo lo que él le había dicho, no había nada que deseara más que ir a buscarle allí donde estuviera en el complejo y envolverse con sus brazos, el único lugar donde había encontrado algún consuelo.

Sí, como si necesitara añadir la humillación en público a la humillación íntima con que intentaba enfrentarse en ese momento. Lucan lo había dejado muy claro: lo que pudieran haber tenido los dos —si es que habían tenido verdaderamente algo que estuviera más allá de lo físico—, se había terminado.

Gabrielle volvió a su dormitorio, recuperó su ropa y sus zapatos y se vistió deprisa, deseosa de estar fuera de los aposentos personales de Lucan antes de que él volviera y ella hiciera alguna cosa verdaderamente estúpida. Bueno, se corrigió al ver las sábanas arrugadas por haber hecho el amor, alguna cosa todavía más estúpida.

Con la idea de ir a buscar a Savannah y, quizá, intentar encontrar un teléfono fuera del complejo —ya que a Lucan no le había parecido adecuado devolverle el móvil— Gabrielle se escabulló del dormitorio. El pasillo resultaba confuso, sin duda a causa de su trazado, así que hizo unos cuantos giros erróneos hasta que finalmente reconoció dónde se encontraba. Estaba cerca de las instalaciones de entrenamiento, a juzgar por el agudo sonido de los disparos contra los blancos.

Se alejó de una esquina y se vio detenida repentinamente por una rígida pared cubierta de piel y armas que se encontraba en su camino.

Gabrielle miró hacia arriba, y un poco más hacia arriba, y se encontró con unos ojos verdes y desconfiados que la miraban con una escalofriante expresión amenazante. Esos ojos fríos y calculadores se clavaron en ella desde detrás de una cascada de cabello rojizo, como un gato que acecha y valora a su presa. Gabrielle tragó saliva. Un peligro palpable emanaba del cuerpo grande de ese vampiro y desde la profundidad de sus ojos de depredador.

«Tegan.»

El nombre de ese macho desconocido le vino a la cabeza, el único de los seis guerreros del complejo a quien todavía no había conocido.

El mismo con quien Lucan parecía compartir un mutuo y mal disimulado desprecio.

El guerrero vampiro no se apartó de su camino. Ni siquiera reaccionó cuando ella hubo chocado contra él, excepto por la ligera mueca que dibujó con los labios cuando sus ojos encontraron los pechos de ella aplastados contra la superficie de duro músculo justo debajo del pecho. Llevaba unas doce armas y esa amenaza se veía reforzada por unos noventa kilos de músculo.

Ella dio un paso hacia atrás y luego se hizo a un lado para ponerse en un lugar seguro.

—Lo siento. No me había dado cuenta de que estaba aquí.

Él no dijo ni una palabra, pero ella sintió como si todo lo que le estaba sucediendo hubiera quedado expuesto y visible ante él en un instante: en el instantáneo contacto del cuerpo de ella contra el de él. Él la miró con una expresión helada y desprovista de emoción, como si pudiera ver a través de ella. Aunque no dijo nada y no expresó nada, Gabrielle se sintió diseccionada.

Se sintió… invadida.

—Perdón —susurró.

En el momento en que se movió para pasar de largo, la voz de Tegan la detuvo.

—Eh. —Su voz era más suave de lo que hubiera esperado: una voz profunda, oscura y áspera. Contrastaba de forma peculiar con la desnudez de la mirada, que no se había movido ni un milímetro—. Hazte un favor a ti misma y no te acerques dema-

LARA ADRIAN

siado a Lucan. Hay muchas posibilidades de que ese vampiro no viva mucho más tiempo.

Lo dijo sin rastro de emoción en la voz, fue solamente la llana constatación de un hecho. El guerrero pasó por su lado y levantó una brisa tras él impregnada de una apatía fría y perturbadora que le penetró hasta los huesos.

Gabrielle se dio la vuelta para mirarle, pero Tegan y su inquietante predicción habían desaparecido.

Lucan comprobó el peso de una brillante nueve milímetros con la mano y luego levantó el arma y realizó una serie de disparos contra el blanco que se encontraba al otro extremo de la zona de tiro.

A pesar de que era agradable encontrarse en el terreno conocido de las herramientas de su oficio y sentir la sangre hirviendo, a punto para una pelea decente, una parte de él continuaba divagando sobre el encuentro con Gabrielle. A pesar de todo lo que había dicho para apartarla de él, tenía que admitir que se había encariñado profundamente de ella.

¿Cuánto tiempo creía ser capaz de continuar con ella sin rendirse? O más exactamente, ¿cómo creía que sería capaz de soportar la idea de dejarla marchar? ¿De mandarla lejos con la idea de que ella se emparejaría con otro?

Las cosas se estaban poniendo inevitablemente demasiado complicadas.

Dejó escapar una maldición. Disparó otra serie de balas y disfrutó con el estruendo del metal caliente y con el olor agrio en el pecho del blanco al explotar a causa del impacto.

—¿Qué piensas? —le preguntó Nikolai, mirándole con sus ojos fríos, despejados y centelleantes—. Una pieza pequeña y dulce, ¿no? Endiabladamente sensible, además.

—Sí. Es agradable. Me gusta. —Lucan puso el pestillo de seguridad y echó otro vistazo a su pistola—. Una Beretta 92FS convertida en automática con cargador. Buen trabajo, tío. Verdaderamente bueno.

Niko sonrió.

—No te he hablado de las balas que van a llevar los chicos.

He trucado las puntas huecas de policarbonato de las balas. He sacado la pólvora de las puntas y la he sustituido por polvo de titanio.

—Eso debe de provocar un horrible desastre en el sistema sanguíneo de esos chupones —añadió Dante, que se encontraba sentado en el borde de una vitrina de armas afilando unos cuchillos.

Sin duda, el vampiro tenía razón al respecto. En los viejos tiempos, la forma más limpia de matar a un renegado consistía en separar la cabeza del cuerpo. Eso funcionaba bien cuando las espadas eran el arma habitual, pero la tecnología moderna había presentado nuevos desafíos para ambos bandos.

No fue hasta principios de 1900 cuando la raza descubrió el efecto corrosivo del titanio en el sistema sanguíneo sobreactivo de los vampiros renegados. Debido a una alergia que había aumentado a causa de mutaciones celulares en la sangre, los renegados reaccionaban al titanio como un efervescente reacciona en contacto con el agua.

Niko tomó el arma de Lucan y le dio unos golpecitos, como si fuera un premio.

—Lo que tienes aquí es un auténtico destructor de renegados.

—¿Cuándo podemos probarla?

—¿Qué tal esta noche? —Tegan había entrado sin hacer ruido, pero su voz atravesó la habitación como el rugido de una tormenta.

—¿Te refieres a ese lugar que encontraste cerca del puerto? —preguntó Dante.

Tegan asintió con la cabeza.

—Probablemente sea una guarida que albergue quizá a una docena de individuos, más o menos. Creo que todavía están verdes, acaban de convertirse en renegados. No será muy difícil acabar con ellos.

—Hace bastante tiempo que no hacemos una batida para limpiar una casa —comentó Rio, arrastrando las palabras y con una amplia sonrisa de satisfacción—. Me parece que será una fiesta.

Lucan le devolvió el arma a Nico y miró a los demás con el ceño fruncido.

—¿Por qué diablos me acabo de enterar de esto ahora?

Tegan le miró con expresión categórica.

—Tienes que ponerte un poco al día, tío. Mientras tú estabas encerrado con tu hembra durante toda la noche, nosotros estábamos arriba haciendo nuestro trabajo.

—Esto ha sido un golpe bajo —dijo Rio—. Incluso viniendo de ti, Tegan.

Lucan recibió el golpe con un silencio calculado.

—No, tiene razón. Yo debería haber estado ahí arriba ocupándome del trabajo. Pero tenía que encargarme de algunas cosas aquí abajo. Y ahora ya he terminado. Ya no van a ser un problema nunca más.

Tegan le dirigió una sonrisita de suficiencia.

—¿De verdad? Porque tengo que decirte que hace unos minutos he visto a la nueva compañera de raza en la sala y la encontré bastante inquieta. Parecía que alguien hubiera roto el corazón de esa pobre chica. Me dio la sensación de que necesitaba que alguien le hiciera las cosas más fáciles.

Lucan respondió al vampiro con un furioso y oscuro rugido de rabia.

—¿Qué le dijiste? ¿La tocaste? Si le has hecho algo…

Tegan se rio, verdaderamente divertido.

—Calma, tío. No hace falta que te salgas de tus casillas de esta manera. Tu hembra no es asunto mío.

—Pues recordad esto —dijo Lucan. Se dio la vuelta para enfrentarse a las miradas de curiosidad de los demás vampiros—. Ella no es asunto de ninguno de vosotros, ¿está claro? Gabrielle Maxwell se encuentra bajo mi protección personal mientras esté en este complejo. Cuando se haya ido a uno de los Refugios Oscuros, tampoco será asunto mío.

Necesitó un minuto para tranquilizarse y no rendirse al impulso de enfrentarse directamente con Tegan. Un día, probablemente llegaría a hacerlo. Y Lucan no podía culpar por completo a ese macho por sentir rencor. Si Tegan era un cabrón despiadado y mezquino, Lucan era quien le había ayudado a ser así.

—¿Podemos volver al trabajo ahora? —dijo con un gruñido, retando a que nadie le desafiara—. Necesito oír datos acerca de ese refugio.

Tegan se lanzó a ofrecerle una descripción de lo que había observado en ese probable refugio de renegados y comunicó sus sugerencias acerca de cómo podían hacer una batida en él. A pesar de que la fuente de esa información fastidiaba un poco a Lucan, no podía pensar en ninguna forma mejor de lograr que pasara el mal humor que realizando una ofensiva contra sus enemigos.

Dios sabía que si se encontraba cerca de Gabrielle otra vez, todas esas bravuconadas acerca del deber y de hacer lo correcto se convertirían en polvo. Hacía dos horas que la había dejado en su dormitorio y ella todavía era lo principal en su cabeza. La necesidad de ella todavía le desgarraba cada vez que pensaba en su cálida y suave piel.

Y pensar en cómo la había herido le hacía sentir un agujero en el pecho. Ella había demostrado ser una verdadera aliada cuando le había cubierto frente a los demás guerreros. Ella le había acompañado a través de ese infierno íntimo la otra noche, había estado a su lado, tan tierna y amorosa como cualquier macho pudiera desear de su amada compañera.

Una idea peligrosa, la mirara por donde la mirase.

Dejó que la discusión acerca de los renegados continuara, y estuvo de acuerdo en que tenían que dar el golpe contra esos salvajes en el lugar donde vivían en vez de ir a buscarles uno por uno en la calle.

—Nos encontraremos aquí a la puesta de sol para prepararnos y salir.

El grupo de guerreros se dispersó y Tegan salió a paso lento detrás de él.

Lucan pensó en ese estoico solitario que se sentía tan deplorablemente orgulloso por el hecho de no necesitar a nadie. Tegan se mantenía apartado y aislado por voluntad propia. Pero no siempre había sido así. Una vez había sido un chico brillante, un líder nato. Hubiera podido ser alguien grande… lo había sido, en verdad. Pero todo eso cambió en el curso de una noche terrible. A partir de ese momento, empezó a bajar por una espiral. Tegan tocó fondo y nunca se recuperó.

Y a pesar de que nunca lo había admitido ante ese guerrero, Lucan nunca se perdonaría a sí mismo el papel que él había jugado en esa caída.

—Tegan, espera.

El vampiro se detuvo con una reticencia evidente. No se dio la vuelta, simplemente se quedó en silencio con un gesto de arrogancia en el cuerpo esperando a que los demás guerreros salieran en fila de las instalaciones de entrenamiento hacia el pasillo. Cuando estuvieron solos, Lucan se aclaró la garganta y habló con su hermano de primera generación.

—Tú y yo tenemos un problema, Tegan.

Él soltó aire por la nariz.

—Voy a avisar a los medios.

—Este asunto entre nosotros no va a desaparecer. Hace demasiado tiempo, ha llovido demasiado desde entonces. Si tienes que saldar cuentas conmigo…

—Olvídalo. Es historia pasada.

—No lo es si no podemos enterrarla.

Tegan soltó una risita burlona y, por fin, se dio la vuelta para mirarle.

—¿Quieres decirme algo, Lucan?

—Sólo quiero decirte que empiezo a comprender lo que te costó. El coste que yo te supuse. —Lucan meneó la cabeza despacio y se pasó una mano por la cabeza—. Tegan, tienes que saber que si hubiera habido alguna otra forma… Creo que todo habría sido distinto.

—Lucan, ¿estás intentando disculparte conmigo? —Los ojos verdes de Tegan tenían una mirada tan dura que hubiera podido cortar un cristal—. Evítame esto, tío. Llegas unos quinientos años tarde. Y sentirlo no cambia una mierda las cosas, ¿no es verdad?

Lucan apretó las mandíbulas con fuerza, asombrado de notar un verdadero enfado en ese macho grande en lugar de su habitual y fría apatía.

Tegan no le había perdonado. Ni siquiera lo había considerado.

Después de todo ese tiempo, no creía probable que lo hiciera nunca.

—No, Tegan. Tienes razón. Sentirlo no cambia las cosas.

Tegan le miró durante un largo momento, luego se dio la vuelta y salió de la habitación.

Υ

La música en directo sonaba desde unos altavoces del tamaño de un frigorífico delante del subterráneo club privado nocturno… aunque la palabra «música» era un calificativo generoso para describir los patéticos y discordantes acordes de guitarra. Los miembros del grupo se movían como autómatas en el escenario, arrastraban las palabras y perdían el compás más veces de las que lo seguían. En una palabra, eran horribles.

Pero ¿cómo se podía esperar que unos seres humanos actuaran con alguna competencia al encontrarse delante de una multitud de sedientos vampiros?

Protegido por unas gafas oscuras, el líder de los renegados entrecerró los ojos y frunció el ceño. Ya tenía un horroroso dolor de cabeza al llegar, hacía muy poco rato, pero ahora sentía las sienes como si estuvieran a punto de estallarle. Se recostó contra los cojines en su reservado, aburrido de esas fiestas sangrientas. Con un leve gesto de la mano hizo que unos de sus guardas se acercase a él. Luego hizo un gesto de desprecio en dirección al escenario.

—Que alguien les alivie de su sufrimiento. Por no hablar del mío.

El vigilante asintió con la cabeza y respondió con un siseo. Hizo una mueca que descubrió unos colmillos enormes que sobresalían de su boca, que ya salivaba ante la posibilidad de otra masacre. El renegado salió a paso rápido para cumplir las órdenes.

—Buen perro —murmuró su poderoso amo.

En ese momento sonó su teléfono móvil y se alegró de tener la oportunidad de salir a respirar un poco el aire. En el escenario había empezado un nuevo barullo y la banda de música cayó bajo el repentino ataque de un grupo de renegados frenéticos.

Mientras la completa anarquía estallaba en el club, el líder se dirigió a su habitación privada de detrás del escenario y sacó el teléfono móvil del bolsillo interior de su abrigo. Había creído que se encontraría con el número ilocalizable de uno de sus muchos sirvientes, la mayoría de los cuales habían sido enviados a buscar información sobre Gabrielle Maxwell y sobre su relación con la raza.

Pero no era uno de ellos.

Se dio cuenta de eso en cuanto abrió el aparato y vio el número oculto parpadeando en la pantalla.

Intrigado, respondió a la llamada. La voz que oyó al otro extremo de la línea no le era desconocida. Había hecho algunos trabajos ilegales con ese individuo hacía muy poco tiempo y todavía tenían unas cuantas cosas por discutir. A su requerimiento, el tipo le ofreció una serie de detalles acerca de una batida que se iba a realizar esa misma noche en uno de los locales más pequeños que los renegados tenían en la ciudad.

En cuestión de segundos supo todo lo que necesitaba para conseguir que esa batida se girara a su favor: la localización, los presuntos métodos de los guerreros y la ruta, y su plan de ataque básico. Todo con la condición de que un miembro de la raza se salvara de la venganza. Pero este único guerrero no quedaría completamente a salvo, simplemente recibiría las suficientes heridas para que no pudiera volver a luchar nunca más. El destino del resto de guerreros, incluyendo al casi imparable Lucan Thorne, era decisión de los renegados.

La muerte de Lucan ya había formado parte de su acuerdo una vez, anteriormente, pero la ejecución de la tarea no había sido como habían planeado. Esta vez, su interlocutor quería tener la seguridad de que esa acción sí se llevaría a cabo. Incluso llegó tan lejos que le recordó que ya le habían dado una remuneración considerable por realizar esa tarea que todavía tenía que cumplir.

—Estoy bien informado de nuestro acuerdo —repuso, con furia—. No me tientes a pedirte un pago mayor. Te prometo que no lo vas a lamentar.

Apagó el aparato con una maldición, cortando la respuesta diplomática que el otro inició tras su amenaza.

Los *dermoglifos* que tenía en la muñeca brillaban con un profundo tono que delataba su furia. Los colores cambiaban entre el diseño de otras marcas que se había hecho tatuar en la piel para disimular éstos. No le gustaba haber tenido que ocultar su linaje —su derecho de nacimiento— con tinta y secretismo. Detestaba tener que llevar una existencia oculta, casi tanto como detestaba a todos aquellos que se interponían en el camino de conseguir sus objetivos.

Volvió a la zona principal del club, todavía enojado. En la oscuridad, su mirada tropezó con su teniente, el único renegado de la historia reciente que había mirado a Lucan Thorne a los ojos y que había podido contarlo. Hizo una señal a ese macho enorme para que se acercara y luego le dio las órdenes para que se encargara de la diversión y los juegos de esa noche.

Sin tener en cuenta sus negociaciones secretas, quería que esa noche, cuando todo el humo se disolviera, Lucan y todos los guerreros que estaban con él estuvieran muertos.

Capítulo veinticinco

Él la evitó durante el resto del día, lo cual a Gabrielle le pareció que daba igual. Ahora, justo después del anochecer, Lucan y los otros cinco guerreros salían de las instalaciones de entrenamiento como una unidad militar, todos ellos la viva imagen de una amenaza, vestidos con cuero negro y cargados de armas letales. Incluso Gideon se había unido a la batida de esa noche y había tomado el lugar de Conlan.

Savannah y Eva habían esperado en el pasillo para verles salir y se acercaron a sus compañeros para darles un largo abrazo. Intercambiaron unas palabras íntimas en voz baja y en tono amoroso, unos tiernos besos que denotaban el temor de las mujeres y la actitud tranquilizadora de los hombres para asegurarles de que volverían a ellas sanos y salvos.

Gabrielle se encontraba a cierta distancia, en el vestíbulo, y se sentía una extraña mientras observaba a Lucan diciéndole algo a Savannah. La compañera de raza asintió con la cabeza y él le depositó un pequeño objeto en la mano mientras levantaba la vista por encima del hombro de ella y la dirigía hacia Gabrielle. No dijo nada, no hizo ningún movimiento para acercarse a ella, pero su mirada se demoró un poco en ella, observándola desde el otro lado del amplio espacio que les separaba en esos momentos.

Y entonces se fue.

Lucan, que caminaba delante de los demás, giró la esquina al final del pasillo y desapareció. El resto del grupo le siguió, y a su paso solamente quedó el seco resonar de los tacones de las botas y el ruido metálico de los aceros.

—¿Estás bien? —le preguntó Savannah, acercándose a Gabrielle y pasándole un brazo por los hombros con amabilidad.

—Sí. Se me pasará.

—Quería que te diera esto. —Le ofreció el teléfono móvil de Gabrielle—. ¿Una especie de oferta de paz?

Gabrielle lo tomó y asintió con la cabeza.

—Las cosas no van bien entre nosotros ahora mismo.

—Lo siento. Lucan ha dicho que confía en que entiendas que no te puedes ir del complejo ni decirles a tus amigos dónde estás. Pero si quieres llamarles…

—Gracias. —Miró a la compañera de Gideon y consiguió sonreír levemente.

—Si quieres tener un poco de intimidad, ponte cómoda donde quieras. —Savannah le dio un breve abrazo y luego miró a Eva, que acababa de unirse a ellas.

—No sé vosotras —dijo Eva, su bonito rostro demacrado por la preocupación—, pero a mí me iría bien una copa. O tres.

—Quizá a las tres nos venga bien un poco de vino y de compañía —contestó Savannah—. Gabrielle, ven a unirte con nosotras cuando termines. Estaremos en mis habitaciones.

—De acuerdo. Gracias.

Las dos mujeres salieron juntas, hablando en voz baja, con los brazos entrelazados mientras recorrían el sinuoso pasillo en dirección a los aposentos de Savannah y de Gideon. Gabrielle se marchó en la dirección contraria, sin saber dónde deseaba estar.

Eso no era del todo cierto. Deseaba estar con Lucan, en sus brazos, pero era mejor que superara ese deseo desesperado, y pronto. No tenía intención de suplicarle que estuviera con ella, y suponiendo que consiguiera volver entero después de la batida de esa noche, era mejor que se preparara para quitárselo completamente de la cabeza.

Se dirigió hacia una puerta abierta que había en un punto tranquilo y poco iluminado del vestíbulo. Una vela brillaba dentro de la habitación vacía: la única luz en ese lugar. La soledad y el olor a incienso y a madera vieja la atrajeron. Era la capilla del complejo; recordaba haber pasado por allí durante la visita con Savannah.

Gabrielle caminó entre dos filas de bancos en dirección a un pedestal que se levantaba en el otro extremo de la habitación.

Era allí donde se encontraba la vela: su llama estaba profundamente anidada en el centro e irradiaba un suave resplandor carmesí. Se sentó en uno de los bancos de delante y se quedó unos momentos simplemente respirando, dejando que la paz del santuario la envolviera.

Conectó el teléfono móvil. El símbolo de mensajes estaba parpadeando. Gabrielle apretó la tecla del buzón de voz y escuchó la primera llamada. Era de Megan, de hacía dos días, más o menos a la misma hora en que había llamado al apartamento de Gabrielle después del ataque del sirviente en el parque.

«Gaby, soy yo otra vez. Te he dejado un montón de mensajes en casa, pero no me has llamado. ¿Dónde estás? ¡Me estoy preocupando de verdad! No creo que debas estar sola después de lo que ha sucedido. Llámame en cuanto oigas este mensaje: y quiero decir en el mismo momento en que lo recibas, ¿de acuerdo?»

Gabrielle borró el mensaje y pasó al siguiente, que era de la noche anterior, a las once. Oyó la voz de Kendra, que parecía un poco cansada.

«Eh. ¿Estás en casa? Responde, si estás. Mierda, supongo que es un poco tarde: lo siento. Probablemente estés durmiendo. Bueno, quería llamaros, chicos, para ver si íbamos de copas o algo, ¿quizá a otra sala? ¿Qué tal mañana por la noche? Llámame.»

Bueno, por lo menos Kendra estaba bien hacía unas cuantas horas. Eso alivió parte de la preocupación que sentía. Pero todavía quedaba el asunto del chico con quien había estado saliendo. El renegado, se corrigió Gabrielle, con un estremecimiento de miedo al pensar en la proximidad de su amiga al mismo peligro que le estaba pisando los pies a ella.

Pasó al último mensaje. Megan otra vez, hacía solamente dos horas.

«Hola, cariño. Era una llamada de comprobación. ¿Vas a llamarme alguna vez y me dirás cómo te fue en la comisaría la otra noche? Estoy segura de que tu detective se alegró de verte, pero sabes que me muero por saber todos los detalles de cómo fue de intensa su alegría.»

El tono de voz de Megan era tranquilo y juguetón, perfectamente normal. Completamente distinto al pánico de los primeros mensajes que había dejado en el teléfono de casa de Gabrielle y en su teléfono móvil.

Dios, eso estaba bien.

Porque no había ningún motivo de alarma por ella, ni por su amigo policía, dado que Lucan les había borrado la memoria.

«Bueno, he quedado con Jamie para cenar esta noche en Ciao Bella… tu favorito. Si puedes arreglarlo, ven. Estaremos allí a las siete. Te guardaremos un asiento.»

Gabrielle marcó el botón de colgar y miró la hora en el teléfono: las siete y veinte.

Les debía a sus amigos, por lo menos, llamar y hacerles saber que se encontraba bien. Y una parte de ella deseaba oír sus voces, ya que eran la única conexión con la vida que tenía antes. Lucan Thorne había dado la vuelta a su vida por completo. Apretó el botón de marcación rápida del móvil de Megan y esperó con ansia mientras el teléfono sonaba. En el mismo momento en que su amiga respondió, Gabrielle oyó una conversación apagada.

—Hola, Meg.

—Eh… ¡por fin! ¡Jamie, es Gabby!

—¿Dónde está esa chica? ¿Va a venir o qué?

—Todavía no lo sé. ¿Gabby, vas a venir?

Al oír el familiar desorden de la charla de sus amigos, Gabrielle deseó estar allí. Deseó que las cosas pudieran volver a ser cómo eran antes de…

—Eh… No puedo. Ha surgido un asunto y…

—Está ocupada —le dijo Megan a Jamie—. Pero, ¿dónde estás? Kendra me ha llamado hoy, te estaba buscando. Me ha dicho que había ido a tu apartamento pero que no parecía que estuvieras en casa.

—¿Kendra ha pasado por ahí? ¿La has visto?

—No, pero quiere reunirse con todos nosotros. Parece que ha terminado con ese chico que conoció en la discoteca.

—Brent —añadió Jamie en voz alta y tono teatral.

—¿Han roto?

—No lo sé —contestó Megan—. Le pregunté que cómo le

iba con él y ella solamente me dijo que ya no se estaban viendo.

—Bien —repuso Gabrielle, muy aliviada—. Son muy buenas noticias.

—Bueno, ¿y tú? ¿Quién es tan importante como para que no vengas a cenar esta noche?

Gabrielle frunció el ceño y miró a su alrededor. En la sala se había levantado un poco la brisa y la llama roja de la vela tembló. Oyó unos pasos suaves y una ahogada exclamación de sorpresa de alguien que había entrado y se había dado cuenta de que la sala estaba ocupada. Gabrielle se dio la vuelta y vio a una rubia alta en la puerta de entrada. La mujer miró a Gabrielle con expresión de disculpa y luego se dispuso a salir.

—Estoy… esto… fuera de la ciudad, ahora mismo —les dijo a sus amigos en voz baja—. Seguramente estaré fuera unos cuantos días. Quizá más.

—¿Haciendo qué?

—Eh, estoy haciendo un trabajo por encargo —mintió Gabrielle, odiando tener que hacerlo, pero sin encontrar otra alternativa—. Os llamaré en cuanto pueda. Cuidaros mucho. Os quiero.

—Gabrielle…

Colgó antes de que la obligaran a decir nada más.

—Lo siento —le dijo la mujer rubia mientras Gabrielle se acercaba a ella—. No me había dado cuenta de que la habitación estaba ocupada.

—No lo está. Por favor, quédate. Sólo estaba… —Gabrielle soltó un suspiro—. Acabo de mentir a mis amigos.

—Oh. —Unos amables ojos de color azul pálido la miraron comprensivamente.

Gabrielle cerró el teléfono y pasó un dedo por encima de la carcasa plateada y pulida.

—Dejé mi apartamento precipitadamente la otra noche para venir aquí con Lucan. Ninguno de mis amigos sabe dónde estoy, ni por qué tuve que marcharme.

—Comprendo. Quizá algún día les puedas dar alguna explicación.

—Eso espero. No quiero ponerles en peligro contándoles la verdad.

La mujer asintió con la cabeza, comprensiva, y su halo de cabello largo y rubio siguió el movimiento.

—Tú debes de ser Gabrielle. Savannah me ha dicho que Lucan había traído a una mujer que estaba bajo su protección. Soy Danika. Soy… era… la compañera de Conlan.

Gabrielle aceptó la esbelta mano que Danika le ofreció como saludo.

—Siento mucho tu pérdida.

Danika sonrió con una expresión triste en los ojos. Soltó la mano de Gabrielle y, sin darse cuenta, bajó la suya para acariciarse el abdomen, imperceptiblemente hinchado.

—Quería ir a buscarte para darte la bienvenida, pero me imagino que no soy la mejor de las compañías en este momento. No he tenido muchas ganas de salir de mis habitaciones durante estos últimos días. Todavía está siendo muy difícil para mí, intentar realizar este… ajuste. Todo es tan distinto ahora.

—Por supuesto.

—Lucan y los demás guerreros han sido muy generosos conmigo. Cada uno de ellos me ha jurado protección cuando la necesite, esté donde esté. Para mí y para mi hijo.

—¿Estás embarazada?

—De catorce semanas. Deseaba que éste fuera el primero de muchos hijos nuestros. Estábamos tan ilusionados con nuestro futuro. Habíamos esperado mucho tiempo a fundar nuestra familia.

—¿Por qué esperasteis? —Gabrielle frunció el ceño en cuanto se dio cuenta de que había hecho la pregunta—. Lo siento, no intento fisgonear. No es asunto mío.

Danika chasqueó la lengua, quitándole importancia.

—No hay necesidad de disculparse. No me importa que me hagas preguntas, de verdad. Para mí es bueno hablar de mi Conlan. Ven, vamos a sentarnos un rato —le dijo, conduciendo a Gabrielle hasta uno de los largos bancos de la capilla.

—Conocí a Conlan cuando era sólo una niña. Mi pueblo de Dinamarca había sido saqueado por unos invasores, o eso creíamos. La verdad es que eran un grupo de renegados. Mataron a casi todo el mundo, a mujeres y a niños, a los viejos de nuestra aldea. Nadie estaba seguro. Un grupo de guerreros de la raza llegó a mitad del ataque. Conlan era uno de ellos. Rescataron a tantos de los nuestros como pudieron. Cuando descubrieron mi marca, me llevaron al Refugio Oscuro más cercano. Fue allí donde aprendí todo acerca de la nación de los vampiros y del lugar que yo ocupaba en ella. Pero no podía dejar de pensar en mi salvador. Fue cosa del destino que, al cabo de unos años, Conlan fuera otra vez a esa zona. Yo estaba tan ilusionada de verle. Imagínate la conmoción que sentí al saber que él tampoco se había olvidado de mí.

—¿Cuánto hace de eso?

Danika casi no tuvo que detenerse para calcular el tiempo.

—Conlan y yo hemos compartido cuatrocientos dos años juntos.

—Dios mío —susurró Gabrielle—. Tanto tiempo…

—Ha pasado en un abrir y cerrar de ojos, si te digo la verdad. No te mentiré diciéndote que siempre ha sido fácil ser la mujer de un guerrero, pero no cambiaría ni un solo instante. Conlan creía por completo en lo que estaba haciendo. Quería un mundo más seguro, para mí y para nuestros hijos que estaban por llegar.

—¿Y por eso esperaste todo este tiempo para concebir un hijo?

—No queríamos fundar nuestra familia mientras Conlan sintiera que necesitaba permanecer con la Orden. Estar en primera línea no es lo mejor para los niños, y ése es el motivo por el que no hay familias entre los miembros de la clase de los guerreros. Los peligros son demasiado grandes, y nuestros compañeros necesitan poder concentrarse únicamente en su misión.

—¿No se dan accidentes?

—Los embarazos accidentales son completamente desconocidos en la raza porque nosotros necesitamos algo más sagrado que el simple sexo para concebir. El momento de fertilidad de las compañeras de raza es durante la luna creciente. Durante este momento crucial, si deseamos concebir un hijo, nuestros cuerpos deben contener tanto la semilla de nuestro compañero como su sangre. Es un ritual sagrado que ninguna pareja realiza a la ligera.

La idea de poder compartir ese profundo e íntimo acto con

EL BESO DE MEDIANOCHE

Lucan hizo que Gabrielle sintiera que el centro de su ser entraba en calor. La idea de unirse de esa forma con otro, de engordar con el hijo de otro que no fuera Lucan, era una posibilidad que se negaba a tener en cuenta. Prefería estar sola, y probablemente lo estaría.

—¿Qué vas a hacer ahora? —le preguntó, rompiendo el silencio en que se había quedado al imaginar su propia soledad futura.

—Todavía no lo sé —contestó Danika—. Sí sé que no voy a unirme con ningún otro macho.

—¿No necesitas un compañero para continuar joven?

—Conlan era mi compañero. Ahora que él se ha ido, una sola vida ya será mucho tiempo. Si me niego a tener un vínculo de sangre con otro macho, simplemente envejeceré de forma natural de aquí en adelante, igual que antes de conocer a Conlan. Simplemente seré... mortal.

—Morirás —dijo Gabrielle.

Danika sonrió con expresión decidida, pero no del todo triste.

—Al final.

—¿Adónde irás?

—Conlan y yo habíamos planificado retirarnos a uno de los Refugios Oscuros de Dinamarca, donde yo nací. Él quería eso para mí, pero ahora creo que prefiero criar a su hijo en Escocia para que tenga la oportunidad de conocer algo de su padre a través de la tierra que él tanto amaba. Lucan ya ha empezado a hacer los preparativos para que pueda irme cuando decida que estoy preparada.

—Eso ha sido amable por su parte.

—Muy amable. Cuando vino a buscarme para darme la noticia, y para prometerme que mi hijo y yo siempre estaríamos en comunicación directa con él y con el resto de la Orden por si alguna vez necesitábamos algo, no me lo podía creer. Fue el día del funeral, sólo unas cuantas horas después del mismo, y sus quemaduras todavía eran extremadamente graves. Y a pesar de ello, él estaba más preocupado por mi bienestar.

—¿Lucan sufrió quemaduras? —Gabrielle sintió que un sentimiento de alarma le asaltaba el corazón—. ¿Cuándo? ¿Y cómo?

—Hace sólo tres días, cuando realizamos el ritual funerario

de Conlan. —Danika arqueó las finas cejas—. ¿No lo sabías? No, claro que no lo sabías. Lucan nunca mencionaría ese acto de honor, ni el daño que sufrió para llevarlo a cabo. Mira, la tradición funeraria de la raza establece que un vampiro debe llevar el cuerpo del caído fuera para que los elementos de la naturaleza lo reciban —dijo, haciendo un gesto en dirección a una sombría esquina de la capilla donde había una oscura escalera—. Es un deber que muestra un gran respeto y exige un gran sacrificio porque, una vez fuera, el vampiro que atiende a su hermano debe quedarse a su lado durante ocho minutos durante la salida del sol.

Gabrielle frunció el ceño.

—Pero yo creía que la piel de un vampiro no soporta los rayos del sol.

—No, no los soporta. Sufre quemaduras graves y de forma muy rápida, pero nadie sufre más que un vampiro de primera generación. Los más viejos de la raza sufren más, incluso en un tiempo de exposición muy breve.

—Como Lucan —dijo Gabrielle.

Danika asintió con expresión solemne.

—Para él, estar expuesto ocho minutos a la salida del sol debe de haber sido insoportable. Pero lo hizo. Por Conlan, dejó que su cuerpo se quemara. Incluso hubiera podido morir allí arriba, pero no hubiera dejado que nadie más asumiera el peso de ofrecer reposo a mi amado Conlan.

Gabrielle recordó la urgente llamada telefónica que había sacado a Lucan fuera de la cama en medio de la noche. Él no le había contado de qué se trataba. Tampoco había compartido su pérdida con ella.

Sintió que el dolor le retorcía el estómago al pensar en lo que había soportado, según la descripción de Danika.

—Hablé con él… ese mismo día, de hecho. Por su voz supe que algo iba mal, pero él lo negó. Parecía tan cansado, más que exhausto. ¿Me estás diciendo que sufrió quemaduras por la luz ultravioleta?

—Sí. Savannah me contó que Gideon lo encontró no mucho tiempo después. Lucan tenía quemaduras de la cabeza a los pies. No podía abrir los ojos a causa del dolor y la inflamación, pero rechazó cualquier tipo de ayuda para volver a sus habitaciones para curarse.

—Dios mío —susurró Gabrielle, estupefacta—. Él nunca me lo contó, no me contó nada de esto. Cuando le vi más tarde, esa noche… sólo al cabo de unas horas, parecía completamente normal. Bueno, lo que quiero decir es que parecía y actuaba como si nada malo le hubiera ocurrido.

—La pureza de línea de sangre de Lucan le hace sufrir más, pero también le ayuda a curarse más deprisa de las quemaduras. Incluso entonces no fue fácil para él; él necesitaría una gran cantidad de sangre para reponer su cuerpo después de un trauma tan fuerte. Cuando estuvo lo bastante bien para abandonar el complejo e ir de caza, debía de tener un hambre voraz.

La había tenido. Gabrielle se daba cuenta ahora. El recuerdo de verle alimentarse del sirviente a quien había matado le pasó por la mente, pero ahora tenía un significado distinto, ya no le parecía el acto monstruoso que le había parecido de forma superficial, sino un medio de supervivencia. Todo adquiría un significado nuevo desde que conocía a Lucan.

Al principio, le había parecido que la guerra entre los de la raza y sus enemigos no era más que un mal enfrentado a otro, pero ahora no podía evitar sentir que también era su guerra. Ella se jugaba algo en el desenlace, y no solamente por el hecho de que su futuro se encontraba ligado a este extraño mundo. Para ella era importante que Lucan ganara no sólo la guerra contra los renegados, sino también la devastadora guerra personal que libraba en privado.

Estaba preocupada por él, y no podía ignorar la quemazón de miedo que había empezado a sentir en la base de la espalda desde que él y los otros guerreros habían abandonado el complejo para ir de batida.

—Le quieres mucho, ¿verdad? —le preguntó Danika. Entre ellas se había hecho un angustioso silencio.

—Le quiero, sí. —Miró a la mujer a los ojos y no encontró motivo para esconder una verdad que, probablemente, se traslucía en su rostro—. ¿Puedo decirte una cosa, Danika? Tengo una horrible sensación acerca de lo que está haciendo esta noche. Y para empeorarlo, Tegan dijo que no creía que Lucan fuera a vivir mucho más. Cuanto más rato llevo aquí sentada, más miedo tengo de que Tegan pueda tener razón.

Danika frunció el ceño.

—¿Has hablado con Tegan?

—Me tropecé con él —literalmente— hace muy poco rato. Me dijo que no me encariñara demasiado de Lucan.

—¿Porque creía que Lucan iba a morir? —Danika dejó escapar un largo suspiro y meneó la cabeza—. Ése parece disfrutar poniendo a los demás en el filo. Probablemente lo ha dicho solamente porque sabe que eso te inquietará.

—Lucan dijo que entre ellos había animosidad. ¿Crees que Tegan es de fiar?

Pareció que la compañera de raza rubia lo pensaba un momento.

—Puedo decir que la lealtad es una parte importante del código de los guerreros. Lo es todo para esos machos, los hace uno. Nada de este mundo puede hacerles violar esa confianza sagrada. —Se levantó y tomó la mano de Gabrielle—. Ven. Vamos a buscar a Eva y a Savannah. La espera será menos larga para todas si no la pasamos solas.

Capítulo veintiséis

𝒟esde el punto de observación donde estaban apostados en uno de los edificios del puerto, Lucan y los demás guerreros observaron un pequeño camión cuyas ruedas cromadas escupían grava, dirigirse a la localización que estaban vigilando. El conductor era un ser humano. Si su aroma a sudor y a ansiedad no le hubiera delatado, la música *country* que salía estruendosamente por la ventanilla abierta lo hubiera hecho. Salió del vehículo con una bolsa de papel marrón repleta de algo que olía a arroz frito y cerdo.

—Parece que los chicos cenan dentro esta noche —dijo Dante. El confiado mensajero comprobó el papel blanco que llevaba grapado en el pedido y miró hacia el muelle con cautela.

El conductor se acercó a la puerta de entrada del almacén, dirigió otra mirada nerviosa a su alrededor, soltó un juramento en medio de la oscuridad y apretó el timbre. No había ninguna luz dentro del edificio, solamente había el haz de luz amarilla que caía desde la bombilla desnuda que colgaba encima de la puerta. Lucan vio los ojos fieros de un renegado y el mensajero tartamudeó unas palabras del pedido y alargó el paquete hacia el agujero oscuro que se había abierto delante de él.

—¿Qué quiere decir con cambiarlo? —preguntó el *cowboy* urbano con un fuerte acento de Boston—. ¿Qué diablos…?

Una enorme mano le sujetó por la pechera de la camisa y le levantó del suelo. Él chilló y en su ataque de pánico consiguió dasasirse de la mano del renegado.

—¡Uf! —exclamó Niko desde su posición cerca de la cornisa—. Parece que acaba de darse cuenta de que no hay comida china en el menú.

El renegado voló hasta el ser humano como una sombra, le asaltó por detrás y le abrió la garganta con una eficiencia salvaje. La muerte fue sangrienta e instantánea. Luego el renegado se levantó de un salto y se dispuso a cargarse la presa al hombro para llevarla dentro, y Lucan se puso en pie.

—Ha llegado el momento de ponernos en marcha. Vamos.

Al unísono, los guerreros saltaron al suelo y se dirigieron a gran velocidad hacia el almacén que servía de guarida a los renegados. Lucan, que les marcaba el camino, fue el primero en alcanzar al vampiro con su inerte carga humana. Con una mano, sujetó al renegado por el hombro y le obligó a darse la vuelta al tiempo que sacaba una de sus hojas mortíferas de la funda que llevaba en la cadera. Golpeó con fuerza y una puntería certera, y decapitó a esa bestia con un corte limpio.

Las células del renegado empezaron a fundirse inmediatamente y éste cayó, empapado de sangre, al suelo. El contacto de la hoja de Lucan fue como un ácido que atravesó el sistema nervioso del vampiro. Al cabo de unos segundos, lo único que quedaba del renegado era un charco negro y putrefacto que se diluía en la suciedad del suelo.

Más adelante, en la puerta, Dante, Tegan y los otros tres guerreros se formaban en un grupo cerrado y armado, dispuesto a iniciar la acción real. A la orden de Lucan, los seis se introdujeron en el almacén con las armas a punto.

Los renegados que se encontraban dentro no tuvieron ni idea de qué era lo que les estaba atacando hasta que Tegan lanzó una daga que fue a clavarse en la garganta de uno de ellos. Mientras el renegado chillaba y se retorcía al desintegrarse, sus cinco compañeros, enfurecidos, se dispersaron en busca de refugio al tiempo que tomaban las armas bajo la lluvia de balas y hojas afiladas que Lucan y sus hermanos les lanzaban a discreción.

Dos de los renegados cayeron al cabo de unos segundos de haberse iniciado el enfrentamiento, pero los otros dos que quedaban se habían ocultado en las profundidades oscuras del almacén. Uno de ellos disparó contra Lucan y Dante desde detrás de un viejo montón de cajones. Los guerreros esquivaron ese ataque y le respondieron, lo cual le hizo salir a descubierto y le dio la oportunidad a Lucan de acabar con él.

Lucan percibió en la periferia de su campo de visión que el último de ellos intentaba escapar por entre un montón de barriles volcados y de tuberías de metal que había en la parte trasera del edificio.

A Tegan tampoco le había pasado desapercibido. El vampiro se precipitó hacia el renegado como un tren de carga y desapareció en las profundidades del almacén en una mortal persecución.

—Todo despejado —gritó Gideon desde algún punto de la oscuridad humeante y polvorienta.

Pero en cuanto lo hubo dicho, Lucan percibió que un nuevo peligro se cernía sobre ellos. Su oído distinguió el discreto roce de un movimiento sobre su cabeza. Las lúgubres lámparas del techo que se encontraban encima de los tubos del sistema de ventilación del almacén estaban casi negras de suciedad, pero Lucan estaba seguro de que algo avanzaba por el tejado.

—¡Vigilad arriba! —gritó a los demás, y en ese momento el tejado tembló y siete renegados más se dejaron caer desde arriba disparando con sus armas.

¿De dónde habían salido? La información que tenían sobre esa guarida era de fiar: seis individuos, probablemente convertidos en renegados recientemente, que operaban de forma independiente, sin ninguna afiliación. Entonces, ¿quién había dado aviso a esa caballería para que les apoyaran? ¿Cómo se habían enterado de que había una batida?

—Una maldita emboscada —gruñó Dante, poniendo en voz alta el pensamiento de Lucan.

No era posible que esos nuevos problemas hubieran aparecido por casualidad. Lucan se fijó en el más voluminoso de los renegados que se estaban precipitando contra ellos en esos momentos y sintió que una furia negra le hervía en el vientre.

Era el vampiro que se le había escapado la noche del asesinato a las afueras de la discoteca. El cabrón de la Costa Oeste. El canalla que hubiera podido matar a Gabrielle y que quizá todavía pudiera hacerlo algún día si Lucan no acababa con él en ese preciso momento.

Mientras Dante y los demás respondían al fuego del grupo de renegados, Lucan fue únicamente a por ese objetivo.

Esa noche iba a terminar con él.

El vampiro siseó amenazadoramente al verle avanzar y su horrible rostro se deformó con una sonrisa.

—Nos encontramos de nuevo, Lucan Thorne.

Lucan asintió con expresión lúgubre.

—Por última vez.

El odio mutuo hizo que ambos machos se desprendieran de las armas para enzarzarse en un combate más personal. En un instante desenfundaron los cuchillos, uno en cada mano, y los dos vampiros se prepararon para entablar un combate a muerte. Lucan lanzó la primera estocada, y recibió un peligroso corte en el hombro: el renegado le había esquivado con sigilosa velocidad y se había desplazado, en un abrir y cerrar de ojos, al otro lado de él. Tenía las mandíbulas abiertas y una expresión de triunfo ante la primera sangre derramada.

Lucan se dio la vuelta con igual agilidad y sus cuchillos silbaron peligrosamente cerca de la cabeza del renegado. El chupón bajó la vista y vio su oreja derecha en el suelo, a sus pies.

—Ha empezado el juego, imbécil —gruñó Lucan.

«Con una venganza.»

Se lanzaron el uno contra el otro en un torbellino de furia con sus aceros fríos y mortales. Lucan tenía conciencia de la batalla que se había entablado a su alrededor, de que los guerreros se estaban enfrentando al segundo ataque. Pero toda su concentración, todo su odio, se centraba en la afrenta personal con el renegado que tenía enfrente.

Lo único que Lucan tenía que hacer para encenderse de furia era pensar en Gabrielle y en lo que esta bestia le hubiera hecho.

Y alimentó esa furia: hizo retroceder al renegado estocada tras estocada, implacable. No sintió los golpes que recibió en el cuerpo, aunque fueron muchos. Tumbó a su contrincante y se preparó a lanzar la última y mortífera estocada.

Con un rugido, realizó un profundo corte en la garganta del renegado y separó su enorme cabeza del cuerpo destrozado. Unos espasmos sacudieron los brazos y las piernas del vampiro y éste se desplomó, retorciéndose, al suelo. Lucan todavía sentía la furia martillearle con fuerza en las venas; dio la vuelta al cuchillo que tenía en la mano y lo clavó con fuerza en el pecho del renegado para acelerar el proceso de desintegración del cuerpo.

—Santo infierno —exclamó Rio desde algún punto cerca de él con voz seca—. Lucan, tío, ¡encima de ti! Hay otro en las vigas.

Sucedió en un instante.

Lucan se dio la vuelta, sintiendo la furia de la batalla en todos los músculos del cuerpo. Echó un vistazo hacia arriba, donde Rio le había indicado. Muy arriba por encima de su cabeza otro vampiro renegado se arrastraba por los tubos del techo del almacén con una cosa bajo el brazo que parecía ser una pequeña pelota de metal. Pero una pequeña luz roja parpadeaba rápidamente en ese aparato e inmediatamente se quedó encendida.

—¡Al suelo! —Nikolai levantó su Beretta trucada y apuntó—. ¡El tipo va a lanzar una maldita bomba!

Lucan oyó el repentino disparo del arma.

Vio que el renegado recibía el disparo de Niko justo entre los brillantes ojos amarillos.

Pero la bomba ya estaba en el aire.

Al cabo de medio segundo, estalló.

Capítulo veintisiete

Gabrielle se incorporó repentinamente, despertándose sobresaltada de una inquieta cabezada que acababa de echar en el sofá de la sala de estar de Savannah. Las mujeres habían pasado juntas las últimas horas, consolándose en la compañía mutua, excepto Eva, que se había ido a la capilla para rezar. La compañera de raza estaba más nerviosa que las demás y se había pasado gran parte de la tarde caminando arriba y abajo de la sala y mordiéndose el labio inferior con impaciencia y ansiedad.

En algún lugar por encima del laberinto de pasillos y habitaciones se oyeron los movimientos sordos y las voces tensas de los machos. El lejano zumbido del ascensor hizo vibrar el denso aire de la sala y se dieron cuenta de que la cabina estaba bajando al piso principal del complejo.

«Oh, Dios.»

Algo iba mal.

Lo notaba.

«Lucan.»

Echó a un lado el chal de felpilla con que se cubría y puso los pies en el suelo. El corazón se le había desbocado, y se le encogía con fuerza a cada latido.

—A mí tampoco me gustan esos sonidos —dijo Savannah, echando un tenso vistazo a la habitación.

Gabrielle, Savannah y Danika salieron de las habitaciones para ir en busca de los guerreros. Ninguna dijo ni una palabra y a duras penas respiraban mientras se dirigían al ascensor.

Incluso antes de que las puertas de acero se abrieran, a causa de los sonidos precipitados que se oían dentro del ascensor, se hizo evidente que iban a recibir malas noticias.

Pero Gabrielle no estaba preparada para lo malas que iban a ser.

El hedor a humo y a sangre la asaltó con la fuerza de un puñetazo. Hizo una mueca ante el nauseabundo olor a guerra y a muerte pero se esforzó por ver cuál era la situación en la cabina del ascensor. Ninguno de los guerreros salía de ella. Dos estaban tumbados en el suelo de la cabina y los otros tres estaban agachados a su alrededor.

—¡Trae unas cuantas toallas y sábanas limpias! —le gritó Gideon a Savannah—. ¡Trae todas las que puedas, niña! —En cuanto ella se dispuso a hacerlo, él añadió—: También vamos a necesitar moverlo. Hay una camilla en la enfermería.

—Yo me ocupo —repuso Niko desde dentro del ascensor.

Saltó por encima de uno de los dos bultos informes que se encontraba tendido boca abajo en el suelo. Cuando pasó por su lado, Gabrielle vio que tenía el rostro, el cabello y las manos ennegrecidos de hollín. Las ropas estaban rasgadas y la piel salpicada con cientos de rasguños sangrantes. Gideon mostraba contusiones similares. Y Dante también.

Pero sus heridas no eran nada comparadas con las de los dos guerreros de la raza que estaban inconscientes y a quienes sus hermanos habían transportado por las calles.

El peso que sintió en el corazón le hizo saber a Gabrielle que uno de ellos era Lucan. Se acercó un poco más y tuvo que reprimir una exclamación al ver confirmados sus temores.

La sangre se arremolinaba debajo de su cuerpo, un charco del color del vino oscuro que se extendía hasta el mármol blanco del pasillo. Tenía la vestimenta de cuero y las botas hechas trizas, igual que la mayor parte de la piel de los brazos y las piernas. El rostro estaba lleno de hollín y de cortes de un color escarlata. Pero estaba vivo. Gideon le movió para aplicarle un torniquete improvisado para parar la sangre de una herida que tenía en el brazo y Lucan soltó un siseo de dolor por entre los colmillos alargados.

—Joder... lo siento, Lucan. Es bastante profundo. Mierda, esto no va a dejar de sangrar.

—Ayuda... a Rio —pronunció las palabras con un gruñido apagado. Fue una orden directa a pesar de que se encontraba tumbado de espaldas—. Estoy bien —añadió, gimiendo de dolor—. Joder... quiero que... te cuides... de él.

Gabrielle se arrodilló al lado de Gideon. Levantó la mano para sujetar el extremo de la venda que él tenía en la mano.

—Yo puedo hacerlo.

—¿Estás segura? Es una herida fea. Tienes que colocar las manos justo ahí para apretarlo con fuerza.

—Lo tengo. —Hizo un gesto con la cabeza en dirección a Rio, que se encontraba tumbado al lado—. Haz lo que te ha dicho.

El guerrero herido que estaba tumbado en el suelo al lado de Lucan estaba sufriendo una agonía. Él también sangraba profusamente por las heridas que tenía en el torso y a causa del terrible daño que había sufrido en el brazo izquierdo. Llevaba una pierna envuelta en un harapo empapado de sangre que debía de ser una camisa. Tenía el rostro y el pecho quemados y lacerados hasta tal punto que era irreconocible. Empezó a emitir unos gemidos graves y guturales que le llenaron los ojos de lágrimas a Gabrielle.

Parpadeó para reprimir las lágrimas y, al abrir los ojos de nuevo, se encontró con los pálidos ojos grises de Lucan clavados en ella.

—Acabé... con el cabrón.

—Shh. —Le secó el sudor de la frente, maltrecha—. Lucan, estate quieto. No intentes hablar.

Pero él no le hizo caso. Tragó saliva con dificultad y luego se esforzó en pronunciar las palabras.

—El de la discoteca... el hijo de puta que estaba allí esa noche.

—¿El que se te escapó?

—Esta vez no. —Parpadeó despacio. Su mirada era tan fiera como brillante—. Ahora no podrá nunca... hacerte daño...

—Sí —dijo en tono irónico Gideon, que se estaba ocupando de Rio—. Y tienes mucha suerte de estar vivo, héroe.

Gabrielle sintió que la angustia le atenazaba la garganta al mirar a Lucan. A pesar de que había afirmado que su deber era lo primero y que nunca habría un lugar para ella en su vida, ¿Lucan había pensado en ella esa noche? ¿Estaba herido y sangrando a causa, en parte, por algo que había hecho por ella?

Ella tomó una de sus manos entre las suyas y le acarició en el único lugar del cuerpo en que podía hacerlo mientras se la apretaba contra el corazón.

—Oh, Lucan…

Savannah llegó corriendo con lo que le habían pedido. Niko la siguió inmediatamente, empujando la camilla de hospital delante de él.

—Lucan primero —les dijo Gideon—. Llevadle a una cama y luego volved a por Rio.

—No —gruñó Lucan, con tono de mayor determinación que de dolor—. Ayudadme a levantarme.

—No creo que… —dijo Gabrielle, pero él ya estaba intentando levantarse del suelo.

—Tranquilo, chicarrón. —Dante entró en el ascensor y colocó su mano fuerte bajo el brazo de Lucan. Te han tumbado. ¿Por qué no te tomas un descanso y nos dejas que te llevemos a la enfermería?

—He dicho que estoy bien. —Lucan, apoyándose en Gabrielle y en Dante, se incorporó y se sentó. Respiraba con dificultad, pero permaneció incorporado—. He recibido unos cuantos golpes, pero mierda… voy a ir andando hasta mi cama. No voy a dejar que me… arrastréis hasta ahí.

Dante miró a Gabrielle con expresión exasperada.

—¿Sabes que tiene la cabeza tan dura que lo dice en serio?

—Sí, lo sé.

Gabrielle sonrió, agradecida a esa tozudez que le hacía ser fuerte. Ella y Dante le prestaron el apoyo de sus cuerpos: se colocaron uno a cada lado de él, con los hombros bajo cada uno de sus brazos, y le sujetaron hasta que Lucan empezó a ponerse en pie, despacio.

—Por aquí —le dijo Gideon a Niko, y éste colocó la camilla en el lugar adecuado para levantar a Rio mientras Savannah y Danika hacían todo lo que podían por contener la sangre de sus heridas, por quitarle la ropa destrozada y el innecesario peso de las armas.

—¿Rio? —La voz de Eva sonó aguda. Corrió hasta el grupo con el rosario todavía apretado en una de las manos. Cuando llegó al ascensor abierto se detuvo al instante y aguantó la respiración—. ¡Rio! ¿Dónde está?

—Está aquí dentro, Eva —dijo Niko, apartándose de la camilla, donde ya habían colocado a Niko, para impedirle el paso. La apartó de allí con mano firme para que no se acercara demasiado a la carnicería—. Ha habido una explosión esta noche. Él se ha llevado la peor parte.

—¡No! —Se llevó las manos al rostro, horrorizada—. No, estás equivocado. ¡Ése no es mi Rio! ¡No es posible!

—Está vivo, Eva. Pero tendrás que ser fuerte por él.

—¡No! —Empezó a chillar salvajemente, histérica, mientras intentaba abrirse paso a la fuerza para acercarse a su compañero—. ¡Mi Rio no! ¡Dios, no!

Savannah se acercó y tomó a Eva del brazo.

—Vámonos ahora —le dijo con suavidad—. Ellos saben cómo ayudarle.

Los sollozos de Eva inundaron el pasillo y llenaron a Gabrielle de una angustia íntima que era una mezcla de alivio y de miedo frío. Estaba preocupada por Rio, y le rompía el corazón pensar en lo que Eva debía de estar sintiendo. Gabrielle sabía que ello le dolía en parte porque Lucan hubiera podido encontrarse en el lugar de Rio. Unos cuantos milímetros, unas fracciones de segundo, podían haber sido lo único que había determinado cuál de los dos guerreros iba a estar tumbado en un creciente charco de sangre luchando por mantenerse vivo.

—¿Dónde está Tegan? —preguntó Gideon, sin apartar la atención de sus propios dedos con los cuales, y con movimientos rápidos, se ocupaba de curar al guerrero caído—. ¿Ha vuelto ya?

Danika negó con la cabeza, pero miró a Gabrielle con ojos angustiados.

—¿Por qué no está aquí? ¿No estaba con vosotros?

—Le perdimos de vista muy poco tiempo después de que entráramos en la guarida de los renegados —le dijo Dante—. Cuando estalló la bomba, nuestro principal objetivo fue traer a Rio y a Lucan al complejo lo más pronto posible.

—Vamos a mover esto —dijo Gideon, colocándose a la cabeza de la camilla de Rio—. Niko, ayúdame a mover esto.

Las preguntas acerca de Tegan se apagaron mientras todo el

mundo se afanaba en hacer todo lo posible para ayudar a Rio. Todos recorrieron el camino hasta la enfermería. Gabrielle, Dante y
Lucan eran los que se desplazaban con mayor lentitud por el pasillo: Lucan se tambaleaba sobre los pies y se sujetaba a ellos dos
mientras se esforzaba por mantenerse en pie con firmeza.

Gabrielle reunió valor para mirarle. Deseaba tanto acariciarle el rostro herido y lleno de sangre. Mientras le miraba con
el corazón encogido, él levantó los párpados y la miró a los ojos.
Ella no sabía qué era lo que se estableció entre ellos durante ese
largo instante de quietud en medio del caos, pero sintió que era
algo cálido y bueno a pesar de todo lo terribles que habían sido
los sucesos de esa noche.

Cuando llegaron a la habitación donde iban a atender a Rio,
Eva se quedó a un lado de la camilla, ante su cuerpo roto. Las lágrimas le caían por las mejillas.

—Esto no tenía que haber sucedido —gimió—. No debería
haber sido mi Rio. No de esta manera.

—Haremos todo lo que podamos por él —dijo Lucan, respirando con dificultad a causa de sus propias heridas—. Te lo prometo, Eva. No le dejaremos morir.

Ella negó con la cabeza, con la mirada fija en su compañero
tendido en la cama. Le acarició el cabello y Rio murmuró unas
palabras incoherentes, semiinconsciente y con una clara expresión de dolor.

—Le quiero fuera de aquí de inmediato. Debería ser trasladado a un Refugio. Necesita atención médica —dijo Eva.

—Su estado no es lo bastante estable para que se le traslade
—repuso Gideon—. Tengo los conocimientos necesarios y el
equipo adecuado para tratarle aquí por ahora.

—¡Le quiero fuera de aquí! —Levantó la cabeza súbitamente y dirigió la mirada brillante de un guerrero a otro—. No
resulta de utilidad para ninguno de vosotros ahora, así que
dejádmelo a mí. Ya no os pertenece, a ninguno de vosotros.
¡Ahora es completamente mío! ¡Solamente quiero lo mejor
para él!

Gabrielle notó que el brazo de Lucan entraba en tensión a
causa de esa reacción histérica.

—Entonces tienes que apartarte de delante de Gideon y dejar que haga su trabajo —le dijo, asumiendo con facilidad el papel de líder a pesar de su mala condición física—. Ahora mismo, lo único que importa es mantener con vida a Rio.

—Tú —dijo Eva, en tono seco mientras le dirigía una mirada severa. Sus ojos mostraron un brillo más salvaje y su rostro se transformó en una máscara de puro odio—. ¡Deberías ser tú quien se estuviera muriendo ahora mismo, y no él! Tú, Lucan. ¡Ése fue el trato que hice! ¡Se suponía que tenías que ser tú!

En la enfermería pareció abrirse un abismo que se tragara todo sonido excepto la sorprendente verdad de lo que la compañera de Rio acababa de confesar.

Dante y Nikolai se llevaron las manos a las armas, ambos guerreros dispuestos a responder a la más ligera provocación. Lucan levantó una mano para contenerlos con la mirada fija en Eva. La verdad era que no le importaba en absoluto que su malevolencia se dirigiera directamente contra él; si él había sido una especie de blanco para su furia, había sobrevivido a ello. Rio quizá no lo hiciera. Cualquiera de los hermanos presentes en la batida de esa noche hubiera podido no sobrevivir a la traición de Eva.

—Los renegados sabían que íbamos a estar allí —dijo Lucan en un tono frío a causa de una profunda furia—. Caímos en una emboscada en el almacén. Tú lo preparaste.

Los demás guerreros emitieron unos gruñidos guturales. Si la confesión la hubiera hecho un macho, Lucan hubiera podido hacer muy poco para impedir a sus hermanos que atacaran con una fuerza letal. Pero se trataba de una compañera de raza, una de los suyos. Alguien a quien conocían y en quien confiaban desde hacía más de una vida.

Ahora Lucan miraba a Eva y veía a una desconocida. Vio locura. Una desesperación mortal.

—Rio tenía que salvarse. —Se inclinó sobre él y le pasó el antebrazo por debajo de la cabeza vendada. Él emitió un sonido descarnado e indescifrable mientras Eva le abrazaba—. Yo no quería que él tuviera que luchar más. No, por vosotros.

—¿Así que preferirías verle destrozado, en lugar de ello? —le preguntó Lucan—. ¿Así es cómo le quieres?

—¡Le amo! —gritó ella—. ¡Lo que he hecho, todo lo que he hecho, ha sido por amor a él! Rio será más feliz en algún otro lugar, lejos de toda esta violencia y muerte. Será más feliz en un Refugio Oscuro, conmigo. ¡Lejos de vuestra maldita guerra!

Rio emitió el mismo sonido gutural, pero ahora sonó más lastimero. No cabía duda de que era un sonido de agonía, aunque si era debido al dolor físico o a la inquietud por lo que estaba sucediendo a su alrededor no estaba claro.

Lucan negó con la cabeza lentamente.

—Ésa es una afirmación que tú no puedes hacer por él, Eva. No tienes derecho. Ésta es la guerra de Rio, tanto como la de cualquier otro. Es en lo que él creía, en lo que sé que todavía cree, incluso después de lo que le has hecho. Esta guerra concierne a toda la raza.

Ella frunció el ceño con gesto agrio.

—Resulta irónico que lo creas, dado que tú mismo has estado a punto de convertirte en un renegado.

—Jesucristo —exclamó Dante desde donde se encontraba, cerca—. Estás equivocada, Eva. Estás terriblemente equivocada.

—¿Ah, sí? —Ella continuó clavando la mirada en Lucan con expresión sádica—. Te he estado observando, Lucan. Te he visto luchar contra la sed cuando creías que no había nadie cerca. Tu apariencia de control no me engaña.

—Eva —dijo Gabrielle. Su voz tranquila fue un bálsamo para todos los que se encontraban en la habitación—. Estás alterada. No sabes lo que estás diciendo.

Ella se rio.

—Pídele que lo niegue. ¡Pregúntale por qué se priva de sangre hasta que está casi a punto de morir de sed!

Lucan no dijo nada en respuesta a esa acusación pública, porque sabía que era verdad.

También lo sabía Gabrielle.

Se sintió conmovido de que ella le defendiera, pero en esos momentos no se trataba tanto de él como de Rio y del engaño que iba a destrozar a ese guerrero. Quizá ya lo había hecho, a juzgar por el creciente movimiento de sus piernas y por el esfuerzo que realizaba para hablar a pesar de las heridas.

—¿Cómo hiciste ese trato, Eva? ¿Cómo entraste en contacto con los renegados, en una de tus excursiones fuera?

Ella bufó con gesto de burla.

—No fue tan difícil. Hay sirvientes paseando por toda la ciudad. Solamente tienes que mirar fuera. Encontré a uno y le dije que me pusiera en contacto con su jefe.

—¿Quién era? —preguntó Lucan—. ¿Qué aspecto tenía?

—No lo sé. Solamente nos encontramos una vez y mantuvo el rostro oculto. Llevaba unas gafas oscuras y tuvo las luces de la habitación del hotel apagadas. A mí no me importaba ni quién era ni qué aspecto tenía. Lo único que me importaba era que tuviera el poder suficiente para hacer que las cosas ocurrieran. Solamente quería su promesa.

—Me imagino que te hizo pagar por ello.

—Fueron solamente un par de horas con él. Hubiera pagado cualquier cosa —dijo, ahora sin mirar a Lucan ni a los demás, que la miraban con expresión de desagrado, sino que mantuvo la vista fija en Rio—. Haría cualquier cosa por ti, querido. Soportaría… cualquier cosa.

—Quizá vendiste tu cuerpo —dijo Lucan—, pero fue la confianza de Rio lo que traicionaste.

De los labios de Rio surgió un sonido áspero. Eva le arrullaba y le acariciaba. Él abrió los párpados y se oyó su respiración, hueca y esforzada, mientras intentaba pronunciar unas palabras.

—Yo… —Tosió y su cuerpo maltrecho sufrió un espasmo—. Eva…

—Oh, mi amor… sí. ¡Estoy aquí! —gritó—. Dime lo que quieras, cariño.

—Eva… —De su garganta no salió ningún sonido durante unos instantes, pero volvió a intentarlo—. Yo… te… acuso.

—¿Qué?

—Muerta… —Gimió. Sin duda el dolor psicológico era mayor que el físico, pero la fiereza de sus ojos brillantes e inyectados en sangre decían que no se iba a detener—. Ya no existes… para mí… estás… muerta.

—Rio, ¿es que no lo comprendes? ¡Lo he hecho por nosotros!

—Vete —dijo él con voz entrecortada—. No te quiero ver... nunca más.

—No lo puedes decir en serio. —Levantó la cabeza y sus ojos buscaban frenéticamente un punto donde posarse—. ¡No lo dices en serio! ¡No es posible! ¡Rio, dime que no hablas en serio!

Alargó la mano para tocarle, pero él emitió un gruñido y utilizó la poca fuerza que le quedaba para rechazar su contacto. Eva sollozó. La sangre de las heridas de él le cubría la parte delantera de la ropa. Bajó la vista hasta las manchas y luego miró a Rio, que ahora la había apartado de él por completo.

Lo que sucedió a continuación duró solamente unos segundos como máximo, pero fue como si el tiempo se hubiera ralentizado a una lentitud implacable.

La mirada anonadada de Eva cayó sobre el cinturón de las armas de Rio, que estaba en el suelo al lado de la cama.

Una expresión de determinación se formó en su rostro y se lanzó hacia uno de los cuchillos.

Levantó la daga brillante por encima de su rostro.

Le susurró a Rio que siempre le amaría.

Entonces giró el cuchillo que tenía en la mano y se lo clavó a sí misma en la garganta.

—¡Eva, no! —gritó Gabrielle. Su cuerpo reaccionó automáticamente, como si creyera que podía salvar a la otra hembra—. ¡Oh, Dios mío, no!

Pero Lucan la sujetó a su lado. Rápidamente la tomó entre los brazos y le hizo girar el rostro hacia su pecho para evitar que viera a Eva cortarse su propia yugular y caer, sangrando y sin vida, al suelo.

Capítulo veintiocho

*R*ecién duchada, en las habitaciones de Lucan, Gabrielle se secó con una toalla el cabello mojado y se puso encima un suave albornoz. Estaba exhausta después de haber pasado la mayor parte del día con Savannah y Danika ayudando a Gideon a atender a Rio y a Lucan. En el complejo todo el mundo se encontraba en un estado de sorda incredulidad a causa de la traición de Eva y del trágico desenlace: Eva muerta por su propia mano y Rio agarrado precariamente a la vida.

Lucan se encontraba en mal estado físico, además, pero fiel a su palabra y a su tozudez, había abandonado la enfermería por su propio pie para ir a descansar a sus habitaciones personales. Gabrielle estaba asombrada de que él hubiera aceptado algún tipo de cuidado, pero la verdad era que las otras mujeres y ella misma no le habían dejado muchas posibilidades de rechazarlo.

Gabrielle se sintió invadida por el alivio al abrir la puerta del baño y encontrarle sentado en la enorme cama con la espalda apoyada en la cabecera, sobre un montón de cojines. Tenía una mejilla y la frente llenas de puntos y los vendajes le cubrían la mayor parte del ancho pecho y de las piernas, pero se estaba recuperando. Estaba entero y, con el tiempo, se curaría.

Igual que ella, él no llevaba nada encima excepto un albornoz blanco; eso era lo único que las mujeres le habían permitido ponerse encima, después de haber pasado horas limpiando y curándole las contusiones y las heridas llenas de metralla que tenía en casi todo el cuerpo.

—¿Te sientes mejor? —le preguntó Lucan, mirándola mientras ella se pasaba los dedos por el cabello húmedo para apartárselo del rostro—. He pensado que tendrías hambre al salir del baño.

—La verdad es que me muero de hambre.

Él señaló una recia mesa de cóctel que se encontraba en la salita del dormitorio, pero el olfato de Gabrielle ya había detectado el impresionante bufé. El olor a pan francés, a ajo y especias, a salsa de tomate y a queso inundaba la habitación. Vio un plato de verduras y un tazón lleno de fruta fresca, e incluso una cosa oscura con aspecto de chocolate en medio de las otras tentaciones. Se acercó para echar un vistazo más de cerca y el estómago se le retorció de hambre.

—*Manicotti* —dijo, inhalando el aromático aroma de la pasta. Al lado de una copa de cristal había una botella de vino tinto abierta—. ¿Y Chianti?

—Savannah quería saber si tú tenías algún alimento preferido. Eso ha sido lo único que se me ha ocurrido.

Ésa era la comida que ella se había preparado la noche en que él había ido a su apartamento para devolverle el teléfono móvil. La comida que se había quedado fría, olvidada, encima del mármol de la cocina mientras ella y Lucan se ponían a ello como conejos.

—¿Has recordado lo que yo había cocinado esa noche?

Él se encogió de hombros ligeramente.

—Siéntate. Come.

—Solamente hay un asiento.

—¿Estás esperando una visita?

Ella le miró.

—¿De verdad no puedes comer nada de esto? ¿Ni siquiera un mordisco?

—Si lo hiciera, solamente podría aguantar una pequeña cantidad en el estómago. —Le hizo un gesto para que se sentara—. Comer los alimentos de los humanos es solamente algo que hacemos por las apariencias.

—De acuerdo. —Gabrielle se sentó en el suelo con las piernas cruzadas. Sacó la servilleta de lino de debajo de los cubiertos y se la colocó encima del regazo—. Pero no me parece justo ponerme morada delante de ti.

—No te preocupes por mí. Ya he recibido demasiadas atenciones y cuidados femeninos por hoy.

—Como quieras.

Ella estaba demasiado hambrienta para esperar un segundo más y la comida tenía un aspecto demasiado delicioso para resistirse. Con el tenedor, Gabrielle cortó un trozo de *manicotti* y lo degustó en un estado de absoluto éxtasis. Se comió la mitad del plato en un tiempo récord y solamente hizo una pausa para llenarse la copa de vino, que también se bebió con un placer voraz.

Durante todo el tiempo Lucan la estuvo mirando desde la cama.

—¿Está bueno? —le preguntó en un momento en que ella le miraba por encima del borde de la copa de vino mientras tomaba un sorbo.

—Fantástico —murmuró ella y se llenó la boca de verduras aliñadas con vinagreta. Sentía el estómago mucho más tranquilo ahora. Tomó el resto de ensalada, se sirvió otro vaso de Chianti y se recostó con un suspiro—. Gracias por esto. Tengo que darle las gracias a Savannah también. No tenía por qué haberse molestado tanto.

—Le caes bien —dijo Lucan con una expresión atenta pero indescifrable—. Fuiste de gran ayuda ayer por la noche. Gracias por cuidar de Rio y de los demás. De mí, también.

—No tienes por qué darme las gracias.

—Sí, tengo que hacerlo. —Frunció el ceño y una pequeña herida que llevaba cosida, en la frente, se hinchó con el movimiento—. Has sido amable y generosa durante todo el tiempo y yo… —Se interrumpió y dijo algo inaudible—. Te agradezco lo que has hecho. Eso es todo.

«Oh —pensó ella—. Eso es todo.» Incluso su gratitud aparecía tras una barrera emocional.

De repente se sintió como una extraña con él en ese momento, así que le entraron ganas de cambiar de tema.

—He oído que Tegan volvió de una pieza.

—Sí. Pero Dante y Niko estuvieron a punto de destrozarlo cuando le vieron por haber desaparecido durante la batida.

—¿Qué le sucedió la otra noche?

—Cuando las cosas se pusieron feas, uno de los renegados intentó salir por una puerta trasera del almacén. Tegan le persiguió hasta la calle. Iba a acabar con ese chupón, pero decidió seguirle primero para ver adónde iba. Le persiguió hasta el viejo psiquiátrico que se encuentra en las afueras de la ciudad. Ese lugar estaba infestado de renegados. Si había alguna duda, ahora ya estamos seguros de que es una enorme colonia. Probablemente sea el cuartel general de la Costa Este.

Gabrielle sintió un escalofrío al pensar que había estado en ese psiquiátrico, que había estado dentro de él, sin saber que era un refugio de renegados.

—Tengo unas cuantas fotos del interior. Todavía están en mi cámara. No he tenido tiempo de descargarlas, todavía.

Lucan se había quedado inmóvil y la miraba como si ella hubiera acabado de decirle que había estado jugando con granadas. Su rostro pareció palidecer un poco más todavía.

—¿No solamente fuiste allí sino que entraste en ese lugar?

Ella se encogió de hombros, sintiéndose culpable.

—Jesucristo, Gabrielle. —Bajó las piernas de la cama y se quedó sentado allí un momento largo, simplemente mirándola. Tardó un rato en poder pronunciar las palabras—. Te hubieran podido matar. ¿Te das cuenta de eso?

—Pero no lo hicieron —contestó; una pobre observación, pero un hecho.

—No es ése el tema. —Se pasó las dos manos por el cabello desde las sienes—. Mierda. ¿Dónde está tu cámara?

—La dejé en el laboratorio.

Lucan tomó el teléfono que tenía al lado de la cama y marcó el número del intercomunicador. Gideon respondió en el otro extremo de la línea.

—Eh, ¿qué hay? ¿Todo va bien?

—Sí —dijo Lucan, pero estaba mirando a Gabrielle—. Dile a Tegan que deje el reconocimiento del psiquiátrico de momento. Me acabo de enterar de que tenemos fotos del interior.

—¿En serio? —Se hizo una pausa—. Ah, joder. ¿Quieres decir que ella de verdad entró en ese maldito lugar?

Lucan la miró y arqueó una ceja con una expresión como de «te lo había dicho».

—Descarga las imágenes de la cámara y diles a los demás que nos reuniremos dentro de una hora para decidir la nueva estrategia. Creo que nos hemos ahorrado un tiempo crucial con esto.

—Bien. Nos vemos a las cuatro.

La llamada terminó con un sonido del intercomunicador.

—¿Tegan iba a volver al psiquiátrico?

—Sí —contestó Lucan—. Probablemente era una misión suicida, ya que él fue tan loco que insistió en que se infiltraría solo esta noche para conseguir información acerca del lugar. Aunque nadie iba a convencerle de que no lo hiciera, y mucho menos yo.

Se levantó de la cama y empezó a inspeccionarse algunas de las vendas. Hizo un movimiento que le abrió el albornoz, mostrando la mayor parte del pecho y el abdomen. Las marcas que tenía en el pecho tenían un pálido tono de henna, se veían más claras que la noche anterior. Ahora tenían casi el mismo color que el resto de su cuerpo. Tostadas y casi sin color.

—¿Por qué Tegan y tú tenéis tan mala relación? —le preguntó sin quitarle la vista de encima al atreverse a hacerle esa pregunta que había tenido en la cabeza desde el momento en que Lucan había pronunciado el nombre del guerrero—. ¿Qué sucedió entre vosotros?

Al principio pensó que él no iba a decir nada. Él continuó inspeccionándose las heridas, flexionando los brazos y las piernas en silencio. Entonces, justo en el momento en que ella iba a desistir, él dijo:

—Tegan me culpa de haberle quitado algo que era suyo. Algo que él amaba. —La miró directamente ahora—: Su compañera de raza murió. En mis manos.

—Dios santo —susurró ella—. Lucan, ¿cómo fue?

Él frunció el ceño y apartó la mirada otra vez.

—Las cosas eran distintas cuando Tegan y yo nos conocimos al principio. La mayoría de guerreros decidía no tener ninguna compañera porque los peligros eran demasiado grandes. Por aquel entonces, éramos muy pocos en la Orden, y proteger a nuestras familias era algo muy difícil dado que el combate nos obligaba a estar a kilómetros de distancia y, a menudo, durante muchos meses.

—¿Y los Refugios Oscuros? ¿No hubieran podido ofrecerles protección?

—Había menos refugios, también. Y todavía eran menos los que se hubieran arriesgado a aceptar el riesgo de albergar a una compañera de raza de un guerrero. Nosotros y nuestros seres queridos éramos un blanco constante de la violencia de los renegados. Tegan sabía todo esto, pero de todas formas estableció un vínculo con una hembra. No mucho tiempo después, ella fue capturada por los renegados. La torturaron. La violaron. Y antes de devolvérsela a él, le chuparon casi toda la sangre. Ella se había quedado vacía; peor que eso, se había convertido en una sirviente del renegado que la había destrozado.

—Oh, Dios mío —exclamó Gabrielle, horrorizada.

Lucan suspiró, como si el peso de esos recuerdos fuera demasiado para él.

—Tegan se volvió loco de furia. Se comportó como un animal, asesinando todo aquello que encontraba a su paso. Acostumbraba a estar tan cubierto de sangre que muchos pensaban que se bañaba en ella. Se recreaba en su furia y, durante un año, se negó a aceptar el hecho de que su compañera de raza había perdido la cabeza para siempre. Continuó alimentándola de sus venas, sin querer ver su degradación. Se alimentaba para alimentarla a ella. No le importaba el hecho de que se estaba precipitando hacia la sed de sangre. Durante todo ese año desafió la ley de la raza y no la sacó de su sufrimiento. En cuanto a Tegan, se estaba volviendo poco a poco en un renegado. Había que hacer algo…

Gabrielle terminó la frase que él había dejado incompleta.

—Y como líder, fue responsabilidad tuya entrar en acción.

Lucan asintió con expresión triste.

—Metí a Tegan en una celda de gruesos muros de piedra y utilicé la espada con su compañera de raza.

Gabrielle cerró los ojos al percibir su arrepentimiento.

—Oh, Lucan…

—Tegan no fue liberado hasta que su cuerpo quedó limpio de sed de sangre. Hicieron falta muchos meses de pasar hambre y de sufrir una completa agonía para que pudiera salir de la celda por su propio pie. Cuando supo lo que yo había hecho, creí que intentaría matarme. Pero no lo hizo. El Tegan que yo conocía no fue el que salió de esa celda. Era alguien mucho más frío. Nunca lo ha dicho, pero sé que me odia desde ese momento.

—No tanto como tú te odias a ti mismo.

Él tenía las mandíbulas apretadas con fuerza y una expresión tensa en el rostro.

—Estoy acostumbrado a tomar decisiones difíciles. No tengo miedo de asumir las tareas más duras, ni de ser el objetivo de la rabia, incluso del odio, a causa de las decisiones que tomo para la mejora de la raza. Me importa un bledo todo eso.

—No, no es verdad —dijo ella con suavidad—. Pero tuviste que hacerle daño a un amigo, y eso ha sido un gran peso para ti durante mucho, mucho tiempo.

Él la miró con intención de discutir, pero quizá no tenía la fuerza necesaria para ello. Después de todo por lo que había pasado se sentía cansado, destrozado, aunque Gabrielle no creía que él estuviera dispuesto a admitirlo, ni siquiera ante ella.

—Tú eres un hombre bueno, Lucan. Tienes un corazón muy noble debajo de esa dura armadura.

Él emitió un gruñido irónico.

—Solamente alguien que me conozca desde unas pocas semanas atrás puede cometer el error de pensar esto.

—¿De verdad? Pues yo conozco a unos cuantos aquí que te dirían lo mismo. Incluyendo a Conlan, si estuviera vivo.

Él frunció el ceño con expresión atormentada.

—¿Qué sabes tú de eso?

—Danika me contó lo que hiciste por él. Que le llevaste arriba durante la salida del sol. Para honrarle, te quemaste.

—Jesucristo —exclamó él en tono cortante, poniéndose inmediatamente en pie. Empezó a caminar arriba y abajo en un estado de gran excitación y al final se detuvo repentinamente al lado de la cama. Habló con voz ronca, como un rugido casi incontrolable—. El honor no tuvo nada que ver con eso. ¿Quieres saber por qué lo hice? Fue por un terrible sentimiento de culpa. La noche de la bomba en la estación de tren yo tenía que haber estado cumpliendo con esa misión al lado de Niko, y no Conlan. Pero no te podía sacar de mi cabeza. Pensé que, quizá, si te tenía... si finalmente entraba dentro de ti... eso satisfaría mi ansia y podría continuar adelante, olvidarte. Así que esa noche hice que Conlan fuera en mi lugar. Hubiera tenido que ser yo, y no Conlan. Tenía que haber sido yo.

—Dios mío, Lucan. Eres increíble. ¿Lo sabías? —Dejó caer las manos con fuerza encima de la mesa y emitió una carcajada furiosa—. ¿Por qué no puedes relajarte un poco?

Esa reacción incontrolada le llamó la atención como ninguna otra cosa lo había hecho. Dejó de caminar de un lado a otro y la miró.

—Tú sabes por qué —repuso con tono tranquilo ahora—. Tú lo sabes mejor que nadie. —Meneó la cabeza con una expresión de disgusto consigo mismo en los labios—. Resulta que Eva también sabía algo al respecto.

Gabrielle recordó la impactante escena de la enfermería. Todo el mundo se había quedado horrorizado ante los actos de Eva, y asombrado por las locas acusaciones contra Lucan. Todos menos él.

—Lucan, lo que ella dijo…

—Todo es cierto, tal y como tú misma has visto. Pero tú todavía me defendiste. Fue la segunda vez que has ocultado mi debilidad ante los demás. —Frunció el ceño y giró la cara—. No voy a pedirte que lo hagas otra vez. Mis problemas son cosa mía.

—Y necesitas solucionarlos.

—Lo que necesito es vestirme y echar un vistazo a esas imágenes que Gideon está descargando. Si nos ofrecen la información suficiente sobre la distribución del psiquiátrico, podemos atacar ese lugar esta noche.

—¿Qué quieres decir, atacarlo esta noche?

—Acabar con él. Cerrarlo. Hacerlo volar por los aires.

—No es posible que hables en serio. Tú mismo has dicho que posiblemente esté lleno de renegados. ¿De verdad crees que tú y tres tipos más vais a sobrevivir si os enfrentáis a un número desconocido de ellos?

—Lo hemos hecho antes. Y seremos cinco —dijo, como si eso lo hiciera distinto—. Gideon ha dicho que quiere participar en lo que hagamos. Va a ocupar el lugar de Rio.

Gabrielle se burló, incrédula.

—¿Y qué me dices de ti? Casi no te tienes en pie.

—Estoy caminando. Estoy lo bastante bien. Ellos no esperan que contraataquemos tan pronto, así que es el mejor momento para dar el golpe.

—Debes de haber perdido la cabeza. Necesitas descansar, Lucan. No estás en condiciones de hacer nada hasta que no recuperes la fuerza. Necesitas curarte. —Observó que él apretaba las mandíbulas: un tendón se le marcó por debajo de una de sus esbeltas mejillas. La expresión de su rostro era más dura de lo habitual, sus rasgos parecían demasiado afilados—. No puedes salir ahí fuera tal como estás.

—He dicho que estoy bien.

Pronunció las palabras precipitadamente y en un tono ronco y gutural. Volvió a mirarla y sus ojos plateados se veían atravesados por unas brillantes lenguas de color ámbar, como si el fuego lamiera el hielo.

—No lo estás. Ni mucho menos. Necesitas alimentarte. Tu cuerpo ha sufrido demasiado últimamente. Necesitas nutrirte.

Gabrielle sintió que una ola fría inundaba la habitación y supo que provenía de él. Estaba provocando su furia. Ella le había visto en sus peores momentos y había vivido para contarlo, pero quizá ahora estaba presionando demasiado. Se daba cuenta de que él estaba inquieto y tenso y de que se controlaba con fuerza desde que la había llevado al complejo. Ahora él estaba en el filo, peligrosamente; ¿de verdad quería ser ella quien le empujara al otro lado de la línea de su autocontrol?

«A la mierda.» Quizá era eso lo que hacía falta.

—Tienes el cuerpo destrozado ahora, Lucan, no solamente a causa de las heridas. Estás débil. Y tienes miedo.

—Miedo. —Le dirigió una mirada fría y despectiva, con un sarcasmo helado—. ¿De qué?

—De ti mismo, para empezar. Pero creo que incluso tienes más miedo de mí.

Ella esperaba una refutación instantánea, fría y desagradable, acorde con la sombría rabia que emanaba de él como la escarcha. Pero él no dijo nada. La miró durante un largo momento, luego se dio la vuelta y se alejó, un poco tenso, en dirección a un armario alto que había al otro extremo de la habitación.

Gabrielle permaneció sentada en el suelo y le observó abrir

abruptamente los cajones, sacar unas ropas y lanzarlas sobre la cama.

—¿Qué estás haciendo?

—No tengo tiempo de discutir esto contigo. No tiene sentido.

Un armario alto que contenía armas se abrió antes de que él lo tocara: sus puertas se deslizaron alrededor de las bisagras con una violenta sacudida. Él se acercó a paso lento y estiró un estante plegable. Encima de la superficie de terciopelo del estante había por lo menos una docena de dagas y otras armas blancas de aspecto letal ordenadas en filas. Con un gesto descuidado, Lucan tomó dos grandes cuchillos enfundados en piel. Abrió otro de los estantes y eligió una pistola de acero inoxidable pulido que parecía salida de una terrible película de acción.

—¿Como no te gusta lo que estoy diciendo vas a salir huyendo? —Él ni la miró ni soltó ninguna maldición como respuesta. No, la ignoró por completo, y eso la sacó de quicio completamente—. Adelante, pues. Finge que eres invencible, que no estás muerto de miedo de dejar que alguien se preocupe de ti. Escapa de mí. Eso solamente demuestra que tengo razón.

Gabrielle sintió una absoluta desesperanza mientras Lucan sacaba la munición del armario y la introducía en el cargador de la pistola. Nada de lo que ella pudiera decir iba a detenerle. Se sentía desvalida, como si intentara rodear con los brazos una tormenta.

Apartó la mirada de él y dirigió los ojos a la mesa frente a la cual estaba sentada, a los platos y a los cubiertos que tenía delante. Vio un cuchillo limpio encima de la mesa; la pulida hoja brillaba.

No podía retenerle con palabras, pero había otra cosa…

Se subió la manga larga de la bata. Con mucha tranquilidad, con la misma determinación atrevida de que se había valido cientos de veces anteriormente, Gabrielle tomó el cuchillo y apretó el filo contra la parte más carnosa de su antebrazo. Realizó poca presión, un ligerísimo corte sobre su piel.

No supo cuál de los sentidos de Lucan fue el que reaccionó primero, pero levantó la cabeza de inmediato y soltó un rugido. Ella se dio cuenta de que lo que había hecho resonaba en cada uno de los muebles de la habitación.

—Maldita sea... ¡Gabrielle!

La hoja salió volando de su mano, llegó al otro extremo de la habitación y fue a clavarse hasta la empuñadura en la pared más alejada de la misma.

Lucan se movió con tanta rapidez que ella casi no pudo percibir sus movimientos. Un momento antes él había estado de pie a unos metros de distancia de la cama y al cabo de un instante una de sus enormes manos le sujetaba los dedos y tiraba de ella para que se pusiera de pie. La sangre manaba por la fina línea del corte, jugosa, de un profundo color carmesí, y goteaba a lo largo de su brazo. La mano de Lucan todavía sujetaba con fuerza la suya.

Él, a su lado, parecía una altísima torre oscura y ardiente de furia.

El pecho agitado, las fosas nasales dilatadas mientras su aliento salía y entraba en sus pulmones. Su hermoso rostro estaba contraído a causa de la angustia y la indignación, y sus ojos ardían con el inconfundible calor de la sed. No quedaba ni rastro de su color gris y sus pupilas se habían achicado formando dos finas líneas negras. Los colmillos se le habían alargado y las puntas, afiladas y blancas, brillaban por debajo de la depravada sonrisa de sus labios.

—Ahora intenta decir que no necesitas lo que te estoy ofreciendo —le susurró ella con fiereza.

El sudor le perlaba la frente mientras observaba la herida fresca y sangrante. Se lamió los labios y pronunció una palabra en otro idioma.

No sonó amistosa.

—¿Por qué? —preguntó, en tono acusador—. ¿Por qué me haces esto?

—¿De verdad no lo sabes? —Ella le aguantó la furiosa mirada, calmando su rabia mientras unas gotas de sangre salpicaban con un color carmesí la blancura nívea de la bata—. Porque te amo, Lucan. Y esto es lo único que puedo darte.

Capítulo veintinueve

*L*ucan creía que sabía qué era la sed. Creía que conocía la furia y la desesperación —el deseo, también— pero todas las míseras emociones que había sentido durante su eterna vida se deshicieron como el polvo cuando miró a los desafiantes ojos marrones de Gabrielle.

Tenía los sentidos embargados, ahogados en el dulce aroma de jazmín de su sangre, esa fuente peligrosamente cerca de sus labios. De un brillante color rojo, denso como la miel, un hilo carmesí brotaba por la pequeña herida que ella se había hecho.

—Te amo, Lucan. —Su suave voz se abrió paso a través del sonido de los latidos de su propio corazón y de la imperiosa necesidad que ahora le atenazaba—. Con o sin vínculo de sangre, te amo.

Él no podía hablar, ni siquiera sabía qué hubiera dicho si su garganta seca hubiera sido capaz de emitir alguna palabra. Con un gruñido salvaje, la apartó de él, demasiado débil para permanecer al lado de ella ahora que su parte oscura le empujaba a hacerla suya de esa forma fina e irrevocable.

Gabrielle cayó sobre la cama; la bata a duras penas cubría su desnudez. Unas brillantes manchas le salpicaban la manga blanca y la solapa. Tenía otra mancha roja sobre el muslo, de un vívido color escarlata que contrastaba con el tono amelocotonado de la piel.

Dios, cómo deseaba llevar los labios hasta esa sedosa herida en la carne, y por todo su cuerpo. Solamente el suyo.

«No.»

La orden le salió en un tono tan seco como las cenizas. Sentía el vientre atenazado por el dolor, retorcido y como lleno de nudos. Le hacía desfallecer. Las rodillas le fallaron en cuanto intentó darse la vuelta para apartar esa imagen tentadora de ella, abierta y sangrando, como un sacrificio ofrecido a él.

Se dejó caer sobre la alfombra del suelo, una masa inerte de músculo y huesos, luchando contra una necesidad que no había conocido hasta ese momento. Ella le estaba matando. Esta ansia de ella, cómo se sentía desgarrado al pensar que ella podía estar con otro macho.

Y además, la sed.

Nunca había sido tan intensa como cuando Gabrielle estaba cerca. Y ahora que sus pulmones se habían llenado con el perfume de su sangre, su sed era devoradora.

—Lucan…

Él percibió que ella se apartaba de la cama. Las suaves pisadas de sus pies sonaron en la alfombra y éstos aparecieron lentamente ante su vista, las uñas pintadas como la fina laca de unas conchas. Gabrielle se arrodilló a su lado. Él sintió la suavidad de la mano de ella en su cabello, y luego la sintió bajo su barbilla, levantándole la cabeza para mirarle a la cara.

—Bebe de mí.

Él apretó los ojos con fuerza, pero fue un intento débil de rechazar lo que ella le ofrecía. No tenía la fuerza necesaria para luchar contra la fuerza tierna e incesante de los brazos de ella, que ahora le atraían hacia sí.

Lucan olía la sangre en la muñeca de ella: olerla tan de cerca le despertó una furiosa corriente de adrenalina que le atravesó. La boca se le hizo agua, los colmillos se le alargaron más, tensándole las encías. Ella le provocó más levantándole el torso del suelo. Con una mano se apartó el cabello a un lado descubriéndose el cuello para él.

Él se removió, pero ella le sujetó con firmeza. Le atrajo más hacia ella.

—Bebe, Lucan. Toma lo que necesites.

Se inclinó hacia delante hasta que solamente hubo un soplo de aire entre los relajados labios de él y el delicado pulso que latía debajo la piel pálida de debajo de su oreja.

—Hazlo —susurró ella, y le atrajo hacia sí.

Presionó los labios con fuerza contra su cuello.

Ella le aguantó en esa posición durante una eternidad de angustia. Pero solamente se tardaba una fracción de segundo en poner el cebo. Lucan no estaba seguro. De lo único que era consciente era del cálido contacto de la piel de ella en su lengua, del latido de su corazón, de la rapidez de su respiración. De lo único que era consciente era del deseo que sentía por ella.

No iba a rechazarlo más.

La deseaba, lo deseaba todo de ella, y la bestia se había desatado y ya era imposible tener piedad.

Abrió la boca… y clavó los colmillos en la flexible carne de su cuello.

Ella ahogó una exclamación al sentir la repentina penetración de sus dientes, pero no le soltó, ni siquiera cuando notó que él tragaba por primera vez la sangre de su vena abierta.

La sangre se precipitó dentro de la boca de Lucan, caliente y con un sabor terroso, exquisito. Era muy superior a lo que habría imaginado nunca.

Después de vivir durante novecientos años, finalmente sabía lo que era el cielo.

Bebió con urgencia, en cantidad, con una sensación de necesidad que le desbordaba mientras la saciante sangre de Gabrielle le bajaba por la garganta y le penetraba la carne, los huesos y las células. El pulso se le aceleró, se sintió renacer, la sangre volvió a correrle por las piernas y le curó las heridas.

El sexo se le había despertado con el primer sorbo; ahora le latía con fuerza entre las piernas. Exigía incluso una mayor posesión.

Gabrielle le acariciaba el cabello, le sujetaba contra ella mientras él bebía. Gimió con cada una de las chupadas de sus labios, sentía que se le deshacía el cuerpo. Su olor se hizo más oscuro y húmedo a causa del deseo.

—Lucan —dijo casi sin resuello, estremeciéndose—. Oh, Dios…

Con un gruñido sin palabras, la empujó contra el suelo, debajo de él. Bebió más, perdiéndose en el erótico calor del momento con una desesperación frenética que le aterrorizó.

«Mía», pensó, sintiéndose profundamente salvaje y egoísta.

Ahora era demasiado tarde para detenerse.

Ese beso les había maldecido a los dos.

Mientras que el primer mordisco le había provocado una conmoción, el agudo dolor se había disipado rápidamente para convertirse en una sensación suntuosa e embriagadora. Sintió el cuerpo inundado por el placer, como si cada larga chupada de los labios de Lucan le inyectara una corriente de calidez en el cuerpo que le llegaba hasta el mismo centro y le acariciaba el alma.

Él la llevó hasta el suelo con él, las batas se entreabrieron y la cubrió con su cuerpo desnudo. Notó las manos de él, ásperas, que le sujetaban la cabeza hacia un lado mientras bebía de ella. Sin hacer caso del dolor que las heridas le pudieran estar haciendo, presionó su pecho desnudo contra sus pechos. Sus labios no se separaron de su cuello ni un segundo. Gabrielle sentía la intensidad de la necesidad de él a cada chupada.

Pero sentía su fuerza, también. La estaba recuperando, poco a poco, gracias a ella.

—No te detengas —murmuró ella, pronunciando con lentitud a causa del éxtasis que crecía en su interior a cada movimiento de sus labios—. No vas a hacerme daño, Lucan. Confío en ti.

El sonido húmedo y voraz que provocaba su sed era lo más erótico que había conocido nunca. Le encantaba sentir el calor de los labios de él encima de su piel. Los arañazos que le provocaban los colmillos de él mientras se llenaba la boca con su sangre le resultaban peligrosos y excitantes.

Gabrielle ya se deslizaba hacia un orgasmo desgarrador en el momento en que notó la gruesa cabeza de la erección de Lucan presionándole el sexo. Estaba húmeda, deseándole dolorosamente. Él la penetró con una embestida que la llenó por completo con un calor volcánico y potente que detonó dentro de ella al cabo de un instante. Gabrielle gritó mientras él la embestía con fuerza y deprisa, sintiendo los brazos de él que la aprisionaban, apretándola con fuerza. La embestía a un ritmo alocado, empujado por una fuerza de puro y magnífico deseo.

Pero permaneció clavado en su cuello, empujándola hacia una dulce y feliz oscuridad.

Gabrielle cerró los ojos y se dejó flotar envuelta en una hermosa nube de color obsidiana.

Como desde muy lejos notó que Lucan se retorcía y embestía encima de su cuerpo con urgencia, que todo su cuerpo vibraba por la potencia del clímax. Emitió un grito áspero y se quedó completamente inmóvil.

La deliciosa presión en el cuello se aflojó de forma abrupta y luego desapareció, dejando una gran frialdad a su paso.

Gabrielle, que todavía se sentía inundada por la embriaguez de notar a Lucan dentro de ella, levantó los párpados, pesados. Lucan estaba colocado de rodillas encima de ella y la miraba como si se hubiera quedado helado. Tenía los labios de un rojo brillante y el pelo revuelto. Sus ojos salvajes lanzaban destellos de color ámbar, de tan brillantes. El color de su piel parecía más saludable y el laberinto de marcas que le cubrían los hombros y el torso tenía un brillo de un tono carmesí oscuro.

—¿Qué sucede? —le preguntó, preocupada—. ¿Estás bien?

Él no habló durante un largo momento.

—Jesucristo. —Su voz grave sonó como un gruñido trémulo, de una forma que ella no le había oído antes. Tenía el pecho agitado—. Creí que estabas… creí que te había…

—No —le dijo ella, haciendo un gesto negativo con la cabeza y con una expresión perezosa y saciada—. No, Lucan. Estoy bien.

Ella no comprendió qué significaba la expresión intensa de él, pero él no la ayudó. Se apartó de ella. Sus ojos, que se habían transformado, mostraban una expresión de dolor.

Gabrielle sentía el cuerpo frío y vacío sin el calor de él. Se sentó y se frotó para hacerse pasar un repentino escalofrío.

—Está bien —le tranquilizó—. Todo está bien.

—No. —Él negó con la cabeza y se puso en pie—. No. Esto ha sido una equivocación.

—Lucan…

—¡No debí haber permitido que esto sucediera! —gritó.

Emitió un gruñido de furia y se dirigió a los pies de la cama para recoger sus ropas. Se puso un pantalón de camuflaje negro y una camiseta de algodón, luego tomó sus armas y sus botas y abandonó la habitación con una furia tempestuosa y ardiente.

Lucan casi no podía respirar a causa de la fuerza con que el corazón le latía en el pecho.

En el momento en que sintió que Gabrielle quedaba inerte debajo de él mientras él bebía de ella, le atravesó un miedo descarnado que le desgarró por completo.

Mientras él bebía febrilmente de su cuello, ella le había dicho que confiaba en él. Sintió que el acicate de la sed de sangre le aguijoneaba el cuerpo mientras la sangre de Gabrielle le llenaba. El sonido de su voz había suavizado el dolor, en parte. Ella se había mostrado tierna y cuidadosa: su tacto, su emoción desnuda, su misma presencia, le había dado fuerzas en el momento en que su parte animal había estado a punto de tomar las riendas.

Ella confiaba en que él no le haría daño, y esa confianza le había dado fuerzas.

Pero entonces había notado que ella se desvanecía y temió… Dios, cuánto miedo había sentido en ese instante.

Ese miedo todavía le atenazaba, un terror oscuro y frío a haberle hecho daño, a que podría matarla si permitía que las cosas llegaran más lejos de lo que lo habían hecho.

Porque, por mucho que él la hubiera apartado y por mucho que lo hubiera negado, él le pertenecía. Él pertenecía a Gabrielle, en cuerpo y alma, y no simplemente por el hecho de que su sangre le estuviera nutriendo en ese momento, le estuviera curando las heridas y fortaleciéndole el cuerpo. Él se había unido a ella mucho antes de ese momento. Pero la prueba irrefutable de ello había aparecido en ese funesto instante, hacía un momento, en cuanto temió que podía haberla perdido.

La amaba.

Desde la parte más profunda y solitaria de sí mismo, amaba a Gabrielle.

Y quería tenerla en su vida. De forma egoísta y peligrosa, no había nada que deseara más que tenerla a su lado para el resto de sus días.

Darse cuenta de eso le hizo tambalear, allí, en el pasillo, delante del laboratorio técnico. En verdad, casi le hizo caer de rodillas.

—Eh, calma. —Dante se acercó a Lucan casi sin avisar y le sujetó por debajo de los brazos—. Joder. Tienes un aspecto infernal.

Lucan no podía hablar. Las palabras estaban más allá de él.

Pero Dante no necesitaba ninguna explicación. Echó un vistazo a su rostro y a sus colmillos alargados. Las fosas nasales se le dilataron al sentir el olor a sexo y a sangre. Dejó escapar un silbido bajo y en los ojos de ese guerrero apareció un brillo de ironía.

—No puede ser cierto… ¿una compañera de sangre, Lucan? —Se rio, meneando la cabeza mientras le daba unas palmadas a Lucan en el hombro—. Joder. Mejor que seas tú y no yo, hermano. Mejor tú que yo.

Capítulo treinta

*T*res horas más tarde, cuando la noche era completa a su alrededor, Lucan y los otros guerreros se encontraban preparados y sentados en un vehículo de vigilancia negro en la calle, a unos ochocientos metros del viejo psiquiátrico.

Las fotografías de Gabrielle habían sido de gran utilidad para planificar el golpe contra la guarida de los renegados. Además de varias fotografías exteriores del punto de acceso de la planta baja, había hecho fotos interiores de la habitación de las calderas, de varios pasillos, de escaleras e incluso algunas que inadvertidamente mostraban unas cámaras de seguridad que tendrían que ser desactivadas cuando los guerreros ganaran acceso a ese lugar.

—Entrar va a ser la parte fácil —dijo Gideon, mientras el grupo empezaba a revisar por última vez la operación—. Interrumpiré la señal de seguridad de las cámaras de la planta baja pero, cuando estemos dentro, colocar esas dos docenas de barras de C4 en los puntos críticos sin alertar a toda la colonia de chupones va a ser un poco más difícil.

—Por no mencionar el problema añadido de la publicidad no deseada de los humanos —dijo Dante—. ¿Qué es lo que está haciendo que Niko tarde tanto en localizar esa tubería de gas?

—Ahí viene —dijo Lucan, al ver la figura oscura del vampiro que se acercaba al vehículo de vigilancia desde la fila de árboles de la calle.

Nikolai abrió la puerta trasera y subió después de Tegan. Se sacó la capucha negra y sus invernales ojos azules chispearon de excitación.

—Es un caramelo. La línea principal está en una caja del extremo oeste del complejo. Quizá esos chupones no necesiten calefacción, pero el servicio público les suministra un montón de gas.

Lucan miró los ojos ansiosos del guerrero.

—Entonces entramos, dejamos nuestros regalitos, despejamos el lugar…

Niko asintió con la cabeza.

—Hacedme una señal cuando la mierda esté en su sitio. Moveré la tubería principal y luego haré detonar el C4 cuando todos estéis aquí de vuelta. Aparentemente será como si una fuga de gas hubiera causado la explosión. Y si los cuerpos de seguridad quieren meterse en esto, estoy seguro de que las fotos de Gabrielle de las pintadas de las bandas harán que esos humanos husmeen en círculos durante un tiempo.

Mientras, los guerreros les habrían mandado un importante mensaje a sus enemigos, especialmente al vampiro de primera generación que Lucan sospechaba se encontraba al mando de esta nueva sublevación de los renegados. Volarles el cuartel general sería una invitación suficiente para que ese cabrón saliera al aire libre y empezara a bailar.

Lucan estaba ansioso por empezar. Incluso estaba más ansioso por terminar con la misión de esa noche porque tenía un asunto por terminar cuando volviera al complejo. Odiaba haber dejado a Gabrielle de esa manera y sabía que ella debía de sentirse confusa y, probablemente, más que inquieta.

Quedaban cosas por decir, seguro, cosas en las que él no había estado preparado para pensar mucho y, mucho menos, para hablarlas con ella en ese momento en que la sorprendente realidad de sus sentimientos por ella le asaltó.

Ahora tenía la cabeza llena de planes.

Planes imprudentes, estúpidos y esperanzadores, todos ellos centrados en ella.

En el interior del vehículo, a su alrededor, los demás guerreros estaban comprobando su equipo, cargando las barras de C4 dentro de bolsas con cremalleras y realizando los ajustes finales a los auriculares y los micros que les permitirían estar en contacto los unos con los otros cuando llegaran al perímetro del psiquiátrico y se separaran para colocar los explosivos.

—Esta noche vamos a hacer esto por Con y por Rio —dijo Dante mientras hacía voltear sus cuchillos curvados entre los dedos enguantados y los introducía en las fundas que llevaba en la cadera—. Ha llegado el momento de la venganza.

—Joder, sí —contestó Niko, a lo cual los demás se hicieron eco.

Cuando se disponían a salir por las puertas, Lucan levantó una mano.

—Un momento. —La tristeza de su tono de voz les hizo detenerse—. Hay una cosa que tenéis que saber. Dado que estamos a punto de entrar ahí y que es probable que nos den una buena paliza, supongo que éste es un momento tan bueno como cualquier otro para ser claro con vosotros acerca de un par de cosas... y necesito que cada uno de vosotros me haga una promesa.

Miró los rostros de sus hermanos, esos guerreros que habían estado luchando a su lado, haciendo piña, durante tanto tiempo que parecía una eternidad. Ellos siempre le habían mirado como al líder, habían confiado en él para que tomara las decisiones más difíciles, siempre se habían sentido seguros de que él sabría cómo decidir una estrategia o cómo tomar una decisión.

Ahora dudaba, sin saber por dónde empezar. Se frotó la mandíbula y dejó escapar un fuerte suspiro.

Gideon le miró con el ceño fruncido y expresión de preocupación.

—¿Va todo bien, Lucan? Recibiste un buen golpe en la emboscada de la otra noche. Si no quieres participar en esto...

—No. No es eso. Estoy bien. Mis heridas están curadas... gracias a Gabrielle —dijo—. Hace un rato, hoy, ella y yo...

—No me digas —contestó Gideon al ver que Lucan se interrumpía. Joder con el vampiro, pero estaba sonriendo.

—¿Has bebido de ella? —preguntó Niko.

Tegan soltó un gruñido desde el asiento trasero.

—Esa hembra es una compañera de raza.

—Sí —contestó Lucan con calma y seriedad—. Y si me lo permite, le voy a pedir que me acepte como compañero.

Dante le miró, burlón, con una expresión de risueña exasperación.

—Felicidades, tío. De verdad.

Gideon y Niko contestaron de manera similar y le dieron unas palmadas en la espalda.

—Eso no es todo.

Cuatro pares de ojos se clavaron en él: todo el mundo le miraba con una expectación adusta excepto Tegan.

—La otra noche, Eva tenía unas cuantas cosas que decir de mí… —Inmediatamente se levantaron unas protestas por parte de Gideon, Niko y Dante. Lucan continuó hablando a pesar de los gruñidos de enojo—. La traición a Rio y a nosotros es inexcusable, sí. Pero lo que dijo de mí… era la verdad.

Dante le miró con suspicacia.

—¿De qué estás hablando?

—De la sed de sangre —contestó Lucan. La palabra sonó con fuerza en el silencio del interior del vehículo—. Es… bueno, es un problema para mí. Lo es desde hace mucho tiempo. Lo estoy manejando, pero algunas veces… —Bajó la cabeza y miró al suelo del vehículo—. No sé si podré vencerla. Quizá, con Gabrielle a mi lado, quizá tenga una oportunidad. Voy a luchar como un demonio, pero si empeora…

Gideon escupió una obscenidad.

—Eso no va a suceder, Lucan. De todos los que estamos aquí sentados, tú eres el más fuerte. Siempre lo has sido. Nada te puede tumbar.

Lucan negó con la cabeza.

—Ya no puedo continuar fingiendo que soy el que siempre controla. Estoy cansado. No soy invencible. Después de novecientos años de vivir con esta mentira, Gabrielle no ha tardado ni dos semanas en desenmascararme. Me ha obligado a verme como soy de verdad. No me gusta mucho lo que veo, pero quiero ser mejor… por ella.

Nico frunció el ceño.

—Joder, Lucan. ¿Estás hablando de amor?

—Sí —dijo él con solemnidad—. Lo estoy haciendo. La amo. Y es por eso que tengo que pediros una cosa. A todos.

Gideon asintió.

—Dilo.

—Si las cosas se ponen feas conmigo… en algún momento, pronto, o en la calle… tengo que saber que cuento con vosotros, chicos, para que me apoyéis. Si veis que me pierdo en la sed de sangre, si creéis que voy a volverme... Necesito vuestra palabra de que vais a acabar conmigo.

—¿Qué? —exclamó Dante—. No puedes pedirnos eso, tío.

—Escuchadme. —No estaba acostumbrado a suplicar. Pronunciar esa petición era como soportar gravilla en la garganta, pero tenía que hacerlo. Estaba cansado de soportar solo ese peso. Y lo último que deseaba era tener miedo de que en un momento de debilidad pudiera hacerle algún daño a Gabrielle—. Tengo que oír vuestros juramentos. El de cada uno de vosotros. Prometédmelo.

—Mierda —dijo Dante, mirándole boquiabierto. Pero al final asintió con la cabeza y con expresión grave—. Sí. De acuerdo. Estás jodidamente loco, pero de acuerdo.

Gideon meneó la cabeza, luego levantó el puño e hizo chocar los nudillos contra los de Lucan.

—Si eso es lo que quieres, lo tienes. Te lo juro, Lucan.

Niko pronunció su promesa también:

—Ese día no llegará nunca, pero si lo hace, sé que tú harías lo mismo por cualquiera de nosotros. Así que sí, tienes mi palabra.

Lo cual dejaba solamente a Tegan por hacerlo, que se encontraba sentado en el asiento trasero con actitud estoica.

—¿Y tú, Tegan? —preguntó Lucan, dándose la vuelta para mirar a los ojos verdes e impasibles—. ¿Puedo contar contigo en esto?

Tegan le miró larga y silenciosamente con actitud pensativa.

—Claro, tío. Joder, lo que digas. Si te conviertes en eso, estaré en primera línea para acabar contigo.

Lucan asintió con la cabeza, satisfecho, y miró los rostros serios de sus hermanos.

—Jesús —exclamó Dante cuando el denso silencio del vehículo se le hizo interminable—. Toda esta sentimentalidad me está poniendo impaciente por matar. ¿Qué tal si dejamos de hacernos pajas y vamos a volarles el techo a esos chupones?

Lucan sonrió en respuesta a la sonrisa arrogante del vampiro.

—Vamos a ello.

Los cinco guerreros de la raza, vestidos de negro de la cabeza a los pies, salieron del vehículo como un solo hombre y empezaron a aproximarse sigilosamente al psiquiátrico, al otro lado de los árboles, bañados por la luz de la luna.

Capítulo treinta y uno

—*V*amos, vamos. ¡Ábrete, joder!

Gabrielle estaba sentada ante el volante de un cupé BMW negro y esperaba con impaciencia a que la enorme puerta de entrada del terreno del complejo se abriera y la dejara salir. Le disgustaba que la hubieran obligado a llevarse el coche sin permiso, pero después de lo que había sucedido con Lucan estaba desesperada por marcharse. Dado que todo el terreno estaba rodeado por una valla eléctrica de alto voltaje, solamente le quedaba una alternativa.

Ya pensaría en alguna manera de devolver el coche una vez estuviera en casa.

Una vez se encontrara de vuelta al lugar al que verdaderamente pertenecía.

Esa noche le había dado a Lucan todo lo que había podido, pero no era suficiente. Se había preparado a sí misma para la eventualidad de que él la apartara y se resistiera a sus intentos de amarle, pero no había nada que pudiera hacer si él decidía rechazarla. Como había hecho esa noche.

Le había dado su sangre, su cuerpo y su corazón, y él la había rechazado.

Ahora ya no le quedaba energía.

Ya no podía luchar.

Si él estaba tan decidido a permanecer solo, ¿quién era ella para obligarle a cambiar? Si él quería estrellarse, tenía muy claro que no iba a quedarse allí para esperar a verlo.

Se marchaba a casa.

Al fin, las pesadas puertas de hierro se abrieron y le permitieron salir. Gabrielle aceleró y salió a toda velocidad hacia la calle silenciosa y oscura. No tenía una idea muy clara de dónde se encontraba hasta que, después de conducir unos tres kilómetros, se encontró en un cruce conocido. Giró a la izquierda por Charles Street en dirección a Beacon Hill y se dejó conducir, aturdida, por el piloto automático.

Cuando aparcó el coche en la esquina de fuera de su apartamento, su edificio le pareció mucho más pequeño. Sus vecinos tenían las luces encendidas pero, a pesar del resplandor dorado en el ambiente, ese edificio de ladrillo le pareció lóbrego.

Gabrielle subió las escaleras de la fachada y buscó las llaves en el bolso. La mano le tropezó con una pequeña daga que se había llevado del armario de las armas de Lucan: se la había llevado como defensa en caso de que se encontrara con problemas en su camino a casa.

Cuando entró y encendió la luz del vestíbulo, el teléfono estaba sonando. Dejó que el contestador automático respondiera y se dio la vuelta para cerrar todos los cerrojos y pasadores de la puerta.

Desde la cocina oyó la voz entrecortada de Kendra que le dejaba un mensaje.

—Es de muy mala educación por tu parte ignorarme de esta manera, Gabby. —La voz de su amiga sonaba extrañamente estridente. Estaba enojada—. Tengo que verte. Es importante. Tú y yo tenemos que hablar, de verdad.

Gabrielle se dirigió a la sala de estar y notó todos los espacios vacíos que habían quedado después de que Lucan hubiera quitado las fotografías de las paredes. Parecía que hubiera pasado un año desde la noche en la que él fue a su apartamento y le contó la asombrosa verdad acerca de sí mismo y de la batalla que estaba haciendo estragos entre los de su clase.

«Vampiros», pensó, sorprendida al darse cuenta de que esa palabra ya no la sorprendía.

Probablemente había muy pocas cosas que pudieran sorprenderla ya en esos momentos.

Y ya no tenía miedo de perder la cabeza, como le había sucedido a su madre. Incluso esa trágica historia había cobrado un significado nuevo ahora. Su madre no estaba loca en absoluto. Era una mujer joven y aterrorizada que se había visto atrapada en una situación violenta que muy pocos humanos serían capaces de concebir.

Gabrielle no tenía intención de permitir que esa misma situación violenta la destruyera. Por lo menos ahora estaba en casa y ya pensaría en alguna manera de recuperar su antigua vida.

Dejó el bolso encima de la mesa y fue hasta el contestador automático. El indicador de mensajes parpadeaba y mostraba el número dieciocho.

—Debe de ser una broma —murmuró, apretando el botón de reproducción.

Mientras la máquina se ponía en funcionamiento, Gabrielle se dirigió al baño para inspeccionarse el cuello. La mordedura que Lucan le había hecho debajo de la oreja tenía un brillo rojo oscuro y se encontraba al lado de la lágrima y de la luna creciente que la señalaban como compañera de raza. Se tocó las dos punzadas y el hematoma que Lucan le había dejado pero se dio cuenta de que no le dolían en absoluto. El dolor sordo y vacío que sentía entre las piernas era lo peor, pero incluso éste palidecía comparado con la fría crudeza que se le instalaba en el pecho cada vez que recordaba cómo Lucan se había apartado de ella esa noche, como si ella fuera un veneno. Cómo había salido de la habitación, tambaleándose, como si no pudiera apartarse de ella con la rapidez suficiente.

Gabrielle dio el agua y se lavó, vagamente consciente de los mensajes que sonaban en la cocina. Al oír el cuarto o quinto mensaje, se dio cuenta de que había algo extraño.

Todos los mensajes eran de Kendra, y se los había dejado todos durante las últimas veinticuatro horas. Uno después del otro, y entre algunos de ellos no había más que cinco minutos de diferencia.

Su voz había adquirido un tono considerablemente más amargo desde el primer mensaje en que, en tono despreocupado y alegre, le había propuesto salir a comer o a tomar una copa o a cualquier cosa que le apeteciera. Luego, la invitación había adquirido un tono más insistente: Kendra decía que tenía un problema y que necesitaba que Gabrielle la aconsejara.

En los dos últimos mensajes le había exigido de forma áspera que le contestara pronto.

Gabrielle corrió hasta el bolso y comprobó los mensajes del buzón de voz del teléfono móvil: se encontró con lo mismo.

Con las repetidas llamadas de Kendra.

Con su extraño tono ácido de voz.

Un escalofrío le recorrió la espalda al recordar la advertencia de Lucan acerca de Kendra: si ella había caído víctima de los renegados, ya no era amiga suya. Era como si estuviera muerta.

El teléfono empezó a sonar otra vez en la cocina.

—Oh, Dios mío —exclamó, atenazada por un terror creciente.

Tenía que salir de allí.

Un hotel, pensó. Algún lugar lejano. Algún lugar donde pudiera ocultarse durante un tiempo y decidir qué hacer.

Gabrielle tomó el bolso y las llaves del BMW prácticamente corriendo hacia la puerta. Abrió las cerraduras y giró la manecilla. En cuanto la puerta se abrió se encontró ante un rostro que en otro momento había sido amistoso.

Ahora estaba segura de que era el rostro de un sirviente.

—¿Vas a algún sitio, Gabby? —Kendra se apartó el teléfono móvil del oído y lo apagó. El timbre del teléfono de la casa dejó de sonar. Kendra sonrió débilmente con la cabeza ladeada en un extraño ángulo—. Últimamente, eres terriblemente difícil de localizar.

Gabrielle se estremeció de dolor al ver esos ojos vacíos y perdidos que no parpadeaban.

—Déjame pasar, Kendra. Por favor.

La morenita se rio con una carcajada estridente que se apagó en un siseo sordo.

—Lo siento, cariño. No puedo hacerlo.

—Estás con ellos, ¿verdad? —le dijo Gabrielle, enferma sólo de pensarlo—. Estás con los renegados. Dios mío, Kendra, ¿qué te han hecho?

—Cállate —repuso ella, con un dedo sobre los labios y meneando la cabeza—. No hablemos más. Ahora tenemos que irnos.

En cuanto la sirviente alargó la mano hacia ella, Gabrielle se apartó. Recordó la daga que llevaba en el bolso y se preguntó si podría sacarla sin que Kendra se diera cuenta. Y si conseguía hacerlo, ¿sería capaz de utilizarla contra su amiga?

—No me toques —le dijo, mientras deslizaba los dedos lentamente por debajo de la solapa de piel del bolso—. No voy a ir a ninguna parte contigo.

Kendra le mostró los dientes en una terrible imitación de una sonrisa.

—Oh, creo que deberías hacerlo, Gabby. Despúes, la vida de Jamie depende de ti.

Un temor helado le atenazó el corazón.

—¿Qué?

Kendra hizo un gesto con la cabeza en dirección al Sedan que estaba esperando. El cristal tintado de una de las ventanillas se abrió y ahí estaba Jamie, sentado en el asiento trasero al lado de un tipo enorme.

—¿Gabrielle? —llamó Jamie con una expresión de pánico en los ojos.

—Oh, no. Jamie no. Kendra, por favor, no permitas que le hagan daño.

—Eso es algo que está completamente en tus manos —repuso Kendra en tono educado y le quitó el bolso de las manos—. No vas a necesitar nada de lo que llevas aquí.

Hizo una señal a Gabrielle para que caminara delante de ella en dirección al coche.

—¿Vamos?

Lucan colocó dos barras de C4 debajo de los enormes calentadores de agua de la habitación de las calderas del psiquiátrico. Se agachó ante el equipo, desplegó las antenas del transmisor y conectó el micro para informar de su progreso.

—Habitación de calderas verificada —le dijo a Niko, que se encontraba al otro extremo de la línea—. Tengo que colocar tres unidades más y luego saldré…

Se quedó inmóvil de repente, al oír unos pasos al otro lado de la puerta cerrada.

—¿Lucan?

—Mierda. Tengo compañía —murmuró en voz baja mientras se incorporaba y se acercaba con sigilo a la puerta para prepararse a golpear.

Se llevó la mano enguantada hasta la empuñadura de un peligroso cuchillo con sierra que llevaba enfundado encima del pecho. También llevaba una pistola, pero todos habían acordado que no utilizarían armas de fuego en esa misión. No hacía falta avisar a los renegados de su presencia y además, dado que Niko iba a desviar la tubería de fuera y a llenar de gases el edificio, un disparo podía encender los fuegos artificiales antes de tiempo.

El picaporte de la puerta de la habitación de las calderas empezó a girar.

Lucan olió el hedor de un renegado, y el inconfundible aroma metálico de la sangre humana. Oyó unos gruñidos animales ahogados mezclados con unos golpes y con un débil lamento de una víctima a quién le estaban chupando la sangre. La puerta se abrió y un fortísimo aire pútrido penetró en la habitación mientras un renegado arrastraba a su juguete moribundo dentro de la sala oscura.

Lucan esperó a un lado de la puerta hasta que la enorme cabeza del renegado estuvo plenamente ante su vista. Ese chupón estaba demasiado concentrado en su presa para darse cuenta de la amenaza. Lucan levantó una mano y clavó el cuchillo en la caja torácica del renegado. Éste rugió con las enormes mandíbulas abiertas y los ojos amarillos hinchados al sentir que el titanio le penetraba en el sistema circulatorio.

El humano cayó al suelo con un golpe seco como un muñeco y su cuerpo se contrajo en una serie de espasmos de agonía de muerte mientras el cuerpo del renegado que se había alimentado de él empezaba a emitir unos silbidos, a temblar y a mostrar unas heridas como si le hubieran rociado con ácido.

En cuanto el cuerpo del renegado hubo terminado su rápida descomposición, otro de ellos se acercó corriendo por el pasillo. Lucan se precipitó hacia delante para volver a atacar, pero antes de que pudiera dar el primer golpe, el chupón se detuvo en seco cuando un brazo negro le obligó a detenerse por detrás.

Se vio el brillo de un filo con la rapidez y la fuerza de un rayo que atravesaba la garganta del renegado y separaba la enorme cabeza del cuerpo con un corte limpio.

El enorme cuerpo quedó tendido en el suelo como un montón de basura. Tegan se encontraba allí de pie, con su espada goteando sangre y sus ojos verdes, tranquilos. Tegan era una máquina asesina, y el gesto adusto de sus labios parecía reafirmar la promesa que le había hecho a Lucan de que si la sed de sangre podía con él, Tegan se aseguraría de que Lucan conociera la furia del titanio.

Al mirar ahora a ese guerrero, Lucan estuvo seguro de que si alguna vez Tegan iba a por él, él moriría antes de darse cuenta de que el vampiro había aparecido a su lado.

Lucan se enfrentó a esa mirada fría y letal y le saludó con un gesto de cabeza.

—Dime algo —oyó que le decía Niko a través del auricular—. ¿Estás bien?

—Sí. Todo despejado. —Limpió la daga con la camisa del ser humano y la volvió a enfundar. Cuando volvió a levantar la vista, Tegan había desaparecido, se había desvanecido como el espectro de la muerte que era.

—Ahora me dirijo a los puntos de entrada de la zona norte para colocar el resto de caramelitos —le dijo a Nikolai mientras salía de la habitación de las calderas y recorría el pasillo vacío.

Capítulo treinta y dos

—Gabrielle, ¿qué sucede? ¿Qué pasa con Kendra? Ha venido a la galería y me ha dicho que habías tenido un accidente y que tenía ir con ella inmediatamente. ¿Por qué me ha mentido?

Gabrielle no sabía qué responder a las preguntas que Jamie, ansioso, le susurraba desde el asiento trasero del Sedan. Se alejaban a toda velocidad de Beacon Hill en dirección al centro de la ciudad. Los rascacielos del distrito financiero se cernían sobre ellos en la oscuridad y las luces de las oficinas parpadeaban como luces navideñas. Kendra estaba sentada en el asiento delantero al lado del conductor, un gorila de cuello ancho ataviado de negro como un matón y con gafas oscuras.

Gabrielle y Jamie tenían a un compañero similar detrás que les arrinconaba a un lado del brillante asiento de piel. Gabrielle no creía que fueran renegados; no parecía que escondieran unos colmillos enormes detrás de esos labios tensos, y por lo poco que sabía de los mortales enemigos de la raza, no creía que ni ella ni Jamie hubieran tardado ni un minuto en tener las gargantas abiertas si esos dos hombres hubieran sido de verdad unos renegados adictos a la sangre.

Sirvientes entonces, dedujo. Esclavos humanos de un poderoso señor vampiro.

Igual que Kendra.

—¿Qué van a hacer con nosotros, Gabby?

—No estoy segura. —Alargó el brazo y le dio un cariñoso apretujón en la mano. También hablaba en voz baja, pero estaba segura de que sus captores estaban escuchando cada una de sus palabras—. Pero no va a pasar nada. Te lo prometo.

Lo que sí sabía era que tenían que salir de ese coche antes de que llegaran a su destino. Era la regla de defensa propia más básica: nunca dejes que te lleven a una segunda localización. Porque entonces uno se encontraba en campo enemigo.

Las oportunidades de supervivencia pasarían de ser escasas a nulas.

Miró el cierre de seguridad de la puerta que Jamie tenía a su lado. Él observó sus ojos con el ceño fruncido y expresión de interrogación. Ella le miró a él y luego volvió a mirar el cierre. Entonces él lo entendió y le dirigió un asentimiento de cabeza casi imperceptible.

Pero cuando se disponía a colocar las manos en la posición adecuada para abrir el cierre, Kendra se dio la vuelta y les provocó:

—Casi hemos llegado, chicos. ¿Estáis excitados? Yo sí que lo estoy. No puedo esperar a que mi señor por fin te conozca en persona, Gabby. ¡Mmm! Te va a comer de inmediato.

Jamie se inclinó hacia delante y casi escupió veneno:

—¡Apártate, zorra mentirosa!

—¡Jamie, no! —Gabrielle intentó retenerle, aterrada ante ese inocente instinto de protección. Él no tenía ni idea de lo que estaba haciendo al irritar a Kendra o a los otros dos sirvientes que se encontraban en el coche.

Pero él no iba a dejarse controlar. Se abalanzó hacia delante:

—¡Si nos tocáis un pelo a cualquiera de los dos, os saco los ojos!

—Jamie, basta, no pasa nada —dijo Gabrielle, tirando de él para que volviera a recostarse en el asiento—. ¡Tranquilízate, por favor! No va a pasar nada.

Kendra no se había inmutado. Les miró a ambos y dejó escapar una risa repentina y estremecedora:

—Ah, Jamie. Siempre has sido el pequeño y fiel terrier de Gabby. ¡Guau! ¡Guau! Eres patético.

Muy despacio y evidentemente satisfecha consigo misma, Kendra se volvió a sentar de forma correcta en el asiento dándoles la espalda.

—Detente en el semáforo —le dijo al conductor.

Gabrielle dejó escapar un tembloroso suspiro de alivio y se recostó otra vez en el respaldo de fría piel. Jamie estaba arrinconado contra la puerta, enojado. Cuando las miradas de ambos se encontraron, él se apartó un poco a un lado y le permitió ver que la puerta ahora no estaba cerrada.

El corazón de Gabrielle dio un vuelco ante esa ingenuidad y ese valor. Casi no pudo disimular la sonrisa mientras el vehículo reducía la velocidad ante el semáforo, a unos metros delante de ellos. Estaba en rojo, pero a juzgar por la fila de coches que se encontraban detenidos delante de él, iba a cambiar a verde en cualquier momento.

Ésta era la única oportunidad que tenían.

Gabrielle miró a Jamie y se dio cuenta de que él había comprendido el plan perfectamente.

Gabrielle esperó, observando el semáforo; diez segundos que parecieron horas. La luz roja parpadeó y se puso verde. Los coches empezaron a avanzar delante de ellos. En cuanto el Sedan empezó a acelerar, Jamie llevó la mano a la manecilla de la puerta y la abrió.

El aire fresco de la noche entró en el vehículo y los dos se tiraron de cabeza hacia la libertad. Jamie dio contra el pavimento e inmediatamente alargó la mano para ayudar a Gabrielle a escapar.

—¡Detenedla! —chilló Kendra—. ¡No dejéis que se escape!

Una pesada mano cayó sobre el hombro de Gabrielle y tiró de ella hacia el interior del coche haciendo que se estrellara contra el enorme pecho del sirviente. Los brazos de éste la rodearon, atrapándola como barrotes de hierro.

—¡Gabby! —chilló Jamie.

Gabrielle emitió un sollozo desesperado.

—¡Vete de aquí! ¡Vete, Jamie!

—¡Acelera, idiota! —le gritó Kendra al conductor al ver que Jamie se disponía a agarrarse a la manecilla de la puerta para volver a por Gabrielle. El motor rugió, los neumáticos rechinaron y el coche se unió al tráfico.

—¿Qué hacemos con él?

—Déjale —ordenó Kendra en tono cortante. Le dirigió una sonrisa a Gabrielle, que se debatía en vano en el asiento trasero—. Ya ha servido a nuestro propósito.

El sirviente sujetó a Gabrielle con fuerza hasta que Kendra

ordenó que el coche se detuviera delante de un elegante edificio de oficinas. Salieron del coche y obligaron a Gabrielle a caminar hacia la puerta de entrada. Kendra hablaba con alguien a través del teléfono móvil y parecía ronronear de satisfacción.

—Sí, la tenemos. Ahora vamos a subir.

Se guardó el teléfono en el bolsillo y les condujo a través de un vestíbulo de mármol vacío hasta la zona de ascensores. Cuando hubieron subido a uno de ellos, apretó el botón de las oficinas del ático.

Gabrielle recordó inmediatamente la muestra privada de sus fotos. Al fin el ascensor se detuvo en el piso superior y las puertas de espejo se abrieron; en ese momento Gabrielle tuvo la horrible certeza de que su anónimo comprador iba a darse a conocer.

El sirviente que la había estado sujetando la empujó para que entrara en la suite, haciéndola tropezar. Al cabo de unos segundos, el miedo de Gabrielle se hizo mayor.

Delante de la pared de cristales se encontraba de pie una alta figura de cabello negro vestida con un largo abrigo negro y gafas de sol. Era igual de corpulento que los guerreros y de él emanaba el mismo aire de confianza. La misma amenaza fría.

—Adelante —les dijo en un tono grave que tronó como una tormenta—. Gabrielle Maxwell, es un placer conocerla por fin. He oído hablar mucho de usted.

Kendra se colocó a su lado y le dio unas palmaditas con expresión de adoración.

—Supongo que me ha traído aquí por alguna razón —dijo Gabrielle, intentando no apenarse por haber perdido a Kendra ni tener miedo de ese peligroso ser que había convertido a Kendra en lo que era.

—Me he convertido en un gran admirador de su trabajo. —Le sonrió sin mostrar los dientes y con una mano apartó sin contemplaciones a Kendra—. Hizo usted unas fotos interesantes, señorita Maxwell. Por desgracia, tiene que dejar de hacerlas. No es bueno para mis negocios.

Gabrielle intentó aguantar la mirada tranquila y amenazante que, sabía, le estaba dirigiendo desde detrás de esas gafas.

—¿Cuáles son sus negocios? Quiero decir, aparte de ejercer de sanguijuela chupadora de sangre.

Él se rio.

—Dominar el mundo, por supuesto. ¿Cree que hay algo más por lo que valga la pena luchar?

—Puedo pensar en unas cuantas cosas.

Una ceja oscura se arqueó por encima de la montura de esas gafas.

—Oh, señorita Maxwell, si se refiere al amor o a la amistad, tendré que dar por terminado este agradable y breve encuentro ahora mismo. —Juntó los dedos de las manos y los anillos que llevaba brillaron bajo la tenue luz de la habitación. A Gabrielle no le gustaba la manera en la que él la estaba mirando, como evaluándola. El vampiro se inclinó hacia delante con las fosas nasales dilatadas—. Acérquese.

Al ver que ella no se movía, el corpulento sirviente que se encontraba a sus espaldas la empujó hacia delante. Gabrielle se detuvo a un metro de distancia del vampiro.

—Tiene usted un olor delicioso —dijo en un lento siseo—. Huele como una flor, pero hay algo… más. Alguien se ha alimentado de usted hace poco. ¿Un guerrero? No se moleste en negarlo, puedo olerlo en su cuerpo.

Antes de que Gabrielle pudiera darse cuenta, él la sujetó por la muñeca y la atrajo hacia sí de un tirón. Con manos rudas, le hizo ladear la cabeza y le apartó el cabello que escondía la mordedura de Lucan y la marca que tenía debajo de la oreja izquierda.

—Una compañera de raza —gruñó, pasándole los dedos por la piel del cuello—. Y recientemente reclamada como tal. Se hace usted más interesante a cada segundo que pasa, Gabrielle.

No le gustó el tono íntimo que empleó al pronunciar su nombre.

—¿Quién la ha mordido, compañera? ¿A cuál de esos guerreros le permitió colocarse entre esas largas y hermosas piernas?

—Váyase al infierno —contestó ella, apretando las mandíbulas.

—¿No me lo va a decir? —Hizo chasquear la lengua y meneó la cabeza—. De acuerdo. Lo podremos averiguar muy pronto. Podemos hacer que venga.

Finalmente, él se apartó de ella e hizo una señal a uno de los sirvientes que estaban vigilando.

—Llevadla al tejado.

Gabrielle se debatió contra su captor, que la aferraba con ímpetu, pero no podía vencer la fuerza de ese bruto. La obligaron a dirigirse hacia una puerta sobre la cual había el cartel rojo de salida y una placa en la que se leía ACCESO AL HELIPUERTO.

—¡Un momento! ¿Y yo? —se quejó Kendra desde la suite.

—Ah, sí. Enfermera K. Delaney —dijo su señor oscuro, como si acabara de acordarse de ella—. Cuando nos hayamos ido, quiero que salgas al tejado. Sé que la vista desde él te parecerá espectacular. Disfrútala durante un momento… y luego salta al vacío.

Ella le miró, parpadeando y aturdida. Luego bajó la cabeza, mostrando que estaba bajo su dominio.

—¡Kendra! —gritó Gabrielle, desesperada por llegar hasta su amiga—. ¡Kendra, no lo hagas!

El vampiro del abrigo negro y las gafas oscuras pasó a su lado sin mostrar ninguna preocupación.

—Vámonos. He terminado aquí.

Una vez hubo colocado el último cartucho de C4 en su sitio al extremo norte del psiquiátrico, Lucan se abrió paso por un conducto de ventilación que conducía al exterior. Quitó la rejilla y se izó hasta el exterior. Rodó por encima del césped, que crujió bajo su cuerpo; luego se puso en pie y empezó a correr en dirección a la valla que rodeaba el terreno, sintiendo el aire fresco en la boca.

—Niko, ¿cómo vamos?

—Vamos bien. Tegan está volviendo y Gideon viene detrás de ti.

—Excelente.

—Tengo el dedo en el detonador —dijo Nikolai. Su voz casi resultaba inaudible por el ruido de un helicóptero que inundaba la zona—. Da la orden, Lucan. Me muero por hacer volar a estos chupones.

—Yo también —repuso Lucan. Miró el cielo nocturno con

el ceño fruncido, buscando el helicóptero—. Tenemos visita, Niko. Parece que un helicóptero se dirige directamente al psiquiátrico.

En cuanto lo hubo dicho, vio la oscura silueta del helicóptero encima de la hilera de árboles. Unas pequeñas luces parpadearon en el vehículo mientras éste giraba hacia el tejado del recinto e iniciaba el descenso.

El constante movimiento de la hélice levantó una fuerte brisa y Lucan olió el aroma de los pinos y del polen… y de otro perfume que le aceleró el pulso.

—Oh, Jesús —exclamó en cuanto reconoció el aroma a jazmín—. ¡No toques el detonador, Niko! ¡Por Dios, sea como sea, no permitas que este maldito edificio vuele por los aires!

Capítulo treinta y tres

Una mezcla volátil de adrenalina y furia, además de un miedo que le calaba hasta los huesos, hizo saltar a Lucan al tejado del viejo psiquiátrico. El helicóptero acababa de posarse en los raíles de aterrizaje y Lucan se precipitó hacia él desde el borde del edificio. El cuerpo le temblaba a causa de una furia más explosiva e inestable que un camión cargado de C4. Tenía toda la intención de arrancarle las piernas a quien estuviera reteniendo a Gabrielle.

Con el arma en la mano, Lucan se acercó al helicóptero por detrás, con cuidado de que no le vieran, y le dio la vuelta por la cola para acercarse al lado de los pasajeros de la cabina de mando.

Vio a Gabrielle dentro del helicóptero, en el asiento trasero, al lado de un enorme macho que iba vestido de negro y que llevaba unas gafas oscuras. Parecía tan pequeña, se la veía tan aterrorizada. Su olor le bañó por entero. Y su miedo le destrozó el corazón.

Lucan abrió de un tirón la puerta de la cabina y colocó el arma delante del rostro del captor de Gabrielle mientras la sujetaba a ella con la mano que le quedaba libre. Pero tiraron de Gabrielle hacia atrás antes de que él pudiera hacerse con ella.

—¿Lucan? —exclamó Gabrielle con los ojos desorbitados a causa de la sorpresa—. ¡Oh, Dios mío, Lucan!

Él realizó un rápido examen visual de la situación y vio al sirviente que pilotaba el avión y a un humano esclavo que se encontraba a su lado, delante. El sirviente del asiento del copiloto se dio la vuelta con intención de darle un golpe en el brazo, pero recibió una bala en la cabeza.

En el momento en que Lucan volvió a dirigir la mirada hacia Gabrielle, al cabo de un instante, el que se encontraba con ella le había colocado un cuchillo en la garganta. Por debajo de la manga del largo abrigo le asomaban los dermoglifos que Lucan había visto en las fotos de la Costa Oeste.

—Suéltala —le dijo al líder de primera generación de los renegados.

—Vaya, vaya, ha sido una respuesta más rápida de lo que hubiera imaginado, incluso para un guerrero con vínculo de sangre. ¿Qué pretendes? ¿Por qué estás aquí?

El arrogante tono de voz le desconcertó.

¿Conocía a ese cabrón?

—Suéltala —dijo Lucan—, y te mostraré por qué estoy aquí.

—Me parece que no. —El vampiro de primera generación le sonrió ampliamente, enseñándole los dientes.

No tenía colmillos. Era un vampiro, pero no era un renegado.

¿Qué diablos?

—Es encantadora, Lucan. Esperaba que fuera tuya.

Dios, conocía esa voz. La oía como procedente de algún lugar muy profundo, enterrado en su memoria.

Del pasado lejano.

Un nombre se le formó en la mente, cortante como el filo de una espada.

No, no era posible que fuera él.

Imposible…

Se concentró para salir de esa confusión momentánea, pero ese breve momento de pérdida de concentración le costó cara. Desde uno de los lados, uno de los renegados que había subido al tejado desde el interior del psiquiátrico se le acercaba con sigilo. Con un gruñido, levantó la puerta del helicóptero y golpeó con el canto de la misma a Lucan en la cabeza.

—¡Lucan! —chilló Gabrielle—. ¡No!

Lucan trastabilló y una de las piernas le falló. El arma se le cayó de la mano y resbaló por el suelo del tejado unos cuantos metros, quedando fuera de su alcance.

El renegado le dio un puñetazo en la mandíbula con el enorme puño. Al cabo de un segundo, un golpe brutal le destrozó las costillas. Lucan cayó al suelo, pero hizo un giro y con el pie enfundado en la bota hizo caer al renegado al suelo. Se precipitó sobre él mientras sacaba el cuchillo que llevaba enfundado en el torso.

A unos metros de ambos, la hélice del helicóptero empezó a girar. El piloto se estaba preparando para despegar otra vez.

No podía permitirlo.

Si permitía que Gabrielle se fuera de ese tejado, no le quedaría ninguna esperanza de volver a verla viva nunca más.

—Sácanos de aquí —ordenó el captor de Gabrielle al piloto mientras las hélices del helicóptero giraban cada vez más deprisa.

Fuera, arrastrándose por el tejado, Lucan luchaba contra el renegado que le había atacado. A pesar de la oscuridad, Gabrielle vio que otro más se acercaba desde la puerta de entrada al tejado.

—Oh, no —exclamó, casi sin respiración y sin poder moverse a causa del cortante filo de acero que se le clavaba en la piel de la garganta.

El enorme macho se inclinó por delante de ella para mirar qué estaba sucediendo en el tejado. Lucan había vuelto a ponerse en pie y le abrió el vientre al primero de los renegados que le había atacado. El grito de éste fue audible incluso a pesar del fuerte ruido de la hélice del helicóptero. Su cuerpo empezó a convulsionarse, a tener espasmos… a desintegrarse.

Lucan giró la cabeza hacia el helicóptero. Tenía los ojos llenos de furia, le brillaban como dos piedras de ámbar encendidas con el fuego del infierno. Se precipitó hacia delante, rugiendo, cargando con los hombros contra el vehículo como un tren de carga.

—¡Sácanos de aquí ahora mismo! —gritó el macho que estaba al lado de Gabrielle, por primera vez en tono preocupado—. ¡Ahora mismo, joder!

El helicóptero empezó a levantarse.

Gabrielle intentó apartarse del cuchillo apretándose contra el respaldo del pequeño asiento trasero. Si pudiera encontrar la manera de apartarle el brazo, quizá pudiera alcanzar la puerta de la cabina…

El helicóptero sufrió una sacudida repentina, como si hubieran chocado contra alguna parte del edificio. El motor pareció gemir, esforzado.

El captor de Gabrielle estaba furioso ya.

—¡Despega, idiota!

—¡Lo estoy intentando, señor! —dijo el sirviente que se encontraba ante los mandos. Levantó una palanca y el motor protestó con un terrible gruñido.

Hubo otra sacudida, como si tiraran del aparato hacia abajo, y todo el interior tembló. La cabina se inclinó hacia delante y el captor de Gabrielle perdió el equilibrio en el asiento y dejó de prestarle atención durante un momento.

El cuchillo se apartó de su garganta.

Con una repentina decisión, Gabrielle se lanzó hacia atrás y le dio una patada con las dos piernas que le hizo caer contra el respaldo del asiento del piloto. El vehículo se precipitó hacia delante y Gabrielle se afanó por alcanzar la puerta de la cabina.

Ésta se abrió del todo y quedó abierta, colgando de las bisagras, mientras el helicóptero temblaba y se balanceaba. Su captor se estaba recomponiendo y estaba a punto de alcanzarla otra vez. A causa del caos se le habían caído las gafas de sol. La miró con unos helados ojos grises llenos de malignidad.

—Dile a Lucan que esto no se ha terminado ni mucho menos —le ordenó el líder de los renegados, pronunciando las palabras en un silbido y mirándola con una sonrisa diabólica.

—Vete al infierno —contestó Gabrielle. En ese mismo instante, se lanzó hacia la puerta abierta y se dejó caer al suelo del tejado.

En cuanto la vio, Lucan soltó el raíl de aterrizaje del helicóptero. El vehículo se elevó repentinamente y empezó a dar vueltas sobre sí mismo descontrolado mientras el piloto se esforzaba por dominarlo.

Corrió al lado de Gabrielle y la ayudó a ponerse de pie. Le

pasó las manos por todo el cuerpo para asegurarse de que estaba entera.

—¿Estás bien?

Ella asintió con la cabeza.

—¡Lucan, detrás de ti!

En el tejado, otro de los renegados se dirigía hacia ellos. Lucan se enfrentó a ese desafío con agrado, ahora que Gabrielle estaba con él; todos los músculos de su cuerpo se dispusieron a dar muerte. Sacó otro cuchillo y se acercó a la amenaza.

La lucha fue salvaje y rápida. Lucan y el renegado se enzarzaron en un mortal combate cuerpo a cuerpo con los puños y los filos de las armas blancas. Lucan recibió más de un golpe, pero era imparable. La sangre de Gabrielle todavía tenía un efecto fuerte en él, y le daba una furia que le hubiera permitido enfrentarse con diez contrincantes a la vez. Luchó con una fuerza y una eficiencia letal, y acabó con el renegado con un corte vertical que le atravesó el cuerpo.

Lucan no esperó a ver el efecto del titanio. Se dio la vuelta y corrió hacia Gabrielle. En cuanto hubo llegado, lo único que pudo hacer fue tomarla entre los brazos y abrazarla con fuerza. Se hubiera podido quedar así toda la noche, sintiendo cómo a ella le latía el corazón y acariciándole la piel suave.

Le levantó la cabeza y le estampó un beso fuerte y tierno en los labios.

—Tenemos que salir de aquí, cariño. Ahora mismo.

Sobre sus cabezas, el helicóptero continuaba subiendo.

El vampiro de primera generación que había capturado a Gabrielle miraba hacia abajo desde detrás del cristal de la cabina y le dirigió un vago saludo a Lucan, sonriéndole, mientras el vehículo subía en el cielo nocturno.

—¡Oh, Dios, Lucan! Estaba tan asustada. Si te hubiera sucedido algo…

El susurro de Gabrielle le hizo olvidar completamente a su enemigo que escapaba. La única cosa que le importaba era que ella era capaz de hablarle. Que respiraba. Gabrielle estaba con él, y esperaba que pudiera continuar estando a su lado.

—¿Cómo demonios te capturaron? —le preguntó con voz temblorosa y tono urgente a causa del miedo que había sentido.

—Después de que te marcharas del complejo esta noche, necesitaba irme y pensar. Me fui a casa. Kendra apareció. Tenía a Jamie como rehén en un coche que se encontraba fuera. No podía dejar que le hicieran daño. Kendra es, era, una sirviente, Lucan. La han matado. Mi amiga está muerta. —Gabrielle sollozó de repente—. Pero por lo menos Jamie escapó. Ahora está en algún lugar del centro de la ciudad, probablemente aterrorizado. Tengo que encontrarle y decirle que todo está bien.

Lucan oyó el sonido grave del helicóptero que continuaba subiendo por encima de sus cabezas. Además, tenía que hacerle a Niko la señal de que volara ese sitio antes de que los renegados tuvieran la oportunidad de escapar.

—Vámonos de aquí, y luego me encargaré del resto.

Lucan tomó a Gabrielle en brazos.

—Sujétate a mí, cariño. Con toda la fuerza que puedas.

—De acuerdo. —Ella le pasó los brazos alrededor del cuello. Él volvió a besarla, aliviado de tenerla entre los brazos.

—No te sueltes en ningún momento —le dijo, mirando los ojos brillantes y hermosos de su compañera de raza.

Entonces se colocó en la cornisa del edificio y se dejó caer con ella en brazos, con toda la suavidad de que fue capaz, hasta el suelo.

—¡Lucan, dime algo, tío! —le llamó Nikolai por el auricular—. ¿Dónde estás? ¿Qué mierdas está pasando ahí?

—Todo va bien —respondió él, mientras llevaba a Gabrielle por el oscuro terreno cubierto de césped de la propiedad en dirección al punto donde se encontraba el vehículo de vigilancia esperando—. Ahora todo está bien. Aprieta el detonador y acabemos con esto.

Gabrielle estaba acurrucada bajo el fuerte brazo de Lucan cuando el vehículo de vigilancia subía por la calle que conducía al terreno del complejo. Él la había aferrado a su lado desde que escaparon de la zona del psiquiátrico y le había cubierto los ojos mientras todo el complejo de edificios volaba por los aires como una infernal bola de fuego.

Lucan y sus hermanos lo habían conseguido: habían acabado con el cuartel general de los renegados con un increíble golpe. El helicóptero había conseguido escapar a la explosión y se había desvanecido en el cielo, envuelto en el humo negro y escondido en el cielo de la noche.

Lucan estaba pensativo: miraba hacia fuera de los cristales tintados de las ventanillas hacia arriba, hacia la bóveda de estrellas. Gabrielle había visto su expresión de sorpresa, de incredulidad y de aturdimiento, cuando se encontraba en el tejado y abrió la puerta de la cabina de mando del helicóptero.

Fue como si hubiera visto a un fantasma.

Incluso en ese momento, Lucan continuaba con ese estado de ánimo, mientras entraban en el terreno y Nikolai conducía en dirección al garaje. El guerrero detuvo el coche una vez estuvieron dentro del enorme hangar. Cuando apagó el motor, Lucan habló por fin.

—Esta noche hemos conseguido una importante victoria contra nuestros enemigos.

—Joder, sí —asintió Nikolai—. Y hemos vengado a Conlan y a Rio. Les hubiera encantado estar allí para ver volar ese sitio.

Lucan asintió en la oscuridad del vehículo.

—Pero no nos equivoquemos. Estamos entrando en una nueva fase del conflicto con los renegados. Ahora es la guerra, más que nunca. Esta noche hemos agitado el nido de avispas. Pero al que necesitábamos capturar, su líder, continúa vivo.

—Dejémosle que corra. Ya le atraparemos —dijo Dante, sonriendo con expresión de confianza.

Pero Lucan negó con gesto adusto.

—Éste es distinto. No nos lo pondrá fácil. Se anticipará a nuestros movimientos. Comprende nuestras tácticas. La Orden va a tener que fortalecer las estrategias y aumentar el número de sus guerreros. Tenemos que organizar algunos cuadros más que todavía están dispersados por el mundo, conseguir más guerreros, cuanto antes mejor.

Gideon se dio la vuelta en el asiento delantero.

—¿Crees que es el vampiro de primera generación de la Costa Oeste quien está al frente de los renegados?

—Estoy seguro —repuso Lucan—. Estaba en el helicóptero, en el tejado, esta noche, donde tenía a Gabrielle. —Le acarició el brazo con un afecto tierno, e hizo una pausa para mirarla, como si su sola visión le tranquilizara de alguna manera—. Y ese cabrón no es un renegado: no ahora, si es que lo ha sido en algún momento. Una vez fue un guerrero, como nosotros. Se llama Marek.

Gabrielle sintió una oleada de frialdad que procedía de la tercera fila de asientos del vehículo de vigilancia y supo que Tegan estaba mirando a Lucan.

Lucan lo sabía también. Giró la cabeza para mirar al otro guerrero a los ojos.

—Marek es mi hermano.

Capítulo treinta y cuatro

𝓛a carga de la revelación de Lucan todavía les pesaba mientras salían del vehículo y subían al ascensor del hangar para bajar al complejo. A su lado, Gabrielle entrelazó los dedos de la mano con los de él mientras bajaban. Sentía el corazón conmocionado y lleno de compasión; él la miró y ella supo que él percibía la preocupación en sus ojos.

Gabrielle observó que sus hermanos guerreros también tenían expresiones de preocupación similares en los ojos y que, calladamente, se habían dado cuenta del significado de lo que habían descubierto esa noche.

Llegaría el momento en que Lucan tendría que enfrentarse con la necesidad de matar a su propio hermano.

O de que su hermano le matara a él.

Gabrielle todavía no había conseguido aceptar la frialdad de ese hecho en el momento en que las puertas del ascensor se abrieron y se encontraron ante Savannah y Danika, que habían estado esperando con ansiedad el regreso de los guerreros. Hubo bienvenidas llenas de alivio, muchas preguntas acerca del resultado de la misión de esa noche, así como de por qué Gabrielle se había marchado del complejo sin decir ni una palabra a nadie. Gabrielle estaba demasiado cansada para responder, demasiado agotada después de esa terrible experiencia como para intentar siquiera expresar lo que sentía.

Pero sabía que pronto tendría que ofrecer algunas respuestas, a Lucan al menos.

Los guerreros se alejaron en medio de una discusión sobre tácticas y nuevas estrategias de batalla contra los renegados. Savannah y Danika empujaron inmediatamente a Gabrielle en dirección contraria, que se mostraron preocupadas por sus varios rasguños y contusiones e insistieron en que comiera y se diera un largo baño caliente.

Gabrielle accedió a regañadientes, pero ni siquiera las increíbles habilidades culinarias de Savannah ni el fragante vapor del baño que le prepararon luego consiguieron relajarla.

La mente no paraba de darle vueltas en relación a Lucan, Jamie y todo lo que había sucedido esa noche. Le debía la vida a Lucan. Le amaba más que a ninguna otra cosa y siempre le estaría agradecida por haberla rescatado, pero eso no cambiaba lo que sentía acerca de cómo iban las cosas entre ambos. No podía permanecer en el complejo de esa forma. Y no importaba lo que él le dijera, no tenía intención de irse a ninguno de los Refugios Oscuros.

Entonces, ¿qué posibilidad le quedaba? Tampoco podía volver a su apartamento. Su vieja vida ya no era posible. Volver a ella significaría que tendría que negar todo lo que había experimentado con Lucan durante esas últimas semanas y esforzarse por olvidarle. Tendría que negar todo lo que ahora sabía sobre sí misma, y sobre su conexión con la raza.

La verdad era que no sabía cuál era su lugar ahora. No sabía por dónde empezar a buscar, pero después de dar vueltas por el laberinto de pasillos del complejo, Gabrielle se encontró de pie ante la puerta de las habitaciones privadas de Lucan.

La puerta que daba a la habitación principal estaba abierta y una suave luz salía de dentro. Gabrielle la empujó y entró.

La luz de unas velas iluminaba el dormitorio adyacente. Se dirigió hacia esa luz ambiental hasta que estuvo en la puerta de entrada y se quedó allí, maravillada de lo que vio. El austero dormitorio de Lucan se había convertido en algo salido de un sueño. Había un candelero de intrincada plata en cada esquina. La cama estaba cubierta por un cobertor de seda rojo. En el suelo, delante de la chimenea, había un montón de mullidos cojines y sedas carmesíes. Era tan romántico, tan acogedor.

Era una habitación pensada para hacer el amor.

Dio un paso hacia el interior de la habitación. A sus espaldas, la puerta se cerró suavemente sola.

No, no del todo sola. Lucan estaba allí, de pie, al otro extremo de la habitación y la estaba observando. Tenía el pelo mojado por la ducha. Llevaba una bata suelta de satén rojo que le caía hasta los tobillos desnudos, y tenía una mirada caliente en los ojos que se fundía en Gabrielle.

—Para ti —le dijo, señalando el romántico ambiente—. Para nosotros, esta noche. Quiero que las cosas sean especiales para ti.

Gabrielle se sintió conmovida, e inmediatamente excitada al verle, pero no podía soportar hacer el amor después de cómo habían quedado las cosas entre ellos.

—Cuando me fui esta noche, no pensaba volver —le dijo desde una distancia segura. Si se acercaba más, no creía que tuviera la fuerza de decirle lo que tenía que decirle—. No puedo volver a hacer esto, Lucan. Necesito cosas de ti que tú no puedes darme.

—Dime cuáles. —Fue una orden suave, pero una orden. Él se acercó a ella con pasos cautelosos, como si notara que ella podía rechazarle en cualquier momento—. Dime qué necesitas.

Ella negó con la cabeza.

—¿De qué serviría?

Unos cuantos pasos lentos más. Se detuvo a un metro de distancia de ella.

—Me gustaría saberlo. Tengo curiosidad de qué me costaría convencerte de que te quedes conmigo.

—¿Para pasar la noche? —le preguntó ella en voz baja, odiándose a sí misma por cuánto necesitaba sentir los brazos de él alrededor de su cuerpo después de todo lo que le había sucedido durante esas últimas horas.

—Te quiero, y estoy dispuesto a ofrecerte cualquier cosa, Gabrielle. Así que dime qué es lo que necesitas.

—Tu confianza —le dijo ella, pidiendo una cosa que sabía que se encontraba fuera de su alcance—. No puedo… hacer esto más, si tú no confías en mí.

—Yo confío en ti —le dijo él, con tanta solemnidad que ella le creyó—. Tú eres la única que me ha conocido de verdad, Gabrielle. No te puedo ocultar nada. Lo has visto todo: lo peor, ciertamente. Me gustaría tener la oportunidad de mostrarte parte de lo bueno que hay en mí. —Se acercó un poco más. Ella notaba el calor que emanaba de su cuerpo. Notaba su deseo—. Quiero que te sientas tan segura conmigo como yo me he sentido contigo. Así que la pregunta es: ¿puedes confiar en mí, ahora que sabes todo acerca de mí?

—Siempre he confiado en ti, Lucan. Siempre lo haré. Pero no es eso...

—¿Pues qué, entonces? —preguntó él, interrumpiendo su rápida negativa—. Dime que más puedo darte para hacer que te quedes.

—Esto no va a funcionar —dijo ella, retrocediendo un poco—. No puedo quedarme. No de esta manera. No ahora que mi amigo Jamie...

—Está a salvo. —Al ver que ella le miraba con expresión de confusión, añadió—: Mandé a Dante al exterior en cuanto llegamos para que fuera a buscarle. Hace unos minutos que ha vuelto y me ha informado de que sacó a tu amigo de una comisaría de policía del centro de la ciudad y lo llevó a casa.

Gabrielle sintió que el alivio la embargaba, pero inmediatamente la preocupación lo sustituyó.

—¿Qué le dijo Dante? ¿Le borró la memoria?

Lucan negó con la cabeza.

—Pensé que no era justo que yo tomara esta decisión por ti. Dante simplemente le dijo que tú también estabas a salvo y que te pondrían en contacto con él muy pronto para explicarle todo. Lo que decidas contarle a tu amigo es cosa tuya. ¿Lo ves? Confianza, Gabrielle.

—Gracias —murmuró ella, sintiéndose reconfortada por la consideración—. Gracias por haberme ayudado esta noche. Me has salvado la vida.

—Entonces, ¿por qué me tienes miedo ahora?

—No te tengo miedo —repuso, pero se estaba apartando de él, casi sin darse cuenta de ello, pero la cama, que tenía detrás, le bloqueó la escapatoria. En un instante él estuvo delante de ella.

—¿Qué más quieres de mí, Gabrielle?

—Nada —dijo ella, casi en un susurro.

—¿Nada en absoluto? —preguntó él en tono grave y exigente.

—Por favor, no me hagas desear quedarme esta noche cuando mañana vas a desear que me vaya. Deja que me vaya ahora, Lucan.

—No puedo hacer eso. —Le tomó una mano y se la llevó a los labios. Gabrielle sintió la calidez y la suavidad de sus labios en los dedos y sintió que era presa de un encantamiento que solamente él podía hacerle. Él se llevó la mano de ella contra el pecho, apretando la palma contra el mismo, sobre el latido de su corazón contra las costillas—. No podré dejarte marchar nunca, Gabrielle. Porque lo quieras o no, tienes mi corazón. Tienes mi amor, también. Si lo aceptas.

Ella tragó saliva con dificultad.

—¿Qué?

—Te amo. —Pronunció las palabras en voz baja y con sinceridad, como una caricia que ella sintió en lo más profundo del corazón—: Gabrielle Maxwell, te amo más que a la vida misma. He estado solo durante mucho tiempo, y no supe darme cuenta hasta que casi ha sido demasiado tarde. —Dejó de hablar y la miró a los ojos con intensidad—. No es… demasiado tarde, ¿verdad?

Él la amaba.

Una alegría, pura y brillante, la llenó al oír esas palabras en labios de Lucan.

—Vuelve a decirlo —susurró ella, con la necesidad de saber que ese momento era real, que eso iba a durar.

—Te amo, Gabrielle. Hasta el último aliento de vida que tengo. Te amo.

—Lucan. —Pronunció su nombre con un suspiro, con lágrimas en los ojos que se le derramaban por las mejillas.

Él la tomó entre los brazos y le dio un beso largo, profundo y apasionado que hizo que la cabeza le diera vueltas y el corazón quisiera levantar el vuelo. Sentía la sangre como fuego en las venas.

—Tú te mereces a alguien mucho mejor que yo —le dijo con un tono de voz y expresión reverente—. Conoces mis demonios. ¿Puedes amarme… me aceptarás… a pesar de conocer mis debilidades?

Ella le tomó el rostro con la mano y le miró, expresándole con los ojos todo el amor que sentía.

—Tú nunca has sido débil, Lucan. Y te amaré sea como sea. Juntos podemos superarlo todo.

—Tú me haces creer eso. Me has dado esperanza. —Con un gesto amoroso, le acarició el brazo, el hombro, la mejilla. Le recorrió el rostro con la mirada mientras se lo acariciaba con la mano—. Dios mío, eres tan exquisita. Podrías tener a cualquier macho, de la raza o humano…

—Tú eres el único a quien quiero.

Él sonrió.

—Que Dios te ayude, pero no lo aceptaría si fuera de otra manera. Nunca he deseado de forma tan egoísta como te quiero a ti en este momento. Sé mía, Gabrielle.

—Lo soy.

Él tragó saliva y bajó los ojos como si de repente se sintiera inseguro.

—Me refiero para siempre. No puedo aceptar menos que eso. ¿Gabrielle, me aceptarías como compañero?

—Para siempre —susurró ella, tumbándose de espaldas en la cama y atrayéndole hacia sí—. Soy tuya, Lucan, para siempre.

Volvieron a besarse, y esta vez, cuando se separaron, Lucan alargó la mano hasta una delgada daga de oro que estaba en la mesilla al lado de la cama. La acercó a su rostro. Gabrielle se sobresaltó un poco al ver que él se llevaba la hoja hasta los labios.

—Lucan…

El la miraba con ternura y seriedad a los ojos.

—Tú me has dado tu sangre para curarme. Tú me fortaleces y me proteges. Tú eres lo único que quiero, y lo único que siempre necesitaré.

Ella nunca le había oído hablar con tanta solemnidad. Los iris de sus ojos empezaban a brillar, el pálido color gris se entremezclaba con el color ámbar y con la profundidad de su emoción.

—Gabrielle, ¿quieres hacerme el honor de aceptar mi sangre para cerrar nuestro vínculo?

La voz de Gabrielle fue débil.

—Sí.

Lucan bajó la cabeza y se llevó la daga hasta el labio inferior.

Luego la apartó y la miró otra vez: sus labios brillaban con la oscura sangre roja.

—Ven aquí. Deja que te ame —le dijo, uniendo sus labios escarlatas con los de ella.

Nada la hubiera podido preparar para lo que sintió al probar por primera vez la dulce sangre de Lucan.

Más intensa que el vino, instantáneamente embriagadora, la sangre de él fluyó por su lengua con toda su fuerza y su poder. Sintió que una luz la inundaba desde lo más profundo de su cuerpo y le ofrecía una pista del futuro que la esperaba como compañera de Lucan. Se llenó de felicidad, quedó ruborizada de ese calor, y sintió una alegría que nunca antes había experimentado.

Sintió deseo, también.

Más intenso de lo que lo había sentido nunca.

Gabrielle emitió un profundo gemido de deseo y empujó a Lucan en el pecho para tumbarle de espaldas. Se quitó la ropa en un instante, se subió encima de él y le montó a horcajadas.

El sexo de él se enervaba delante de ella, grueso y fuerte como la piedra. Los hermosos diseños de su piel tenían un profundo color púrpura con un tinte rojizo y adquirían un tono más profundo cuando ella le miraba con deseo. Gabrielle se inclinó hacia delante y pasó la lengua por las líneas sinuosas e intrincadas que le cubrían el cuerpo desde los muslos hasta el ombligo y subían hasta los músculos del pecho y los hombros.

Era suyo.

Ese pensamiento fue fieramente posesivo, primitivo. Nunca le había deseado tanto como en ese momento. Jadeaba y estaba húmeda y el deseo de montarle con fuerza le quemaba por dentro.

¿Dios, era a esto a lo que Savannah se refería cuando decía que un vínculo de sangre intensificaba el acto amoroso?

Gabrielle miraba a Lucan con una necesidad puramente carnal, casi sin saber por dónde empezar con él. Deseaba devorarle, adorarle, utilizarle. Aplacar el incendio que sentía dentro del cuerpo.

—Deberías haberme avisado de que me habías dado un afrodisíaco.

Lucan sonrió.

—¿Y arruinar la sorpresa?

—Ríete, vampiro. —Gabrielle arqueó una ceja, tomó su miembro erecto y deslizó la mano por él hasta la base con un movimiento largo—. Me prometiste la eternidad. Vas a arrepentirte.

—¿Ah, sí? —Pero fue más un gemido estrangulado porque ella le montó y él empezó a moverse con un contoneo de cadera desenfrenado debajo de ella. Con ojos brillantes, la miró y enseñó los colmillos al sonreír, una muestra clara de que disfrutaba de esa tortura—. Compañera, creo que me va a encantar que lo intentes.

Agradecimientos

Toda mi gratitud para mi agente, Karen Solem, por ayudarme a trazar la ruta y por su navegación excepcional en todo tipo de condiciones.

A mi maravillosa editora, Shauna Summers, quien justamente se merecería una página para ella como agradecimiento por todo el apoyo y el aliento que me ha proporcionado, y por su espléndida visión editorial, con la que siempre encuentra el corazón de cada historia y ayuda a ponerlo en primer plano.

Gracias también a Dabbie Graves, por sus comentarios entusiastas, y a Jessica Bird, cuyo talento sólo se ve superado por su increíble generosidad de espíritu.

Finalmente, un agradecimiento especial a las que han sido mis musas auditivas durante gran parte del proceso de creación de este libro: Lacuna Coil, Evanescence y Collide, cuyas conmovedoras letras e increíbles músicas nunca han dejado de inspirarme.

Lara Adrian

Cuando era una niña, Lara Adrian solía dormir con las sábanas liadas al cuello por miedo a convertirse en presa de algún vampiro.

Más tarde, y tras leer a Bram Stoker y Anne Rice, empezó a preguntarse si aquel miedo no significaría algo más: un deseo secreto de caminar en un mundo oscuro, de vivir un sueño sensual junto a un hombre atractivo, seductor y con poderes sobrenaturales.

Esa mezcla de miedo y deseo son la base de sus novelas fantásticas de hoy.